淡极始知花更艳

愁多焉得玉无痕

马力阳

一字一句读红楼

少年怒马 著

见你我，见众生

湖南文艺出版社
HUNAN LITERATURE AND ART PUBLISHING HOUSE

博集天卷
CS-BOOKY

一字一句
读红楼

目录

自
序

《红楼梦》怎样才好读?

聊《红楼梦》的读法,先得明确一个问题:《红楼梦》是一本什么书?

如果要给它下个定义,一千个人会有一千个答案。不同生活阅历、不同性格、不同文化程度的人来读,看到的可能完全不一样。正如鲁迅所说,经学家从中看到《易》,道学家看到淫,才子看到缠绵,革命家看见排满,流言家看见宫闱秘事。

没有主题——或者说主题太多,就是《红楼梦》难读之所在。而这也是它的价值所在,伟大所在。

岂止没有主题,你甚至无法断定谁是主角,更无法确定它到底有没有一条完整的故事线。这与我们的阅读经验很不一样。

这么一本写于近三百年前、百科全书式的大部头,今天的年轻人怎么读才好读呢?

我个人的阅读经历,就是抓住两个词,一个叫"世事",一个叫"人情"。这两个词出自《红楼梦》里贾宝玉最讨厌的一副对联:

世事洞明皆学问，人情练达即文章。[1]

何止十几岁的贾宝玉讨厌，我直到三十岁看这副对联，依然能闻到一股油腻味。在当时的我看来，它是成人世界最顽固、最庸俗的潜规则。

再年长几岁发现，讨厌也没用，有人的地方就有"人情"，活在世上就有"世事"。它本就是世界的真相。

就像贾宝玉和他的姐妹们不可能永远生活在大观园。他们终究要穿过一道又一道大门，走向复杂的世界。事实上，哪怕在他的大观园里，在他的怡红院里，也有人情，也有世事。

这是人生的必修课呀！

因此，依我看，《红楼梦》最简单的读法，就是读它的人情和世事，把它当作一门生动的社会学来看。人物看似众多，关系看似庞杂，其实都是活生生的人。能言善道的，不谙世事的；最高雅的，最下流的；单纯善良的，嫉妒恶毒的；苦心钻营的官员，朴实善良的村妇……几乎每个人物，每件事，都能在现实中找到对照。甚至，能从中看到我们自己。

这些"真实人物"之间发生的"真实的事"，又为我们揭示了各种矛盾冲突发生的规律。社会学，心理学，行为学，这些原本枯燥的理论，都被曹公这支笔揉进精彩的故事里了。所谓古典文学，其中的任何元素都可能"古"，都可能过时，而人情人性以及事物发展规律，永远不变。

至于那些深奥的思想，遥远的风俗文化，冷门的古典建筑，复杂的文学传承，扑朔迷离的历史映射，能读出来更好，读不出来也没关系。无论你读懂它哪一个维度，都会被它深深吸引。唯一的风险是，读过《红楼》之后，很多小说就不再能吸引你了。

人情和世事，顺着这条脉络读《红楼》，就不必高山仰止。它就

---

[1] 本书所引《红楼梦》原文，参考人民文学出版社 2022 年版。

是一部古代豪门版的情景剧。是悲剧，也有喜剧，更有闹剧。不知不觉中，读懂了人情，洞明了世事。合上书，又会重新下个定义，它又是一本"人世间行走指南"。

这套书的产生有点意外。最初，我只想拆解《红楼》，企图从中偷到小说技巧之一二，看它如何布局，如何写人物，如何写对话，如何用中文写出只可意会不可言传的幽微情感。没承想拆着拆着，停不下来了。干脆，反正柳条已经插上，就让它自然成荫吧。

我对红学研究不精，略知皮毛。列位看官，可以把它当作一个喜爱《红楼》的读者所写的读书笔记。书中引用的资料及观点，错谬之处，非别人之错，是我理解偏差；可取之处，也不过一家之言，权当抛砖引玉。或许多年以后再写相关书籍，彼时的我，会推翻此时的我。

《红楼梦》会成长，我也在成长。

诸君请担待。

一点也不荒唐的"荒唐言"

甄士隐梦幻识通灵
贾雨村风尘怀闺秀

很多人读不下《红楼梦》，都是困在了前五回，又是女娲又是和尚道士，然后出来甄士隐和贾雨村，这两个有头没尾的人物。好不容易进入第二回，冷子兴和贾雨村扯淡，一大堆历史人物，加另一大堆贾府人物，对读者很不友好。所以前五回我会掰开揉碎，像个语文老师那样讲，宁可琐碎，务求详细。

进入桃花源之前，又是树林，又是水，又是山洞。难是难了点，但不要怕，要相信这只是"初极狭"，过了第五回，"复行数十步"，就会豁然开朗。成年人感兴趣的"贾宝玉初试云雨情"，学生们熟悉的"刘姥姥一进荣国府"就要开始了。

闲言少叙，开始。

01

第一回开篇有一段回前墨，相当于曹公写《红楼梦》的初衷。如果你看得云里雾里，没关系，这段先不看，等全书读完再回头看，自然就理解了。

这段回前墨是曹公的自述，他说：我出身很好，朝廷降恩，祖上旺盛，整日锦衣玉食，父辈对我期望很大。可惜我辜负了他们，一生碌碌无为，到老穷困潦倒。我是罪有应得。但我认识的几个女子都很厉害，我不能让她们的故事也湮没于尘世，现在我把它写下来，"并非怨世骂时"，只为读者消遣取乐。

"并非怨世骂时"，是给大家的第一个提醒，也是读《红楼》的难点之一。文字表面，是吃喝拉撒，是家长里短、女怨男痴。文字底下，比任何一本古典小说都"怨世骂时"。那架势相当于说，我可不是针对你，我是说在座的各位……

书里怎么个"怨世骂时"？我们后面再展开，只要记住曹公是吐槽高手，是个顶级段子手就行了。

读完回前墨，进入正文，作者开始说这个故事的由来。

> 列位看官：你道此书从何而来？说起根由虽近荒唐，细按则深有趣味。待在下将此来历注明，方使阅者了然不惑。

故事从何而来呢？曹公撒了一个补天大谎。

他说，女娲补天的时候（女娲很忙的，先是造人，这次补天），由于工程浩大，需要上等优质石头，就开始炼石，每块石头规格高十二丈，占地二十四丈，总共36501块。

但是最后只用了36500块，剩下一块没用。女娲就把这块石头扔在了大荒山无稽崖的青埂峰下。

各位不用拿手机搜导航。这个地名是曹公虚构的，谐音梗，"大荒山"是荒唐，"无稽崖"是无稽，"青埂"是情根。

这块石头因为女娲开过光，有灵性，不甘被嫌弃，于是整天唉声叹气，我同伴都去补天了，就我还是块破石头，等等。

这天，一个和尚和一个道士说说笑笑走来，正好坐在这块石头旁边唠嗑，说红尘中如何如何荣华富贵。结果，撩动了石头那颗寂寞的心。石头开口说话了。石头说，两位大师骨格不凡，仙形道体，肯定有大本事。刚才你俩说红尘中那么美好，能不能带我去享受享受。一僧一道说，红尘好是好，就是不能长久，"瞬息间则又乐极悲生，人非物换。究竟是到头一梦，万境归空"，还是别去了。

这句话有脂批："四句乃一部之总纲。"

所以，对这句话有必要多说两句，有利于我们理解全书。

还是从唐诗说起吧。

白居易有一首《简简吟》，记录的是一个叫简简的少女，在出嫁前死了。诗是这么写的：

> 苏家小女名简简，芙蓉花腮柳叶眼。
> 十一把镜学点妆，十二抽针能绣裳。
> 十三行坐事调品，不肯迷头白地藏。
> 玲珑云髻生花样，飘飖风袖蔷薇香。
> 殊姿异态不可状，忽忽转动如有光。
> 二月繁霜杀桃李，明年欲嫁今年死。
> 丈人阿母勿悲啼，此女不是凡夫妻。
> 恐是天仙谪人世，只合人间十三岁。
> 大都好物不坚牢，彩云易散琉璃脆。

这个女孩既漂亮，又心灵手巧，"芙蓉花腮柳叶眼""殊姿异态不可状"。奈何红颜命薄，"二月繁霜杀桃李"，出嫁前早逝了。结尾老白感慨，世间美好的事物大都是脆弱的，如彩云易散，琉璃易碎。

敏感的读者或许发现了，这个叫苏简简的女孩，简直是大观园里的人物。甚至，是唐朝现实版的黛玉晴雯。

林黛玉在《葬花词》里自比桃李："桃李明年能再发，明年闺中知有谁？""一年三百六十日，风刀霜剑严相逼。"这是不是白居易的"二月繁霜杀桃李"？

晴雯的判词："霁月难逢，彩云易散……寿夭多因毁谤生，多情公子空牵念。"

这又是什么？"彩云易散琉璃脆"啊！苏简简夭亡，白居易这个"多情公子"也是"空牵念"。

一向追求通俗的白居易，还有一首朦胧的《花非花》：

> 花非花，雾非雾。
>
> 夜半来，天明去。
>
> 来如春梦几多时，去似朝云无觅处。

春梦，朝云，化用的还是巫山云雨的文学意象，这些事物美好却短暂。诗思再明显不过：美梦易醒，美人易逝。

到第五回，宝玉进入太虚幻境，听到的第一句话，便是：

"春梦随云散，飞花逐水流。"

我用老白这两首诗，并不是说曹公写《红楼》就一定是向老白致敬，而是想让大家明白，这是中国文学里一种久远的意象。美好的东西容易逝去，也最让人痛惜，而中国文人又非常亲近自然，于是春天、草树、美玉、彩云、鲜花等等，被文人赋予象征意义，指一切美好事物。

《红楼梦》是中国文化的一场总结，几千年一代又一代文学作品、诗词歌赋，历史政治，人情世故，流在曹公的血液里。他是古典中国最后的文化发言人，用一部《红楼梦》做了报告。所以在后面的文字里，我会提到各种各样的历史人物、文学人物，杜甫、李商隐、苏轼、李清照等等。

逐回读《红楼》的想法，我很早就有了，一直没写，是因为线索太庞杂，扯开任何一个线头，另一头就连着另一大坨知识，一直没想好怎么下笔。现在看，以全书故事为主线，遇到一个岔线就解决一个岔线，可能是最笨的方法，但也可能是最有效的方法。

02

故事继续。

听完那一僧一道的话，石头还是不死心，毕竟红尘中太好了。书上说："这石头凡心已炽，那里听得进这话去"，于是"苦求再四"，非要让僧道带它去红尘中享受享受。出家人慈悲为怀，同意了。但也对石头做了风险提示，以后"到不得意时，切莫后悔"。

然后僧道大施法术，把这块庞大的石头，变成一块扇坠大小的美玉，还激光雕刻了几个字。什么字，咱后面再说。

红尘那么大，给石头安排到什么地方呢？一个神奇的地点出现了，叫"昌明隆盛之邦，诗礼簪缨之族，花柳繁华地，温柔富贵乡"。脂砚斋此处有批，从大到小，分别是，"长安大都""荣国府""大观园"和"紫芸轩（即绛云轩，指怡红院）"。

可能有人纳闷，怎么又跑到长安了？也没见宝玉黛玉吃羊肉泡馍啊。其实这都是曹公的烟幕弹，真真假假，虚虚实实，真中有假，假中有真，就是让世人去读，去解谜。谨慎到什么程度呢？"长安大都"在这里并非原文，而是脂批，可见批书人太了解写书人，高度默契，高度警惕。

这可害苦了后世读者，到现在大家还在争论，《红楼》故事到底发生在北京还是南京。不过这不是重点，只要知道故事发生在大都市就行了。

就这样，这个原本被女娲遗弃的石头，化身美玉，到红尘享受了一回。石头把它的所见所闻记载下来，就叫《石头记》。

后来，又不知过了几世几劫。

"劫"在这里不是劫难，而是佛教的时间单位。按《西游记》里的说法，一劫是十二万九千六百年（129600年）。

但我们读《红楼梦》，不用太在意它的时间，这是曹公调侃之笔，遮掩之笔，故意混淆故事的时间和发生地点。到后面进入正题，我们只需把神话部分看作一件外衣就行了，书的本质，还是扎扎实实的现实主义。

话说几世几劫之后，大荒山无稽崖的青埂峰下，又走来一位道士，名叫空空道人。空空道人发现了石头上的文字，一口气读完，在故事结尾，又发现一首诗：

> 无才可去补苍天，枉入红尘若许年。
> 此系身前身后事，倩谁记去作奇传？

这是石头在打广告：我没啥才能，枉入红尘走一遭，这个故事，谁能帮我记录下来，流传于世？

空空道人还算是个优秀编辑。他发现这段故事不错，诗词也都有。可惜没有时间、地点，言下之意是，不够真实，瞎编的。原话叫"然朝代年纪，地舆邦国却反失落无考"。

这句话有脂批："据余说，却大有考证。"

我们现在不用花多少心思，就知道故事发生在清朝，可作者为什么还要故弄玄虚，隐瞒时间地点呢？

这就要说到中国文人一个老传统了——春秋笔法。总有些话憋在心里难受，不能不说，却又面临风险，尤其在文字狱盛行的清朝。于是大量春秋笔法，指东打西，言在此意在彼。如果不好理解，看看唐诗就知道了。

杜甫明明是吐槽唐玄宗穷兵黩武，写出来却是："边庭流血成海水，武皇开边意未已。"白居易写玄宗和杨玉环那点八卦，当头一句却是："汉皇重色思倾国，御宇多年求不得。"

李商隐的《贾生》是这么写的：

> 宣室求贤访逐臣，贾生才调更无伦。
> 可怜夜半虚前席，不问苍生问鬼神。

宣室是汉代未央宫的宣室殿，汉文帝在这里接见大才子贾谊。可惜啊，皇帝聊这么起劲，通宵达旦，根本不是求治国济民之道，净瞎扯鬼神、长生啥的。

李商隐是在吐槽汉文帝吗？他才没那么闲，这个以情诗闻名后世的家伙，其实骨子里是个大愤青。这首诗真正讽刺的，是沉迷于求仙问道的唐武宗。

这些诗里，杜甫、白居易、李商隐，表面写汉朝，其实是说唐朝——心疼一下汉朝皇帝，竟然替唐朝皇帝背了那么多锅。

曹雪芹以曲笔写《红楼》，仍旧是政治环境所迫，曹家与清廷的关系，那些大事件很容易查出来，对号入座。春秋曲笔是逃避文字狱、让书流传下来的唯一方式。脂砚斋所谓的"大有考证"，就是基于这点，似乎在说：你品，你细品。

对了，大家不妨把李商隐这首诗多读两遍，《红楼梦》后文会出现一个叫贾敬的人物，宁国府的堕落，跟他的求仙问道不作为有直接关系。到时候我们就会更深刻地理解，什么叫时间地点不重要，什么叫"取其事体情理"。《红楼梦》，具备历史的真实性和普适性，人性不变，放在任何朝代都一样。

再顺便说一下，《红楼》各版本批注者不止脂砚斋，还有畸笏叟、棠村、松斋等等，还有一个叫"梅溪"（你要是发现一个叫C罗的，肯定是赝品）。为了行文方便，下文除脂砚斋之外的，统称批书人。

下面就是空空道人和石头的一番对话。

空空道人说，石兄，你说你这段故事好，想出版，但在我看来，一没有年代，二没有大贤大忠大事件，无非几个异样女子的故事。我就算帮你出版了，也没几个人爱看啊。

石头是个卖稿高手，他说，大师啊，你太古板了。若说没有朝代，你给它添个汉朝唐朝，随便哪个朝代不就行了。但要我说没必要，历来野史都是这么整出来糊弄人的，都是套路，还不如我这样新奇别致，年代不重要，地点也不重要，"不过只取其事体情理罢了"。

这句话我引用原文，是想说"事体情理"四个字。小说，电影，历史，不管什么形式，故事再离奇，都必须合情合理。刘备摔孩子，不合情理；武则天掐死自己的孩子，也不合情理；富家小姐一见到穷书生就爱得死去活来，也不合情理。《红楼梦》里，曹公不断强调这个创作标准。它经得起无数人推敲两百年，经得起用放大镜看，就是因为它逻辑缜密，每个人的每个行为、语言，都是合情合理的。

这里石头对空空道人说的话，可以看作曹公的创作观。明白这点，后面的话就好理解了。

石头继续说，不用管什么朝代年纪，老百姓谁看那些济世救时的书呀，大家看书，不过图个消遣。但历来的小说都太low（低俗）了，尤其才子佳人那些书，不是霸道总裁爱上我，就是富家千金黏上我，千篇一律，假得令人发指，逻辑不通，毫无情理。"竟不如我半世亲睹亲闻的这几个女子。"所以我把她们的故事写下来，另加几首歪诗，算是给世人消遣解闷，不是挺好吗？

空空道人想了想，又把全书看一遍，书上虽然也有一点讽刺，但总体来说，没有伤时骂世，写的都是"君仁臣良父慈子孝"，也算正能量。且"毫不干涉时世"，没啥风险，就规规整整抄一遍，发行于世。

从此，空空道人也开悟了，取了个昵称，叫情僧，把《石头记》改名为《情僧录》。后来有个人叫吴玉峰，又把《情僧录》改名为《红楼梦》。再后来，山东人孔梅溪又改名，叫《风月宝鉴》。

最后，这本书落在曹雪芹手里，他花十年时间，五次修改，又改名叫《金陵十二钗》，并在书中题诗：

满纸荒唐言，一把辛酸泪。

都云作者痴，谁解其中味！

到这里，这本书的成书经过算是交代完了。这里要注意两条，一是作者表明，这本书内容很和谐，朝廷里君仁臣良，百姓家父慈子孝，都是反讽。仁君动不动就抄别人的家，卖人家妻女，臣子做官大肆营私舞弊；至于父慈子孝，更像个笑话，后面我们就会看到宁国府中怎么上演"慈父与孝子"。

第二个，书名的由来和传承，也是真真假假，我们现在知道的书名，有《石头记》，还有《红楼梦》，都对。空空道人是假的，所以《情僧录》名字也是假的。至于《风月宝鉴》，脂砚斋说："雪芹旧有《风月宝鉴》之书。"也就是说，写《红楼梦》之前，曹雪芹还写过一部《风月宝鉴》，根据各种资料，红学界已有一个大概共识，即《风月宝鉴》就是《红楼梦》的初稿，其中的风月内容，也沿用到了《红楼梦》里，只不过删掉了少儿不宜的内容。

这段文字所写，曹雪芹只是一个编者，不是作者，大家别当真。早期盗墓卖古董的，都爱说这是某某墓里挖出来的，不是我挖的，是我从某某人手里买来的。这些话，不过是个免责声明，一旦出事，至少是个挡箭牌——我也是从别人那里抄来的，不是我写的。

当然，肯定有人相信另外的解释，甚至推翻曹雪芹的作者身份。但按照书中喜欢用谐音梗来给人物命名的习惯，我斗胆开个脑洞。首先空空道人肯定是假的，那么吴玉峰、孔梅溪就一定是真的吗？吴玉峰，会不会是无玉峰——不存在玉石和青埂峰；孔梅溪，会不会是"恐怕没人承袭"——作者担心血泪之书，泯灭世间。

不过这不是重点，这类话题争论一百多年了，还没整明白，咱们就不讨论了。

03

继续聊书。

前面说了，那块石头化身美玉，到人间享受了一遭荣华富贵，把过程记录在石头上。

现在，故事正式开始了。

姑苏有个阊门，阊门外有个十里街，街内有个仁清巷，巷内有个小庙，叫葫芦庙。

有点奇怪是不是？前面还说"地域邦国无考"，现在却详详细细了。不过这些地名，除了姑苏，全是虚构的。"十里街"是"势利街"，"仁清巷"是"人情巷"，"葫芦庙"是"糊涂庙"。合在一起，就是充满势利人情，糊糊涂涂的世界。这样的地方，何止姑苏，全天下一个样，所谓"合情理"。

葫芦庙旁边，住着一家乡宦，姓甄，名费，字士隐。

这是《红楼梦》里出现的第一个现实世界的人物，因为八十回后的文字丢失，我初读时，总感觉他是个无足轻重的人物。事实上《红楼》很多人物，都会给大家这样的错觉，包括即将出现的贾雨村、刘姥姥、冷子兴等等，都是有头没尾。

其实这些人物非常重要，后面我们会细说。大家只要记住一件事就行了，《红楼梦》不写可有可无的人物，也没有可删可留的文字，每句话、每个人都有其作用。

来看甄士隐。

书里写道，甄士隐也算个望族，祖上辉煌过。到他这代，没做官，虽然不是大富大贵，也算富足安逸。唯一的缺憾是膝下无子，只有一个女儿，年方三岁，名叫甄英莲（真应怜，真应该怜惜）。

这天是个炎炎夏日，甄士隐闲坐书房，蒙眬睡去，做了一个梦。在梦里，不知道来到什么地方。"忽见那厢来了一僧一道，且行且谈。"

发现了吧，前面神界仙界的人物，跟现实人物产生了交集。那一僧一道谈的什么呢？仍然是那块石头的故事，这段时空感有点深奥，让人云里雾里，我尽量说简单点。

先看二人的谈话：

道士问：你带着这块石头，打算去哪儿啊？

和尚说：现在正好有一段风流公案，该了结了。"这一干风流冤家"，还没有投胎入世。我正好趁此机会，把这块石头安插进去，让他去经历经历。

道士说：原来又有风流冤孽要去投胎了，但不知道投到哪里？

和尚说：你问对了。这事也是"千古未闻的罕事"。——在西方灵河岸上，有一块三生石，三生石畔长着一棵绛珠草。有个赤霞宫的神仙，叫神瑛侍者，每天用甘露给绛珠草浇水。后来绛珠草修炼成一个女子，总想着要报恩。与此同时，神瑛侍者动了凡心，准备下凡到人世，已经在警幻仙子那里提交了申请书。警幻仙子又问绛珠草，你欠神瑛侍者的恩情，是不是该还了？绛珠草说，他给我的是甘露，这玩意太珍贵，我没有甘露，就用我一生的眼泪还他吧。道兄你看，只这一件事，就能引出多少风流冤家来。

道士说：这也太厉害了吧，我还从来没听说过，好期待。

和尚说：以前那些爱情风月故事，无非都是些偷香窃玉、暗约私奔之类，从没有把女人往好里写。我刚说的这段公案里的女子，跟以前都不一样。

道士：那带上我吧，咱俩一起去凡间渡他几个，也算积了功德，完成KPI（关键绩效指标）。

和尚说：老衲就是这个意思，走吧，你先跟我到警幻仙子的办事处，给这块石头办理好下凡手续。相关人员有的已经出生，有的还没出生，等他们都出世了，咱俩就正式开工。

道士：好嘞，就这么干。

上面和尚的话里，出现一个新地点，三生石。这源于唐传奇里的一个故事。话说大历末年（白居易、刘禹锡就读幼儿园时），有个叫圆观的和尚，和他的朋友李源到三峡游玩，看到一个孕妇。圆观指着孕妇对李源说，她马上就要生了，生下的孩子就是我的后身。十二年后，中秋之夜，你到杭州天竺寺外就能见到我。当天晚上，孕妇果真诞下一男婴，圆观也同时去世。十二年后，李源赴约，见到一个牧童，俩人一见如故似曾相识。（还记得宝黛初见吗？——这个妹妹我曾见过。）

牧童对着李源开始唱歌，其中一首是：

> 三生石上旧精魂，赏月吟风不要论；
> 惭愧情人远相访，此身虽异性长存。

我是三生石上的老朋友了，不能再与你赏月吟诗。你千里迢迢来看我，我很惭愧，虽然我变了模样，但还是那个我。

《红楼梦》是中国传统文学的集大成，这只是九牛之一毛，后面还有很多。曹公把三生石的概念，用在宝黛身上，荡气回肠，缠绵感人，爱情的厚重感突然就有了。

绛珠草是林妹妹的前生，"绛"是红色，"珠"是泪珠，有血泪的意思。一世血泪，天生苦命。神瑛侍者是贾宝玉的前生。

这两位，在前世的三生石畔，结下三世情缘，即将开始一段摧人肺腑的还泪爱情。"绛珠草"是草木身，"神瑛侍者"是玉石身，后文所谓的"木石姻缘"，就是从这里开始的。

周汝昌先生认为，神瑛侍者下凡后，化身的不是贾宝玉，而是甄宝玉。等于黛玉小姐爱了个"假的宝玉"，眼泪还错了。如果真是这样，那就更悲剧了，何止虐心肝，脾胃肾也得碎了。不过这倒也符合《红楼》气质，信与不信，都是很好的脑洞。

04

我们继续。

一僧一道的话，甄士隐都听到了，但弄不明白，就上前搭讪。

甄士隐：两位大师，你俩刚才那番话很深奥，我笨，没听懂，能不能再给我详细说说，好让我开悟开悟。

和尚道士：你都不追剧么？和尚道士的话怎么会轻易说给你，天机不可泄露，懂？到时候只要别忘了我俩，你就能跳出火坑。

甄士隐：好吧好吧，我不问了。那你俩说的石头，又是个什么东西，让我开开眼呗。

和尚：要说这块石头，跟你倒是有一面之缘。

说着，和尚就把那块玉递给甄士隐。士隐接过一看，是块美玉，上面刻着四个字，"通灵宝玉"，后面还有几行字，他刚要看，发现他们已经走到太虚幻境门口了。和尚从士隐手中一把夺过玉，进了太虚幻境。

太虚幻境的大门，是一座大石牌坊，两边有一副对联：

假作真时真亦假，无为有处有还无。

甄士隐也想跟着进太虚幻境，刚要抬脚，一声霹雳，天雷滚滚，把他惊醒了。原来是一场梦。

这副对联是全书第一次出现，到第五回宝玉做梦，也会经过太虚幻境这道大门，同样会见到这副对联。一副对联出现两次，这是曹公在强调，重要的事情说两遍。

字面意思不难理解，把假的当作真的，真的也就成了假的；把没有的事当作有，那么有的事也就变成没有的了。

如果你第一次读《红楼》，这句话倒不用深究。在我看来，它更像是《红楼梦》背后故事的一句提示。

众所周知，《红楼梦》全书是一个故事，但在这个故事之外，还有另一个隐藏的故事。书中的人和故事是假的、虚构的，而隐藏起来的那个故事是真实的。全书就在这种真与假（甄与贾）、有与无的辩证中进行，延伸到它的故事结构是，头与尾；佛教思想是，色与空，生与死。曹公玩的一手好哲学。但这个层次我也没太搞懂，就不展开了。我们先把文本读透再说。

故事继续。

甄士隐被炸雷惊醒，梦中的事已忘了大半。大热天的，醒了就出去转转吧。正好他女儿来了，甄士隐把女儿抱在怀里，出门去看热闹。刚要回家，"只见从那边来了一僧一道，那僧则癞头跣脚，那道则跛足蓬头，疯疯癫癫，挥霍谈笑而至"。

如果曹雪芹是个导演，这将是一组无缝衔接的蒙太奇镜头。甄士隐刚在梦里见到一僧一道，现实中就来了一僧一道。我们也知道了他们的昵称，癞头和尚和跛足道人。

在仙界，石头见到的这两位，是"骨格不凡，丰神迥异"。到现实中，和尚的形象是癞头，头顶长疮，跛脚是光着脚；道士的形象，是瘸着腿，蓬头垢面。俩人都疯疯癫癫。

为什么形象落差这么大？往浅了说，是世人对出家人的传统认识，出家人不需要钱，穿百衲衣，吃百家饭，穿得破破烂烂才正常。往深了说，古人认为越是得道的高僧，越是形容邋遢，面目丑陋，最典型的形象是济公。唯有这样，当人们去求助他们时，才显得不以貌取人，才显得心诚。现代人为啥见到和尚不去施舍不去跪拜呢，人家开着宝马呢，不方便。不过这也说明我佛慈悲，与时俱进，门下弟子也要奔小康。

癞头和尚和跛足道人，一见到抱着英莲的甄士隐，先是哭，接着说："施主，你把这有命无运、累及爹娘之物，抱在怀内作甚？"把她送给我吧。

这怎么可能！甄士隐活了半辈子，膝下无儿，就这么一个女儿，心尖肉一样疼爱，凭什么送给你个脏和尚臭道士！全当是疯话，没搭理他们。各位，这是符合人性的，换作是我，当场就打开反诈骗APP（应用程序）。

甄士隐抱着女儿走开了，癞头和尚哈哈大笑，念了一首诗：

惯养娇生笑你痴，菱花空对雪澌澌。
好防佳节元宵后，便是烟消火灭时。

这是一个预言，甄士隐和女儿甄英莲的命运都暗示了。但我先不剧透，让大家跟着甄士隐的视角，随着情节发展，忽然顿悟。

甄士隐是个读书人，隐隐嗅出诗中有深意，但不太明白。正要问，那一僧一道已经飘然而去。

甄士隐正在懊悔，另一个主角上场了，就是贾雨村。

这士隐正痴想，忽见隔壁葫芦庙内寄居的一个穷儒——姓贾名化、字表时飞、别号雨村者走了出来。这贾雨村原系胡州人氏，也是诗书仕宦之族，因他生于末世，父母祖宗根基已尽，人口衰丧，只剩得他一身一口，在家乡无益。因进京求取功名，再整基业。自前岁来此，又淹蹇（yān jiǎn）住了，暂寄庙中安身，每日卖字作文为生，故士隐常与他交接。

诸位，这是贾雨村的正式亮相。之所以引用原文，是因为信息量太大了。

看他出身，祖上曾经是官宦，辉煌过，到他一代已经完全没落。只是诗书世家的家风还在，读书，科举，然后做官，这是古代男人阶层上升的唯一途径。在这之前，他将会过一段相当窘迫的日子。

寄居在寺庙里，是因为寺庙不要钱，有时候还有施舍的食物。想挣钱，通常靠卖字作文，或者到富人家去当家教。古代穷苦儒生，千百年来都是这副形象，白居易、元稹、孟郊等等，到长安闯天下，都是住在寺庙，"长安居，大不易"。李商隐十几岁，就开始摆摊"卖字作文"了。还有我们的杜甫，"残杯与冷炙，到处潜悲辛"，也是苦哈哈、惨兮兮。

不过贾雨村显然很幸运，也善于钻营，他即将得到甄士隐的接济，后面还会遇到林如海，攀上贾府，平步青云。曹雪芹对世道的讽刺，也藏在贾雨村的名字里。贾化，是"假话"；贾时飞，是"实非"；贾雨村，是"假语存"，或"村言粗语"；"胡州"这个地方也不存在，寓意"胡诌"。总之都是假的。

但贾雨村这个人物，又无比真实。有才华，有野心，善钻营，不择手段，这样的人通常会爬上食物链顶端。

这不，他的第一块垫脚石稀里糊涂走来了。贾雨村问，老先生，看什么热闹呢？甄士隐说，小女哭闹，我带她出来遛遛，你来得正好，大热天的，到我家坐坐吧。

到了甄士隐书房，小童刚端上茶，仆人来报，"严老爷来拜"。脂批说，"严"就是"炎"，大火将至。等候间隙，贾雨村随意翻书，也不见外。忽听到窗外有女子咳嗽声，一看是甄家的丫鬟，"生得仪容不俗，眉目清明，虽无十分姿色，却亦有动人之处"。雨村看呆了。那个丫鬟也看见了雨村。

书上是这么写的：

> 那甄家丫鬟撷了花，方欲走时，猛抬头见窗内有人，弊巾旧服，虽是贫窘，然生得腰圆背厚，面阔口方，更兼剑眉星眼，直鼻权腮……心下乃想："这人生的这样雄壮，却又这样褴褛，想他定是我家主人常说的什么贾雨村了，每有意帮助周济，只是没甚机会。我家并无这样贫窘亲友，想定是此人无疑了。怪道又说他必非久困之人。"

不知道有没有人跟我一样，第一次读《红楼》读到这里，有一种不适感。什么情况，不是说贾雨村奸诈阴险吗？怎么长这么帅，高大，雄壮，正派，棱角分明，眉眼有英气，坏人怎么能相貌堂堂呢！等我适应过来，真想给曹公磕三个头。

一般小说，坏人会怎么写呢？举个例子。

在《基督山伯爵》里，大坏蛋之一，唐格拉尔的亮相是这样的：

> 此人看上去有二十五六年纪，脸色阴沉，一副媚上欺下的嘴脸……他的作为更让水手们看不顺眼，大家对他的厌恶和对唐代斯的喜爱，形成鲜明对比。

> 唐格拉尔向唐代斯瞥了一眼，眼中闪过仇恨的光芒。

这相当于把"我是坏人"四个字写在脑门上，生怕别人不知道。问题是，唐格拉尔是个财务官，长袖善舞，投机钻营，日后成为巴黎赫赫有名的银行家，还加封男爵，游走于巴黎名流圈。这样一个心思缜密、城府极深的人，会把"我是坏人"贴自己脸上？

大仲马或许有自己的考虑，通俗小说嘛，得让大多数人看得懂。

在中国，这也是老传统。戏台上的人物就用脸谱：曹操出来，白脸，奸诈；关二爷出来，红脸，忠义；张飞出来，黑脸，莽撞。生旦净末丑，看脸就知道。当然，究其原因还是为了让普通百姓看得懂。

新中国成立之初，我国文盲率80%，搁在古代，这个数字会更吓人。所以我们读到的唐诗，其实是当时知识阶层垄断的文化。到了宋代，宵禁解除了，勾栏瓦舍挤满人，花街柳巷一度春，老百姓有了夜生活，戏曲、评书也兴起了。这种讲故事的方式，就要求文盲也听得懂，画上脸谱最直接，好人坏人，主人仆人，小姐丫鬟，一看便知。

只是落到文学上，脸谱化就低级了，俗套了。曹雪芹对俗套文学的调侃比比皆是，后面还会说到。

姜文这个红迷，就在电影里说过：

> "人们不愿意相信，一个土匪的名字叫牧之。人们更愿意相信叫麻子。人们特别愿意相信，他的脸上应该他妈长着麻子。"

> *汤师爷答：*"这人可真够操蛋的。"

话糙理不糙，大众的口味，越俗越有市场。

总之，阅读《红楼梦》的过程，是一个纠正自己文学口味的过程。要说它的坏处，是容易留下后遗症，一旦入坑，看什么小说都格外挑剔。《基督山伯爵》这么跌宕起伏的故事，我竟然去挑人家的人物塑造，膨胀了。

这里想提醒大家，在《红楼梦》里，你很难找到好人和坏人，它写的是人性，是众生，是你我。

05

回到书中。

贾雨村见这丫鬟两次回头，便认为这女子对自己有意，"狂喜不尽"，心里一直惦记着。没过多久，中秋节到了，甄士隐备好酒菜，去葫芦庙邀请贾雨村喝酒。正好赶上雨村在吟诗，那是一首五言律：

> 未卜三生愿，频添一段愁。
>
> 闷来时敛额，行去几回头。
>
> 自顾风前影，谁堪月下俦？
>
> 蟾光如有意，先上玉人楼。

前面说贾雨村相貌不凡，这首诗，又说明他才华横溢。就诗本身来说，行云流水，气脉贯通，挺好的流水对。大致意思是：我的前途还没着落呢，又添了一段愁绪。什么愁绪呢？那就是那个丫鬟，她蹙眉敛额，心中苦闷，对我一去几回头。可我功不成名不就，只能在风中顾影自怜，谁能成全我这段姻缘呢？（俦：伴侣）还是把它交给天上的明月吧，月亮若有意成全，就让我蟾宫折桂，并把我的思念带给楼上的人（指前文甄家丫鬟）。（蟾光：指月光。）

这首诗下有脂批：

> 余谓雪芹撰此书，中亦有传诗之意。

作为一个读唐诗的，我再认同不过了。有时甚至怀疑，曹公是不是为了传诗才写的小说，就像为了吃碟醋而包顿饺子一样。

一首写完，还不过瘾，贾雨村又"对天长叹"，作出一联对子：

> 玉在匮中求善价，钗于奁内待时飞。

"匮"，同"椟"；奁（lián），是古代女人的化妆箱。

各位，根据"字数越少信息越多"定律，有必要对这联诗多说几句，我们开开脑洞。

长期以来，红迷和红学家对这联诗争论很凶，主要分为两派。

一派认为，它暗示了林黛玉，尤其是薛宝钗的悲惨结局。从字面看，"钗"是宝钗，"时飞"是贾雨村的字。金钗躺在匣子里等待时机，是说宝钗最后等来了贾雨村。这派观点，以红学家吴世昌为代表，老先生分析得也有道理。贾府败落后，宝钗与宝玉终究分开，难以为生，此时贾雨村正春风得意，位高权重。宝钗是理性之人，一番权衡，加上某些无奈因素，再嫁贾雨村。正合了她的诗，"好风频借力，送我上青云"。

若真是这样，无疑是一种残忍。更残忍的是，还不违背《红楼梦》的悲剧思想。

另一派以周汝昌先生为代表，他认为，文人以"玉"自比是传统。确实，《诗经》有"言念君子，温其如玉"，孔子、各代帝王、贤人，都认同"君子比德于玉"。王昌龄的"一片冰心在玉壶"，也是这个意思。那作为儒生的贾雨村，以玉自比，求"善价"，也很正常。

争论点仍旧在后半句，周汝昌的解释是，这句里的"钗"只是女子的泛称，如"裙钗""金陵十二钗"，在这里是指对贾雨村数次回头的甄家丫鬟。如果结合上下文，雨村刚发完牢骚，"频添一段愁"，再表达一下，"那个姑娘迟早是我的"，也是合情合理。

两派观点都有道理，你信哪个呢？

周先生的观点暂且不论，假如真像吴先生所说，"钗"就是指宝钗，那故事就精彩了。

于是我在想，会不会还有第三种可能呢？

在这联诗里，"待"字不是等待、期待，而是"守株待兔"的待。宝钗是封建礼教坚定的拥护者，不大可能"一女侍二夫"，于是贾家大厦将倾，贾雨村落井下石之际，宝钗以贾府CEO的身份，与贾雨村斗智斗勇，挽大厦之将倾。此时凤姐已身陷囹圄，探春远嫁，贾母已逝。宝姐姐聪明机智，沉稳老练，是唯一也是最合适的人选。身份、才能、利益相关，诸多条件，非她莫属。

对抗的结果，贾府当然仍是千疮百孔，大势已去，但贾雨村也没落到好处，也应了他的判词，"因嫌纱帽小，致使锁枷杠"。

我之所以这么想，是源于《肖申克的救赎》，这部电影里，有个非常巧妙的设计。

监狱长是个残忍贪婪的监狱暴君，同时还是个虔诚的基督徒——至少表现得是。他突击检查安迪的牢房，临走时送还安迪的《圣经》，说了一句话：

> "得救之道，就在其中。"

这是一句双关，引用《圣经》里的一句，也是对安迪的告诫——多读《圣经》，净化灵魂，好好改造。

此时监狱长还不知道，那本厚厚的《圣经》里，藏着安迪用来挖地道的鹤嘴锄。直到安迪越狱，监狱长打开那本《圣经》，才发现安迪为什么能越狱。同时，也在扉页发现安迪给他的留言："得救之道，就在其中。"

又是一次双关。

我觉得这句话和"钗于奁内待时飞"具有类似作用。对抗的双方都认同，但解读方向完全相反。如果以上假设成立，贾雨村的"待时飞"，是"等着老子娶你"；宝钗的"待时飞"，就是"老娘等着你"。

胜利者才有解释权。

06

故事继续。

贾雨村吟诵这联诗，刚好被甄士隐听到，一个劲儿夸，好诗，好诗，一听就知道雨村兄胸怀大志。今天正好中秋节，你孤身一人，难免寂寥，来来来，我已备好薄酒，到我那里热闹热闹去。贾雨村求之不得，跟着甄士隐去了。

在甄家，摆上美酒佳肴，俩人越喝越嗨。街坊邻居也是户户笙歌，天上皓月当空，又令雨村诗兴大发，当场对月咏怀，一首绝句就出来了：

> 时逢三五便团圆，满把晴光护玉栏。

天上一轮才捧出，人间万姓仰头看。

请注意，这首诗不是雨村搜肠刮肚写出来的，而是趁着酒兴，"口号一绝"，随口吟出来的。

对酒当歌，不打草稿，对月咏怀，豪气干云，你会想起谁？没错，李太白。尽管感情上不愿意这样对比，但此时的贾雨村确实有太白遗风。

诗意本身很通俗，既然是中秋之夜对月赋诗，每个字都左手指月：每到十五便是满月，清光铺满汉白玉栏杆。天上那一轮明月啊，刚刚捧出，人间万姓便仰头展望。"捧"字用得极好，众星捧月，浩瀚星空里，月亮是当之无愧的C位。

甄士隐也是个读书人，且悟性极高。书上写道，贾雨村刚念完，士隐听了，大叫：妙哉！我就说嘛，兄台必非久居人下者，从这首诗就看出来了，雄心勃勃，有飞腾之兆。来来来，满上！满上！

贾雨村叹一口气说，不是我膨胀哈，就凭我的才华，扬名立万不是没有可能。只是最近太穷了，信用卡都刷爆了，京城那么远，没盘缠呀。就靠我给人家卖字写文章，啥时候能挣够路费呀，况且大家看文章都不爱打赏。等我攒够路费到京城，考试早结束了。

甄士隐把酒杯往桌子上一砸，早说呀你，我早就想帮你了，怕伤你自尊，才一直没开口。钱我出，科考你去。来人！"速封五十两白银，并两套冬衣。"兄台啊，十九日就是黄道吉日，赶紧出发吧。

看到这里，都看出甄士隐大方，对雨村好。但他有多大方呢？我们得解释一下，看这"五十两白银"值多少钱？全书提到银子的地方数不过来，读《红楼梦》，很有必要对银子的购买力有个基本概念。

古代银子与现在的人民币换算，是个非常麻烦的事，且不同时期购买力也不一样。我数学不好，就举例子吧。

《金瓶梅》的创作背景是明朝，比《红楼梦》略早。第一回里，西门庆召集十兄弟拜把子，大摆宴席。书上写道：

西门庆称出四两银子，叫家人来兴儿买了一口猪、一口羊、五六坛金华酒和香烛纸札、鸡鸭案酒之物……

这是四两银子的购买力。

酒宴期间，众人说起景阳冈老虎伤人事件，官府赏银五十两打虎，大家准备一起去做赏金猎人。

西门庆道："你性命不值钱么？"

白赍光道："有了银子，要性命怎的！"

五十两，值得冒生命危险。

潘金莲第二次被转手——"潘妈妈争将出来，三十两银子转卖与张大户家"。

考虑到是"二手的"，在人口市场行情走低，但再怎么着，人家潘小姐也是能弹会唱的一个尤物。

三十两，可以买个潘金莲。

当然，随着冶炼技术的提升，以及西方白银大量流入中国，到《红楼梦》所描述的清朝，白银购买力有所减弱。但是，依然超出我们想象。

后面很快就会看到，刘姥姥第一次进荣国府，得白银二十两，够他们一个农村四口之家吃一年。

贾府大小姐一级，每月零花钱是二两；姨娘级别是二两银子，外加一吊钱；大丫鬟是一两，打杂的小丫鬟只有五百钱。以此推算，小厮、杂役等靠卖力气过活的底层阶级，一个月挣不到一两银子。

而甄士隐对贾雨村，这个非亲非故的人，一出手就是五十两。

请大家记住这个数字，因为后面我们将会看到，曹公如何通过前后对比手法，来体现赤裸裸的人性。顺便提一嘴，《红楼梦》最初以手抄本在民间流传，一本四十两银子，可谓天价。这钱要是有一半落到曹雪芹手里，他就不用"举家食粥酒常赊"了。

回到书里。贾雨村收下银子、衣服，二人继续喝酒谈笑。"那天已交了三更，二人方散。"

第二天，甄士隐睡到红日三竿才醒，派家仆到葫芦庙请贾雨村，准备再写封推荐信，好让雨村到京城后有个安身之所。家仆回来说，贾雨村已经出发——"今日五鼓已进京去了"。

我们看这两个时间，三鼓是三更，夜里12点，五鼓是五更，不到5点。也就是说，从喝完酒到出发上京，只有四个多小时。赶远路总得收拾收拾行囊吧，说明贾雨村很可能一宿没睡。

奔前程之急，求功名之切，由此可见。

甄士隐做了善事，就该倒霉了。

贾雨村走后，曹公笔锋一转，"真是闲处光阴易过，倏忽又是元宵佳节矣"，这天，甄士隐让一个叫霍启（祸起）的家仆，带女儿英莲到街上看花灯。看到半夜，霍启要上厕所，就把英莲放在外面，等他从厕所出来，英莲已经不见踪影。霍启找到天明也没找到，不敢面对甄家，逃之夭夭。唯一的孩子丢了，甄士隐夫妇痛不欲生，"昼夜啼哭，几乎不曾寻死"。

祸不单行，到了三月十五，隔壁葫芦庙里炸供品，引发火灾。当时都是木房子，一夜之间，整条街化为灰烬。甄家也变成一堆瓦砾。甄士隐变卖掉田产，跟着老婆去投奔岳父。

还记得癞头和尚念给甄士隐的诗吗？后两句的谜底解开了，"好防佳节元宵后，便是烟消火灭时"。元宵女儿失散，火灾烧尽家产。预言成真。

07

甄士隐的岳父名叫封肃（风俗），是个小地主，日子过得不错。见到女婿如此狼狈，各种嫌弃。连哄带骗，把甄士隐变卖田产的钱也划拉到自己口袋，就给了夫妻俩几间破屋几亩薄田。

甄士隐接连遭受打击，也不善于理家耕田，越来越落魄。贫病交攻，加上丢失女儿的痛苦，没过几年，"竟渐渐的露出那下世的光景来"。

这天，甄士隐拄着拐杖，走在街上，"忽见那边来了一个跛足道人"。依然疯疯癫癫，念念有词：

> 世人都晓神仙好，惟有功名忘不了！
>
> 古今将相在何方？荒冢一堆草没了。
>
> 世人都晓神仙好，只有金银忘不了！
>
> 终朝只恨聚无多，及到多时眼闭了。
>
> 世人都晓神仙好，只有娇妻忘不了！
>
> 君生日日说恩情，君死又随人去了。
>
> 世人都晓神仙好，只有儿孙忘不了！
>
> 痴心父母古来多，孝顺儿孙谁见了？

这段歌词以现代眼光看，是消极悲观的，有浓厚的佛道思想。佛教说四大皆空，这段词里也是四大皆空，功名，钱财，女色，儿孙，都是"空"。它由跛足道人之口说出来很有意思。因为佛与道后来是慢慢融合的，互相渗透。比如王重阳创立全真教，既开《道德经》课程，也开《心经》课，儒家经典也不放过。只要有用的，本门派都学。

这首歌词除了佛家，还有道教思想，修道成仙才是人生终极意义，所以才说"神仙好"。当然，大家知道大概怎么回事就行了，不必菲薄古人。李白就是个忠实的道家信徒，"钟鼓馔玉不足贵，但愿长醉不复醒。古来圣贤皆寂寞，惟有饮者留其名""世间行乐亦如此，古来万事东流水"，都是浓浓的道家配方。贺知章为啥称他"诗仙"啊，因为道家的终极目的就是成仙。

甄士隐第一次是在梦中见到跛足道人，没有开悟。第二次见，还没有开悟。这是第三次见，他已历经女儿丢失，家财散尽，世态炎凉，暮年贫困，终于开悟了。跛足道人唱完，甄士隐上前搭话：

> "你满口说些什么？只听见些'好''了''好''了'。"

跛足道人说："你若果听见'好''了'二字，还算你明白。可知世上万般，好便是了，了便是好。若不了，便不好；若要好，须是了。我这歌儿，便名《好了歌》。"

水到渠成，火候恰好，这话直击甄士隐的灵魂。他说我帮你翻译一下吧，道人说，开始吧。甄士隐便说了他对《好了歌》的理解。

请大家认真看，我把每句对应的人物标在后面，这有助于我们读懂全书。

甄士隐的翻译如下：

陋室空堂，当年笏满床；[笏是古代大臣上朝时的手板，分竹、玉、象牙三种，后来代指豪门权贵]

衰草枯杨，曾为歌舞场。[这两句写贾府的兴盛与衰败]

蛛丝儿结满雕梁，[荒凉。指黛玉的潇湘馆、宝玉的怡红院]

绿纱今又糊在蓬窗上。[因攻击贾府而发达的贾雨村等人]

说什么脂正浓、粉正香，如何两鬓又成霜？[薛宝钗、史湘云等人]

昨日黄土陇头送白骨，[黛玉、晴雯]

今宵红灯帐底卧鸳鸯。[凤姐]

金满箱，银满箱，展眼乞丐人皆谤。[甄宝玉、贾宝玉]

正叹他人命不长，那知自己归来丧！[警醒世人]

训有方，保不定日后作强梁。[强梁是强盗，因八十回后遗失，不确定指谁]

择膏粱，谁承望流落在烟花巷！[膏粱指富家公子，此句指巧姐，或许还有湘云]

因嫌纱帽小，致使锁枷杠；[贾赦、贾雨村等人]

昨怜破袄寒，今嫌紫蟒长：[皇帝穿龙袍，大臣穿蟒袍，其中紫色最高贵，紫蟒泛指达官。此句指贾兰、贾菌等人]

乱烘烘你方唱罢我登场，[世间大舞台，众生轮番上场]

反认他乡是故乡。[回头是岸]

甚荒唐，到头来都是为他人作嫁衣裳！ [自己品吧]

甄士隐的注解相当漂亮，跛足道人连夸解得切。随后书里写了一句话，是天才级的。

士隐便说一声："走罢！"

说完把跛足道人的褡裢拿过来，往肩上一甩，跟他一起出家了。

很多人说《红楼梦》语言啰唆，那是没有读进去，读进去会发现曹公惜字如金，并且善用诗歌语言，寥寥几个字，已臻传神之境。看这句，甄士隐与跛足道人并没有多余的对话，两个字，"走罢"，如相识已久，灵魂碰撞。一个布道者，一个开悟者，第三次相逢，缘分水到渠成，成为同道中人。

妻子封女士哭得死去活来，只能带着两个丫鬟，依靠父母度日。封肃虽有怨言，但也无可奈何。自己的亲闺女，总不能赶出去，就这么凑合着过吧。

不知过了多久，这一天，封女士的一个丫鬟到门口买线。大街上鸣锣开道，一顶八抬大轿走过，威风凛凛。街坊议论纷纷，原来是新上任的本府太爷。这丫鬟向轿子瞄了一眼，觉得面熟，也没当回事。

夜晚，一家人刚要入睡，忽有一阵拍门声，传来公差的喊话：开门！开门！"本府太爷差人来传人问话。"

"封肃听了，唬得目瞪口呆，不知有何祸事"。

且听下回分解。

贾府的八卦

贾夫人仙逝扬州城
冷子兴演说荣国府

01

上回说到，甄士隐看破红尘，跟着跛脚道人出家去了。

这天晚上，他岳父封肃一家正要入睡，门外响起敲门声。封肃开门，门口站着一群公差，这些人嚷嚷吵吵，快把你家甄爷请出来，我家太爷有请。封肃说，小人姓封，不姓甄，我女婿姓甄。公差说，我们也不知道什么真啊假的，既然你女婿不在，就麻烦你走一趟吧。

封肃从官府回来，带来了好消息，原来新上任的本府太爷，就是贾雨村。那天坐在轿子里路过封家门口，看到当年对他"行去几回头"的甄家丫鬟，以为甄士隐住在这里。

封肃把甄家的遭遇一一告知，贾雨村"伤感叹息"一番，当场承诺，孩子丢了，别怕，我派人帮你找。第二天一早，又派人送来两封银子、四匹锦缎。随着这份大礼送来的，还有一封密信。信上说，想要他们家那个丫鬟做二房。

我们也终于知道这丫鬟的名字了，叫娇杏（侥幸）。

贾老爷这么慷慨，封肃当然同意，一番运作，"乘夜只用一乘小轿，便把娇杏送进去了"。

不是吹吹打打风风光光的迎娶，而是"乘夜"，用"小轿"。可不是贾雨村出不起钱。二房就是这个待遇，自古都是。

后面我们会看到，贾赦、贾蓉身边突然就多了一个妾，一个续弦，悄无声息地，也是这个意思。苏童在《妻妾成群》里第一句话："她（四太太颂莲）是傍晚时分由四个乡下轿夫抬进花园西侧后门的。"也是傍晚，也是一乘小轿，还只能后门进。

一般来说，小妾地位低，没啥奔头。但是娇杏的运气太好了。书上说她"命运两济"，嫁给雨村一年，生了个儿子，又过半年，雨村正妻染病暴毙，就把娇杏扶正，做了堂堂知府夫人。正是：

偶因一着错，便为人上人。

应了她的名字，"侥幸"。

从这里到八十回结束，娇杏再没出现过。她最后的结局不得而知。不过不难猜测。贾雨村落马之后，家产抄尽，娇杏或被卖掉，或是一起收监，运气好的话，会在清苦中一个人拉扯儿子。反正"人上人"的日子是到头了。

人会侥幸一时，不会侥幸一世。

封肃的戏也杀青了。为了买娇杏，贾雨村送给甄士隐妻子"两封银子"，给封肃"百金"。

金钱的信息量最大。这里有必要解释一下。

上回说过，《金瓶梅》里潘妈妈卖潘金莲，卖了三十两银子。而贾雨村为娇杏出的价码，是"百金"＋"两封银子"。

曹公太狡猾，虚虚实实，令人莫辩。"百金""两封"，都不是准确数量。但可以肯定，都远远超出三十两，足够买一排潘金莲的。说明在贾雨村心里，对娇杏是有感情的。并且我愿意相信，此时的雨村对甄士隐一家，是心存一些感激的。他还没忘记那五十两的雪中送炭。

但另一方面必须知道，贾雨村从一个路费都拿不出的穷儒，到一掷千金不眨眼的官员，只用了短短几年时间。《让子弹飞》里汤师爷怎么说来着，"有钱！有钱！""上任就有钱！"古代官场，这不是潜规则，是明规则。

老话说，男人三大喜：升官，发财，死老婆。贾雨村全占了。

这该死的幸福。

02

雨村上任之后，露出枭雄本色。

书上写道：

> 虽才干优长，未免有些贪酷之弊；且又恃才侮上，那些官员皆侧目而视。不上一年，便被上司寻了个空隙，作成一本，参他"生情狡猾，擅纂礼仪，且沽清正之名，而暗结虎狼之属……

各位留心，这段话大有嚼头，且是轻轻一笔，一不留心就划过去了。我读前两遍的时候都没在意，后来越琢磨越有意思。《红楼》一大笔法，叫"不写之写"，全书到处都是，这段尤其明显。

我们梳理一下，这段话列了贾雨村两大罪状：

一是可公开的罪名，性格狡猾，不守礼制，沽名钓誉给自己立清官人设，再加拉帮结派。

发现没有，这些说是罪名，其实都不成立。就像我们不能到法院起诉一个人，说他狡猾没礼貌，也不能说他天天立人设，却到处结交狐朋狗友。

可这段话里还有另一重罪名，是"贪酷"。贪污，严刑峻法，不管搁哪个朝代都够治罪。这才是实质。讽刺的是，弹劾雨村的同僚，不说他"贪酷"，却整些虚头巴脑的作风问题。

为什么呢？

既要排除异己，又投鼠忌器。

搞掉你贾雨村，并不是因为你"贪酷"，而是你"恃才侮上"——没有在上峰的领导下贪酷。但又不能被"异己"拖下水，所以找个可大可小、似有若无的理由。

我等小民要转到脑子宕机才想明白，说贾雨村"暗结虎狼之属"，拉帮结派，难道弹劾他的那些同僚就没有拉帮结派吗？

唐朝的牛李党争，北宋的新旧党争，尤其明末政坛大乱斗，"道德攻击"是标准流程，也是玄而又玄的手段，屡试不爽。

说这些，并不是给贾雨村洗地，前有一掷千金买娇杏，后有趁火打劫贾府，害石呆子家破人亡，"贪"和"酷"都没冤枉他。

搁一般官员，落马了，气势也会一落千丈。但贾雨村不同，罢官之后，"心中虽十分惭恨，却面上全无一点怨色，仍是嬉笑自若"。安顿好老婆孩子，"却是自己担风袖月，游览天下胜迹"。

这不是普通贪官，是个深不可测、令人敬畏的枭雄式人物。

03

我经常收到信息，有说读不进《红楼梦》，是人物太多，记不住；有说节奏缓慢，只能用来催眠。

从现在开始，要攻克这两道关了。可以告诉大家，并没有想象中那么难，否则还怎么称作小说。

首先，人物多不多？确实多，多到现在都没搞清楚。我看过各种版本，少的说是448人，最多的说是975人，因为统计的标准不一样。没名没姓的人物，有的统计在内，有的不统计。但并不是说小人物就不重要，比如给贾雨村献上护官符的门子，日后也可能飞黄腾达。

这么多人物怎么记得住呢？别怕，不用刻意去记。《红楼梦》是人物塑造的神作，每个人物，哪怕很小的角色，哪怕只有几句台词，都个性鲜明，自带光环，很容易记住的。比如焦大，比如多姑娘，比如倪二。

并且很多人名都有规律，比如带辈分：第一代宁国公贾演、荣国公贾源，带三点水；第二代贾代化、贾代善，代字辈；第三代贾敬、贾赦、贾政，反文旁；第四代贾珍、贾琏、贾瑞、贾宝玉，名字都带玉；第五代贾蓉、贾菌、贾蔷，草字头；四个姑娘是四个"春"，丫鬟名字是琴棋书画等等。其他的人名，很多是谐音梗，名字、个性高度关联。

总之都有规律，一记一串。

如果你是第一次读，实在没信心，还有个笨办法。找一张纸，遇到一个人物，就写下来，标清楚与上一个人物的关系。不等你写下100个名字，你会发现已经不需要它了。那些鲜活的角色，会自己走进你的脑子里。

说《红楼》节奏缓慢，是对《红楼》最大的误解，我写到这里，第二回还没写完，已经几世几劫了。甄士隐已经看破红尘了，贾雨村已经从穷儒到中进士到做官，又落马了。

这节奏还慢吗？

接下来，主要人物会一个个登场，一群群亮相，"你方唱罢我登场"，眼花缭乱，你只会嫌自己脑子不够快。所以放心吧。慢慢读，会很快。

故事继续。

贾雨村无官一身轻，四处游山玩水，这天来到了扬州。

扬州新上任的巡盐御史叫林如海，是前科探花。

古代科举考试，第一名是状元，第二名叫榜眼，第三名就叫探花，人中龙凤。据说从唐朝开始的传统，探花这个称号不仅要有才华，人还得帅，这样才能配得上"探花"二字。至少得像小李飞刀李寻欢那样，才敢叫探花。

关键是林家祖上也很辉煌，四代世袭列侯，到林如海这代，不能袭官了，却考中探花。所以书中对林家的评价是：

虽系钟鼎之家，却亦是书香之族。

富贵富贵，光有钱，只能叫暴发户，还得有文化，才能叫贵族。林家富贵两全。

可能有人要问，现在超市买包盐才几块钱，一个管盐务的官，怎么会富呢？这说的是现代。

在古代，食盐可是国家非常重要的税收来源。唐末的黄巢，元末的张士诚，都曾偷贩私盐，他们的起义有很多因素，而其中一条就是利益之争。

巡盐御史主管一个地区的所有盐务，大大小小的盐场、盐商，生命线都在巡盐御史手里捏着，收缴的盐税，是国库中的大头。所以这是一个肥差。

《金瓶梅》里，西门庆发的最大最快一笔财，就是贿赂两淮巡盐御史提前拿到盐引（相当于官盐销售许可证），得以提前一个月销售，赚了白银数万两。

明清两朝盐政制度大差不差，这位两淮巡盐御史的治所也在扬州。可以说，当时的扬州，遍地都是盐商企业总部。

现实中，曹家的江宁织造府亏空约54万两银子，也是康熙下令，用两淮盐政的钱才补上窟窿。乾隆时期，两淮盐政就暴过雷，抖落出一宗1100万两白银的贪腐大案。

林如海有没有中饱私囊，书里没写，但这是显而易见的，区别无非怎么营私，是赚取最后一个铜板，还是适可而止？林如海如果像海瑞那样，估计也得先给自己打副棺材，还不一定坐得稳。

林家财产先交代到这里，后面涉及一笔巨款，到时候再继续。

林如海有门第，有才华，还有钱，妥妥的人生赢家。可是，人生总有不如意，林如海的人生也有遗憾——无子。他本来有个儿子，可惜三岁夭折了。如今林如海年已四十，只有一个女儿，这就是五岁的林黛玉。

书香之族重视教育，林如海打算给黛玉找个家庭教师。巧了，贾雨村带着简历上门了。

有人对此意难平，黛玉的启蒙老师，怎么能是贾雨村这号人呢？

我倒觉得顺理成章。不妨站在林如海的角度想想，还有哪个教师能比贾雨村优秀呢？贾府这么大权势，私塾先生也不过是贾代儒这个老朽。论形象，论才华，论风度，论见识，贾雨村都堪称名师。

一年后，黛玉的妈妈因病去世。我们第一次知道了林家与贾府的关系，因为黛玉的母亲，这位"贾氏夫人"，就是贾府的女儿。本回目中，"贾夫人仙逝扬州城"，就是这个事。

黛玉本来就体弱多病，这一打击，三天两头读不了书，贾老师的工作很清闲。

这天闲来无事，贾雨村信步郊外，"赏鉴那村野风光"，在密林深处看到一座破庙——智通寺。从描述来看，这绝对是个危房。但庙门口的一副对联，引起了雨村的注意：

身后有余忘缩手，眼前无路想回头。

这句有脂批："先为宁、荣诸人当头一喝。"

什么意思呢？这座庙起到警示作用，可以说是作者专门为贾雨村安排的。人性本贪，但要适可而止，金钱、欲望、权力，到一定程度，要记得收手。不要等到无路可退了才想起回头，晚了。

这是警示贾雨村的，也是警示世人的。脂砚斋看到，立刻就想到宁、荣两府的诸位。宝玉是情痴，天下女儿都要喜欢我；凤姐迷恋权力、金钱，机关算尽；贾瑞沉迷肉欲，能把自己搞死；袭人一心要做姨娘；贾敬一心想着得道成仙；贾赦贾琏贾珍这些人，哪一个不是欲壑难填。

当下那些轰然倒塌的商业巨头，要么是被时代抛弃，插不了手的；

要么是野心太大，啥钱都想赚，忘记缩手的。

聪明如贾雨村，一眼就看出这副对联的深意，走进庙里，一探究竟。可庙里只有一个又聋又脏的老和尚，对雨村爱答不理，他又出来了。他还没有悟到。

其实这个老和尚，相当于《天龙八部》里的扫地僧，真人不露相。根据现有资料推测，多年后贾雨村戴上枷锁镣铐，再无翻身机会，应该会再次走进这座破庙，那时候他才会真正理解这副对联，也会对老和尚叫一声"大师"。

出了庙门，有一家酒肆。雨村刚进去，里面一人哈哈大笑："奇遇，奇遇。"这是遇到老熟人了。这个人就是冷子兴。回目中的"冷子兴演说荣国府"，正式开始。

"冷子兴"这个人物，名字好，人物设定也好。在本回开头有一首回前诗，后两句是"欲知目下兴衰兆，须问旁观冷眼人"。

目前的兴衰之兆，谁看得最清呢？不是局内人，更不是八竿子打不着的人，而是游走在局内局外且具备一双冷眼的旁观者，所谓旁观者清。冷子兴是周瑞的女婿，周瑞一家是"金陵王"家的陪房（家生奴仆），后随王夫人来到贾府，了解贾、王两家内幕。冷子兴的身份，最适合冷眼旁观。

《三国演义》开篇词，"白发渔樵江渚上，惯看秋月春风。一壶浊酒喜相逢。古今多少事，都付笑谈中"。风格虽然粗粝，沧桑扑面，但就意思来说，很像《红楼》此处场景。

俩人一壶浊酒，笑谈贾府多少事。

一落座，雨村就问："近日都中可有新闻没有？"冷子兴说没啥事，就你的本家出了一件小事。雨村说我在都中没亲人啊，冷子兴说，荣国府贾家不就是你本家嘛？雨村说，哎，别提了，我跟他们虽是同谱，那都是汉朝的事了，我可高攀不起。

冷子兴说，别价，如今宁荣两府不比以前了。雨村说，不对吧，那等家大业大的，怎么会不行了呢？去年我去金陵，从贾府门口经过，宁、荣两府连着，占了大半条街，里面人虽不多，但亭台楼阁啥的，还是金碧辉煌的，"那里像个衰败之家？"

冷子兴说，亏你还是个读书人，"百足之虫，死而不僵"啊，你看着他们外表轰轰烈烈的，其实底子都空了。只知道讲排场，撑场面，挥霍无度，其实没啥钱。"谁知这样钟鸣鼎食之家，翰墨诗书之族，如今的儿孙，竟一代不如一代了！"

怎么个"一代不如一代"呢？

下面冷子兴打开话匣，把宁、荣两府的主要人物关系和性格特征介绍了一遍，我就不赘述了，强烈建议各位细读原文，同时按照上面的笨办法，把人物关系一一罗列下来。读完、列完，再看个几回基本就记住了。

《红楼》人物太多，关系复杂，如果按照情节走向，每出现一个人物就介绍一下他的关系，就会一直打断情节，那样写太死板。曹公聪明，先来两个旁观者聊八卦，就把问题解决了。

在八卦宝玉时，冷子兴说到宝玉周岁时抓周，父亲贾政摆了一堆东西，让宝玉抓，看他将来的志向。

宝玉别的东西一概无视，"伸手只把些脂粉钗环抓来"。气得贾政大怒，说他将来肯定是酒色之徒。长到七八岁，似乎更印证了父亲的预言，宝玉说出了那句大家熟悉的经典语录：

> "女儿是水作的骨肉，男人是泥作的骨肉。我见了女儿，我便清爽；见了男人，便觉浊臭逼人。"

各位，要想把这句话说明白，估计得写篇论文了。宝玉此后的一言一行，都是在践行这句话。但我们不能死板理解，比如秦钟、北静王、蒋玉菡，这种多情帅哥型的男人，宝玉又不嫌人家浊臭了。

冷子兴说到这里，问贾雨村，"你道好笑不好笑"，显然是不理解宝玉。神奇的是，贾雨村更理解宝玉，他接下来的一大篇话，可以看作《红楼梦》对人性的观察。曹公纵横古今，正史野史，读书万卷，在历经世态炎凉，看透荣辱起落之后，得出对人性的理解。

这段话原文就不展开了，说下我粗浅的理解：

贾雨村是说，世上的人无非三种，一种有大仁大德大才，尧舜禹汤、孔孟程朱这种；另一种是大奸大恶大坏蛋，桀纣王莽、安禄山秦桧等等。前者拯救天下，后者祸乱天下。

第三种，就是芸芸众生，平平庸庸，坏不到哪儿去，也好不到哪去，早晨坐地铁还给老人让座，晚上回到家就拿起键盘乱骂人。

同时，天地之间有正邪两股气，大仁者，一身正气；大恶者，身上沾染了邪气。太平盛世就是正气多，烽火乱世就是邪气盛。

可是接着，贾雨村又说出了第四种人。这种人生在"当今"太平盛世，政治清明，人民幸福，正气爆表。但这些正气游离于世界上每个角落，遇到深沟大壑中的邪气，两股气就开始纠缠，融合，互搏，成为一种新的混合气体。

这种气体要是附在人身上，便产生一种新人类，他们"聪俊灵秀之气，则在万万人之上；其乖僻邪谬不近人情之态，又在万万人之下"。所谓正邪两赋型人格。

这听起来似乎有点玄乎，其实也简单。我的理解是，这种人身上正邪两气都很旺盛，且经常互搏，所以他们个性鲜明，自带光芒，亦正亦邪，充满魅力。你可以不喜欢他，但你永远不会忽视他。

广告营销领域有个真理：一个品牌，宁可让大家吐槽你，都不能让大家忽视你。产品即人，人即产品。

贾雨村列举了一串这类历史人物，都是复杂人格，比如唐明皇，宋徽宗，秦少游，唐伯虎。其实文学作品里也有这样的人物，宝玉和凤姐就是典型。再比如孙悟空，鲁达，《霸王别姬》里的程蝶衣，《新龙门客栈》里的金镶玉，《被解救的姜戈》中的牙医。《三体》里的史强也有那么点意思，我喜欢史强胜过几位主角。但这种人物很难创作，一不小心就写砸了。

说句题外话，可能近年来我身上也沾了一点邪气，最讨厌看好人电影，主角身上要是没点邪气，没点阴暗面，还真看不下去。

04

贾雨村的人物论说完，冷子兴说，那就是"成则王侯败则贼"了？
贾雨村说，正是此意。

这个俗语别多想，只是个比喻。正邪两赋型人格，不管在石头眼
里，空空道人眼里，还是贾雨村眼里，都是"异样"的人。当然，在世
人眼里，曹公眼里，都是一样。

> "其中只不过几个异样女子"。（第一回）
> "这两年遍游各省，也曾遇见过两个异样孩子"。

这样的人是不甘平庸的，才能很出众，缺陷也明显。要么轰轰烈
烈，要么一败涂地。唐明皇、宋徽宗，还有红楼梦中人，都是这类"异
样"人。

贾雨村见到的异样孩子是谁呢？

他继续对冷子兴八卦，说自己曾在金陵，到"金陵省体仁院总裁甄
家"也做过家教，他家就有个异样的孩子，名叫甄宝玉。

甄宝玉不爱读书，经典语录一："必得两个女儿伴着我读书，我方
能认得字，心里也明白；不然我自己心里糊涂。"

经典语录二："这女儿两个字，极尊贵、极清净……你们这浊口臭
舌，万不可唐突了这两个字要紧，但凡要说时，必须先用清水香茶漱了
口才可……"

在甄宝玉眼里，女人是神，是信仰，是宇宙高质量生物。是不是很
巧，贾宝玉也是这么认为的。

两个人都叫宝玉，一样性格，一样年纪，说一样的话。二人都有个
对自己宠溺的祖母，也同样有一群姐姐妹妹。后文里，还会通过一个老
嬷嬷之口爆出甄家权势，皇帝六下江南，"独他家接驾四次"。

这很容易让读者迷惑，敢情贾、王、史、薛还不是最有权势的，还
有个甄家，可是江南甄家的戏份，在前八十回太少了，简直可以忽略。

且从不正面描写，影影绰绰，神龙见首不见尾，曹公是不是对甄家太吝啬笔墨了？

所以有必要聊下甄与贾的关系。

在"独他家接驾四次"下面，有一句脂批，是"点正题正文"。什么意思呢？这才是作者真正想写的东西，这才是全书的正题。

字数越少，信息量越大。

我的理解是（本书中我会多次用到"我的理解"，并非特指我的独家发现，而是指这仅是个人见解，是从阅读中、从一代又一代红学前辈的见解中，得出自己的理解。不代表准确答案，只供大家思考），《红楼梦》一开篇，就出来两个相对的人物，甄士隐和贾雨村。脂批明确指出，甄士隐是"真事隐去"，贾雨村是"假语村言（存焉）"。这是个明确的信号，凡写到甄家故事，是真实的，而贾家故事是虚构的。前者是历史，后者是小说。

写甄士隐，是大笔挥洒，是MV手法，只用一回，就写完了他的一生：祖上辉煌，无意仕途，然后衰败，无子，丢女儿，火灾烧完家产，历经世态炎凉，最后顿悟出家。

甄士隐的家庭变故，是贾府兴衰起伏的缩影。甄士隐的一生，是贾宝玉一生的预演。

再说江南甄家。

小说里江南甄家信息少，与贾府交集的信息更少。但每次交集，都是重大信息。比如甄家抄家，将财产转移到贾府。两家得是什么关系，贾府才会冒这么大的风险？就算是故交老亲也说不通，并且作者还没说明，到底是什么故交，什么老亲。

甄家这么大的权势——接驾四次——只写了一个败家儿子甄宝玉，难道上一代男人之间就不联络？

答案只能是，甄家历史是真实的，贾家历史是假的。"甄（真）"的不能写，所以只能写"贾（假）"的。

但小说又各种隐喻，草蛇灰线，让你知道甄与贾（真与假）的关系。再回过头读这句，"假作真时真亦假，无为有处有还无"，有点欲盖弥彰的味道，甚至可以说，曹公根本就不想"盖"，只想"彰"。

这样一来，甄家父辈祖辈一代，确实没必要写，写了就重复，只写甄宝玉这一个人物就行了，因为甄宝玉是个坐标，是个锚点。读者如果将贾宝玉和甄宝玉对应起来，那甄、贾两家也就自然对应了。

再看甄宝玉的描写，上面通过贾雨村之口说了，跟贾宝玉是一模一样的，连长相都是一个模子。在后文我们还会看到贾宝玉在梦中见到甄宝玉，那段脑洞特别大，盗梦空间一样，实锤证明，两个宝玉就是同一个人。此处不展开，后面再细聊。

从文字表面看，江南甄家和甄士隐不是一家，但我们完全可以看作一家。

甄士隐对应贾宝玉的人生遭遇，甄宝玉对应贾宝玉的人物性格，而甄家，对应贾府这个大家族。甄、贾两家，是通过两个"宝玉"的等量换算得出来的。人物各司其职，是一组双层隐喻。

另外提醒大家，《红楼梦》里的时间是被打乱的，有点平行宇宙的意思。曹雪芹当然不懂天文学，所以他用的是镜像理论。甄士隐和贾宝玉，甄宝玉和贾宝玉，黛玉和晴雯，宝钗和袭人，贾瑞的风月宝鉴……甚至贾雨村这个人物，也是贾府自家人的一个投射。后文提到，贾府这样的大家族，从外面杀一时半会儿杀不死，必须是自己人窝里斗，内部互杀才会死得快。可惜原文缺失，我们找不到更多贾雨村的证据了。

不过大家先别急着撕书，时间紊乱只出现在前几回，后面就正常了。毕竟写小说还是要给大家看懂的。

本回最后，冷子兴和贾雨村喝着酒，聊着贾府的八卦，帮我们梳理了复杂的人物关系。第一次读《红楼》的人，会有个初步印象。再次提醒大家，人物记不住的话，可以列个人物关系表，很有帮助。

只这一回文字，我们就能看到贾雨村不简单，长袖善舞，触角敏锐。江南甄家、林家都与他有交集，他很快还会攀上贾家、薛家，还有金陵王家。

前面贾雨村罢官，他为啥不怕，担风袖月，没事人一样？因为他官虽丢了，但人脉在，资源在，能力也在，信心没有被摧毁，他知道他终究会东山再起。自古成大事者，都有此等心量。尽管读者们骂他，恨他，唾弃他，但反过来看，坏人身上的优点，也是优点。

这不，俩人刚埋过单，好事就来了。

方欲走时，又听得后面有人叫道："雨村兄，恭喜了！特来报个喜信的。"

什么喜信儿呢？咱们下回分解。

一字一句
读红楼

第三回

这个妹妹我曾见过的

贾雨村夤缘复旧职
林黛玉抛父进京都

01

书接上回。

贾雨村和冷子兴喝完酒，聊完贾府八卦，正要出门，听到有人叫他。回头一看，是一个叫张如圭的同僚，也是当初一起被革职的。

原来张如圭得到消息，说朝中出新政了，"奏准起复旧员"——革职闲居的官员可以申请恢复官职，让雨村赶紧找门路。

张如圭在书里虽有名有姓，但脂批说他"非正人正言"，就是个打酱油的工具人，完成传话使命，就可以去领盒饭了。

贾雨村听了很高兴，冷子兴趁机献计，去找你东家林如海呀，托他找贾政。其实这话不用冷子兴说，这是贾雨村的拿手好戏。

次日见到林如海，事儿一说，林如海说，巧了，我老婆去世后，岳母大人想念外孙女，已经派船来接了。"此刻正思向蒙训教之恩未经酬报，遇此机会，岂有不尽心图报之理。"

所谓训教之恩，是指贾雨村对黛玉的启蒙。林如海是科举出身，读书人，尊师重道，为人也厚道，要报答雨村。于是给贾政修书一封。在信上他告诉贾政，"务为周全协佐"。一切盘缠费用，也都不用雨村操心，全帮他打理好。

林如海还说：

> "若论舍亲……大内兄现袭一等将军，名赦，字恩侯；二内兄名政，字存周，现任工部员外郎，其为人谦恭厚道，大有祖父遗风，非膏粱轻薄仕宦之流，故弟方致书烦托。否则不但有污尊兄之清操，即弟亦不屑为矣。"

这段话初看像场面话，其实信息量很大。

古人特别重操守（至少嘴上是），儒家文化沉淀下来，成为社会准则，礼教大于法律。尤其官场，都是在儒家文化里泡大的，一个人的人品破产，仕途就不稳了。所以我们的历史上有个很奇特的现象，朝堂上的权力之争都是从道德攻击开始的。官场风评，也以攀附贪官为耻。因为这事风险巨大，一旦大腿倒了，攀附者都没啥好下场。

林如海显然认为，贾雨村清廉正直，不屑抱"膏粱轻薄仕宦"们的大腿。幸亏他死得早，不然，日后看到贾雨村拼命巴结贾赦，也得气死。

另外我们发现，提到贾赦，林如海只是一句捎带，懒得多说。贾赦是老大，袭了父亲的官，这是自然的。因为贾家是军功起家，祖上给皇家卖命，九死一生换来这么大家业，世袭的当然是武官。但所谓一等将军，只是个职称，没有实权。贾赦这种人，管一群姬妾还差不多，带兵打仗肯定不靠谱。

贾政是老二，朝廷开恩，才给了一个工部员外郎。官不高，但林如海对贾政钦佩有加，说他谦恭厚道，大有祖风。说明这两个舅哥的品性，林如海门儿清。

之前有人问我，杜甫也是工部员外郎，咋混那么惨呢？

这问题要是换成，公司里有两个业务员，一个是刚毕业的贫困大学生，另一个是老板的儿子，就好懂多了。

但我还是想认真回答一下。杜甫的爷爷杜审言，在武则天时期官位也不低，但后来被贬。到杜甫父亲，是兖州司马，下等州的文职类佐官。本来也算不错，可惜死得早。杜甫的叔叔、姑父，一大家子都是基层县尉，跟贾府的国公身份天壤之别。

并且，杜甫父亲的官职是不能世袭的，要想当官，还得参加科举。众所周知，他是落榜生。杜甫的少年时期，寄居在洛阳姑姑家，青年成家，连房子都买不起，在洛阳郊区挖窑洞住。杜甫要是出现在《红楼梦》里，顶多也就是贾政的门客，"朝扣富儿门"就是贾府的门。运气好的话，在地方上当个文职小佐官。所以，尽管都是工部员外郎，杜甫当然不能跟贾政比。

言归正传。在林如海的操办下，贾雨村、林黛玉这对师生来到金陵。贾雨村拿着名帖，到贾府拜见贾政。

书中有个细节，贾雨村在名帖上，自称"宗侄"。这是来认叔叔了。

我看过很多评论都说，看吧，自称侄子，这就是跪舔，是攀附。我倒不这么认为。贾雨村攀附贾府，这是事实不假，但自称"宗侄"，不是他攀附的证据。

放在当时的社会，这是一件再正常不过的事，既然都姓贾，族谱上也有关联，那按照辈分，称"宗侄"无可厚非。总不能称兄道弟吧。中国一直是宗法社会，古代这样的例子太多了。刘禹锡自称"中山靖王之后"，李白自称先祖是李广。杜甫到长安做京漂，见到"城南韦杜"的杜家人，都是喊大侄子大兄弟套近乎。就算贵为皇帝，李唐家也给自己找个厉害的祖宗，老子李耳。

最夸张的是晚唐官场。令狐绹做了宰相，很多人绞尽脑汁来攀附。其中有几个姓胡的，甚至改姓令狐。谐音梗都玩上了。温庭筠写诗讽刺：

> 自从元老登庸后，天下诸胡悉带铃。

贾雨村至少是货真价实的贾姓族人，自称"宗侄"没毛病。

再就是，古人的宗法观念，远比我们想象中的强百倍。后文会写到贾探春，赵姨娘兄弟死了，来找探春，说你舅舅死了，你该多给点银子。探春说，谁是我舅舅？我舅舅（王子腾）刚刚才升了九省检点，哪儿又跑来一个舅舅！亲舅舅都不认，是探春无情吗？还真不是，宗法制度就是这么定的。

贾政"见雨村相貌魁伟，言语不俗，且这贾政最喜读书人，礼贤下士，济弱扶危"，再加上妹夫林如海一通溢美之词，对这个"宗侄"很满意。于是，"竭力内中协助"，"轻轻谋了一个复职候缺"。不到两个月，贾雨村顺利复出，走马上任应天府。

如果单看书里文字，可能有人疑惑，贾政不过是个小小的工部员外郎，怎么轻轻松松就能帮贾雨村恢复知府的官位？

上一回说到，同僚弹劾贾雨村时避重就轻，这回得到印证了。他之前落马，根本不是原则性问题，否则不会轻易起用。另外还有个隐笔，贾政官虽不大，但贾府关系盘根错节，鬼知道贾政启奏的时候，王家、薛家、甄家，或是随便哪个大佬是不是帮着说话？这极有可能，一荣俱荣嘛。

"贾雨村夤缘复旧职"暂告一段。但这里还有个小问题。按书里说，贾雨村上任的地方，是"金陵应天府"，大家别被曹公骗了。

在宋朝，应天府是河南商丘，巧合的是当时也叫"南京"。而现在的南京，北宋叫江宁府，王安石就是从江宁知府的位子上火箭蹿升的，南宋时期改成建康府。

到了明朝，老朱家不用江宁府也不用建康府，改叫应天府，一直沿用了两三百年。但到了清朝，又给改回去了，还叫江宁府。现实中曹家就掌管江宁织造局。

所以又回到那个老话题了，用明朝的地名写清朝的事，还加上一个专属的地名"金陵"。这是欲盖弥彰呢？还是欲彰假盖呢？你猜。

顺便说一下，第一回里说，因为青埂峰下那块石头记录了它投胎人世的一段故事，所以叫《石头记》。而金陵的别称，恰恰又有一个"石头城"。这样一来，《石头记》一名，还有一层"石头城往事"的含义。

这看似刻意隐瞒，实则不想隐瞒的微妙心态，非常耐人寻味。

02

咱们继续聊本回的第二个主角，林黛玉小姐。

黛玉一下船，荣国府派来的奴仆已经恭候多时，这几个都是三等奴仆，"吃穿用度，已是不凡了"。黛玉很聪明，立刻意识到，"外祖母家与别家不同"。因此处处留心，恐怕失了礼数。

轿子走了半天，来到贾府。黛玉先看到的是宁国府大门。门口"蹲着两个大石狮子，三间兽头大门，门前列坐着十来个华冠丽服之人"。大门上方有一块大匾，上书"敕造宁国府"五个字。

读《红楼梦》需要一点想象力。书里对建筑、园林、礼仪、服饰等等都描摹入微，百科全书一样，细细铺排，这些真实的东西，大家在脑子里过一遍，就格外有代入感。

宁国府门口简单几句描写，就勾勒出一个豪门大户的气派。"敕造"是奉皇帝诏令建造，这五个字装在大门上，贾府的地位就出来了。

再往前走，紧挨着就是荣国府。前面写贾府外表的气派，这里就该写豪门的礼仪了，我们看黛玉是如何进府的，信息量很大：

（轿子）却不进正门，只进了西边角门。那轿夫抬进去，走了一射之地，将转弯时，便歇下退出去了。后面的婆子们已都下了轿，赶上前来。另换了三四个衣帽周全十七八岁的小厮上来，复抬起轿子。众婆子步下围随至一垂花门前落下。众小厮退出，众婆子上来打起轿帘，扶黛玉下轿。林黛玉扶着婆子的手，进了垂花门，两边是抄手游廊，当中是穿堂，当地放着一个紫檀架子大理石的大插屏。转过插屏，小小的三间厅，厅后就是后面的正房大院。正面五间上房，皆是雕梁画栋……

这段第一次读，会觉得烦琐，绕来绕去，迷宫一样。其实细读的话，章法严谨，路线清晰。我们分析下。

首先我们会发现，这段话里只出现一个"大"字，还是个常规词组"大院"，等于没用一个"大"字。作者只是娓娓道来，不用副词形容词，只用动词名词，这才是大师级笔法。我们要分辨一本书是不是好书，这条可作为标准。

来看黛玉进府流程。首先黛玉不是从正门进去的，为啥不走正门？正门是大人物走的，是遇到重大活动才开的，黛玉虽是外孙女，也没这个待遇。

"一射之地"，是一支箭射出的距离，大概一百多米。要拐弯时，轿夫就退下了。一来说明荣国府真的很大，这一百多米，才走完了小门内的"迎宾道"。二是礼仪严格，轿夫只能走到这里，不能再往里走了，必须退下。

然后就是荣国府内的"接驳轿"。婆子们要步行跟着，抬轿的换成了三四个"衣帽周全十七八岁的小厮"。太有意思了。"衣帽周全"是穿戴整齐，着装统一，相当于制服。打着赤膊叼着烟的糙汉，肯定是不要的，那会把姑娘小姐们吓着。

接驳轿来到一个垂花门，这些小厮又该退下了。开始第三道流程，众婆子扶着黛玉，穿堂过厅，才一路来到内宅。为啥小厮们要退下？因为内宅是女眷生活区，小厮们不能随便进。·

只这一段，贾府之大，规矩之繁，全有了。

上面说的那"五间上房"，就是贾母住处。前面的人物，都是单独出场，或侧面一笔。从这里开始，是人物群像，前面提到和没提到的人物，都在这里集中亮相，主角们的故事徐徐展开。

先出场的当然是贾母。黛玉进入房内，"方欲拜见时，早被他外祖母一把搂入怀中，心肝儿肉叫着大哭起来"。

诸位，什么叫人性人情呢？这就是。

一个老太太，女儿死了，白发人送黑发人，只留下一个外孙女，见面能不哭吗？所以才一句话不说，先哭，人在情感激动的时候，就是会有语言障碍。无法言说的，千言万语，全在眼泪里。

哭声收住，贾母给黛玉一一介绍家里人。完了又吩咐，请姑娘们来，今天有远客，不用上学。过了一会儿，三个姑娘来了。

读《红楼》需要好记性，你得记得住前面的文字，后面才能无障碍。记性不好，很多地方就吃力，比如这段：

> 不一时，只见三个奶嬷嬷并五六个丫鬟，簇拥着三个姊妹来了。第一个肌肤微丰，合中身材，腮凝新荔，鼻腻鹅脂，温柔沉默，观之可亲。第二个削肩细腰，长挑身材，鸭蛋脸面，俊眼修眉，顾盼神飞，文彩精华，见之忘俗。第三个身量未足，形容尚小。

熟悉全书的，自然知道这三个姑娘是谁。如果刚读，问题就来了。因为这里并没有写她们是谁，只在上一回冷子兴提了一嘴，贾府有四姐妹，元春、迎春、探春和惜春。

按现在小说写法，这里完全有必要点个名，第一第二第三都是谁，但曹公偏偏不写。他在真实性和通俗性之间做了取舍，他要求读者，你得记住前文，记得元春在官里，并知道旧时礼仪，介绍三姐妹一定是按年龄排序，这样你才能对上号。

我最初读的时候自作聪明，第二个是"长挑身材"，个子高，那就是大的。第一个"合中身材"，就是小的。哪会想到一家三姐妹得按顺序出场啊。结果我错了。真想拍拍曹公的棺材板问问，您老就不能多写几个字，加个人名？

介绍完众人，贾母又想起了去世的女儿，对黛玉说，"我这些儿女，所疼者独有你母"，现在见一面都不能了，今儿见了你，我怎不伤心。说完又抱着黛玉哭起来。

古代重男轻女不假，但一个老太太往往会更疼女儿。

《三国演义》里，孙权听从周瑜的建议，准备用妹妹做诱饵，囚禁刘备换取荆州。吴国太知道了，先骂孙权，女儿的婚姻咋能瞒着我，"女儿须是我的！"又骂周瑜，"汝做六郡八十一州大都督，直恁无条计策去取荆州，却将我女儿为名，使美人计！杀了刘备，我女便是望门寡，明日再怎的说亲？须误了我女儿一世！你们好做作！"

在老太太眼里，皇图霸业是你们，但女儿是我的，你们要取荆州凭本事去取，别拿我女儿换。

黛玉亡母的话题结束，众人就开始关注黛玉了。

第一件事就发现黛玉柔弱，有"不足之症"。黛玉到底有什么病，争论两百年了，还没定论，估计永远不会有定论。我们只要知道她体弱多病就行了，一个多愁善感、为还泪而来的女孩，要是能撸铁跑马拉松，那还有什么看头。黛玉必须体弱。

大家问她吃什么药，黛玉说我从会吃饭时就开始吃药，请了多少名医都没用。

"那一年我三岁时，听得说来了一个癞头和尚，说要化我去出家，我父母固是不从。他又说：'既舍不得他，只怕他的病一生也不能好的了。若要好时，除非从此以后总不许见哭声……'疯疯癫癫，说了这些不经之谈，也没人理他。"

划重点啦。第一回里，癞头和尚遇见甄士隐抱着英莲，说，你把这"累及爹娘之物抱在怀里作甚"，舍给我吧。甄士隐没给。这次通过黛玉的回忆知道，就在同一时间，癞头和尚还找过林如海，也要他舍女儿。林如海就这一个女儿，怎么可能，同样认为和尚疯疯癫癫。

《红楼梦》的写法，是多线齐头并进，癞头和尚和众女儿之间的关联，后面讲到薛宝钗时再细说。

黛玉体弱多病，又不愿出家，癞头和尚支着，那就别见哭声，别见亲友。

天哪，这太难了。黛玉这一世修成人形，就是为了见宝玉，就是为了还泪。而现在不让她见外姓亲友，不让哭。从小说创作角度，其实是把黛玉的路都堵死了。

想写小说的朋友，可以学学怎么做人物设定。在宝玉和黛玉身上，一开始就设定了强烈的矛盾。矛盾有了，冲突自然就源源不断，故事就好看了。关键是，悲剧的结局已经铺好了。

03

下面出场的，就是全书中最拉风的女王，王熙凤。

《苹果往事》写乔布斯，讲过一个著名概念，叫"现实扭曲力场"。人群中就是有极少数的人，自带主角光环，生来就有影响别人的气场。《红楼》这一段，是王熙凤第一次正式出场，我们看看凤姐，是怎么施展"现实扭曲立场"的。

前面贾母见黛玉，是死亡话题，疾病话题，一团悲伤气氛。书上写道：

> 一语未了，只听后院中有人笑声，说："我来迟了，不曾迎接远客！"

人未到，声先闻。凝滞在贾母屋里的悲伤严肃空气，被一道笑声打散，凤姐出场了。黛玉很纳闷，我们大家都敛声屏气的，这个人是谁，"这样放诞无礼"。

只见一群媳妇丫鬟围拥着一个人从后房门进来。这个人打扮与众姑娘不同：彩绣辉煌，恍若神妃仙子。

接着就是对凤姐的穿戴一通描写，华丽，高贵，张扬，仅仅从服饰上，就能看出凤姐的性格。写到外貌，是"一双丹凤三角眼，两弯柳叶吊梢眉，身量苗条，体格风骚。粉面含春威不露，丹唇未启笑先闻"。

凤姐的长相，跟传统文学中的柔弱女子大不相同，元气满满，欲望充沛。什么叫"粉面含春威不露"呢，就是不怒自威，凛然不可侵犯。

贾母给她一个外号，叫"辣子"。

西方影视里很多"小辣椒"的爱称，女主一般五分漂亮三分性感，外加二分刁蛮，是中年男人的克星。在《红楼梦》里，我对"辣子"的理解是漂亮，浓艳，欲望汹汹，令人上瘾却又有火辣辣的灼烫感。女人的妖艳和男人的刚烈集于一身。这是个有致命诱惑力的女人。后文那个叫贾瑞的家伙，就做了扑火的飞蛾。

现在虽然审美变了，对于男人，黛玉、湘云当然是不错的女伴，但凤姐这一款，却更充满魅力，即便我不敢拜倒在她的"翡翠撒花洋绉裙"下，也会远远观望，暗暗叹服。这符合雄性动物千百万年的进化基因，诱惑加威胁，才令人着迷。

王昆仑老先生对凤姐有个著名评价："恨凤姐，骂凤姐，不见凤姐想凤姐。"男人心境，大抵如此。

现在夸某演员，会说她浑身是戏，凤姐就是这样的女人。她走到哪里，原本的主角们都会通通后退，让出C位。

不信且看。

凤姐的第一句话是在屋外说的，人还没到，就抢了C位。进屋后第一句话，是这么说的：

因笑道："天下真有这样标致的人物，我今儿算见了！况且这通身的气派，竟不像老祖宗的外孙女儿，竟是个嫡亲的孙女，怨不得老祖宗天天口头心头一时不忘。只可怜我这妹妹这样命苦，怎么姑妈偏就去世了！"说着，便用帕拭泪。

什么叫会说话？什么叫说的比唱的好听？这是个范本。

凤姐是在夸黛玉吗？是，也不全是，她夸的还是贾母。黛玉标致，是老祖宗您标致，所以她哪是您外孙女啊，分明是嫡亲孙女。这夸法，哪个老太太扛得住？

《红楼》一大笔法，是一笔做多笔写，一击两鸣，凤姐这句话就是，未说出的含义，远比说出来的多。

再看凤姐动作，也是神来之笔。这段以笑开始，以泪结束，上一句还是"笑道"，下一句立刻就为去世的姑妈伤心了，不仅说得出来，还做得出来——"说着，便用帕拭泪"。

凤姐对表情的掌控炉火纯青，收放自如。要知道，黛玉妈妈出阁的时候，凤姐或许还没嫁到贾府呢，她能跟这个"姑妈"有多少感情？为姑妈流泪，是哭给黛玉看，更是哭给老祖宗看。

这只是刚出场时的牛刀初试，凤姐的精彩表演还在后头，我们以后再说。

且说当下。贾母听了，半嗔半笑说，我才不哭了，你又来招我，也别惹你林妹妹伤心了，咱们换个话题。凤姐呢，又是一个"转悲为喜"：

> 这熙凤听了，忙转悲为喜道："正是呢！我一见了妹妹，一心都在他身上了，又是欢喜，又是伤心，竟忘记了老祖宗。该打，该打！"

各位发现了吧，凤姐说话，总是能控制好情绪，总是一句话当两句话使。当然这样的人也令人害怕，见人说人话，见鬼说鬼话，所有道理，所有温情暖语和生杀予夺，全在她一张嘴上。

然后对黛玉嘘寒问暖。她既是黛玉的嫂子，也是荣国府代理CEO，这符合她的身份。

大家其乐融融之际，王夫人突然发话了，问凤姐，月钱发完了没有。凤姐说发完了，也刚带了人去库房里找缎子，没找到您说的那种，是不是您记错了？王夫人说，有没有无所谓，随便拿出两样给你林妹妹做衣服就行，晚上派人拿，"可别忘了"。

不知道各位什么感觉，我第一次读到这里，只感觉突兀。好比一堆朋友把酒言欢，海阔天空正聊着，突然一人问你，房贷还完了吗？这天还怎么聊。

王夫人为什么这么扫兴，历来众说纷纭。这里面有两件事，一件是事先交代过凤姐，给林妹妹找缎子做身衣裳。

另一件是月钱。突兀就突兀在这个月钱上。我看一些相关文章，有说王夫人是为了显示自己当家人身份，告诉凤姐也告诉黛玉，这个家是我当的。马瑞芳老师从善意的角度，说是王夫人想着如果月钱还没发，就把黛玉也算上。

读《红楼》没有标准答案，它是小说，却像一座大山，是"大说"，横看成岭侧成峰。站在山脚下，小桥流水，林木葱茏。爬上山腰，怪石嶙峋，深谷幽洞。要是登上山顶，横云断峰，流云穿空。站在任何位置，都能看出不同的景象。

王夫人问月钱，我在想有没有另一种可能。从黛玉进门到现在，主角是贾母和黛玉这对祖孙，隐藏的主角是黛玉已去世的母亲。凤姐进来后，主角变成凤姐，谈话内容却依然围绕着黛玉。

这个话题，王夫人并不感兴趣，甚至可以说兴味索然。不管她无心还是有意，她都想结束这个话题。

事实证明确实如此。王夫人刚交代完，凤姐就说，我提前料到了，知道林妹妹要来，布料早已备好。王夫人听了，"一笑，点头不语"——她已经没有继续谈话的兴趣了。

"当下茶果已撤"，黛玉的接待仪式也宣告结束。

04

黛玉见过外祖母，就该去拜见两位舅舅和两位舅母了。正好邢夫人也在场，贾母吩咐她，正好带着黛玉过去，先去拜访大舅贾赦。

在贾赦宅子里，"黛玉度其房屋院宇，必是荣府中花园隔断过来的……正房厢庑游廊，悉皆小巧别致，不似方才那边轩峻壮丽"。

问题来了。按古时规矩，贾赦是家中老大，应该住主宅，贾母也应该跟他一起过。可贾赦住着花园改造的小院子，母亲也跟着弟弟贾政过。个中原因或许很多，书中没有明写。公认的最大因素，是贾赦为人不靠谱，贾母作为一家之长，不愿把这么大家业交给他。你可以说贾母偏心，但换作任何一个理智的母亲，都会这么做。老大没有老大的样子，那就交给小儿子。

这不，贾赦还未出场，就露出他冷漠无情和好色的德行了。

黛玉进入正室，"早有许多盛装丽服之姬妾丫鬟迎着"。说明贾赦妻妾成群。黛玉来拜见他，贾赦却不见，让下人传话：

> 老爷说了："连日身上不好，见了姑娘彼此倒伤心，暂且不忍相见。……"

这叫什么话！你妹妹死了，外甥女来投奔，第一次上门，你竟然不见，怕见了"彼此倒伤心"。我们用常识想想，这算理由吗？任何一个有人类正常感情的人，都是要见的。于情于理，哪怕礼节性地寒暄两句，都不能避而不见。

说明在贾赦心里，对死去的妹妹根本没多少感情，对黛玉这个遗孤，也压根不在乎。后文黛玉一直有寄人篱下之叹、冰冷之感，不是没有原因。

大舅冷漠不见，大舅妈邢夫人还算顾及一些礼节，让黛玉吃过晚饭再走。黛玉很懂事，辞谢不吃，因为还要去拜见二舅贾政。

邢夫人留饭这段，中国人读起来会格外亲切。我们是礼仪之邦，家中有两个舅舅的，不管先去哪一家，临走肯定留饭，以示热情。有一些解释，说邢夫人这是在给黛玉挖坑，看她懂不懂事。我觉得是过度解读了。

不管邢夫人喜不喜欢黛玉，作为大舅母，留个饭，嘴边的话，况且又不是清寒人家管不起一顿饭。我更愿意相信,这只是中国人自古的风俗礼仪。想想我们的母亲、姑妈、姨妈、舅妈,亲戚家孩子登门,就算菜还没买,也一定会客套两句。邢夫人是愚蠢,是自私,但在这个事上,也算礼节到了。

黛玉走后,"邢夫人送至仪门前,又嘱咐了众人几句,眼看着车去了方回来"。

这不是也很得体吗?

我们很容易有先入之见,坏人做什么事,都动机不纯。好人做了坏事,也给他找个善意的动机。读《红楼》可以纠正偏见。

辞别邢夫人,黛玉来到贾政住处。一番穿堂过院,她看到"五间大正房,两边厢房鹿顶耳房钻山,四通八达,轩昂壮丽,比贾母处不同。黛玉便知这方是正经正内室,一条大甬路,直接出大门的"。

"正经正内室"五个字,说明这才是荣国府的核心。所有体现身份的装饰都在这里,堂屋门头上有"赤金九龙青地大匾",匾上三个斗大的字"荣禧堂",这是皇帝手书亲赐。四周各种青铜器、字画、楠木家居,气派非常。还有一副对联,"座上珠玑昭日月,堂前黼黻焕烟霞",乃东安郡王手书。

皇帝赐匾,王爷赠联,果真是国公气派。

见到王夫人,又是一番礼节。王夫人对黛玉说,你舅舅去斋戒了,下次再见吧。让我转告你,你的三个姊妹(迎春、探春、惜春)人都很好,以后一起念书学针线,不用担心。我最不放心的就一件事,"我有一个孽根祸胎,是家里的'混世魔王',今日因庙里还愿去了,尚未回来,晚间你看见便知了。你只以后不要睬他,你这些姊妹都不敢沾惹他的"。

如果你是第一次读《红楼》,到这里是第二次介绍宝玉,上一次是冷子兴对雨村说的。宝玉尚未出场,已有两次侧面描写。冷子兴嘴里的宝玉,是好色不成器,王夫人嘴里的儿子宝玉是孽根祸胎,混世魔王,虽有自谦因素,但都不是什么好话。等于宝玉没出场,世人就给他定了性，不成大器，难有作为。

同时王夫人还说，"你这些姊妹都不敢沾惹他的"。各位，《红楼》难懂处又出现了，人物的言语，哪些该相信，哪些不该相信，对读者的判断力要求很高。它太像生活的真实映像，父母子女之间、兄弟姐妹之间、夫妻之间，即便几十年如一日，一个锅里吃饭一张床上睡觉，很多话也不能全信。这无关道德，只关乎人性。或许王夫人没有撒谎，在她眼里，姊妹们就是不敢沾惹宝玉，但这显然不对，府里上到姊妹、嫂子，下到丫鬟仆人，哪一个都不怕宝玉，也都愿跟宝玉在一起。王夫人不了解宝玉，就像很多妈妈不了解儿子。

如果阴谋论一点，王夫人这话，或许是她内心某些真实的反映，她不愿黛玉跟宝玉走得太近。古人眼中的表兄妹关系，自带三分暧昧。《浮生六记》有"晚清小《红楼》"的称号，男主十三岁定亲，娶的就是同龄的表姐。亲上做亲，是宗法社会里的必然。

黛玉一个小姑娘，此时当然还想不到这茬，她只记得妈妈说过，舅舅家有这么一个表哥，"顽劣异常，极恶读书"。就说，我以后是跟姊妹们在一起，男孩们另在一起，放心吧舅妈，我不会去招惹他的。

王夫人继续说，你不知道原故，宝玉这孩子，老太太溺爱惯了，姊妹们若都不理他，他还消停些，顶多拿他那些小厮撒撒气。要是哪个姊妹搭理他，"他心里一乐，便生出多少事来"。

"他嘴里一时甜言蜜语，一时有天无日，一时又疯疯傻傻，只休信他。"

这几句话，倒是真的。王夫人眼中的宝玉，也是世人眼中的宝玉。

05

外孙女第一天来，肯定是跟外祖母一起吃饭。从王夫人住处出来，黛玉就该回贾母屋里了。

王夫人和黛玉进来，众仆人丫鬟便开始安设桌椅。这段描写，可作为古代豪门贵族用餐礼仪的历史材料：

> 贾珠之妻李氏捧饭，熙凤安箸，王夫人进羹。贾母正面榻上独坐，两边四张空椅。……

贾母居中，左手第一个是黛玉，第二个是探春；右手第一个是迎春，第二个是惜春。

来捋捋这里的规矩：

贾珠是贾宝玉早逝的哥哥，留下寡妻李纨，她是贾母的孙媳妇；凤姐是贾琏的妻子，也是孙媳妇；王夫人是儿媳妇。

黛玉是客人，坐席上也就罢了，为啥迎、探、惜三个晚辈都入席了，却让两个嫂子和王夫人来伺候呢？再说了，贾府有的是奴仆丫鬟，难道就不能代劳？

还真不能。

李纨、凤姐和王夫人有一个共同的身份，她们都是贾府的媳妇。在李府、王府，她们是千金大小姐，但在婆婆家里，就得尽到一个媳妇的孝道。

唐诗有一首《新嫁娘》，是这么写的：

> 三日入厨下，洗手作羹汤。
>
> 未谙姑食性，先遣小姑尝。

第一个"姑"指婆婆，"小姑"是小姑子。这位新娘嫁人第三天就下厨，羹汤做好，担心不合婆婆口味，先让小姑子尝一下。

还是唐朝，郭子仪平息安史之乱有功，唐代宗把升平公主嫁给郭子仪的儿子郭暧。升平公主享受恩宠惯了，嫁到郭家也一直以公主自矜，对长辈失礼。郭子仪大寿，升平公主是儿媳妇，理应去拜见贺寿，可公主任性没去，郭暧一气之下打了公主。吓得郭子仪赶紧绑了郭暧，去宫里面圣请罪。

唐代宗没有惩罚郭家，而是教育了女儿一顿。最终小夫妻和好，留下一段君仁臣忠的佳话。

著名戏剧《打金枝》说的就是这段故事。戏里升平公主有几句唱词："公爹今日寿诞期，兄嫂拜寿到府邸……倘若过府去拜寿，君拜臣来不相宜。我父王本是唐天子，我是龙生凤养金枝玉叶，岂能与他们把头低！"

当君臣关系与翁媳关系冲突时，该以哪个为准？唐朝给出了答案。这是封建时代维护社会秩序的必然，女性嫁到夫家，不管你娘家多有权势，还是得侍奉公婆。

什么时候能熬出头呢？当媳妇熬成婆婆的时候，比如贾母。

另外，小姐们的地位，也比儿媳要高——小姑子就出嫁前这点权力，不用白不用。所以迎、探、惜三姐妹都能入席，李纨、凤姐和王夫人得一旁服侍着。

当然，这是在贾母屋里。回到自己屋里，王夫人、凤姐依然是实打实的主子。

我把黛玉和三春姑娘的座次列出来，是便于大家细看，连这四个姑娘的座次都是有讲究的。

贾母左边第一个是黛玉，客人嘛，正常。第二个就成了探春，为啥不是迎春惜春呢？因为这里迎春最大，坐在右手第一，惜春最小，右手第二。

《红楼》写细节，一丝不乱。

吃饭期间，李纨和凤姐"立于案旁布让"，跟服务员一样。"外间伺候之媳妇丫鬟虽多，却连一声咳嗽不闻。"吃完饭上茶，第一杯是漱口的，第二杯才是喝的。一切完毕，贾母才对王夫人、凤姐和李纨说一句，你们回去吧，这三个贾府媳妇才回去。这就是豪门大族的规矩。

06

众人吃完饭，这一回的重头戏就要开始了——宝黛初见。

黛玉正在跟外祖母聊天，丫鬟来回话："宝玉来了。"我们看黛玉当时的心理活动：

> 黛玉心中正疑惑着："这个宝玉，不知是怎生个惫懒人物、懵懂顽童——倒不见那蠢物也罢了。"

黛玉在家里，母亲说宝玉，是"顽劣异常，极恶读书，最喜在内帏厮混；外祖母又极溺爱，无人敢管"。王夫人说宝玉，是"混世魔王"，姊妹们都"不敢沾惹他"。所以在相见之前，宝玉在黛玉心中的形象，就是个顽劣的纨绔子弟，没一点好感。

可是，感情就是这么神奇。你之砒霜，我之蜜糖，当它突然降临，世人一切评价都不重要了。

宝玉来了。书上对他的服饰穿戴一通描写，甚至有点戏服的感觉。我们看宝玉的长相：

> 面若中秋之月，色如春晓之花，鬓若刀裁，眉如墨画，面如桃瓣，目若秋波。虽怒时而若笑，即瞋视而有情。

心细的读者应该发现了，宝玉的长相，非常女性化，甚至比女人还漂亮。什么叫"虽怒时而若笑，即瞋视而有情"呢？就是生性温柔，天生情种。

还记得前面怎么写凤姐吗？"粉面含春威不露"。没错，宝玉和凤姐，正好是反过来的。

凤姐是笑中带威，宝玉是怒中含笑。凤姐笑里藏刀，宝玉奶凶奶凶。凤姐是女儿身男人心，宝玉是男儿身女儿心。

再看黛玉的反应：

> 黛玉一见，便大吃一惊，心下想道："好生奇怪，倒像在那里见过一般，何等眼熟到如此！"

分明第一次见，为什么会眼熟？第一回里的三世情缘起作用了。

绛珠草和神瑛侍者兜兜转转，在这一世终于重逢。宝玉看见黛玉，也是同样的话："这个妹妹我曾见过的。"

《红楼》毕竟是小说，加入了神话色彩。也由于它是小说，对人类感情描摹入微到这个地步，方见得它伟大。因为现实中确实如此，别人眼中的混世魔王，在另一个人心中就是真命天子。有人同床共枕一辈子却形同陌路，有人一见之下却神交已久。

书写到这里，宝玉算是正式亮相。按照中国传统小说习惯，一般都会来首诗词，给人物定个性。贾宝玉也有，两首《西江月》。

但《红楼梦》又跟别的小说不一样，善用不写之写的笔法，可意会不可言传，所以读这两首词，我们得想着文字之外：

其一

无故寻愁觅恨，有时似傻如狂。纵然生得好皮囊，腹内原来草莽。潦倒不通世务，愚顽怕读文章。行为偏僻性乖张，那管世人诽谤！

其二

富贵不知乐业，贫穷难耐凄凉。可怜辜负好韶光，于国于家无望。天下无能第一，古今不肖无双。寄言纨袴与膏粱：莫效此儿形状！

两首词，把宝玉批得彻彻底底，一无是处。世人眼中，宝玉就是这般。大概从他抓周开始，就注定要背负着纨绔的原罪活着，跟父母对抗，跟秩序对抗，跟礼教对抗。直到处处碰壁，万念俱灰，才遁入空门。

我们看书看宝玉，要看见两个宝玉，不是甄、贾宝玉，而是同一个宝玉的复杂性。是宝玉病了还是那个社会病了？是不通世务，还是那个世务早已乌烟瘴气？

在一个病态的时代，没有病的人最不合时宜。

于是，上天赐给他一个林妹妹。

黛玉出场以来，还没介绍过她的长相，不是作者忘性大，而是作者太狡猾。西施的第一眼，一定要从情人眼里看。林妹妹的模样，必须让宝玉告诉大家：

宝玉早已看见多了一个姊妹，便料定是林姑妈之女，忙来作揖。厮见毕归坐，细看形容，与众各别：

两弯似蹙非蹙罥烟眉，一双似泣非泣含露目。

态生两靥之愁，娇袭一身之病。

泪光点点，娇喘微微。

闲静时如姣花照水，行动处似弱柳扶风。

心较比干多一窍，病如西子胜三分。

很多人对黛玉的印象，往往只停留在这段话上，美丽，柔弱，一身病；看完全书，再加一条罪状：小心眼。

其实这都是误解。就像大家误解宝玉一样。

此时的宝黛都还是孩子，懵懵懂懂，单纯美好，除了长相和第一眼眼缘，宝玉对黛玉的理解不可能深入。可即便如此，宝玉仍然发现，黛玉的心较比干的七巧玲珑心还多一窍。这是个聪慧机灵的女孩。

一半好感，一半前世缘分，才让宝玉见到黛玉的第一句话就说，这个妹妹我曾见过。

贾母当然不会理解。你可又胡说了，你啥时候见过她。宝玉说，虽然没见过，但我看她面善，就当是旧相识，就当是远别重逢了。

宝玉问黛玉，妹妹可曾读书吗？黛玉说，不曾读，只上了一年学，认几个字而已。

各位发现没有，前面贾母问黛玉同样的问题，黛玉说"只刚念了《四书》"，现在宝玉问，她又说"不曾读"。小女儿家的聪慧、矜持与敏感，一句话写全了。

宝玉这个二货还追着不放，继续问，那妹妹有没有字？黛玉说"无字"。宝玉当场就给黛玉取了字，叫"颦颦"。也不管人家同意不同意。

颦是皱眉的意思，很符合黛玉，按说不用过多解释。但我考据癖犯了，忍不住想对"颦颦"解释一番。

晚唐有个小诗人叫李群玉，很狂很有才，皇帝亲赐的校书郎都不干，非要纵酒吟诗，浪迹天涯。这天回湖南澧县老家，经过二妃庙。

二妃是尧帝的两个女儿，一个叫娥皇，一个叫女英，姐妹俩一起嫁给舜帝，所以叫"二妃"。后来舜帝南巡，死在途中，埋在九嶷山下。二妃前去寻夫，在舜帝墓前痛哭，泪尽而亡。眼泪洒在竹子上，斑斑点点，这种竹子就叫斑竹。再后来，二妃的故事逐渐神化，成为湘江的女神，被称作湘夫人，所以那种竹子也叫湘妃竹。

黛玉雅号潇湘妃子，住的地方叫潇湘馆，庭院里种的是湘妃竹。最关键的是，她也是泪尽而亡。

原来读《红楼》，我一直认为，曹公把黛玉和潇湘妃子形象对标是后面的事。这次再读发现，其实伏笔早已埋下。

李群玉经过二妃庙，伤感赋诗，其中四句是：

> **东风近暮吹芳芷，落日深山哭杜鹃。**
> **犹似含颦望巡狩，九疑如黛隔湘川。**

东风吹拂墓边野草，深山落日，杜鹃泣血哀鸣。

就像是娥皇、女英悲愁地盼望夫君归来，可惜啊，那厚重延绵的九嶷山，还隔着遥远的湘川大地呢。

这两句里，一个"颦"字，一个"黛"字，恰是黛玉的名和字。当然，可能有人会说这是巧合。不排除这种可能。但李群玉写的对象，记录的事件，又正好是湘妃思夫，泪尽而亡。

这未免巧得不可思议。

说《红楼梦》是集中国文化之大成，一点不为过。曹公无剑胜有剑，随手拈来，笔墨所到，如老杜写诗，无一字没有出处；又如李白写诗，汪洋恣意，神龙见首不见尾。

07

宝玉送黛玉"颦颦"，探春插话说，又是你瞎编的吧。宝玉说，除

《四书》外，哪本书不是编的，我就不能编了？然后又问黛玉，妹妹有玉没有？黛玉说那东西太珍贵，岂能人人都有？

> 宝玉听了，登时发作起痴狂病来，摘下那玉，就狠命摔去，骂道："什么罕物，连人之高低不择，还说'通灵'不'通灵'呢！我也不要这劳什子了！"

即便放在现在，宝玉看起来也是"痴狂病"。世人说他痴狂，是因为世人都聪明，都知道得失，都顾忌体面，而宝玉全然不顾。他心里只有林妹妹。你们都说这玉是好东西，为啥我林妹妹没有！不是嫌玉不好，而是我不能独占好东西。

这一摔，摔出一颗赤子之心。

贾母显然最了解他，三言两语，就哄了过去。晚间睡觉，原本是宝玉跟贾母一起住，睡在碧纱橱里。贾母临时安排，让宝玉搬出来，跟她一起睡在暖阁里，黛玉睡碧纱橱。宝玉不愿跟黛玉分开，于是就睡在碧纱橱外，开始了青梅竹马的幸福日子。

贾母给黛玉安排的服侍团队，跟迎、探、惜三姐妹一样，一个奶妈，两个贴身丫鬟，四个教引嬷嬷，五六个干粗活儿的丫头。这样算来，贾府大小姐一级，人均奴仆十二三人。不过这还不算多，后面说到宝玉，那阵容才叫豪华。

这一回临近结尾，另一个重要人物正式出场，她就是宝玉的贴身丫鬟袭人。宝玉睡在碧纱橱外面，贴身服侍的，一个是他的奶妈李嬷嬷，另一个就是袭人。

袭人原本是贾母的奴婢，原名叫珍珠。贾母宠溺宝玉，就把珍珠给了宝玉，宝玉给人家改名叫袭人。

贾母对袭人的评价，是"心地纯良，克尽职任"，有一颗红红的忠心。晚上卸了妆，等宝玉睡下，袭人来找黛玉聊天。黛玉正在为白天的事伤心流泪呢："今儿才来，就惹出你家哥儿的狂病，倘或摔坏了那玉，岂不是因我之过！"

前面说了，黛玉这辈子，就是来向宝玉还泪的。这不，见面第一天就开始还了，跟按揭似的。

袭人赶紧劝她，姑娘可别想多了，你要是为他这事哭，以后可哭不过来。黛玉说我记住了。那玉是什么来头呢？袭人说，一家子都不知道，宝玉生下来就有，娘胎里带的，上面有字，还有现成的孔，你稍等哈，我给你拿过来看。黛玉说别别别，明天再看不迟。

第二天，黛玉到王夫人屋里请安，看到王夫人和凤姐一起在拆信，旁边还站着两个送信的媳妇。这是王夫人的娘家兄嫂差人报信来了。

信上说的什么事呢？

大事，人命关天的大事。咱们下回再聊。

大事件往往是小人物捅出来的

薄命女偏逢薄命郎
葫芦僧乱判葫芦案

这一回的大戏是命案。

上回写到，黛玉进入荣国府第二天一早，到王夫人屋里请安。见王夫人与兄嫂的来使商量家事，姨母家摊上人命官司了。

小姐妹们赶紧离开，到李纨屋里闲聊。

《红楼梦》因为人物众多，都是见缝插针，一个新人物出现，从不单独写起，那样过于呆板。总是闲聊一样顺便就交代了。

比如这段。开篇就谈到人命官司，扔一个大钩子，却突然镜头一转，插入李纨一段出身。

贾政和王夫人，除了元春、宝玉这一子一女，其实还有儿子叫贾珠，年纪轻轻就死了，留下一个寡妻，就是李纨。还有一子，名叫贾兰。

李纨的父亲叫李守中，"亦系金陵名宦"，官位是国子监祭酒，相当于国家最高学府校长和文化部高官。韩愈老师就做过国子监祭酒。

李守中这个名字已经说明了他的性格，恪守中庸之道，捍卫礼教。李家原本也重教育，男孩女孩都诵诗读书。到李守中这代，信奉"女子无才便有德"，不让李纨读书了，就读了几本《女四书》《列女传》《贤媛集》之类，这类书主要就一个目的，教女孩子如何做一个好女人。

这种教育方式很有效。贾珠死后，李纨严守妇道，虽然青春丧偶，"竟如槁木死灰一般，一概无见无闻，惟知侍亲养子"。

写贾兰的时候，说他"年方五岁"。我想借此说说《红楼梦》的时间问题。

林黛玉进贾府时的年龄，是个老问题了。按书上时间推算，黛玉进贾府只有六七岁，第一天就见了外祖母、大舅妈、二舅妈，还有凤姐、三春姐妹一大堆人，一点都不失礼，一言一行，沉稳矜持。这简直不可思议。再早慧的孩子，也不大可能做到这样的滴水不漏。并且看黛玉的样貌、身段，怎么看都是个大姑娘，不像六七岁。

这回又说贾兰五岁。我用小学老师教的算术算了一下，由宝玉比黛玉大一岁，可知宝玉七八岁。那宝玉比贾兰顶多大两三岁。可是在后文中，贾兰就是一小孩，跟宝叔和他那些姐妹在一起，明显是有代沟的，不是一茬人。敢情大家都在长大，就贾兰在时间之外。

很难相信曹雪芹会犯这样的低级错误。到底是传抄过程出错，还是作者真的失误？目前无解。不过第一回开篇作者就说了，"地域邦国""朝代纪年"都不重要，只要合乎事体情理就行。

我觉得这倒能帮我们建立阅读心态，毕竟是小说，时间、空间都可以打乱，故事合乎逻辑就行。

花开两朵，各表一枝。

让我们搁下林妹妹，来看看林妹妹的老师，贾雨村。

雨村走马上任应天府，刚带上乌纱帽，就碰到一起人命官司。原告冯渊（逢冤），向来"酷爱男风，最厌女子"，可是这天见到有人卖一奴婢，突然就移了性情，当即买下。付过订金，准备三日后良辰吉日，正式迎娶进门。

这哥们儿真是没有做直男的命。原来卖家根本不是女孩他爹，而是人贩子。人贩子嘛，根本没有"职业操守"，这边刚收了冯渊的钱，那边又卖给了薛家。事情败露，冯、薛两家互不相让，争抢奴婢。

薛家是金陵一霸，"众豪奴"一拥而上，把冯渊给打死了。冯渊没啥亲人，奴仆们告了一年的状，也没个结果。见贾雨村新官上任，又来告状。

我们来看雨村刚听完诉状的反应：

> 雨村听了大怒道："岂有这样放屁的事！打死人命就白白的走了，再拿不来的！"因发签差公人立刻将凶犯族中人拿来拷问，令他们实供藏在何处；一面再动海捕文书。

态度是"大怒"，行动是一面传唤薛家人，一面就要发通缉令捉拿凶手。这是要为民申冤。

签子还没发下去，就在这时，旁边一个门子冲他使眼色，雨村心领神会，暂不发签。

关于门子这个岗位，我们多说两句。

从字面看，就是个在衙门看大门的，似乎无关轻重。但真实情况并非如此。在当时，上到州府衙门，下到县级衙门，政府任命的正式官员都只占很小比例，更多的是各种书办、杂役，类似于现在的编外人员，临时工。

门子就是其中一种。

门子其实是差役，主要职责就是受理案件。报案人到了衙门，递上诉状，门子初步问询案情，然后呈报州官县官。他们很容易接近官老爷。这一回里的门子，之所以能站在知府贾雨村的"案边"，就是这个原因。

古代的州县衙门都是"一人政府"，所有人都是围绕着最高长官忙活。一个差役能不能混得好，取决于官老爷信不信任他，能不能成为领导的心腹。所以，那些通晓人情世故、善于钻营的差役，都会利用机会讨好领导。

这些明的暗的官场规则，贾雨村门儿清。一看门子使眼色，料想必有蹊跷，就约门子到"密室"谈话。

门子第一句话便说，老爷一路升官发财，八九年来，就忘了我了？雨村说，面熟，想不起来了，你是哪个单位的？门子说，贵人多忘事啊，老爷还记得当年葫芦庙吗？

雨村听了，如雷震一惊，方想起往事。

《红楼》神来之笔，往往藏在细枝末节。这句里雨村为啥会"雷震一惊"？因为那是他不堪的过往。一个八面威风的人，不愿让人知道他曾四处乞怜。一个大老爷，不愿让人知道他曾当过孙子。一个坐在府衙发签行令的人，不愿让人知道他曾经寄身寺庙卖文为生。

现在飞黄腾达了，一定要与以往的阶层划清界限。就像后来的孙悟空，谁叫他弼马温，他跟谁急。《三国演义》里的对骂，也是简单粗暴揭老底：

刘备：俺乃中山靖王之后。

曹操：老板，草鞋凉席来一套。

贾雨村的"雷震一惊"，也让我们忍不住一惊。曹公对人性的洞察太入微了。可是，门子对此毫不知情，他继续卖弄聪明，继续讨好。

03

门子对雨村说，老爷既然到本府做官，就没弄一张本府的"护官符"？雨村说，啥叫护官符？门子说："这还了得！连这个不知，怎能作得长远？"他接过话筒，继续给雨村上课。这护官符是个名单，本省的豪门权贵都在上面，要是不小心得罪他们，不但你乌纱帽难保，连命也得搭进去。就门外那原告，案情清晰，没啥难断的，为啥告了一年都没人理他，不过是碍于"情分面上"。

门子"一面说，一面从顺袋中取出一张抄写的'护官符'来"。这说明什么？门子早有准备。他在明处，知道雨村身份，准备着随时献媚。

雨村接过一看，上面是几行字。如果你在中学语文课上不是净忙着递小纸条的话，这段应该很熟悉：

贾不假，白玉为堂金作马。
宁国荣国二公之后，共二十房分，除宁荣亲派八房在都外，现原籍住者有十二房。

阿房宫，三百里，住不下金陵一个史。
保龄侯尚书令史公之后，房分共十八。都中现住者十房，原籍现居八房。

东海缺少白玉床，龙王来请金陵王。
都太尉统制县伯王公之后，共十二房。都中二房，余在籍。

丰年好大雪，珍珠如土金如铁。
紫薇舍人薛公之后，现领内府帑银行商，共八房分。

请大家留心上面的小字，那里信息量才大。贾、史、薛、王只是书中写到的家族，其实每个家族都已历经好几代人，开枝散叶，人丁庞杂，分成若干房，分布在原籍和京城。后文写到贾府，会出现各种贾姓本家人物，就是这个原因。

> 雨村犹未看完，忽闻传点，人报："王老爷来拜。"雨村忙
> 具衣冠出去迎接。

我最初读《红楼梦》，读了好几遍，都会忽视这句话，当闲笔看。
后来读又觉得怪怪的，雨村正在和门子密谋呢，怎么突然来这么一句没
头没尾的话。此处也有脂批，说"不止四家"。意思是天朝上都，豪门
权贵云集，都有千丝万缕的联系。

可为什么又偏偏姓王呢？于是，我们不妨大胆猜测一下。

这个王老爷，就是金陵王家的人。王子腾本人的可能性不大，很可
能是他们家族中一个主事的同辈。你想啊，能让应天知府"忙具衣冠出
去迎接"的人，肯定不是隔壁老王。并且，贾雨村与王老爷见面，竟然
"有顿饭工夫"，肯定也不是闲聊的，应该是说正事，大事，薛蟠打死
人的事。

雨村回来，门子的话正好接上，他说，这四大家族皆联络有亲，一
损俱损，一荣俱荣，彼此都有照应。打死人的这个薛家，就是"丰年好
大雪"的薛。他们手眼通天，老爷您拿谁去？乌纱帽还要不要了？

贾雨村笑道，那你说该咋办？你是不是已经知道凶犯躲哪儿了？门
子说，我不但知道这凶犯躲哪儿了，还知道人贩子和原告的底细。然后
就把冯渊和薛蟠争夺婢女案，一五一十说了。

书到这里，甄士隐的女儿甄英莲的故事接上头了。那年看灯丢失，
根本不是走丢，而是被拐子拐走了。人贩子是个古来有之的勾当，最丧
尽天良。偷来女孩，养大，卖掉，卖给穷人做老婆，卖给富人做妾，或
干脆卖给青楼。

甄英莲就是后来的香菱，日后进入大观园，还有她的重头戏，我们
后面再说。

我们看门子说完，贾雨村的反应：

> 雨村听了，亦叹道："这也是他们的孽障遭遇，亦非偶然。

不然这冯渊如何偏只看准了这英莲？……"

发现没有，当贾雨村看过护官符，跟王老爷聊了一顿饭工夫，并知道凶犯是薛家后，他变了，他说冯渊和英莲是孽障。

孽障源自佛教，意思是罪恶。上辈子造了孽，这辈子就有原罪。

第一回里，甄士隐送他五十两银子，让他选个黄道吉日上京赶考，他是怎么说的呢？他说"读书人不在黄道黑道，总以事理为要"。也就是说，他是不信这些神鬼佛道的。可是这会儿又"信"了，说人家是孽障，命中该有这一劫。理由是，"不然这冯渊如何偏只看准了这英莲？"这句话是不是很熟悉？一个人明明是受害者，却被人质问，那么多人他不欺负，怎么就欺负你？反省吧你。

不过碍于身份，毕竟是父母官，总不能一点不表态。贾雨村又装模作样骂了薛蟠几句，"姬妾众多，淫佚无度"，最后定性，死者冯渊，可怜人英莲，是一对"薄命儿女"。

当不幸者的遭遇被冠以薄命，剩下的就好办了。可贾雨村不直说，把问题抛给门子，"目今这官司，如何剖断才好？"

雨村宦海沉浮，老谋深算，他不知道怎么断？当然知道。但这是坏事，是脏活儿，是让良心不安的活儿，最好由别人说出来。日后万一事发，好歹有人挡一梭子弹。

门子见老爷请教，得意极了，是"笑道"，老爷当年何等明决，今天咋就没主意了呢。我听说老爷这次能复出，就是贾府、王府出的力，薛家是他们的老亲，这个顺水人情要是不捡太可惜了，以后怎么见贾、王二公。

雨村说，你说的有道理，但我这么做就是徇私枉法，对不起朝廷的信任，好为难啊。门子说，别扯那些没用的了，现在这世道，好官难当，你不但报效不了朝廷，弄不好小命就没了。

雨村又问，那你说该咋办？门子说，我早想好主意了。明天老爷升堂，"只管虚张声势，动文书发签拿人。原凶自然是拿不来的"。就抓薛家几个奴仆，我暗中操作，就说原凶暴病身亡。老爷请个大仙儿，当堂占卜，就说冯渊和薛蟠是"冤孽相逢"，该有一劫。现在薛蟠得了无名之症，被冯渊的鬼魂追索，也死了。至于拐子更好办，咱们让他改口供，跟占卜结果对上号，然后依法处置就行。给冯家的补偿，老爷你随便断，一千、五百都行，反正薛家不差钱。再说冯家也没啥直系亲属，告状的人无非图个钱。这样一来各取所取，皆大欢喜。

这段文字，可以看作古代司法中冤案的典型，占卜都用上了。

我们再看贾雨村的反应：

> 雨村笑道："不妥，不妥。等我再斟酌斟酌，或可压服口声。"

既然认为"不妥"，为啥还"笑道"呢？这就是贾雨村。"不妥"是说给门子听的，笑才是真实的心理活动。门子这番话正说到他心坎上，妥得很，是妥妥的妥。

次日升堂，一看冯家"人口稀疏"，"便徇情枉法，胡乱判断了此案"。

然后呢？书上有一段精彩描写：

> 雨村断了此案，急忙作书信二封，与贾政并京营节度使王子腾，不过说"令甥之事已完，不必过虑"等语。此事皆由葫芦庙内之沙弥新门子所出，雨村又恐他对人说出当日贫贱时的事来，因此心中大不乐意，后来到底寻了个不是，远远的充发了他才罢。

"急忙"，可见雨村邀功之切；"二封"，可见行事之缜密。他给薛蟠放了水，告诉贾政也就罢了，贾政毕竟是他的恩人。他嫌不够，还要告诉王子腾。贾政是薛蟠的姨夫，王子腾是薛蟠的舅舅，雨村要讨好贾、王两家。

故事到这里，再一次印证了前面一个问题，能让贾雨村顺利复职的，肯定不只贾政这个工部员外郎，王子腾也起了作用。

中国古代，拉帮结派是官场基本技能。那些高官从举子们中第前就开始拉拢了。日后进士们走入官场，都是自己人。

薛蟠人命一案了结了。大家还记得第二回里，贾雨村是怎么给封肃说的吗？当时雨村为了要娇杏做妾，传唤甄士隐的岳父封肃。封肃说，外孙女英莲走丢了。

雨村当时说："不妨，我自使番役务必探访回来。"

现在，甄英莲就在薛家，就在"姬妾众多，淫佚无度"的薛蟠手里，他怎么不去"探访回来"呢？

拐卖人口案，行凶人命案，两案并断，成了一桩"薄命孽障"咎由自取案。

贾老爷实在是高。

再看门子的结局，不是被炒鱿鱼，而是被雨村随便找个理由"充发"了，也就是定罪流放。谁让你掌握领导的黑材料呢？谁让你自作聪明呢？

门子是真小人，贾雨村是伪君子。

看到这里，你是不是想对门子骂一句"活该"了？先别急。《红楼梦》对官场腐败的描写，不只是贾雨村能飞黄腾达，连门子这种货色，也能时来运转。这句有脂批："至此了结葫芦庙文字。又伏下，千里伏线。"

什么千里伏线呢？

或许门子并没有领盒饭，多年以后，他将时来运转，小人得志，找雨村复仇。1987年版电视剧《红楼梦》，不愧是有超级顾问团，结尾处贾雨村披枷戴锁，坐在轿子里的老爷，换成了门子。

当真是"乱烘烘你方唱罢我登场"。

04

故事至此，薛家正式登场。

薛家原本也是"书香继世之家"，第一代创业者薛公，官至紫薇舍人。这是个唐宋的官职称呼，曹雪芹依旧是信手拿来。我们只要知道是中央级高官就行了。

薛家发家靠给朝廷做采办，经商，是皇商。一代代下来，现在有八房。到薛蟠这一代，父亲早逝，母亲薛姨妈是家里支柱。这个薛姨妈，就是王夫人的妹妹，贾府的晚辈叫她姨妈。薛蟠还有个妹妹，就是薛宝钗。

薛蟠的成长环境很有意思，"家中有百万之富"，却没有父亲管教。也因为没了父亲，"寡母又怜他是个独根孤种，未免溺爱纵容"。"老大无成"，"性情奢侈，言语傲慢"，"终日惟有斗鸡走马，游山玩水而已。"

可是另一方面，这样的原生家庭，又养出薛宝钗这样的人物。"肌骨莹润，举止娴雅"，成熟稳重，才华横溢，是母亲的贴心小棉袄，"较之乃兄竟高过十倍"。

这一年宝钗十三岁，朝廷征采女孩，到宫里做才人。很多人说薛宝钗这是参选妃嫔，其实不对，书上说得很清楚，是到宫里"为公主郡主入学陪侍"。

清廷规定，阿哥读书，除了从大儒中选择老师，还会从内外八旗中选择同年龄的贵族子弟，入宫伴读。公主郡主读书也一样，会从王公大臣中选择才貌双全聪慧的女孩做伴读。

对这些臣子来说，家中子弟如果入选，等皇子公主们长大，在君臣关系外又多了一层私交，日后好处多多。

现实中，曹家是以军功起家，但走向巅峰主要靠私交。曹玺妻子做过康熙的教引保姆，曹寅做过康熙的伴读书童，十几岁时，康熙一登基，就让他做了贴身带刀护卫。再长大，就是江宁织造了。曹家一路烈火烹油，就是因为和康熙的私交。

薛姨妈一家三口，一是薛蟠躲避官司，二是宝钗选才人，正好一起进京。刚到京城，又得喜报，舅舅王子腾"升了九省统制，奉旨出都查边"。进京这事，薛宝钗是什么反应，书上没写，不过这事带有一定强制性，参不参选由不得薛宝钗，所以这个事不能看作是宝钗的野心。

最高兴的是薛蟠，终于进京了，花花世界，温柔富贵乡，富家子弟的欢乐场。

薛蟠对母亲说，咱们把京城里的宅院打扫打扫住进去。薛姨妈说，不用这么麻烦。咱们只是拜访亲友，你舅舅家、姨爹家都能住，又省事，又能团聚。薛蟠说，舅舅刚升到外省，家里肯定忙，咱们去不是给人家添乱嘛。

薛姨妈说，还有你姨爹家呢。这两年你姨娘每次都捎信来，要接我们去团聚，到时候肯定苦留，咱们要是收拾房子，就见外了。我知道你打的什么主意，你就怕守着舅舅、姨爹受拘束，不能到处鬼混了。你要是想自己住你自己住去，我跟你妹妹找你姨娘去。

薛蟠不敢跟母亲硬杠，三人就奔荣国府来了。

王夫人很高兴，妹妹一家来了，外甥薛蟠的官司，贾雨村也摆平了。礼物人情，热热闹闹。

贾政把荣国府的一个院子打扫出来，给薛家三口住。贾母也热情欢迎薛姨妈。薛家不差钱，对王夫人说明，亲姐妹，明算账，薛家一应吃穿用度自己负责。王夫人也不介意，大家安顿下来。

请大家记住薛家三口住的这个院落，名叫梨香院。《红楼梦》里的地名、人名、职位名都不是随便取的，各有含义。曹公在任何时候都不忘记塑造人物，尤其住的地方。

我们知道林黛玉是潇湘妃子，她的潇湘馆、竹子、诗歌、命运等等，是一个整体，所有这些密密麻麻、纵横交织的丝线，才织出一个丰满的人物。

薛宝钗同样如此。

梨香院的名字源自梨园。唐玄宗沉迷歌舞百戏，搞了一个规模庞大的乐工机构，就叫梨园。梨园中两大音乐总指挥，就是唐玄宗和他的杨玉环小姐。

后来戏曲行业叫梨园行，从业者叫梨园子弟，就是打这来的。

《红楼梦》对薛宝钗的塑造，处处有杨贵妃的影子，我们到时候再说。总之，让薛家三口住进梨香院，不是为了薛姨妈，更不是为了薛蟠，我们的宝姐姐才是主角。

这梨香院原本是荣国公暮年养老的地方，有两个特征，一是别致安静，二是有一个小门直接通到街上，是个半独立院落。这个设置薛蟠太喜欢了。

搬进去后，宝钗整天跟姊妹们一起读书下棋做针线，薛蟠就跟着贾府子弟厮混，那个小门出入方便，更没人管教他了。不到一个月，就跟贾府里的纨绔子弟混熟了，书上写道：

> 贾宅族中凡有的子侄，俱已认熟了一半，凡是那些纨绔气习者，莫不喜与他来往，今日会酒，明日观花，甚至聚赌嫖娼，渐渐无所不至，引诱的薛蟠比当日更坏了十倍。

《红楼》善用对比法。薛蟠是坏不假，也闹出过人命，可当时他才十五岁，他的坏更多的是纨绔子弟长期养成的习性，本性并不坏。到后面，我们甚至还会发现他的可爱之处。

这样一个人，到贾家一个月，"含坏量"就升了十倍。贾府子弟，才是真的坏。为什么坏呢？荣国府这边，贾政照管不过来，也不善于管教子弟。宁国府那边是贾珍当家，自己带头坏，他还是贾家的族长，就算一个好孩子，只要跟着他混，包你变坏。

林妹妹来了，宝姐姐来了，薛蟠也找到组织了。贾府很快就热闹了。

可卿救我！

游幻境指迷十二钗
饮仙醪曲演红楼梦

　　按目前红学界主流观点，第五回是全书的总纲，极其重要。尤其对于一部"烂尾书"，结尾的人物命运，都在第五回里了。

　　可这一回曹公写得相当隐晦，到处是中国传统文学的密码、暗语。只这一回，诗、词、曲赋、对联，还有神话与传奇，密密缝织，相互交叉，全用上了。所以读起来格外累。

　　我之前想过，要不要跳过前五回，从第六回开始写？想来想去，行不通。第五回除了昭示人物后来的命运，其实还有个重要作用，就是对宝玉的警示。《红楼》一直在讲一个"悟"字，宝玉从锦衣玉食的公子哥，到悬崖撒手沿街乞食，是个开悟的过程。这个过程的起点，就在第五回。

　　借用《红楼》写作的一个术语，这叫"横云断岭"。我们才刚进入这片崇山峻岭，遇到一团迷雾，不能退缩，穿过这片迷雾，才能看到真正的风景。

　　这一回里警幻对宝玉有句话："若非个中人，不知其中之妙。"我甚至怀疑这是曹公对读者的筛选。不然，前面有冷子兴和贾雨村聊八卦，接着宝黛初见，雨村乱判葫芦案，都通俗易懂。偏偏到这一回，大布迷魂阵，这是要吓退一批"非个中人"。

　　不过大家也不用害怕，把这些密码弄懂了，这回的故事其实很简单，就两个字，"做梦"。

　　咱们开始。

01

　　上回写到薛家三口来到荣国府，安顿下来。原本宝玉和黛玉之间的亲密关系被打破。谁说三角关系代表稳定了，有时候还意味着相互牵扯。

　　贾母是疼爱黛玉的，吃穿用度，跟宝玉一样，超过迎、探、惜三姊妹。宝、黛"日则同行同坐，夜则同息同止"，青梅竹马，亲密无间。

　　可是宝姐姐来了。

　　薛宝钗是"品格端方""行为豁达，随分从时"。这种品质在女孩身上尤其难得，好相处。反观黛玉，是"孤高自许，目下无尘"，在旁人眼里，就是高冷，不好伺候。所以包括下人们在内，都喜欢跟宝钗玩。

　　钗黛之争，由此开始。挺钗派和保黛派争论了两百多年。据说清末有两个红迷，就为了力挺自家"爱豆"而大打出手，也算真爱粉了。

　　宝姐姐抢了风头，林妹妹当然很不忿，怎么办呢？只能拿宝玉撒气，动不动就哭：

　　　　这日不知为何，他二人言语有些不合起来，黛玉又气的独在房中垂泪。宝玉又自悔言语冒撞，前去俯就，那黛玉方渐渐的回转来。

"不知为何"——写得太好了。需要理由吗？不需要。青春期男孩女孩之间那点小情绪，就是这么莫名其妙。这句话写出了宝黛的日常，一个爱哭，一个爱哄。一个有病，一个有药。打打闹闹，特别好玩。

请大家记住，这一场景在宝黛之间一再上演，俩人无数次的矛盾，基本都是这个模式。黛玉说，你亲近宝姐姐，我就哭给你看。宝玉说，你哭我就认错服软表真心。

02

这天宁国府梅花盛开，贾珍之妻尤氏置办酒席，邀请贾母、邢夫人和王夫人过去赏梅花。先茶后酒。到了中午，宝玉倦了，想睡午觉，贾母赶紧安排人伺候。

> 贾蓉之妻秦氏便忙笑回道："我们这里有给宝叔收拾下的屋子，老祖宗放心，只管交与我就是了。"

贾蓉之妻秦氏，就是秦可卿。这是她第一次出场。书里秦可卿的笔墨并不多，但这个人物非常重要，也足够猎奇，刘心武老师甚至还读出一门"秦学"。

秦可卿说完，书上写道：

> 贾母素知秦氏是个极妥当的人，生的袅娜纤巧，行事又温柔和平，乃重孙媳中第一个得意之人。

可见秦可卿是个好女人。记住这点，有助于我们理解后面的大丑闻。

关于"重孙媳妇"有必要解释一下。

古人对年龄的感受和我们现在不一样。杜甫说，人生七十古来稀。古人寿命都短，七十岁都算长寿，所以结婚也早，十三四岁谈婚论嫁。前面薛姨妈出场，"年方四十上下年纪"，我们按她四十上好了，也就四十出头。可是见了王夫人，书上写道："姊妹们暮年相会"，悲喜交集。四十岁就说是暮年，可能有夸大的成分，但至少说明四十岁已经是下坡路。

宁荣两府虽是两兄弟，其实差着一代人呢。宁国府是长房，现在的长子是贾敬，出家做了道士，留下独子贾珍当家。贾珍跟贾琏、宝玉是同辈人，都是贾母的孙子辈。贾蓉是贾珍的儿子，是重孙辈，那贾蓉媳妇就是重孙媳妇。

宁国府一直是贾珍当家，是个大家长，年龄又比同辈人大，所以我们看《红楼》经常有个错觉，以为贾珍和贾政是同辈。

宝玉跟着秦可卿，先来到上房内间。宝玉抬头一看，墙上有幅画，叫《燃藜图》。这幅画有典故，是教人苦读学习的。画旁边还有一副对联：

世事洞明皆学问，人情练达即文章。

画和字，都是劝学的，让贵族子弟懂得人情世故。可是，这正是宝玉最厌恶的，忙说，"快出去，快出去！"屋内装修得再奢华，也不在这里睡了。秦可卿说，那要不到我屋里睡吧。宝玉点头微笑。

旁边一个老嬷嬷说："那里有个叔叔往侄儿房里睡觉的理？"秦可卿说，他才多大呀，忌讳这个干吗。他还没我那兄弟高呢。

礼教的bug（系统缺陷）出来了。如果按照辈分，宝玉是叔叔，贾蓉是侄子，确实不该去已经成家的侄子卧房睡觉。可如果按照年龄，贾蓉和秦可卿已经成人，而宝玉是个孩子，去侄儿房里睡个午觉也没啥问题。

大家说着就来到秦可卿房内。

刚至房门，便有一股细细的甜香袭人而来。宝玉觉得眼饧骨软，连说"好香！"

这是一种暗示。一股甜香，唤醒了宝玉的青春荷尔蒙。

"眼饧骨软"，是进入迷离朦胧的状态。接下来，书上对秦可卿的房间，有一通调侃般的描写，却充满情欲。

墙上挂的是唐伯虎的《海棠春睡图》。风流才子的美人春睡图，意思很明确。

两边的对联，是秦太虚的对联：嫩寒锁梦因春冷，芳气笼人是酒香。也是春睡，花香酒香。秦太虚就是秦观，那个写"两情若是久长时，又岂在朝朝暮暮"的家伙。

桌案上是武则天用过的镜子，赵飞燕立过的金盘，盘子里是安禄山掷过、弄伤了杨玉环胸乳的木瓜。床榻是南朝寿阳公主睡过的，联珠帐是唐朝同昌公主亲手串制的。

宝玉看了，连说"这里好！"

秦可卿说，我这屋里，神仙也可以住了，还有更好的，"说着亲自展开了西子浣过的纱衾，移了红娘抱过的鸳枕"。

这些物件当然都是假的，但历史人物的风流轶事人所共知，这就构成了强烈的暗示，跟情色有关。

03

秦可卿安排好宝玉，"便分咐小丫鬟们，好生在廊檐下看着猫儿狗儿打架"。请留意这句话，后面会用到。

然后宝玉就睡着了。

> 那宝玉刚合上眼，便惚惚的睡去，犹似秦氏在前，遂悠悠荡荡，随了秦氏，至一所在。

宝玉已经进入梦境。

在梦里，他跟着秦可卿来到一个仙境。先听到有人唱歌：

> 春梦随云散，飞花逐水流。
> 寄言众儿女，何必觅闲愁。

美梦终究会散，飞花也会随水流走，天下众儿女呀，何必自寻烦恼呢。这是警幻仙姑对宝玉的第一次提醒。

宝玉当然不吃这套，警幻仙姑就现身了。这段是一篇短赋，对警幻仙姑的容貌一通描写，熟悉曹植的人马上就能看出来，这是在向曹植的《洛神赋》致敬。很多句子是直接化用的，"回风舞雪""若飞若扬"等等，总之一句话，警幻仙姑是一位美艳至极的仙女。

宝玉可高兴了，"喜的忙上来作揖问道：神仙姐姐不知从那里来，如今要往那里去？也不知这是何处，望乞携带携带"。

曹雪芹向曹植致敬，金庸向曹雪芹致敬。

《天龙八部》里，段誉就是对照着贾宝玉写的。第二回，段誉无意中闯入"琅嬛福地"，见到神仙姐姐雕像，整个是宝玉附体：

> "神仙姊姊，你若能活过来跟我说一句话，我便为你死一千遍、一万遍，也如身登极乐，欢喜无限。"

> "我段誉是个臭男子，倘若死在此处，不免唐突佳人，该当死在门外湖边才是。"

> 琴犹在，局未终，而佳人已邈。段誉悄立室中，忍不住悲从中来，颊上流下两行清泪。

段誉在琅嬛福地得到的神功——"凌波微步"，也出自《洛神赋》。整本书里，段誉的烦恼不是皇位继承，不是武林扬名，更不是富贵荣华，而是一堆姐姐妹妹的脸色。

金庸小说里，《红楼梦》的影子还有很多。再比如《鹿鼎记》里，大字不识一个的韦小宝要给康熙写密奏，走进书房，用的砚台，是王羲之当年所用的蟠龙紫石古砚，墨是褚遂良用剩下的唐朝松烟墨，笔是赵孟頫定造的湖州极品羊毫笔，纸是宋徽宗敕制的金花玉版笺。然后点上一炉卫夫人同款龙脑温麝香，韦大人就开始挥毫书写了。

扯远了，言归正传。

宝玉问完，警幻仙姑开始自我介绍，她说，我居住在离恨天之上，灌愁海之中，是放春山遣香洞太虚幻境的掌门人。掌管人间的风情月债，女怨男痴。今天我正好来察访，遇见你，缘分啊。我那里也不远，有好茶美酒，有美女歌姬，又恰好刚给《红楼梦》十二支曲子填了词，你要不要过来坐坐？

宝玉听了，喜跃非常，也不管秦可卿了，跟着警幻仙姑就走。来到一个石牌坊，看到门头四个大字：太虚幻境。两边一副对联：

假作真时真亦假，无为有处有还无。

第一回里，甄士隐进入梦境，跟着一僧一道也来过太虚幻境，只是刚走到门口，看到这副对联就醒了，没进去。这回宝玉进去了。

同一对联出现两次，这在全书里绝无仅有，说明它很重要，事关全书主旨。我在第一回里说过了，这里补充一下。

在我看来，这句话是太虚幻境的slogan（标语）。太虚幻境和现实世界是两个平行宇宙，用《盗梦空间》的概念来理解，太虚幻境里的一切都是一场梦。这座牌坊是两个世界互通的坐标、入口，这副对联就有了两层含义。

一是对书中人说的，一切都是梦境，这些人前有甄士隐，后有贾宝玉。如果八十回后文字尚在，还会有人再次进入这里。太虚幻境是梦开始的地方，也是梦终结的地方。这回里宝玉进入，是想警示他，你所拥有的温柔富贵、锦衣玉食，以及围绕在你身边的名姝佳丽，都不过是浮生一梦。

另一层是对读者说的，你要是把虚构的内容当真，那真实的历史你就看不见了。虚构部分，主要是贾家。真实部分，主要是江南甄家和甄士隐家。当然，在全书里，真与假不是对立的，而是真中有假，假中有真。红学能作为一门显学供人们破解两百多年，说到底就干了一件事——辨别真假。

宝玉看到这副对联，并没有开悟，反而很兴奋，继续往里走。

转过牌坊，便是一座宫门，上面横书四个大字，道是"孽海情天"。又有一副对联，大书云："厚地高天，堪叹古今情不尽；痴男怨女，可怜风月债难偿。"

宝玉只盯着"古今之情""风月之债"看，不知道什么意思，然后转向两边的配殿，都挂着招牌，有的是"痴情司"，有的是"结怨司"，还有"朝啼司""夜怨司""春感司""秋悲司"。

从名字就能看出来，都是男女那点事。不愧是掌管天下风情月债的总部，每个部门各司其职，清清楚楚。

宝玉说，麻烦仙姑带我去各司中去看看。仙姑说那不行，我这各单位里都是机密档案，全天下女子的过去和未来都记录在案，你是凡人，不能把天机泄露给你。

宝玉不依，软磨硬泡。仙姑说，好吧，来都来了，带你稍微转一下。

俩人来到又一个偏殿，门头上挂着"薄命司"，两边也有一副对联：

春恨秋悲皆自惹，花容月貌为谁妍？

风情月债，都是你情我愿。所谓薄命，无非是承受了爱的代价。

宝玉走进薄命司，看到十几个大档案柜，都贴着封条，上面写着各省各市。宝玉当然先看金陵的，看到一个柜子，写着"金陵十二钗正册"。

宝玉问，这是啥意思。仙姑说，就是你们省内十二个绝佳女子的档案，所以叫"正册"。宝玉不解，说金陵这么大，怎么就十二个女子？光我家就有几百个女孩了。

仙姑说，金陵女孩虽多，也不能全部入档啊，只存主要的。喏，你看下面那个抽屉，是次一等的。普通女子的档案，我们就不存了。

宝玉一看，果然，下方抽屉上写着"金陵十二钗副册"，再往下，是"金陵十二钗又副册"。

这个故事告诉我们，古代哪怕是仙界，也是分三六九等的。

04

宝玉随手拉开"又副册"，拿出一本册子，打开，先看到一幅画。画上山水不像山水，人物不像人物，黑乎乎一团，旁边有几行字迹：

> 霁月难逢，彩云易散。心比天高，身为下贱。风流灵巧招人
> 怨。寿夭多因毁谤生，多情公子空牵念。

读《红楼》一定要读这回里的判词，重要人物的命运都藏在其中。但因为是诗词形式，又有谶语的意味，不太好理解。很多人读《红楼》之所以在这一回搁置，就是被这些诗词绕晕了。

不要怕，我在这里不展开，只简单地把每个人物的命运交代一下，判词的详细解读，我们在后文根据情节再说。

先说这首，是晴雯的判词。晴雯是宝玉身边的大丫鬟，风流灵巧，爱恨分明，却遭受诽谤被赶出大观园，悲痛难当，死了。"寿夭"是长寿或短命，对晴雯来说，都是因诽谤而起。

宝玉继续翻又副册，还是一幅画加几句词。画是一簇鲜花，一床破席，词如下：

> 枉自温柔和顺，空云似桂如兰。
> 堪羡优伶有福，谁知公子无缘。

这是袭人的判词。尽管很多读者讨厌她，但在曹公眼里，悲悯更多。袭人温柔和顺，识大体，知礼仪。前八十回没有交代她的结局，按照推测，袭人最后没有做成宝玉的妾，离开贾府，嫁给戏子蒋玉菡。优伶是指唱戏的。所以叫优伶有福，公子贾宝玉无缘。

宝玉看不懂这"又副册"，翻看两页就丢下了，又在"副册"柜子

里拿出一册，翻开看，还是一幅画一首诗。

画上是一株桂花，下面是一个池塘。池塘干涸，荷花枯败。诗如下：

> 根并荷花一茎香，平生遭际实堪伤。
> 自从两地生孤木，致使香魂返故乡。

这是香菱的判词。香菱，就是被拐子卖给薛蟠的甄英莲。她原本生在甄士隐这个仕宦之家，是莲花的命，后来却成为卑微的菱花。

这首判词是说，菱花和莲花根茎相连，但菱花的遭遇着实令人悲伤。"两地生孤木"是拆字法，"两地"是两个"土"字，"孤木"是一个"木"，合在一起是"桂"字，指薛蟠后来娶的正妻夏金桂。香菱被夏金桂百般折磨而死。在原著结尾，她的魂魄应该会回到小说开头的甄家。

这是个极度悲伤的故事，可惜我们看不到了。现在通行本里的后四十回，说香菱是难产而死，显然不符合曹公原意。

宝玉看了香菱判词，还是云里雾里，丢在一旁，再去拿"正册"。

"正册"正好十二人，这就是大家熟悉的"金陵十二钗"。也就是说，包含香菱在内的"副册"，以及包括晴雯、袭人在内的"又副册"，我们只知道有这三个姑娘，其他人一概不知。

先不管了，先看正册。

宝玉翻开正册，第一个，画的内容是两株枯木，木上悬着一条玉带，下面是一堆雪，雪下一支金簪。

诗的内容是：

> 可叹停机德，堪怜咏絮才。
> 玉带林中挂，金簪雪里埋。

"停机德"有典故：汉代乐羊子外出求学，一年就回家了。妻子正在织布，停下织布机，拿起剪刀"咔嚓"一下，绢布断为两段。她对乐羊子说，你现在回家，如同剪断这绢布，半途而废。乐羊子赶紧收拾行囊，又离家求学去了。"停机德"，是女子鼓励督促丈夫求学上进的品德。这里指薛宝钗。

"咏絮才"是晋代才女谢道韫的故事。叔叔谢安对雪吟诗，"白雪纷纷何所似？"谢道韫的哥哥接下句，"撒盐空中差可拟"。谢道韫说，俗了，看我的，"未若柳絮因风起"。把大雪比作柳絮，就叫"咏絮才"，指林黛玉。

这首判词，同时写了宝钗和黛玉。是说不管宝钗多么有品德，黛玉多么有才华，她们都令人悲叹，令人怜惜。因为"玉带（黛玉）"年华早逝，"金簪（宝钗）"独守空房。

曹公的文字游戏已臻化境。这两句历来有各种解释，处处玄机。比如"玉带林"反过来是林黛玉，"金簪雪"就是薛宝钗。黛玉的死因，也有了上吊自杀一说。"雪里埋"可以理解成有才有德的人被埋没，也可以理解成宝钗独守着冰冷的空房。

蔡义江老师有个解释，说"玉带"也可能象征着男人的官爵和功名，高高挂起来，是束之高阁，象征宝玉在黛玉死后万念俱灰，无意功名，遁入空门。

05

接下来，宝玉继续翻看"正册"，金陵十二钗的命运，也一一有了大概。

元春的结局：

画上是一张弓，谐音"宫"，弓上挂着一香橼（yuán），谐音"元"。身在皇宫的元妃被高高挂起，是象征她受尽冷落继而早亡，还是死于缢亡？目前尚有争论。总之元春是早逝了，贾府的靠山倒了。

判词如下：

二十年来辨是非，榴花开处照宫闱。

三春争及初春景，虎兕相逢大梦归。

元春是个才貌双全的女人，明辨是非，二十多岁时的光彩曾照亮宫闱。"争及"意思是"怎及"，初春就是元春。迎、探、惜三春的风采都不及元春，可惜在"虎兕相逢"时美梦破碎。"兕"是传说中类似犀牛的一种猛兽。"虎兕相逢"是指时间还是指斗争的两派？学界目前存在争议。但可以肯定与朝堂政变有关，皇权、政治斗争。元春做了牺牲品，贾府也跟着倒霉。

宫廷嫔妃的斗争相比普通人家的妻妾，段位更高，事关家族利益，兴衰存亡，赌注大得吓人。

探春的结局：

画上是两个人放风筝，一片大海，一只大船，船上有个女人在哭。

判词是：

才自精明志自高，生于末世运偏消。

清明涕送江边望，千里东风一梦遥。

探春最后远嫁他方，学界主流观点是嫁到了外邦。判词大意是，探春有才华，有志气，可惜生于末世，命运不济，终究辜负一身才能。清明时节她远嫁他国，从此远洋阻隔，故土梦牵。

史湘云的结局：

画上是几缕飞云，一湾逝水。

判词是：

富贵又何为，襁褓之间父母违。展眼吊斜晖，湘江水逝楚云飞。

"违"指死去，"吊"是凭吊。大意是，史湘云生在公侯富贵之家又怎么样呢？尚在襁褓，父母就没了，婚后又遇夫妻分离。她只能独坐黄昏，空对着斜晖，遥望着江水。

花间派祖师温庭筠，写过一首小令。一个独守空房的少妇，从早到晚坐在水边楼上，等待外出的丈夫。是这么写的：

> 梳洗罢，独倚望江楼。
>
> 过尽千帆皆不是，斜晖脉脉水悠悠。
>
> 肠断白蘋洲。

《望江南》这首小令，完全可以作为史湘云的命运写照。

十二钗里，史湘云和妙玉的命运在前八十回交代的很少，现在大家都是根据蛛丝马迹猜测。书里对人物的命运从不简单描写，而通过判词、歌曲、人物对话和行为等等，层层渲染，所以咱们先不急着一股脑交代，根据情节，慢慢来。

妙玉的结局：

画上是一块美玉，落在泥垢之中。

判词是：

> 欲洁何曾洁，云空未必空。
>
> 可怜金玉质，终陷淖泥中。

汪曾祺有名篇《受戒》，小男孩明海跟着当方丈的舅舅入了寺庙，做和尚。在庙里兢兢业业，准备日后在佛门有所作为，后来又去受戒。所谓受戒，就是在光头上烧十二个戒疤，以表皈依决心，日后也有做方丈的资格。

受戒后的一天，小英子划船来接他。

小英子说，你不要当方丈！明海说，好，不当。

也不要当沙弥尾！

好，不当。

小英子又说，我给你当老婆，你要不要？

明海说，要！

宝相庄严，佛法无边，都抵不过涌动的荷尔蒙。

妙玉也一样，这是人性。

她原本也是个官宦家的小姐，却到大观园做了道姑。判词是说，她想洁身，却未能自洁。嘴上念着"色即是空"，心里装着"空即是色"。这金玉一般的人儿，终究还是陷入污浊。

这应该又是个令人捶胸的故事，可惜同样看不到了。可以肯定的是，妙玉最终既不能洁也不能空，很可能流落到烟花巷了。

很多时候，最悲的悲剧不是死亡，而是把你视若珍宝的东西，以最残忍的方式毁掉。

迎春的结局：

画上是一匹恶狼，在追扑一个美女，准备吃掉她。

判词是：

子系中山狼，得志便猖狂。

金闺花柳质，一载赴黄粱。

"中山狼"是我们熟悉的东郭先生和狼的典故。"子系"还是拆字法，分开是"他是"，合并在一起是繁体的"孙"字。这里指迎春嫁的夫婿孙绍祖，是个恩将仇报的中山狼。小人得志，猖狂得不行，将迎春这个花柳之质的弱女子折磨致死。

这是字面意思，如果再探究一层，或许还有更深的隐喻。

东郭先生爱心有余，智商不足，他之所以救狼，是他死守着墨家的兼爱思想，认为众生平等。这个出发点是好的，但书生往往迂腐，死读书，不切实际。原文结尾，说东郭先生是"仁陷于愚"，就是仁慈得很愚蠢。

这个寓言是明朝人马中锡写的，当时政治混乱，宦官篡权，社会矛盾一大堆，仅靠老祖宗的道统已经解决不了问题了。

曹雪芹所处的清朝后期也一样。我觉得曹公是在质疑，在讽刺，也在迷茫。封建制度已病入膏肓，走向末路，上帝都救不了。

贾府帮助的人当中，刘姥姥是知恩图报的，但不是所有人都能保持善良，不落井下石就算好的。孙绍祖、贾雨村，都是贾府帮助过的"中山狼"，也是回过头咬贾府最凶的人。贾迎春小姐，是这大时代下的一个牺牲品。

再看惜春：

画上是一座古庙，一个美人在里面诵经。

判词是：

> 勘破三春景不长，缁衣顿改昔年装。
> 可怜绣户侯门女，独卧青灯古佛旁。

脂批说，惜春后来"缁衣乞食"。缁（zī）衣是深色衣服，引申为僧尼服。惜春从三个姐姐的遭遇和家族纷争中渐悟，看破红尘，出家为尼。原本的国公府大小姐，只能在青灯古佛旁了此残生。

1987年版电视剧《红楼梦》没有按续书拍是英明的，交代了贾惜春身穿缁衣，沿街化缘。

王熙凤结局：

画上是一片冰山，冰山上有一只雌凤。

判词是：

> 凡鸟偏从末世来，都知爱慕此生才。
> 一从二令三人木，哭向金陵事更哀。

画上的雌凤，代表王熙凤。"凡"字加个"鸟"，也是繁体的"凤"。

冰山在古代文学里的意象，是看似高大雄伟，其实不长久，会很快消融。雌凤立在冰山上，比喻凤姐最后将无处立足。这座冰山，就是她娘家和夫家两座靠山。

判词中"一从二令三人木"的确切意思，目前没有定论。主流观点是，凤姐嫁给贾琏，一开始"顺从"，后来是发号"施令"，结果被休了（"人"和"木"，是个"休"字）只能哭着回金陵娘家。

按我们现代人理解，离婚就离婚呗，凭凤姐的美貌和智慧，到哪儿不能再找个男人？怎么就会"更哀"呢？

所以曹公才说那是"末世"，是戕害人性的时代。凤姐被休时，娘家和夫家都出事了。罪臣之妻，丧家之女，哪个男人敢要啊！

巧姐的结局：

画上是"一座荒村野店，有一美人在那里纺绩"。

判词是：

> 事败休云贵，家亡莫论亲。
>
> 偶因济刘氏，巧得遇恩人。

贾家败落，树倒猢狲散。巧姐的"狠舅奸兄"撕掉面具，露出獠牙，把巧姐卖到妓院。刘姥姥之前受过贾府接济，知恩图报，把巧姐救出火坑。巧姐后来嫁给刘姥姥的外孙板儿，成为一名村妇。

权势没了，就不要还以贵族自居。家族败落，就不要到处攀亲。曹公锥心之悟。

李纨的结局：

画上是一盆茂兰，旁边一个凤冠霞帔的美人。

判词是：

> 桃李春风结子完，到头谁似一盆兰。
>
> 如冰水好空相妒，枉与他人作笑谈。

桃李结子，指李纨生了孩子，青春就到头了。幸运的是，他的儿子贾兰不负众望，登科做官。

第三句含义有点模糊。我采用蔡义江老师的观点，是说李纨冰清玉洁，为亡夫守节一辈子，终于苦尽甘来。但是世人也用不着羡慕忌妒，因为她付出的代价，是她的青春，她全部的生命。好日子来了，她却"昏惨惨黄泉路近"，只能成为世人茶余饭后的笑料。

我觉得曹公对李纨的态度，包括对贾兰科举中第的态度，是不屑的。他更认可宝玉的叛逆精神。读书，做官，按社会道统要求的那样过完一生，符合时代潮流，但不符合人性。

《红楼》一书，与朱熹理学相反，是"灭天理，存人欲"，它把人性的美好和龌龊都摆在台面上，希望找到一二知己，甚至主流阶层的认可。

但曹公显然是孤独的，他不抱任何希望。所以他想赞美宝玉，却处处给宝玉扣帽子，可劲抹黑。想赞美黛玉晴雯史湘云这些"不正派"的女儿，又个个让她们不得善终。不这样不行啊，一桌子全是左撇子，唯一用右手的那个人就很尴尬。世人皆醉我独醒，不说点醉话怎么行呢？

最后是秦可卿：

画上是高楼大厦，有一美人悬梁自缢。

判词是：

> 情天情海幻情身，情既相逢必主淫。
> 漫言不肖皆荣出，造衅开端实在宁。

全书里作者主动删除的最大一个章节，就是《秦可卿淫丧天香楼》，大约两千多字。两千多字在《红楼梦》里，信息量是非常大的，足以说清楚秦可卿的死因和死亡方式。目前人们只能靠蛛丝马迹来推测。

这首判词有脂批："判中终是秦可卿真正死法，真正实事。书中掩却真面，却从此处透。逗。"

由此可知，画面上体现的是死亡方式：高楼是天香楼，秦可卿在楼上自缢。

判词是死因：情天情海，幻化出秦可卿这副情身。只要多情，必走向淫。不要说贾家的不肖子孙都在荣国府，祸患的开端其实在宁国府。

从故事开始，宁国府大家长贾敬就不在家，外出做了道士，修仙炼丹求长寿，导致宁国府乌烟瘴气没人管。儿子贾珍成为宁国府的小皇帝，胡作非为，竟把咸猪手伸向自己的儿媳妇。

后文贾珍、贾蓉这对父子，还会做出更龌龊的事，我们以后再说。

总之，这首判词虽然写的是秦可卿，却可以看出贾府衰败的原因，宁国府是罪魁祸首。秦可卿是祸水，也是受害者。

十二钗的命运交代完了。宝玉还想再看下去，警幻仙姑怕泄露天机，说别看了，我带你去个地方。

06

警幻仙姑带着宝玉，来到后面院落。姑娘们，快出来迎接贵客了。

一语未了，只见房中又走出几个仙子来，皆是荷袂蹁跹，羽衣飘舞，姣若春花，媚如秋月。

几个仙女见到宝玉，纷纷埋怨，对警幻仙姑说，"姐姐曾说今日今时必有绛珠妹子的生魂前来游玩，故我等久待。何故反引这浊物来污染这清净女儿之境？"

这句话有重要信息。

第一回里说，绛珠仙子是林黛玉的前世。也就是说，不止宝玉一人进过太虚幻境，林黛玉也会进去。由此推断，十二钗，甚至包括副册、又副册中的女孩，天下痴男怨女，都有可能获得太虚幻境一日游门票。太虚幻境是"感情"监管机构，她们已经在这里注册了，都能享受"警示"服务。

警幻仙姑回答，我原本是要去请绛珠的，谁知从宁国府门口过，碰到宁国公和荣国公的灵魂，两位对我说，我们家已经富贵百年了，气数已尽，不可挽回了。子孙虽然多，都不靠谱。只有宝玉一人，还算"聪明灵慧"，可是又没人指点引导。"万望（仙姑）先以情欲声色等事警其痴顽，或能使彼跳出迷人圈子，然后入于正路。"

我有几次读到这里都想笑。这宁荣二公的脑回路太清奇了。两人的逻辑是，孙子宝玉不是性格乖张嘛，不是"色鬼无疑"嘛，好，就让他先享受一番"情欲声色"，等他发现这事没啥意思，就专心读书走正道了。这叫以毒攻毒。

怪不得大家都要祭祖呢！

警幻仙姑也相当配合。她说我先用他家里的上中下三等女子的命运暗示他，看来这货还没醒悟。这不，咱们让他"再历饮馔声色之幻"，说不定他哪天就顿悟了。

什么"饮馔声色"呢?

第一个是香,主攻嗅觉。

宝玉"但闻一缕幽香,竟不知所焚何物"。警幻告诉他,这种香是遍采名山中"异卉之精",又加入各种宝树之油所制,名叫"群芳髓"。

第二个是茶,主攻味觉。

"宝玉自觉清香异味,纯美非常。"警幻说,这茶产地在放春山遣香洞,泡茶用的水,是仙花灵叶上的露水。茶名叫"千红一窟"。

第三个是酒,也是味觉。

这酒是,"琼浆满泛玻璃盏,玉液浓斟琥珀杯","清香甘冽,异乎寻常"。警幻接着说,这个酒是以"百花之蕊,万木之汁,加以麟髓之醅、凤乳之麹"酿造而成,名叫"万艳同杯"。

脂批有注解,"千红一窟"是千红一哭,"万艳同杯"是万艳同悲。千红,万艳,这么多漂亮有才情的姑娘,终究还是哭,还是悲。

第四个项目,是视觉和听觉。警幻仙姑叫来十二个舞女,开始演奏《红楼梦》十二曲。警幻说,这曲子跟你们凡间不一样,是以词为重。"若不先阅其稿,后听其歌,反成嚼蜡矣。"

然后让丫鬟拿来原稿,宝玉一面听歌,一面看词。

如果按照行文顺序,现在就该解读《红楼》十二曲了。但我想来想去,决定暂时不展开,感兴趣的朋友可以去看原文。

原因是我自己的阅读经历。最开始读《红楼》,知道这第五回很重要,并且苦于八十回后偏离原著,就特别想把《红楼》十二曲弄明白。结果越看越糊涂,都是捕风捉影。

前面人物的判词,已经把每个女孩的命运透露一些了,《红楼》十二曲是判词的补充和延伸,但是远远不够。

就好比一则新闻短讯:某某因蓄意伤害罪被捕,判十年有期徒刑。如果做一条新闻看,信息够了。如果做小说看,这只算个开头。他为什么伤人?跟被害人什么关系?整个过程是怎样的?作案前有什么心理活动?一概不知。

没有细节，小说就失去了意义。

所以我想把《红楼》十二曲留在后面，穿插在中间，或者写完八十回后，回过头再细说人物结局。

这组曲子其实总共十四支，中间十二支对应金陵十二钗的命运。这回，我们只展开第一支和最后一支。

第一支是引子。

> 开辟鸿蒙，谁为情种？都只为风月情浓。
>
> 趁着这奈何天，伤怀日，寂寥时，试遣愚衷。
>
> 因此上，演出这怀金悼玉的《红楼梦》。

意思很好理解。太虚幻境掌管着天下怨女痴男的命运，说到底都是风月故事。趁着这个机会，伤世感怀，排遣寂寥，演出这出《红楼梦》。

请注意"怀金悼玉"四个字，我看很多资料说，"金"是宝钗，"玉"是黛玉，一曲《红楼》悲歌，就是怀念悼亡这俩姑娘的。这没错，但我觉得局限了。

"金"和"玉"在《红楼》里，很多时候确实是特指。但此时此景，我倒觉得是泛指。书里写到的女儿们，从侯门千金到底层丫鬟，都在被悼念之列。

要知道，书里面带金带玉的女孩可不止宝钗黛玉，"金"也可以是跳井的金钏，被贾赦盯上的金鸳鸯，甚至还有张金哥（不熟悉《红楼》的可能都不记得这个姑娘）。

"玉"也可以是玉钏、妙玉、红玉。在宝玉眼里，女孩是不分高低贵贱的，都是水做的骨肉，都是钟灵毓秀天地造化。

《红楼》之所以伟大，经得起时间考验，也正在于此。

最后一支是收尾，曲名叫《飞鸟各投林》：

> 为官的，家业凋零；富贵的，金银散尽；
>
> 有恩的，死里逃生；无情的，分明报应。

欠命的，命已还；欠泪的，泪已尽。

冤冤相报实非轻，分离聚合皆前定。

欲知命短问前生，老来富贵也真侥幸。

看破的，遁入空门；痴迷的，枉送了性命。

好一似食尽鸟投林，落了片白茫茫大地真干净！

这首词没有具体的指向性，但可以肯定不只是指贾府，还包括薛家、王家、史家，以及跟贾府有牵连的豪门权贵。历史上，曹家在宋代的祖先曾抱过秦桧的大腿，遭世人唾弃，被骂"树倒猢狲散"——（秦）桧树倒了，攀附其上的猢狲们都会四散，跟"食尽鸟投林"一个意思。

曹公是上帝视角，故事结尾没有褒贬，没有笑骂，只有无声悲悯。为官做宰的，恩将仇报的，负心绝情的，一片痴心的，全都没了，命运才是主宰。它创造亿万生灵，你方唱罢我登场，大家轮番表演，最后收回一切，干干净净。这是大彻悟，大悲剧。

《红楼》十二曲唱完，书上有句话：

歌毕，还要歌副曲。警幻见宝玉甚无趣味，因叹：痴儿竟尚未悟！

说明不止黛玉宝钗这十二个女主，副册、又副册里的那些小妾和丫鬟，每人都有一支命运曲。可惜宝玉听得"甚无趣味"，听不懂啊。

怎么办？警幻仙姑都接下宁荣二公的委托了。她必须放大招。

歌舞停掉，酒席撤掉，带着宝玉走进一豪华闺房，闺房内有一个美女。请留意这位美女的长相：

其鲜艳妩媚，有似乎宝钗；风流袅娜，则又如黛玉。

这是让宝玉行那云雨之事了。在这之前，警幻还说了一大段很玄乎的话。用她的话说，"惟心会而不可口传，可神通而不能语达"，就是让读者自己品。

所以我不确定我理解得是不是对，简单说下，供大家参考。

首先，警幻说"好色即淫，知情更淫"，搞得我一直在琢磨啥叫"淫"。"淫"字有两层意思，一是沉迷放纵，二是男女关系，合在一起是沉迷于男女那点事。但这似乎又不太准确。

我的理解是，当时的社会，男女之大防，男女关系破防了，社会秩序就会乱套，所以统治阶层当作礼教拼命灌输，情与色都不是好东西。可是没有男女关系，人类就不就绝种了吗？根本不用等三体人到来。

怎么办呢？方法就在一个度上。不管是情，还是色，只要沉迷其中，通通叫作"淫"。警幻仙姑又把"淫"分作两类，"恨不能尽天下之美女供我片时之趣兴"，这叫"皮肤滥淫"；"天分中生成一段痴情"的，叫作"意淫"。

西门庆，贾珍、贾蓉、孙绍祖这种，属于"皮肤滥淫"；贾宝玉属于"意淫"。这个"意"，更多是指情意。

警幻说宝玉，是"天下古今第一淫人"，就是这个意思，宝玉最痴情。

如果还不太理解，可以参考《天龙八部》的段誉。

段誉是痴情的，洒向美女都是爱，但他绝不滥淫，他是怜惜，是博爱，真正是男女之爱的只有王语嫣。

金庸厉害之处，是善于活用典型人物。我大胆猜测一下，写段誉是参考了贾宝玉，这是毋庸置疑的。其实段正淳和虚竹，也有贾宝玉的影子。

段正淳是身兼"皮肤滥淫"和"意淫"两种特质的，一堆情人，一堆私生女，关键是他还特别痴情，个个都是真爱。这货上半身是贾宝玉，下半身是西门庆。

再看虚竹，他是倒置的贾宝玉。

身为国公府公子，宝玉是带着"色鬼"标签长大的，所谓"天分中生成一段痴情"，可是偏偏他身边全是漂亮女孩，淫是戒不掉了。必须等到大厦倾倒，自己顿悟，才会"悬崖撒手"，皈依佛门。

贾宝玉受困于"戒淫",虚竹正好倒置过来,受困于"淫戒"。

他一出场就是佛门弟子,谨遵教规,不吃酒肉,不近女色,可偏偏在西夏皇宫遇到"梦姑",做了"梦郎","享尽人间艳福"。

金老爷子似乎觉得这还不够,最后再爆大料,连虚竹的出身,都是一桩罪孽——和尚和女贼私通生的孽种。这可真是命啊。

虚竹也顿悟了。做了灵鹫宫掌门,怀抱公主,女婢如云。

陈世骧评价《天龙八部》用了八个字:"无人不冤,有情皆孽。"

什么叫"有情皆孽"呢?

警幻仙姑说了,"好色即淫,知情更淫","情"与"淫",是风月宝鉴的正反两面,也都是孽。黛玉刚进贾府,王夫人就对她说:"我有一个孽根祸胎"。

这样看宝玉和虚竹,一样的呆傻憨痴,一个是灵鹫宫主,一个是绛洞花王,都在女人堆里生活过。一个被世俗世界强行"戒淫",一个是为自己破了"淫戒"惶惶不安。可是,情,或者说淫,都是人与生俱来的,总要经历,无非是先后问题。

07

回到《红楼梦》。

警幻仙姑谈完理论,该让宝玉实践了。她说,薄命司你也看了,美酒仙茶也喝了,《红楼》十二曲也听了。现在——

> "再将我吾妹一人,乳名兼美字可卿者,许配于汝。今夕良时,即可成姻。"

是让你知道,神女仙姝也不过如此,何况凡间女子。你就好好领略吧,然后可断此欲念,用功读书,"委身于经济之道"。

说完,在宝玉耳边"秘授以云雨之事,推宝玉入房"。

看到这里,我们就知道跟宝玉在梦中云雨的女孩是谁了。

她妩媚如宝钗，袅娜如黛玉，名字又叫秦可卿。

什么意思呢？

薛宝钗、林黛玉、秦可卿，都是贾宝玉的"意淫"对象。所以这个女孩名叫"兼美"——兼有宝钗、黛玉、秦可卿之美。

宝钗和黛玉，文中写得明白，秦可卿因为删掉两千多字，导致读者看不出她和宝玉的关系。不过这并不难猜想。文末再说。我们只要记住这个情节，后文很多内容就好理解了。

一番云雨之后，宝玉和可卿"软语温存"，至次日"柔情缱绻""难解难分"。

两人携手出去闲逛，来到一片荒凉之地。前面一条大河阻隔，也没有桥。这时警幻从后面追来，说，宝玉别走了，赶快回头。宝玉问，这是哪里？警幻说，这里是"迷津"，深万丈，宽千里，不通桥不通船，只有一个木居士掌舵、灰侍者撑篙的木筏子。但他们不收金银，只载有缘者渡过。你要掉进去，我一片心血就白费了。

宝玉听了刚要说话，

> 只听迷津内水响如雷，竟有许多夜叉海鬼将宝玉拖将下去，吓得宝玉汗下如雨，一面失声喊叫："可卿救我！可卿救我！"

佛说，苦海无边，回头是岸。之前的美酒仙茶，声色歌舞，是警幻给宝玉制造的一场幻象，现在的恐怖夜叉，是给宝玉的警示——你要是执迷不悟，就会深陷迷津。现在回头还来得及。一警一幻，就是警幻仙姑的作用。

宝玉在梦里喊"可卿"救命，袭人、媚人两个丫鬟赶紧上来扶起，拉着手安抚，说别怕别怕，我们在这儿呢！

到这里，宝玉在太虚幻境的一场大梦行将结束，梦要醒了，本回也即将结束。我敢说，如果是一个现代作家写到这里，很可能会用长篇大论来归束，因为谜团太多。宝玉梦游太虚幻境，见到各色人物，各色事情，且与现实都有联系，那么从梦境切换到现实，总要有所交代，不然读者看不明白，就会弃书。

但是《红楼梦》没这么做，总是能意料之外，又情理之中。

我们看本回的结尾：

> 却说秦氏正在房外嘱咐小丫头们好生看着猫儿狗儿打架，忽听宝玉在梦中唤他的小名，因纳闷道："我的小名这里从没人知道的，他如何知道，在梦里叫出来？"

考验大家记忆力的时候到了。

还记不记得，本回前文，宝玉入睡前书里最后一句话是：

> 秦氏便吩咐小丫鬟们，好生在廊檐下看着猫儿狗儿打架。

这是个古代贵妇的日常行为。宝玉是客，要午睡，秦可卿是一个体贴的主人，自然要处处周到，怕猫儿狗儿打架吵到宝玉睡觉。

可是宝玉此时已经在梦中两天了——"至次日，便柔情缱绻"，为什么一梦醒来，秦可卿还在交代小丫鬟看着猫狗打架？

这是曹公的厉害处。我一再说，《红楼梦》是中国古典文化的一场总结，包括文化符号，也包括创作技巧。

第一，这个结尾，是借用了"黄粱一梦"和"南柯一梦"。

"黄粱一梦"出自唐朝人写的寓言故事，说有个姓卢的穷书生，在邯郸一个旅店睡觉，入睡前店家正在做黄粱（小米）饭。

卢生睡着了，在梦里娶了个千金小姐，中了进士，然后入朝为官，出将入相，后来又屡遭陷害，逢凶化吉。八十多岁时，卢生过完跌宕起伏的一生，寿终正寝。梦中他死了，现实中就醒来了，发现店家的黄粱饭还没熟。

"南柯一梦"也是类似的故事。"黄粱一梦"的作者沈既济，和"南柯一梦"的作者李公佐都生活在中唐，都在朝为官，也都历经波折。当时安史之乱刚刚过去，盛世不再，大唐江河日下，兼有官员身份的文人最能体会这种落差，别说个人的功名富贵，即便是如日中天的李唐王朝，也会如一场大梦，回到一地鸡毛的现实。

曹雪芹历经家族败落，树倒猢狲散，自然有大梦之叹。

在黄粱梦的故事里，神仙吕道士对卢生说："人生之适，亦如是矣！"——人生功名富贵，也不过如此。

在"太虚一梦"里，警幻仙姑对宝玉说："不过令汝领略此仙闺幻境之风光尚如此，何况尘境之情景哉？"

警幻仙姑就是神仙吕道士，宝玉就是卢生。

第二，秦可卿纳闷，我的名字这里没人知道，宝玉是怎么知道的？还在梦里叫出来？

有点悬疑片的味道了。

这句有脂批："作者瞒人处，亦是作者不瞒人处。妙妙，妙妙！"

如果我们细想，就能理解脂砚斋为什么连用四个"妙"。

首先，前面说了，进入过太虚幻境的人，前八十回明确写出来的只有一个半人，宝玉是一个，甄士隐算半个，因为他走到门口不让进了。不过根据全书推测，甄士隐后来还是进去了。

那一群仙女又对警幻仙姑说，本来绛珠仙子的生魂那天要来的。说明林黛玉也会进去。

没错，在警幻仙姑案前挂过号的人，都会进入太虚幻境，当然也包括秦可卿。这就是脂批说的"不瞒人处"。

那么"瞒人处"是什么呢？

就是贾宝玉和秦可卿的关系。现实中，二人没有任何的男女瓜葛，但是秦可卿在不知不觉中，已经成为青春期宝玉的性幻想对象。

欲知后事如何，且听下回分解。

一字一句
读红楼

第六回

刘姥姥是谁的姥姥?

贾宝玉初试云雨情
刘姥姥一进荣国府

带着问题读书,能快速读透一本书。

这回请大家思考一个问题,刘姥姥到底是谁的姥姥? 这很重要。

01

书接上回。

贾宝玉梦游太虚幻境,领略一番极致享乐,又在噩梦中醒来。

秦可卿听到宝玉在梦里叫她的小名,"心中自是纳闷,又不好细问"。这句话足以说明,秦可卿与宝玉没有私下接触过,更没有私情。宝玉对秦可卿,就是青春期男孩常见的性幻想,用书里的话,叫"意淫"。

宝玉惊醒，众丫鬟赶紧上来伺候，端桂圆汤，更衣。袭人给宝玉系腰带时，在他大腿处摸到"冰凉一片粘湿"，赶紧退回手，问宝玉咋回事。宝玉很害羞，涨红了脸。袭人比宝玉大两岁，"渐通人事"，人又聪明，当下明白了，羞红了脸，不再追问。

晚饭后，袭人趁着众丫鬟婆子不在，给宝玉换衣服。"宝玉含羞央告道：'好姐姐，千万别告诉人。'"

袭人现在敢追问了，问宝玉梦到什么了，流出那些脏东西？

宝玉就把梦游太虚幻境的事告诉袭人，包括警幻仙姑传授他的云雨之事，袭人"掩面伏身而笑"。宝玉是喜欢袭人的，"遂强袭人同领警幻所训云雨之事"。

袭人想着，她是贾母送给宝玉的，先做通房大丫头，以后做姨娘，这也不算越礼，早晚的事儿，就同意了。俩人偷试一番，关系更近一步。袭人服侍宝玉更尽职，宝玉对袭人也更亲近。

红学界主流观点认为，《红楼梦》与《金瓶梅》两本书之间，有明显的师承脉络。但《红楼梦》摒弃了情色描写，不像《金瓶梅》那样肉欲汹汹。这是明智的。既然写贵族生活，既然是为了"传诗"，肯定跟写市井人物不一样。

这里有个问题，在红迷当中也算个小争议，就是袭人到底算不算越礼？

古时男人纳妾、找通房丫头都是常事，仪式流程也比较随意。但对贵族子弟来说，并不是随随便便就可以的，一是要等到年龄合适，二是要经过家长同意，通常还有开脸、立字据等简单的手续。宝玉袭人显然都违背了。"今便如此，亦不为越礼"，这是袭人自己认为的。"遂和宝玉偷试一番"，这个"偷"字，就说明了一切。

为啥要偷着来呢？因为贾母、王夫人要是知道了，袭人肯定没好果子吃。王夫人很大可能也要骂一句，好好的爷们儿被你带坏了。后面我们看到抄检大观园，更能理解这一点，作风问题在贵族家是大问题。引车卖浆者流可以这么做，贵族子弟却不能。

不过也要客观，这事儿宝玉也有责任。刚在梦里接受过理论指导，醒来就要实践一番。袭人比他大，比他"渐通人事"，略一掩面而笑，宝玉就把持不住了。

所以这两人是一起越的礼，只是这个"礼"的边界比较模糊。

单看回目，"贾宝玉初试云雨情"好像要占一半篇幅，但实际上到此即结束。这段文字，与其说是第六回的开头，不如说是第五回的结尾。

宝玉之所以要"初试云雨"，是因为太虚幻境那一场春梦。从这里开始，儿童宝玉，走向青春期宝玉，一步步迈进大观园。

这回的重头戏也即将开始，刘姥姥登场。

02

写刘姥姥之前，作者先写了一段奇怪的文字，我们来看。

书里说，荣国府人口虽不多，要是算起来，也有"三四百丁"；事虽不多，每天也有一二十件，"竟如乱麻一般，并无个头绪可作纲领"。

正琢磨着从哪里写起，恰好从"千里之外、芥荳之微"的地方，有一家小门小户，跟贾府有一星半点关系，这天正往荣国府来，所以就从这一家写起吧。

有的版本接着还有一段话：

> 诸公若嫌琐碎粗鄙呢，则快掷下此书，另觅好书去醒目；若谓聊可破闷时，待蠢物逐细言来。

我最初读到这句，有那么一刻恍神。好像正在看一个电影，突然导演出来说话了：你要不爱看，门就在左手边，反正我不在乎票房。要是爱看呢，请继续。

记性好的读者想必还记得，第一回里，大荒山青埂峰下那块石头，就自称"蠢物"。一部《红楼》，就是这块石头的回忆录。

所以在书里，幻化成宝玉脖子里那块美玉的石头，动不动会冒出来，一本正经扯淡。用意再明显不过：这不是我曹雪芹写的，是石头上记的，我只是个抄录者。

可是到第八回，脂砚斋出卖了他。当石头再次现身，脂批说：

> 恣意游戏于笔墨之中，可谓狡猾之至。作人要老诚，作文要狡猾。

脂砚斋说得没错，从这处处设伏的文字看，曹公真是狡猾至极。这一回的刘姥姥，就是一笔狡猾文章。

我们继续。

刚才说的这户小小人家，姓王，本地人，祖上当过小京官。当年认识了王夫人的父亲，也就是王熙凤的爷爷。贪图王家权势，就连了宗。

当时王家知道这档子事儿的就两个人，一是王夫人，二是王夫人的大哥，也就是王熙凤的父亲，其他人一概不知。小户王家后来人丁凋零，家道败落，就留下一个儿子，名叫王成。王成最近也亡故了，留下一个儿子，名叫狗儿。

从"狗儿"这个名字看，小户王家早就没了官宦气息，彻底沦为平民。在京城也混不下去了，搬到京郊"务农为业"。

狗儿娶妻刘氏，夫妻俩生有一儿一女，儿子叫板儿，女儿叫青儿。狗儿的岳母，就是大名鼎鼎的刘姥姥。

顺便插一句，曹公惜字如金，很少花这么多笔墨写小人物。可以猜测，原著结尾，狗儿一家应该会有不少的笔墨。

狗儿夫妻俩忙于生计，俩孩子没人照料，就把刘姥姥接过来一起住。刘姥姥守寡多年，孤苦一人，靠两亩薄田度日，正好合了心意，就跟着女婿一家搭伙过日子。

这年初冬，天儿冷了，日子苦哈哈没着落。狗儿窝在家里，喝闷酒，生闲气，妻子刘氏不敢劝。刘姥姥看不过去，就开始劝他说，咱们村庄人，都是老老实实的，有多大的碗，吃多大的饭。你是小时候吃喝惯了，顾头不顾尾，不会过日子，"没了钱就瞎生气"，算什么男人！咱们现在虽然离开京城了，可也算天子脚下，城里到处是钱，就看你会不会挣。整天在家生闷气有啥用！

狗儿一听，急了。说，你老这是站着说话不腰疼，难道叫我去偷去抢？刘姥姥说，谁让你去偷了，得想办法去找钱，不然那银子会自己跑到咱家来？

狗儿说，我要是有办法还等到这会儿？"我又没有收税的亲戚，做官的朋友"，有啥办法？就算有，人家也不搭理我。

狗儿一句话，道出我们这个民族的底色，宗法社会，人情社会。要靠"亲戚"，靠"朋友"，可有时候靠得上，有时候却靠不上。巧姐的判词，"事败休云贵，家亡莫论亲"，是靠不上；"偶因济刘氏，巧得遇恩人"，是靠得上。

能不能靠得上，试试才知道。

刘姥姥说，谋事在人，成事在天，我想到一个机会。当年你们家和金陵王家是连过宗的，二十年前他们对你们还好，现在你们自己拉硬屎，不去走动，疏远了。当初我和女儿还去过一遭，"他们家的二小姐着实响快，会待人，倒不拿大。如今现是荣国府贾二老爷的夫人。"

这个"二小姐"，就是结婚前的王夫人。从刘姥姥的话看，王夫人年轻时，待人爽快，不摆主子架子。

刘姥姥继续说，听说现在王夫人上了年纪，又斋僧敬道，人更好了。"如今王府虽升了边任，只怕这二姑太太还认得咱们。"

"升了边任"是说王子腾，封疆大吏，奉旨查边。刘姥姥一个农村老太太，居然也知道这事，很不简单。她说，王家要是肯帮我们，拔根寒毛就比我们的腰粗。女儿刘氏说，话是没错，只是咱们这样的人，可能连人家大门都进不去，岂不是丢人现眼了。

狗儿一听却来劲了，顺水推舟，说姥姥既然觉得靠谱，况且你当年又见过这姑太太，何不亲自走一遭。刘姥姥说，侯门深似海呀，我一个老太婆，他们家里人未必搭理我呢。

狗儿说你这样，带上外孙板儿，先去找周瑞。周瑞先前跟我父亲共过事，关系不错，找到他，就有门儿了。

刘姥姥说，周瑞我知道，只是多年不联络，不知道还能不能说上话。罢了，你是个男人，又这副嘴脸。我姑娘年轻，小媳妇家的，抛头露面也不方便。还是舍我这副老脸去碰碰运气吧，就算没要到银子，"我也到那公府侯门见一见世面，也不枉我一生"。

前些年我还年轻，读这句话，只觉得刘姥姥是村妇，没见过世面。现在再读，况味不同了。有的人年纪轻轻，三四十岁，却对生活提不起兴趣，暮气沉沉。而有的老人，说句不好听的，随时都要躺板板了，却拥有旺盛的生命力。他们有好奇心，敢尝试，且始终积极乐观。刘姥姥就是楷模。

请大家记住刘姥姥这个性格。日后她二进荣国府，之所以博得众人喜欢，就是大家在她身上能看到野草一样的生命力。

03

次日天未亮出门，上午来到宁荣街。

"来至荣府大门石狮子前，只见簇簇轿马"。刘姥姥怯场了，不敢进去，整整衣服，交代板儿几句话，才蹭到角门。对一帮看门的说："太爷们纳福。"并说明来意，"我找太太的陪房周大爷的"。

一口一个"爷"，可见刘姥姥卑微至极。

那帮"太爷"并不领情，打量她一番，爱搭不理，说，你去那墙角等着吧，一会儿他家人就出来。这明显是耍刘姥姥。

他们中有个老头看不下去，站出来说，别误了人家的事，何必耍她呢。就对刘姥姥说，周瑞去南方出差了，他媳妇在家，你从这边绕到后街，那儿有后门，一问就能找到。刘姥姥赶紧往后门走。

《红楼》写人物，个个入骨。这几个看门的"太爷"，虽然没有名姓，却如立眼前。他们也是底层，不比刘姥姥强多少。真论起身份，刘姥姥还算自由人，他们却是奴才，甚至可能是贾府买来的，挨打受骂，被买被卖，命不由己。可一旦有了一点芝麻大的权力，哪怕看个大门，都觉得高人一等，好像他们也姓贾。这种人现在也有。

见刘姥姥上门，周瑞家的几句寒暄，直奔主题："今日还是路过，还是特来的？"刘姥姥说："原是特来瞧瞧嫂子你，二则也请请姑太太的安。若可以领我见一见更好，若不能，便借重嫂子转致意罢了。"

中国人说话都好拐弯，不直说。但说者和听者，都心领神会。

周瑞家的一听就明白了——刘姥姥哪是来瞧嫂子的呀，是来求姑太太（王夫人）的。这个忙得帮。一则，之前狗儿曾帮助周瑞买过一块地；二则，周瑞家的想"显弄自己的体面"。当即应承下来，对刘姥姥说：

> "论理，人来客至回话，却不与我相干。我们这里都是各占一样儿：我们男的只管春秋两季地租子，闲时只带着小爷们出门子就完了；我只管跟太太奶奶们出门的事……我就破个例，给你通个信去。"

《红楼》不是强情节小说。读《红楼》，除故事外，还是了解古代风俗人情和社会制度的一个窗口。

这段话包含好几条信息。贾府这样的大家族，最重要的经济收入来源，就是土地，几千亩，上万亩，一年收两季租子。周瑞家是金陵王家的家生奴，随王夫人来到贾府，深受信任，也有权力，比一般奴仆强太多。

奴仆阶层也是男主外，女主内，男人负责抛头露面，伺候男主人，女人伺候女主人。荣国一府三四百人，这其中大部分是奴仆，他们各司其职，有管地租的，有陪聊的清客，以及负责打扫卫生、养花种草、厨房、养马、出行、门卫的等等。

有客来访，如果是来找奴仆阶层的，通过角门直接找就行。如果是找主子，比如刘姥姥要找王夫人，就得到正门等回话。通常来说，刘姥姥这样的人，是见不到王夫人的。

幸亏她认识周瑞家的，走了后门。周瑞家住的地方，也真的在后门。

周瑞家的给刘姥姥介绍情况，说如今太太（王夫人）不大管事儿了，都是太太的内侄女凤姐当家，她是"当日大舅老爷的女儿"。

这里说下金陵王家的情况。

从现有文字看，王熙凤的爷爷，生有二男二女。老大是凤姐的父亲，书里没出现，应该早已去世。凤姐有个亲哥哥叫王仁。贾府败落后，王仁把巧姐卖到了花街柳巷。所谓"狠舅奸兄"的"狠舅"，就是王仁（谐音"枉为人"）。

老二是王子腾，从京营节度使（京城最高军事长官），升到九省都检点（钦差大臣），是贾、王、史、薛四大家中权势最大的，也是王熙凤弄权枉法、嚣张跋扈的靠山之一。

老三是王夫人，老四是薛姨妈。

周瑞家的说，太太现在不管事儿了，一应大小事，都是凤姐管。"今儿宁可不会太太，倒要见他一面，才不枉这里来一遭。"然后派个小丫头去看看凤姐有没有空。

等待的间歇，刘姥姥说，这凤姑娘也不过二十来岁，竟有这么大本事管一个大家？周瑞家的就开始给刘姥姥介绍凤姐：

> "这位凤姑娘年纪虽小，行事却比世人都大呢。如今出挑的美人一样的模样儿，少说些有一万个心眼子。再要赌口齿，十个会说话的男人也说他不过……就只一件，待下人未免太严些个。"

前有女婿冷子兴演说荣国府，现有岳母周瑞家演说王熙凤。

周瑞媳妇是看着王熙凤长大、一路从王家走到贾府的，没有人比她更了解凤姐。她这寥寥数语，说完了整个王熙凤：行事大、心眼多、人漂亮、会说话，最重要的是，泼辣跋扈下手狠。

冷子兴演说荣国府的第二回，脂砚斋就点出《红楼》写法，叫"画家三染法"。写人从不生硬呆板，都是一笔当数笔用。明明写A，却从B嘴里说出来，这样A和B两个人都写了。并且，B嘴里的A，通常还不是A的全部，还要通过C，甚至D的嘴巴里，一层层叠加。跟画画上色一样，一层又一层，颜色层次丰富。

我们之所以不能一两句概括一个人，就缘于这种层次感。换成画画，就是你很难用单一颜色去定义。

冷子兴眼里，周瑞媳妇眼里，还有以后宁府奴仆眼里，贾珍眼里，都有一个王熙凤。众人有一致性，却有微妙的差异。我们读者看完，还会有自己眼中的王熙凤。

《红楼》魅力，这是其一。

04

周瑞家的带着刘姥姥来到贾琏住宅，等待凤姐，先见到平儿。

周瑞家的对平儿是这样说的，各位细看：

> "今日大远的特来请安。当日太太是常会的，今日不可不见，所以我带了他进来。等奶奶（凤姐）下来，我细细回明，奶奶想也不责备我莽撞的。"

各位，周瑞媳妇这个女人不简单。豪门千金嫁人，能带到婆家的仆人，不仅要忠心，还要特别会办事，会说话。

周瑞家的私自接待刘姥姥，并带到主子屋里，这是有风险的，至少是先斩后奏，有些不妥。主子愿不愿意接见？不确定。见了面会不会一脸嫌弃，双方尴尬？还不确定。何况是王熙凤这样的主子，搞不好就撞到枪口上了。

我们分析一下周瑞媳妇的话。

她先向平儿说明刘姥姥的来历，接着强调"大远的特来请安"。

贾府的太太奶奶们，缺一个"略有些瓜葛"的穷亲戚来请安吗？周瑞家的真会说漂亮话。人家大老远来请安，总得见见吧。"当日太太是常会的""不可不见"。这句话一半真一半假。

刘姥姥早说了，"当初我和女儿还去过一遭"，那都是猴年马月的事，还是"一遭"，这能叫"常会"吗！

"我细细回明，奶奶想也不责备我莽撞的。"她知道自己莽撞，这是给平儿安心——我会细细解释的，没事，别担心。平儿是凤姐的心腹，总裁办秘书，很多事情可以自己拿主意，先斩后奏，所以要见凤姐，必须过平儿这一关。

周瑞媳妇深谙此道。一番话消解平儿的顾虑，安排刘姥姥到堂屋等候。

现在虽然大观园还未开建，也足够刘姥姥开眼了。

刘姥姥一进堂屋，先闻到一阵香，不懂啥香，也不敢问，就觉得"身子如在云端里一般"。满屋金碧辉煌，"使人头悬目眩"。刘姥姥连呼"Oh my God（天哪）"。

走进堂屋东间，"乃是贾琏的女儿大姐儿睡觉之所"。记住这个细节，后面会用到。

平儿上来迎客，让刘姥姥坐。刘姥姥见平儿"遍身绫罗，插金带银，花容玉貌"，以为是凤姐。刚要开口叫姑奶奶，听见周瑞家的喊她"平儿"，才知道平儿只是个体面丫头。

几个人正在聊天。忽然传来咯当咯当的声音，刘姥姥好奇，东瞧西望，在柱子上看到一个大匣子。匣子里挂着一个秤砣模样的东西，不知道啥高科技。这是贾府的西洋挂钟。

我去故宫博物院的时候，特别留意这些玩意，款式繁多，做工精细。可见清代中期，西洋钟表制造技术就已相当发达。只是民间普及钟表，还要再等两百年。这么一看，我们的祖辈，也不比刘姥姥多见过什么世面。

神奇的一笔出现了。刚才那声儿，才是第一响，刘姥姥看时，又响了八九下。脂批有四个字："细。是巳时。"

巳时是上午9点到11点，我们取个中间值，10点。也就是说，刘姥姥天未亮出门，步行，大概用了5个小时。正好对应刘姥姥来前的话，"咱们虽离城住着，终是天子脚下"。

钟声刚落，小丫头来报，"奶奶下来了"。刘姥姥"只听远远有人笑声，约有一二十妇人，衣裙窸窣"，依旧人未到笑先闻，依旧前呼后拥。一声"摆饭"，丫鬟奴仆们慌忙伺候。

那边凤姐开始吃饭，有不合胃口的菜，让人端到这屋里来，等会儿给下人吃。板儿是穷苦小孩，一见到肉就吵着要吃，刘姥姥一巴掌打过去。等凤姐吃过饭，周瑞家的又交代几句，才领着她来见凤姐。

凤姐坐在炕上，屋内陈设豪华，凤姐冬天的衣着，感兴趣的可以去看。我注意到一个小物件，叫"雕漆痰盒"。痰盂都是雕漆的，其他就不用说了。

凤姐坐着，手里捧着手炉，用小铜火箸拨火灰。平儿站在旁边，捧着茶盘，上面一个小盖钟。

> 凤姐也不接茶，也不抬头，只管拨手炉内的灰，慢慢的问道："怎么还不请进来？"一面说，一面抬身要茶时，只见周瑞家的已带了两个人在地下站着呢。这才忙欲起身犹未起身时，满面春风的问好，又嗔着周瑞家的怎么不早说。

太传神了。

写本书期间，我经常会怀疑这件事的价值，就跟读唐诗一样，纠结要不要翻译？怎么才能向大家说明白那些微妙之处？甚至有时候就想，大家不要看我的文字了，多读几遍《红楼》多好。因为我不确定能把我真实的感受说清楚。

比如这段。看似凤姐漫不经心，没看见平儿端着茶，也没看见刘姥姥已经进来了。其实她都知道。

她是对平儿不满吗？不是。凤姐喜欢平儿，只要平儿不跟她抢男人，凤姐对平儿算很好的。但她就是要在外人面前，显示自己的威风，主子的派头。我们后面还会看到，正是这种性格，成为她走向灭亡的原因之一。

写作上有个"冰山理论",是指作者写出的部分,只是水面之上的八分之一。水面之下,蕴含更多的信息。这需要读者去想象,在脑中补全。写一个人物的一个小片段,能看出这个人的大段过往。《孔乙己》是短篇,我们却能从中看到他的整个人生。闰土对迅哥儿喊一声"老爷",只两个字,他二十年的经历就扑面而来了。

冰山理论由海明威发扬光大,但并非他独创。这是好小说的共性。脂评一直说《红楼》是"不写而写",多指寓意角度。其实在写作技巧上也一以贯之。"不写"的部分埋在水面之下,需要读者自己探索。

05

见凤姐满面春风,刘姥姥纳头便拜。凤姐赶紧让周瑞家的搀起来。凤姐才二十来岁,刘姥姥七老八十,两家连过宗就存在老幼秩序。让一个老太太给晚辈磕头,确实不符合"诗礼簪缨之族"的礼数。

凤姐说,"亲戚们不大走动,都疏远了",知道的人,说你们弃厌我们,不知道的,说我们眼里没人。

刘姥姥赶紧解释,"我们家道艰难,走不起",买不起东西,来了净给你丢脸。

凤姐说:"这话没的叫人恶心。不过借赖着祖父虚名,作了穷官儿,谁家有什么,不过是个旧日的空架子。俗话说,'朝廷还有三门穷亲戚'呢,何况你我。"

看到这里,可能很多人会问,凤姐不是一向炫富吗?怎么哭起穷来了?

这是一种微妙心理。

人人都有炫富心,只是或多或少。但炫富逞强,往往只对同一阶层的人。遇到比你穷数倍的人,或比你强大数倍的人,都用不着炫,反而适当地哭穷、示弱,更能拉近双方关系。

接着,凤姐问周瑞家的,刘姥姥这事"回了太太了没有"。周瑞媳妇说，等你指示呢。凤姐说你去问问吧。

因为刘姥姥是王家老亲，事关长辈，怎么接待，必须征求王夫人的意见。

周瑞家的回来，传王夫人的话，说让凤姐看着办，要是刘姥姥有啥需要，只管告诉凤姐，都是一样的。

刘姥姥不敢直说目的，还在说客套话。周瑞媳妇提示她："没甚说的便罢；若有话，只管回二奶奶，是和太太一样的。"边说边使眼色。

刘姥姥终于鼓起勇气，开始说正事。刚开了个头，小厮来报："东府里的小大爷进来了。"这段有深意，我们等会儿再表。

小大爷贾蓉走后，刘姥姥"心神方定"，继续对凤姐说，我今儿带了你侄儿来，是因为家里揭不开锅了，"连吃的都没有"。眼看天儿又冷，日子更艰难，这才投奔你来了。边说边推板儿。

凤姐何等聪明，一听就明白：别说了，我知道了。然后吩咐下去，再送来一桌饭菜，让刘姥姥带着板儿回东间里吃。趁这工夫，凤姐把周瑞家的叫出来，说，你刚去问太太，怎么说来着？周瑞媳妇又把前前后后说了，并强调王夫人的意思，叫凤姐自己"裁度"。

其实王夫人的话刚才已经说过了，是当着刘姥姥的面说的。可见凤姐不放心，再让周瑞媳妇单独说一遍，多么周到，多么缜密，还能看出凤姐在王夫人面前是多么小心翼翼。

刘姥姥吃过饭，双方再次谈话，都已明朗。又一番客套，凤姐说出了那句《红楼》重要金句：

> （贾府）外头看着虽是烈烈轰轰的，殊不知大有大的艰难去处，说与人也未必信罢。

第二回冷子兴有言："如今这宁荣两门，也都萧疏了，不比先时的光景。"

小说里的贾府已是末世，大厦的梁柱已经锈迹斑斑。但冷子兴毕竟是外人，看得出"萧疏"，却体会不到"艰难"。刘姥姥一介村妇，更不会相信贾府会艰难。只有当家人凤姐，才有切身体会。

刘姥姥听到这里，原以为没戏了，"心里便突突的"。凤姐却说，正好昨天太太给我的丫鬟们做衣服，给了二十两银子，你要不嫌少就拿去吧。

刘姥姥高兴坏了。之前说过，二十两银子，够他们吃一年的。"喜的又浑身发痒起来"，话都不会说了。什么"瘦死的骆驼比马大"，"拔根寒毛比我们的腰还粗"，越说越不着调。

周瑞媳妇赶紧使眼色制止。凤姐让平儿拿出银子，又多拿一串钱，全给刘姥姥。

凤姐还很照顾刘姥姥的尊严，说，这二十两就给孩子做件冬衣，那串钱用来雇个马车（姥姥来时应该是步行），天也晚了，就不留你们了，到家替我们问个好。

刘姥姥千恩万谢，跟着周瑞媳妇来到外厢房。周瑞家的说，你见了她咋不会说话了？开口就是"你侄儿"。说句不好听的，"蓉大爷才是他的正经侄儿呢"。言下之意，板儿算个哪门子的侄儿。

刘姥姥并不感到难堪，说，"我见了他，心眼儿里爱还爱不过来，那里还说的上话来呢？"

临走前，刘姥姥拿出一块银子，要酬谢周瑞家的，周瑞家不差钱，没收。刘姥姥感激不尽，度过梦幻般的一天，回家去了。

06

现在，我们回到最初那个问题，刘姥姥是谁的姥姥？

或许有人说了，这还用问？当然是板儿、青儿的姥姥。这么说当然没错。但细思一番，"姥姥"这个称呼，还有更深的含义。

我们知道，这一回是刘姥姥一进荣国府，后面还会二进，八十回后还有三进。一部写豪门兴衰的书，之所以给这个农村老太太诸多戏份，是因为她非常重要。

来看细节。

这回里，刘姥姥跟着周瑞媳妇来到凤姐堂屋，进入堂屋的东间，书上写道：

这间房"乃是贾琏的女儿大姐儿睡觉之所"。

这句话有脂批："不知不觉先到大姐寝室，岂非有缘。"

"大姐儿"此时很小，还没有名字。刘姥姥第二次来，将会给这个女孩取个名字，叫巧姐。

所谓的"有缘"，是指日后贾府家破人亡，巧姐被卖到妓院，刘姥姥出手相救。

还是这回。刘姥姥初见凤姐，因为是求人接济，不好意思开口——"未语先飞红的脸"，但又不得不说。

只得忍耻说道："论理今儿初次见姑奶奶……"

这句也有脂批："老妪有忍耻之心，故后有招大姐之事。"

什么叫忍耻之心？

自己太穷，到富裕的亲戚家开口要钱，这就是"耻"。还是开口了，是为忍耻。正是这种忍耻的性格，让刘姥姥后来招了巧姐。

封建时代，女子一旦入了烟花巷，都难免凄惨下场，再过回正常生活几乎不可能。没有男人会娶一个烟花女子。

唐朝还算开放包容，而不能娶妓为妻是写进法律的。薛涛、李娃、鱼玄机，这些烟花女子，什么都可以拥有，就是求不得一个婚姻。明清更甚，杜十娘眼看就要走向婚姻，拥抱爱情，孙富只需对李甲说一句话，便能击碎她所有的美梦：

"尊父位高，怎容你娶妓为妻！到时候进退两难，岂不落得不忠不孝不仁不义的下场！"

"不忠不孝不仁不义"，这罪名也太大了，哪个男人担得起？

"娶妓为妻"，是家门大耻。这等耻，刘姥姥也能忍。她救巧姐于风尘，又把她嫁给外孙板儿为妻。这才是"忍耻之心"。

相比于"耻"，刘姥姥更重恩义，重情意。

太虚幻境里，唱巧姐的曲子写道：

> 留余庆，留余庆，忽遇恩人；
> 幸娘亲，幸娘亲，积得阴功。

凤姐干过不少坏事，但作为娘亲，她至少做对了一件事，就是善待刘姥姥，给女儿积了阴德。

到第三十九回，刘姥姥带着瓜果蔬菜二进荣国府，贾母见到她的第一句话，便是一个温暖的称呼："老亲家"。

这不是客套话。于情于理，刘姥姥女婿的王家，与凤姐的王家是连过宗的，且王夫人、凤姐这两代人还是认了这门穷亲戚。也就是说，贾母是把刘姥姥当作"王家的人"来看的，还是王家长辈。

这才会叫她"老亲家"。

巧姐的名字、命运、姻缘，都是刘姥姥的恩赐。危急时刻，刘姥姥充当了凤姐和巧姐的娘家人，是这对母女真正的靠山。

刘姥姥，是巧姐的姥姥。

这就完了？还没有。

我们再深入一层，看看刘姥姥在全书中的地位。

众所周知，《红楼》写人写事，喜欢两两对照着写，有的对照很明显，比如真与假、冷与热，这边办喜事，那边就要死人。还有黛玉和晴雯，宝钗和袭人等等，都是对照着写。

但有时候，这种对比不太明显，可能要看很多遍才能发现，比如这回里的刘姥姥。

太虚幻境里，预言巧姐结局的歌词，还有一句非常重要：

> 劝人生，济困扶穷，休似俺那爱银钱忘骨肉的狠舅奸兄！

把巧姐卖到妓院的，就是她的"狠舅奸兄"。"狠舅"是凤姐的哥哥王仁，即巧姐的舅舅。"奸兄"就是贾蓉，巧姐的堂哥。

这一回里，贾蓉来借玻璃炕屏，刘姥姥来寻接济，都是有求于凤姐。多年以后，贾蓉卖掉巧姐，刘姥姥赎回巧姐。

一个忘恩负义天良丧尽，一个滴水之恩涌泉相报。

凤姐曾协理宁国府，为秦可卿操办丧事，劳心出力，实际上也是帮助了贾蓉。况且他们是叔侄，是血缘关系很近的一家人。而刘姥姥，用书里原话说，只是"与荣府略有些瓜葛"。

这种对照，才更震撼人心，令人唏嘘。

再看巧姐的判词：

> 事败休云贵，家亡莫论亲。
> 偶因济刘氏，巧得遇恩人。

鲜花着锦的时候，是看不到人心的，到处是笑脸，是逢迎。只有落了难，才能体会世态炎凉。

贾蓉是人性之黑暗，刘姥姥是人性之光明。

这又落到《红楼梦》的大主题上，也是曹公切肤之痛。君、父统治下的男权社会是肮脏不堪的，光明在女性身上。所以才说"女儿是水作的骨肉，男人是泥作的骨肉"，女儿"清爽"，男人"浊臭"。

刘姥姥，这个满身尘土、言行粗笨的农村老太太，将给贾府儿孙最后的关爱。我们当然可以说她是在报恩，但是她对巧姐的恩，要远远大于凤姐对她的恩。天上为宝玉掉下个林妹妹，也给巧姐掉下个刘姥姥。

刘姥姥是母性光辉的代言人。

唉……写到这里就觉得好可惜，八十回后看不到了。可以想象，刘姥姥三进荣国府（或许还有四进），将会是多么曲折的文字。一个农村老太太，要对抗"狠舅奸兄"，对抗青楼，对抗世俗偏见，甚至对抗她女儿女婿两口子……

不敢想象，也想象不到。

我花这么多笔墨写刘姥姥，是想让大家知道，刘姥姥这个人物，是一个超级大伏笔。

这回里，在"与荣府略有些瓜葛"下面，也有脂批：

略有些瓜葛，是数十回后之正脉也。真千里伏线。

《红楼梦》是一片山脉，沟壑纵横，峰峦林立，曹公动不动还造一些云雾。一条脉络，往往要延伸到千里之外才能看到全貌。如果我们现在不留意这些不起眼的脉络，就不能知道全书，看的还是半部《红楼》。

不识庐山真面目，只缘身在此山中。

入戏，再出戏；小处看，再大处看。才能接近《红楼》真相。

07

现在，聊聊贾蓉和凤姐这段。

熟悉《红楼梦》的朋友，可能听过一种猜测：凤姐和贾蓉关系暧昧。粗心一点的，甚至把焦大那句"养小叔子"的骂，对应在凤姐和贾蓉身上。

还有的，可能是受1987年版电视剧的影响，剧里这个桥段，凤姐和贾蓉说话像调情，眉来眼去，眼部还用特写，恨不得铺满整个屏幕，很容易让观众多想。

我觉得读《红楼》，应该有一分证据说一分话，证据不足，不能乱猜。但这段对话分明又怪怪的，很不好解释。简单说下我的看法，仅供参考。

先来看故事经过：
刘姥姥刚要说正事，二门上值班的小厮来报，说贾蓉来了。

只听一路靴子脚响，进来了一个十七八岁的少年，面目清秀，身材俊俏，轻裘宝带，美服华冠。

贾蓉很帅，很年轻。
贾蓉对凤姐说，他父亲让他来求婶子，把老舅太太给婶子的那架玻璃炕屏借去用用，因为"明日请一个要紧的客"。

凤姐说，你说晚了，昨天已经借给别人了。贾蓉当然不信，开始赔笑讨好，在炕沿上半跪着，说婶子要是不借，我回去就要挨打了，"婶子只当可怜侄儿罢"。

凤姐笑了，说，怎么我王家的东西就是好的？你们家这类东西也多得是，怎么偏用我的。

贾蓉全程赔笑："那里有这个好呢，只求开恩罢。"

凤姐答应了："若碰一点儿，你可仔细你的皮！"

然后命平儿带着贾蓉去库房里拿。贾蓉刚出门儿：

> 这里凤姐忽又想起一事来，便向窗外："叫蓉儿回来。"外面几个人接声说："蓉大爷快回来。"贾蓉忙复身转来，垂手侍立，听何指示。那凤姐只管慢慢的吃茶，出了半日的神，又笑道："罢了，你且去罢。晚饭后你来再说罢。这会子有人，我也没精神了。"贾蓉应了一声，方慢慢的退去。

要理解这段插曲，需要从两个方面看。

第一，《红楼梦》的叙事技巧。

前面说了，《红楼》写人物，是"画家三染法"，一层层渲染，才出来一个丰满人物。那叙事呢？叙事也是。

我们常见的小说叙事，是逐个写，说完一件事再说下一件。作者好掌控，读者没负担。

但《红楼》的叙事，是严格按照时间推进来写的。正在进行A事件，但作者会告诉你，B事件、C事件也在同时进行。最恐怖的是，每个事件的结果，都是由人物性格决定的。《红楼》不是历史，为什么能给人强烈的真实感呢，就因为它做到了艺术上的真实。

张竹坡评《金瓶梅》，有过一个神级评论，他说：

> 读之，似有一人曾亲执笔在清河县前，西门家里，大大小小，前前后后，碟儿碗儿，一一记之，似真有其事。

这句评论用在《红楼》上也完全合适。红学界一直有"曹雪芹自传说",就是因为它太细太真实,真实到不敢相信它是编出来的。

如果还不太理解,可以看看电影《疯狂的石头》,三四伙原本毫不相干的人,是怎么产生交集的?片中有个隐藏的东西,叫作时间。

我觉得主创人员对"时间"的理解特别深刻。要把好几方势力纳入同一个冲突里,只有时间。人可以去改变任何事,也可以放弃任何事,唯独不能干涉时间。原本离奇的故事,也因时间的存在而有了合理性。

回到《红楼》。

这一回是第六回,原本刘姥姥是主角,为什么突然插入贾蓉一段呢?很简单,只要我们跟第七回连起来读,自然就能明白。

本回一大早,刘姥姥从家出发,达到贾府是上午10点。

午饭后刘姥姥告辞。根据凤姐说的,"天也晚了,也不虚留你们了"。古时行路难,还是冬天,刘姥姥就算坐马车,到家也擦黑了。可以推测,刘姥姥离开贾府大约是下午两三点钟。

第七回是接着第六回写的,严丝合缝。第一句话便是:"话说周瑞家的送了刘姥姥去后,便上来回王夫人话。谁知王夫人不在上房。问丫鬟们时,方知往薛姨妈那边闲话去了。"

然后就开始"送宫花"一场戏。大家记好时间,送宫花应该发生在当天下午3点到5点之间。

"至掌灯时分",凤姐来给王夫人汇报一天的工作内容。顺便说了一件事:

> "今儿珍大嫂子来,请我明日过去逛逛……"

到这里,这一天才算结束。第二天就是第七回后半部分的故事,宝玉见秦钟,焦大醉骂。这个下篇再聊。

说了这么多,是想告诉大家,贾蓉来凤姐这里借"玻璃炕屏"的原因,是因为"明日请一个要紧的客"。现在我们知道了,这个要紧的客人,就是秦钟。秦可卿的弟弟,贾蓉的小舅子。

看到没。刘姥姥的故事正在紧锣密鼓，鼓点骤停，后台蹿出一个贾蓉。观众自然会有那么一点突兀感，不明所以。但是作者却不动声色，等刘姥姥谢幕，"玻璃炕屏"就派上用场了。那是另一场戏的道具。

事实上，这一天发生的事不止这些。还有甄宝玉家送的礼到了，临安伯老太太的寿礼已筹备好了。（你看，这又是后续故事的伏笔）

贾蓉找凤姐的原因我们知道了，再说第二个问题。

08

第二：贾蓉和凤姐的对话。

现代人，尤其生活在城市里的年轻人读《红楼》，最大障碍不是文本，而是对文字之外的时代背景、风俗习惯有隔阂。

古时，市井阶层和贵族阶层礼仪门风大不一样，所谓"礼不下庶人"。市井人物粗粝，烟熏火燎，礼教限制就少。

现在中国的乡村，往往是几个家族经过几十年上百年的繁衍，然后自然聚集的群体。甚至一个村庄同一个姓，往上推几代，都是兄弟叔伯。人与人之间的交往，不会正襟危坐一本正经，而是各种说笑、玩笑，其间还夹杂着一些土味儿幽默。

某些对话，如果翻译给一个外国读者，他会觉得对话双方有猫腻，不正常。但其实什么也不会发生。那是一种特殊环境下的特有对话。

看这种对话，不能光从字面看，要放在那个环境里看。

就像我们读西方文学，一个男人怎么能当着人家老公的面，挽女人的胳膊，亲女人的手呢？

我想说，王熙凤和宁国府一众人的关系，就带有传统乡村社会的特征。她对尤氏，对贾蓉，说话毫不客气，单纯从文字看甚至是冒犯。

凤姐和贾蓉这段对话，把这种关系体现得很彻底。

贾蓉是侄子，晚辈，又是来借东西的。他的姿态是小心翼翼，"求婶子""在炕沿上半跪""可怜侄儿罢""开恩罢"，极尽卑微。

可能有人会说，都是一家人，借个东西有必要这样吗？那得看找谁借，找宝玉、探春借就不需要这样，找凤姐借，就得这样。

当然，这不是真卑微，而是礼节性的。是一个懦弱而蔫儿坏的晚辈，在讨好一个强势而精明的长辈。

再看凤姐：先是光明正大撒谎，借给别人了。同意后，又警告贾蓉："若碰一点儿，你可仔细你的皮！"贾政训斥宝玉都是这么说的，这是长辈训话金句。后面我们还会看到凤姐骂贾蓉：放你娘的屁。

至于贾蓉出门后，凤姐让他回来却"欲言又止"。现在就很好解释了。

凤姐现在是荣府CEO。虽然宁国府不归她管，但她权力欲旺盛，嗅觉灵敏，贾蓉一说要"请一个要紧的客"，凤姐下意识就想，哪个客这么要紧？他是谁？宁荣本一家，还有什么客是凤姐没见过的。她好奇。

关于这一点，前面周瑞媳妇已经告诉我们了，她对刘姥姥说的话："如今太太事多心烦，有客来了，略可推得去的也就推过去了，都是凤姑娘周旋迎待。"可以说，这是凤姐的"职业习惯"。

那贾蓉返回来了，凤姐为什么不问清楚呢？也很简单，因为有刘姥姥这个客在，要问清楚，得花不少时间，有失待客之礼。

这一点，曹公也给我们铺垫了。

贾蓉来之前，凤姐接待刘姥姥，有许多管家媳妇来回话，凤姐说："我这里陪客呢，晚上再来回。若有很要紧的，你就带进来现办。"

"有事，晚上说"，凤姐对管家婆子如此，对贾蓉也是如此。

果不其然，到了晚上，凤姐给王夫人汇报工作，就说"今儿珍大嫂子来，请我明日过去逛逛"。珍大嫂子（尤氏）是贾蓉的妈（非生母）。可以猜想，在刘姥姥辞别之后，宁国府的女主人尤氏，亲自来邀请凤姐明日过去。

所以我认为，凤姐欲言又止，不是因为她与贾蓉有什么猫腻，而是她原本要问来客的事，却发现刘姥姥和周瑞媳妇在场，不方便，也不礼貌。如果多想一步，凤姐很可能是在照顾刘姥姥的自尊。因为贾蓉说了，要请一个"要紧的客"。刘姥姥也是客，当着"穷客"的面谈论如何请那位"要紧的客",岂不是太过势利？以凤姐办事之周全，不会这等欠考虑。

叫回贾蓉要问，是她世事欲洞明；欲言又止，是她人情之练达。

再用常识想想，叫回贾蓉的起因是她"忽又想起一事来"。从这句话看，"忽然"想起的事，不大可能是私情。我们有理由相信，跟宁府来客有关。凤姐是因为这个才叫住了贾蓉。

再用常识想想，以凤姐之聪明，心思之缜密，如果二人有私情，怎么可能当着众人的面表露出来？

凤姐不是花痴，不是小女人，不是一见到美男就智商掉线的傻白甜。况且，很难想象贾蓉是他的菜。

另外还要知道，古代贵族男女有私情是大过，如果是婶子和侄子有私情，那可是天大的事，搞不好要出人命的。秦可卿不就是为此丧命的嘛。

我的看法是，凤姐与贾蓉这场对话，都算正常。至少在现存的文本里，看不出二人之间有猫腻。

最后，我想说一下这个桥段的另一个作用。

大家发现没有，秦钟是贾蓉的小舅子。既然小舅子来，那么请客、布置等一干事，应该由贾蓉张罗才对。他已十七八岁，成家成人了。

可是贾蓉说了："我父亲打发我来求婶子"，如果借不到玻璃炕屏，"又挨一顿好打呢"。

贾珍这个公公，怎么如此重视儿媳妇的弟弟？家里那么多类似的炕屏不用，非要借个更好的，借不来还要打儿子？

并且，贾蓉竟不敢有一丝反抗，战战兢兢，低声下气求婶子。为什么？

因为从这个桥段开始，就要一步步写这对父子了。贾蓉的窝囊、没主见、麻木，贾珍的无耻、暴君式父权，形成了这一对畸形的父子关系。

贾家那些惊世骇俗的丑闻，大厦将倾的开端，就从这一段，不动声色地上演了。

一字一句
读红楼

第
七
回

我给黛玉洗洗地

送宫花贾琏戏熙凤
宴宁府宝玉会秦钟

01

书接上回。

周瑞家的送走刘姥姥，来给王夫人回话，王夫人不在屋里。丫鬟说，王夫人找薛姨妈闲聊了。周瑞家的就往梨香院来。

走到院门口，看到王夫人的丫鬟金钏和一个小姑娘在那玩耍。

周瑞媳妇掀门帘进去，看见王夫人和薛姨妈在那长篇大套唠家常，不敢打扰，就走到薛宝钗房里。

宝钗正在炕上描花样。见周瑞媳妇进来：

宝钗才放下笔，转过身来，满面堆笑让："周姐姐坐。"

第五回里，宝钗刚到贾府，书上说宝钗，"行为豁达，随分从时，不比黛玉孤高自许，目无下尘，故比黛玉大得下人之心。便是那些小丫头子们，亦多喜与宝钗去顽"。

现在我们就见到了。宝钗对周瑞媳妇这个下人，先放下手头的活，然后"满面堆笑"，让座，不摆一点主子的谱。

周瑞媳妇问，你有两三天没到那边了，是不是宝玉冲撞你了？宝钗说，哪里的话，我是病了，静养两天。周瑞媳妇说，那可得请个大夫好好瞧瞧，别落下病根。

宝钗说，别提了，为这个病，不知道吃了多少药。什么名医，专家，都看了，这仙药那灵丹也吃了，一点用没有——

> "后来还亏了一个秃头和尚，说专治无名之症，因请他看了。他说我这是从胎里带来的一股热毒……"

各位，宝钗病症这段描写，困扰了我好久，一直不解它的用意。最近似乎有了一点感觉，写在这里，大家参考。

看这句话，要注意两点：癞头和尚和"热毒"。

第一回里向甄士隐要英莲的，就是个癞头和尚。第三回里林黛玉说也见过癞头和尚。现在我们知道，癞头和尚还找过薛宝钗。

癞头和尚和跛足道人，这一僧一道是神仙界人士，太虚幻境的业务代表。只看前八十回，二人工作略有分工，但区别不大。我们可以把他俩看作一个组合。

癞头和尚说甄英莲，是"有命无运，累及爹娘之物"，也就是祸水体质，会给父母带来厄运。他开的方子是舍弃掉，让她跟着他们出家。

给黛玉的诊断是"不足之症"，治疗方案是"不许见哭声"，也不能见父母之外的亲友。

第十二回，贾瑞欲火焚身，跛足道人又现身，拯救方案是一只"风月宝鉴"——并警告他，只能看正面，不能看反面。正面是白骨，反面是美人。

大家发现没有，这一僧一道开给世人的"药方"，都是直击世人死穴，直指原罪。注定要被拐走的英莲，让她出家，这跟丢失没有区别。为还泪而生的黛玉，让她不要哭。淫邪入骨的贾瑞，让他戒美女。

所以，我们要格外留意薛宝钗的"病"——她的原罪是什么？

什么叫无名之症呢？就跟我们现在一样，很多病无解。但癞头和尚知道病因，是天生一股"热毒"。

在"热毒"旁边，脂批说是：

> "凡心偶炽，是以孽火齐攻。"

根据这些线索，和宝钗后来的表现，我们也可以给宝钗把把脉。

所谓凡心，所谓孽火，是说宝钗太热衷世俗。她的言行举止，做人信条，都是主流社会那套。世事洞明，人情练达，劝宝玉读书，走仕途。她的欲望，是取得世俗主流价值。这就是凡心。

炽热如火的凡心。

当然，我们不能以今天的世俗，去理解当时的世俗。曹公写《红楼》的年代，已是封建社会末世，世俗是不堪的。曾经闪闪发光的科举制，也散发着腐臭。历史上从没有一个时代，能像清后期那样批判科举。吴敬梓算是曹雪芹的同时代人，《儒林外史》里写得很透彻了。以至我们无法想象，要是宝玉和范进坐在一个考场里是什么场面。

宝钗对仕途热衷，对科举的执念，可能源自她的商人家庭。什么叫"胎里带"的呀？就是家族意志。

02

病因找到了，再看癞头和尚开的药方。

宝钗说，一般的药不管用，癞头和尚就开了一个"海上方"（仙方），果然有效。周瑞媳妇来兴趣了，问是什么配方。

宝钗说，药本身倒是平常，只是难在"可巧"二字上。药方如下：

春天开的白牡丹花蕊，十二两；

夏天开的白荷花蕊，十二两；

秋天开的白芙蓉花蕊，十二两；

冬天开的白梅花蕊，十二两。

四样花蕊搜集好，于次年春分这天晒干。和末药混合，一齐研磨。

然后再搜集：

雨水这天的雨水，十二钱；

白露这天的露水，十二钱；

霜降这天的霜，十二钱；

小雪这天的雪，十二钱。

四种水，加入四种花蕊的粉末，调和成药丸。再配以蜂蜜十二钱、白糖十二钱，才算大功告成。

这个药的名字，"也是那癞头和尚说下的"，叫作"冷香丸"。

我看很多相关文章，都把重心放在数字"十二"上。因为这里有脂批，说"凡用'十二'字样，皆照应十二钗"。但以目前的书稿看，这种照应，对我们理解《红楼》意义不大。

用药原理很简单。既然是"热毒"，就用"冷"药治，压制炽热的凡心。不过从宝钗后面的表现看，显然治标不治本。人很难对抗自己的本性，凤姐如此，黛玉如此，贾瑞如此，宝钗也一样。

所以我倒是觉得，这服冷香丸，不妨看作曹公的调侃之笔。

要拯救一个凡心偶炽、热衷世俗的人，最好的办法，是让她发现生活的美好，让她闲下来，冷静下来。

试想。一个人，一年四季采集花蕊，四时八节收集雨露霜雪，一定会感受到生命之美。"春有百花秋有月，夏有凉风冬有雪。若无闲事挂心头，便是人间好时节。"大好青春一个女儿，活在诗情画意里不好吗？操心什么经济仕途。

曹雪芹不会不知道，即便按当时的中医知识，这些花蕊、雨露之类的，也没什么疗效。加了白糖蜂蜜，倒是可以出一款大观园网红饮品。

至于最后一味黄柏，更多的是心理暗示——苦口才是良药嘛。

这个方子的灵魂在于搜集的过程。治疗原理，是陶冶性情。

就好比一个人颈椎僵硬，医生开了个巧方：打羽毛球流出的汗水20毫升，跑步的汗水20毫升，混合摇匀，是为一剂。每剂须取自己当日汗水，连用半年，药到病除。（哎呀，我是不是透露了一个神秘配方）

我这么说有证据吗？

有。

第八十回，宝玉去天齐庙烧香，遇到王道士。

这老王道士专意在江湖上卖药，弄些海上方治人射利。

划重点啦，也是"海上方"。

宝玉问，有没有治疗女人妒忌的药？

王道士说，有。秋梨一个，冰糖二钱，陈皮一钱，三碗水炖熟。香甜可口，止咳润肺。天天吃，月月吃，年年吃，吃到死，也就不妒忌了。

我感觉，癞头和尚的海上方，和王道士的海上方一样，都是曹公的游戏笔墨。只为博君一笑，不可当真。

但是冷香丸还有另一层含义，我们等会儿再说。

故事继续。

周瑞媳妇和宝钗正聊着，王夫人喊她，周瑞媳妇过去汇报了刘姥姥的事。刚要走，薛姨妈叫住她，说，我有一样东西，你带到那边吧。然后叫香菱去拿。

这个香菱，就是之前被薛蟠买来的甄英莲。宝钗给她改的名字。

在古代，奴仆丫鬟是主子的财物。买了来，主人一般会根据自己的喜好，重新命名，以示所有权。你要是愿意，买个小厮，可以叫他华安，也可以叫他9527。

香菱把东西拿来，是宫廷出品的新款堆纱花，共十二支。薛姨妈说，放在我这可惜了，拿给她们姊妹戴吧。你家三位姑娘，迎春探春惜春，每人两支；林姑娘两支，凤哥儿四支。

王夫人谦让说，还是留给宝丫头戴吧。然后，薛姨妈说了一句非常重要的话：

> "宝丫头古怪着呢，他从来不爱这些花儿粉儿的。"

宝钗不爱花儿粉儿，恰如宝玉爱花儿粉儿，都是性别错位。癞头和尚或许不知道宝钗这点，但药方却神奇地指向这个病症，不爱花儿粉儿，就让她采花儿粉儿，吃花儿粉儿。

看到没，《红楼梦》一丝不乱，简直是用数学逻辑在写作。

周瑞媳妇拿了宫花出去送，在门口又遇见金钏，向她打听，刚才那个香菱，是不是就是上京前买的那个丫头？金钏说是。周瑞媳妇便拉着香菱的手，上下打看，说，模样长得真好，"竟有些像咱们东府里蓉大奶奶的品格儿"。

蓉大奶奶是秦可卿，说明香菱长得也很漂亮，羔羊一样温顺。这也侧面解释了，为什么冯渊会对她一见钟情，薛蟠为她闹出人命？

周瑞媳妇问香菱，多大了？父母在哪儿？老家何地？香菱说，不记得了。可怜的姑娘。

03

接下来，送宫花正式开场。

或许有人会问，送个宫花而已，顶多家长里短几句，还能写出花儿来？这就是《红楼梦》的魅力，它还真写出花儿来了。

在这回里，批书人又表达了对曹公笔力的钦佩，可以看作《红楼梦》欣赏指南：

> 小说中一笔作两三笔者有之，一事启两事者有之，未有如此恒河沙数之笔也。

什么叫恒河沙数之笔呢?

一笔宕开,无数线索在此回应,又无数线索由此开始。

让我们跟着周瑞媳妇的脚步,来看看书中人物。

第一站,先来到王夫人正房的后面,那里有三间小抱厦,住着迎、探、惜三姐妹。

之前,三姐妹是跟着贾母一起住的,还有宝玉和黛玉。现在姑娘们都大了,人多,"一处挤着倒不方便",只留下宝玉和黛玉,把姑娘们挪到王夫人住处了。

有人问过我,没见贾母有多疼爱黛玉呀?这条就是证据。

因为顺路,周瑞媳妇先到这里,看到迎春的丫鬟司棋,探春的丫鬟待书,手捧茶盅,就知道贾府大小姐都在这里。

古代生活都是这样,贴身丫鬟对主子寸步不离,二十四小时待命。丫鬟在哪儿,主子就在哪儿。贴身丫鬟和小厮,就是主子的影子。所以后文如果我们读到丫鬟、小厮的情节,一定得意识到,大多数事关主子。

果然,进了屋,迎春和探春正在下围棋。

周瑞媳妇说明来意,拿出宫花。

二人忙住了棋,都欠身道谢,命丫鬟们收了。

一来,周瑞媳妇不是一般奴仆,是有体面的;二来能看出贾府门风,诗礼簪缨之族,对年长的下人也不失礼仪。

贾府是"为富而仁"的代表。后文我们看到迎春嫁的孙绍祖家,就能感受到强烈的对比:有人富而知礼,富而仁义;有人为富不仁,富而跋扈。

从屋里出来,周瑞媳妇来找惜春。惜春和水月庵的小姑子智能儿,正在那儿玩。周瑞媳妇说明来意。惜春开玩笑说,我刚和智能儿还说呢，打算削了头发跟她一起出家。要是剃了头，这宫花往哪儿戴呢。说笑着，让丫鬟入画收下了。

后面元妃省亲，还会写到元春的贴身丫鬟，名叫抱琴。加上迎春的司棋、探春的待书、惜春的入画，正好是"琴棋书画"。迎春喜欢下棋，探春书法写得好，惜春是美术特长生。据此推测，元春可能善抚琴。

一个人的性格和爱好，会体现在各个方面。以后我们读到她们的房间布置，以及所做的事情，同样一丝不差。

不过这不是本段的重点。重点是惜春的话，已经暗示了她的命运。贾府败落后，惜春将会出家，在青灯古佛旁度过余生。

另外还请大家留意这个水月庵和这个小尼姑，后面会发生一段风流韵事。

惜春的归宿，王夫人的好佛，秦钟的滥情，几句话便埋下三条伏线。《红楼》经常读着读着，会发现一件事在前面早有伏笔，产生一种"当时只道是寻常"的妙处，回味无穷。

惜春收下宫花。周瑞媳妇就问智能儿，"你师父那秃歪剌往哪儿去了？"智能儿说，我师父去于老爷府里了，叫我在这等她。周瑞家的又问，十五的月例香供银子可得了没有？智能儿说不知道。

惜春插话问，庙里的月例银子是谁管的？周瑞家的说，"是余信管着"。

这段很有意思，能看出中国人对信仰的态度。越是精英阶层，越是信佛尚道，越是底层，反而尽是调侃。

水月庵是贾府重要的信仰供应商，王夫人吃斋念佛，月月供应。但在周瑞媳妇眼里，什么大师父啊，不过是个"秃歪剌"——不正派的出家人。

我们很快就会看到，正是这个"秃歪剌"师父，撺掇着凤姐，徇私枉法，间接夺去两条人命。她的法号，竟然还叫作"净虚"。

再看看都是些什么人在跟净虚打交道，"于老爷"，愚人也；"余信"，愚信也；还有后来的"胡老爷"，糊涂也。当然，还有"大善人"王夫人。

尽管《红楼梦》佛教思想浓厚，但是我们仍能感觉到，曹公是持怀疑态度的，甚至带有憎恨。礼坏乐崩的时代，佛门也不净不虚，曹公通通透透，化作笔下讽刺。

告别惜春，周瑞媳妇"穿夹道从李纨后窗下过"，来到凤姐院子里。为啥不给李纨呢？因为寡妇不许戴花。一个寡妇打扮得花枝招展，有违妇德，有悖贞节。薛姨妈也清楚这点，压根就没让给李纨送。

走到凤姐堂屋，小丫头丰儿赶紧向周瑞媳妇摆手示意，让她去东屋。周瑞媳妇会意，"蹑手蹑足往东边房里来"，跟抱着巧姐的奶妈闲聊。

只听那边一阵笑声，却有贾琏的声音。接着房门响处，平儿拿着大铜盆出来，叫丰儿舀水进去。

如果你对古人的生活缺乏了解，这里就看不出什么内涵。这个场景，其实是贾琏和凤姐大白天在同房。

曹公写得很隐晦，很有诗意，是"柳藏鹦鹉语方知"。我掐指一算，大概是下午三四点，那时刘姥姥刚刚上路。凤姐之前也说她乏了，看来贾琏是她的兴奋剂。

如果我们读书够细，还会发现这是贾琏第一次出场，并且跟凤姐一样，"人未到，笑先闻"。

第一次出场，就是床笫之欢。琏二爷的人设很清楚了。

平儿看见周瑞媳妇，问，你来这里干什么？周瑞媳妇又把宫花一事说了。平儿从匣子里拿出四支，去给凤姐。过了一会儿，拿着其中两支，叫丫鬟彩明（一说是小厮）送到宁国府，"给小蓉大奶奶戴"。

这里也透出一条信息，凤姐和秦可卿的关系比较密切，是闺蜜——至少明面上是。

周瑞媳妇继续下一站，起身往贾母住处，来找林黛玉。

刚过穿堂，却遇见周家女儿从婆家过来。她女儿是来向妈妈求助的：

"你女婿前儿因多吃了两杯酒，和人分争，不知怎的被人放

了一把邪火，说他来历不明，告到衙门里，要递解还乡。所以我来和你老人家商议商议，这个情分，求那一个可了事呢？"

解（jiè）是押解，"递解还乡"，是古代犯了事，各地官府接力押送犯人，遣送到原籍。周瑞的女婿，就是冷子兴，他遇到官司了。

我们来看周瑞媳妇的反应，她对女儿说：

"这有什么大不了的事！你且家去等我，我给林姑娘送了花儿去就回家去。此时太太二奶奶都不得闲儿……"

她女儿催她快点，周瑞家的说：

"小人儿家没经过什么事，就急得你这样了。"

贾府干过很多徇私枉法的事，书里是明写的。但还有很多是曲笔暗描，这一件就是。看周瑞媳妇的口气，这等官司显然没放在眼里，反正后台够硬，无非求求凤姐，一句话的事儿。

所以她一点不着急，继续送官花。

轮到林黛玉了。黛玉没在自己房间，跑到宝玉房间，俩人在玩九连环游戏。

周瑞媳妇进来，说送官花，黛玉还没开口：

宝玉听说，便先问："什么花儿？拿来给我。"一面早伸手接过来了。

宝玉的性格又顺带一笔，就爱胭脂花粉，单从这点看，他和宝钗也不是一类人。

林黛玉连花都没接，就发出那句著名一问：

"还是单送我一人的，还是别的姑娘们都有呢？"

周瑞媳妇说，别的姑娘都有了，这两支是给你的。

黛玉冷笑道："我就知道，别人不挑剩下的也不给我。"周瑞家的听了，一声儿不言语。

诸位，我说要给黛玉洗地，是认真的。

因为长期以来，很多读者对黛玉有误解，这句话往往被当作证据之一。单从这一句话看，黛玉是尖酸刻薄，是不够知书达理。人家薛姨妈好心好意给你送宫花，怎么这样说话！再看看宝钗是怎么对周瑞媳妇的——先停下手里的活，然后，"转过身来""满面堆笑""让：'周姐姐坐'"。你林黛玉又是怎么对待下人的？还"冷笑"，小姐脾气很大嘛。

这就是《红楼梦》的复杂性。

《红楼》写人，远比我们想象的要深刻，直达人心幽微处。但问题是，它的写法是诗歌式的，是中国画式的，净是白描，大面积留白，很少描写人物心理，也很少给人物行为做出解释。留给读者的想象空间是足够大了，但歧义也因此增加。因为作者放弃了评判权，而把它留给了读者。

对比一下西方经典就更清楚，我们读《红与黑》，读《包法利夫人》，作者会长篇大论描述人物心理，手术刀一样，一层层一缕缕剥开给你看。于是我们走进了于连、爱玛们的内心。

就通俗性而言，《红楼梦》显然是吃亏的，因为它更考验读者的阅读力。

林黛玉是不是尖酸刻薄，我们来分析一下。

首先，请注意开头薛宝钗的一个反常行为。周瑞媳妇见到宝钗，说：

"这有两三天也没见姑娘到那边逛逛去，只怕是你宝兄弟冲撞了你不成？"

这是周瑞媳妇的闲聊，但不是曹公的闲笔。

宝钗、黛玉以及迎、探、惜这些姊妹都是整天一起玩的，宝钗"两三天"不去，绝不是因为什么生病，而是在生气。大胆猜一下，就是宝玉兄弟冲撞了她。再深一步讲，是宝玉和黛玉一起冲撞了她。

再看第五回的铺垫。宝钗刚到贾府，"品格端方，容貌丰美，人多谓黛玉所不及"，"不比黛玉孤高自许，目无下尘，故比黛玉大得下人之心。便是那些小丫头子们，亦多喜与宝钗去顽。因此黛玉心中便有些恚郁不忿之意，宝钗却浑然不觉"。

可以说，从宝钗到贾府的第一天起，黛玉的危机感就来了。不管这时候的宝钗有意还是无意，她的好人缘，端庄，美貌，成熟，都会给黛玉造成压力。

黛玉本身就缺乏安全感，敏感而孤独。贾宝玉又是她的全部，比生命还重要。如果有一件事冲撞了宝钗，那一定也冲撞了黛玉。宝姐姐和林妹妹的战争，其实已经悄无声息打响。

这个时候，宝姐姐家送的宫花，黛玉会要吗？

但凡有一点城府，一丝心机，哪怕懂一丁点人情世故，都会客客气气收下宫花，让周瑞媳妇代谢薛姨妈和宝姐姐。

可惜那不是林黛玉呀。

所谓刻薄尖酸，无非三分小姐脾气，三分率直天性，外加三分对宝姐姐的"恚郁不忿"。还有一分，是说给宝玉这个蠢物听的。

当然，口无遮拦往往代价不菲。周瑞媳妇一定会有意无意间，把黛玉的言行透露给王夫人。"人多谓黛玉所不及"，这些人，也包括王夫人。

好了，洗地结束。我不指望所有人都认同我的观点，这只是我眼里的宝钗和黛玉。

以上是站在读者视角。现在让我们深入一层，站在作者视角，再来看隐藏的剧情。

04

之前说过多次，《红楼梦》从整体到局部，是铺天盖地的对比手法。这回也是。

送宫花是一个完整独立的事件。事件以宝钗开端，以黛玉结尾，前后对照。宝钗的性格，是外热而内冷；黛玉恰恰相反，是外冷而内热。

宝钗娘胎里带的"热毒"，是她天生的世俗欲望。她是封建秩序的拥护者，追求当时的主流价值，所以人情世故门儿清，游走于各个阶层左右逢源。人人都夸宝钗好。她的热甚至还反映在身体上，身材微丰，动不动就"香汗淋漓，娇喘细细"。

但是在"热衷""热情"的另一面，是大面积的冷色调。比如金钏之死，比如宝玉挨打，宝钗在其中的表现，即便不算冷漠，至少是冷淡的，是超越年龄的冷静。她待人处事，用脑子远远多于用心。就像她的卧房，"雪洞一般，一色玩器全无"。宝姐姐，不是普通的女孩。

我这么理解宝钗，无关品行，更多是性格使然。《红楼》从第二回开始，就抛出一个幽深主题，人性之复杂，远超我们想象。

再看黛玉。

黛玉上面说的话，和后面说刘姥姥是母蝗虫，要是搁现在网络上，我真替她捏把汗。林妹妹根本不需要泪尽而亡，唾沫星就能淹死她。

事实上，早期确实有文章，说林黛玉是封建地主小姐，统治思想不死，羞辱贫下中农阶级。当然，这个话题不在讨论范围。

继续看黛玉的冷和热。

什么叫"孤高自许，目无下尘"呢？就是高冷。

黛玉活在她自己搭建的世界里，这个世界里有诗歌、文学、流水、落花，还有她的宝哥哥，就是没有人情世故，没有世俗气。她站在桃树下面，一切繁华与她无关。她和宝玉，都是痴人。

所以在外人——比如周瑞媳妇看来，黛玉肯定是"冷"的，还没有宝钗的"雪洞"温暖。跟黛玉相关的意象，尽是一片寒凉，寒塘冷月，秋窗风雨，流水落花，以及彻骨的死亡。

可是如果你走近她，便会看到一颗炽热的心，对宝玉，对丫鬟，后面跟宝姐姐和好了，也是掏心掏肺。她的热，跟她的眼泪一样滚烫。

这一点，我不知道曹公是不是借鉴了《金瓶梅》。在《金瓶梅》里，第一回就是冷与热的辩证——"西门庆热结十兄弟，武二郎冷遇亲哥嫂"。

西门庆热热闹闹结拜的，是酒肉朋友，是相互利用、背后捅刀的兄弟，终究以寒凉收场。而武松和武大在雪天偶遇，看似平淡冷清，却是热血衷肠亲兄弟。

前者外表热，内里冷；后者看着冷，实则热。

当然，我们不能武断地给宝钗黛玉贴标签，辩出个孰是孰非。伟大小说，挖掘人性的复杂才是重点。挺钗派和保黛派之所以争论百年，就是因为曹公没有给出标准答案。这才是大慈悲，大包容。他是以悲悯的眼睛俯视众生的，极具佛性。

宝钗和黛玉的对照远不止这些，后面还会联系袭人、晴雯一起聊，那是更复杂的对照关系。暂且不表，继续本回。

05

周瑞媳妇告诉宝玉，薛宝钗"身上不大好"。宝玉就对小丫头们说：

> "谁去瞧瞧？只说我和林姑娘打发了来请姨太太姐姐安，问姐姐是什么病，现吃什么药。论理我该亲自来的，就说才从学里来，也着了些凉，异日再亲自来看罢。"

我读这段光想笑。宝玉那点小心思太明显了。一句话，撒了两个谎。

向薛姨娘和宝钗问安的是他，不是黛玉，但他就要带上林妹妹——你不顾风评，我帮你维护。

再者，他着凉了吗？呵呵。难怪宝钗两三天不理他。

小丫头茜雪听罢，领命去了。请留意这个名叫茜雪的小丫头。这是她第一次出场，后面的戏份也很少，是因为她的重头戏在八十回后，凤姐和宝玉落难以后，茜雪给了他们很多帮助。可惜这些情节我们看不到了。

到这里，送宫花一事正式结束。前面冷子兴遭遇官司的事，一笔带过：

> 周瑞家的仗着主子的势利，把这些事也不放在心上，晚间只

求求凤姐儿便完了。

"至掌灯时分"——刘姥姥应该到家了——凤姐卸了妆，来给王夫人汇报一天工作，三件事：

第一，江南甄家送来的礼品已收。荣国府的回礼，将趁着甄家"有年下进鲜的船"，顺便交给船上。

这是甄家第二次提及。第一次是冷子兴演说荣国府，当时说甄、贾是老亲兼世交，"两家来往，极其亲热的"，现在得到印证了。

所谓"进鲜的船"，是甄家向皇帝进献的时鲜礼品，大致江南特产之类。能向皇帝进献，也说明甄家有权势。

整本小说凡写到甄家，都是影影绰绰。我们不要被它干扰，只要记住甄家在书里是映射历史原型就够了。因为脂砚斋在第二回批过："故写假则知真"。真（甄）事不能写，便用假（贾）事映射，姓氏不同，实事一样。

第二：临安伯老太太过大寿，寿礼已备好。临安伯是谁，不知道，书里没交代。我感觉是氛围组成员，还有这侯爷那侯爷，这国公那国公，只要八十回后还未重见天日，都可以看作是氛围组，说明昔日贾府位高权重。

第三件，宁国府贾珍的妻子尤氏，来请凤姐明天过去逛逛。这一逛，又逛出一场好戏。

06

第二天，凤姐梳洗整齐，给贾母和王夫人请过安，就动身去宁国府。宝玉知道了，也要跟着来。

进入宁国府，尤氏、秦可卿，早带着一群妻妾丫鬟在仪门前迎接。

> 那尤氏一见了凤姐，必先笑嘲一阵……凤姐因说："你们请我来作什么？有什么好东西来孝敬我，就快献上来，我还有事呢。"

尤氏为什么"笑嘲"凤姐？凤姐为什么对尤氏这么随意？我觉得不能过度解读。二人是妯娌关系。尤氏的年龄书上没写，但可以粗略估算一下。贾蓉十七八岁，古人生育早，贾珍至多四十来岁。原配去世，尤氏是续房，大概三十来岁。论关系、论年龄，尤氏和凤姐之间，完全没必要用繁文缛节那套，关系很随意。

从贾珍其他姬妾的态度，也能看出来。"地下几个姬妾先就笑说：'二奶奶今儿不来就罢，既来了就依不得二奶奶了。'"你看，屋内外充满了快活的空气。

宝玉问，大哥哥今日不在家吗？尤氏说，"出城与老爷请安去了"。

《红楼》真得细读，不然会看晕。此处的老爷是指贾敬。冷子兴演说荣国府时早说了，贾敬"一味好道"，"一心想作神仙"，官也不袭，家也不管，常年在城外道观研发长生药。宁国府乌烟瘴气，也是贾敬不作为造成的。

秦可卿对宝玉说，宝叔上回不是要见我弟弟吗，今儿他来了，在书房里。宝玉很高兴，急忙下炕要过去。尤氏、凤姐赶紧派人跟着。

凤姐说，这秦小爷来都来了，叫出来，我也瞧瞧呗。躲书房干吗，难道不让我见？尤氏开玩笑说，别见了，人家不像咱家的孩子们，胡打海摔惯了。人家斯斯文文——"乍见了你这破落户，还被人笑话死了呢"。凤姐笑道："普天下的人，我不笑话就罢了。竟叫这小孩子笑话我不成？"

贾蓉插话，帮助尤氏，说不是这个意思，主要是他太腼腆，没见过大阵仗，怕婶子见了生气。

我们看凤姐的表现：

> 凤姐道："凭他什么样儿的，我也要见一见！别放你娘的屁了。再不带来我看看，给你一顿好嘴巴。"

凤姐为什么爆粗口，一句话骂人家娘儿俩？上一回里讲过了，不再重复。

贾蓉怕凤姐，赶紧去把秦钟带出来。请大家认真看秦钟的相貌，不是闲笔，是伏笔：

> （秦钟）较宝玉略瘦些，眉清目秀，粉面朱唇，身材俊俏，举止风流，似在宝玉之上，只是怯怯羞羞，有女儿之态……

发现了吧，又是一个有女儿之态的男孩。

秦钟的名字，谐音"情种"，他和宝玉，不论外貌还是内心，都是同一款。所以凤姐当场对宝玉开玩笑："比下去了"——比宝玉还风流，还漂亮。

凤姐来宁国府前，并不知道秦钟要来，所以没有准备见面礼。她手下那些丫鬟媳妇，马上回去通知平儿。平儿知道凤姐和秦可卿是闺蜜，就自作主张，拿了一份衣料、两个小金锭，金锭上还有"状元及第"四个字，赶快派人送过去，让凤姐送给秦钟。

这一切，都是在凤姐没有指示的情况下完成的。可见凤姐用人有方，强将手下无弱兵。能入凤姐的法眼，留在身边的人，都是察言观色通晓世故的高手。

大家说说笑笑，吃吃喝喝，开始玩骨牌。宝玉和秦钟不参加大人的游戏，俩人便到里间，私聊去了。

我读这个桥段，总是会不自觉联想到宝黛初见。两个人都有女孩气，一见面就很投缘。更巧合的是，很少进行心理描写的一本书，居然用大段描写俩人的心理。跟宝黛初见一样。

具体谈话内容就不展开了。简单来说，宝玉惊叹秦钟的人物风流，自惭形秽，觉得公府侯门那些富贵用在自己身上真是白瞎了。秦钟却为自己出身清寒而自卑，羡慕宝玉出生即巅峰。俩人又说到入学读书，秦钟的老师死了，学业荒废，宝玉正好也即将入学。一合计，干脆邀请秦钟来贾府私塾读书。

不知不觉天色已晚，吃过晚饭，尤氏让人派两个小厮，送秦钟回家。临行前，尤氏问，派了谁去？媳妇们说派了焦大，谁知焦大醉了，又在那骂呢。

尤氏和秦可卿都说，那么多人不派，派焦大做什么！

凤姐一听就明白了，因为焦大开骂不是一回两回了，有名的刺头。凤姐就说："我成日家说你太软弱了，纵的家里人这样还了得了。"尤氏叹息一声，说了一段话。

这段话能让我们了解贾府的发家史。可以说是冷子兴演说荣国府的细节补充。尤氏是这么说的：

> "你难道不知这焦大的？连老爷都不理他的，你珍大哥哥也不理他。只因他从小儿跟着太爷们出过三四回兵，从死人堆里把太爷背了出来，得了命；自己挨着饿，却偷了东西来给主子吃。两日没得水，得了半碗水给主子喝，他自己喝马溺。不过仗着这些功劳情分，有祖宗时都另眼相待，如今谁肯难为他去。……"

贾府以军功起家（跟历史上曹家一样），刀口舔血换来一门富贵。这富贵有焦大的功劳。论资格，连"老爷"贾敬，在焦大面前都算晚辈，所以贾珍、贾蓉这些子孙，更不敢为难焦大。

尤氏又说，可惜焦大"不顾体面"，一味酗酒，醉了就骂，从奴才骂到主子，很棘手。

凤姐是外人，没有宁国府的道德包袱。她说，我怎么会不知道这焦大呢，还是你们没主意，远远地把他打发到田庄上不就行了。

说着话，凤姐和宝玉已经上车，贾蓉送客。焦大还在骂，骂大总管赖二不公道，净给他派苦差事。贾蓉前去喝止，又骂贾蓉：你别跟我摆主子架子，别说是你，"就是你爹、你爷爷，也不敢和焦大挺腰子！"要不是我，你们哪能做官享荣华？你不说报我的恩，还跟我充起主子来了。"若再说别的，咱们红刀子进去白刀子出来！"

这句有脂批，"是醉人口中文法"，把红刀子白刀子说颠倒了。

凤姐越发听不下去了。给贾蓉说，"以后还不早打发了这个没王法的东西！留在这里岂不是祸害？"亲戚朋友知道了，岂不笑话咱们。

当然会笑话。

当凤姐这么说的时候，贾蓉就已经感觉颜面扫地了。于是小厮们一拥而上，摁倒，捆住，拖到马圈。焦大更怒，继续骂：

"我要往祠堂里哭太爷去。那里承望到如今生下这些畜牲来！每日家偷狗戏鸡，爬灰的爬灰，养小叔子的养小叔子，我什么不知道？咱们'胳膊折了往袖子里藏'！"

"养小叔子"事件我曾专门分析过，见章末分析。这里补充一些新想法。

焦大这个人，其实非常复杂，尽管他只有一场戏。这是《红楼》伟大之处。只用很少的字就能写出一个复杂的人物。

如果把整个《红楼》故事，看作一幅巨大的画卷，阅读的过程，就是一场拼图游戏。焦大醉骂，至少关系着两块拼图，一块是秦可卿死因，一块是宁国府人事斗争。前者是人伦之乱，后者是管理之乱。

从焦大的怨怒中知道，大管家赖二并没有严格执行主子的交代，不给焦大派活。按贾珍和尤氏的意思，焦大对贾府有恩，不能随便处置；又是个刺头，不能招惹他。好吃好喝养着，日后去世，搭一副棺材板了事。贾府不用担一个忘恩负义的骂名。诗礼之家嘛，名誉很重要。

可是贾珍这货，没有一点主家管理能力，也毫无兴趣（讽刺的是，他还是贾家族长）。后面可卿死了，不得不请王熙凤"协理宁国府"就是证明。

焦大骂的最后一句，"胳膊折了往袖子里藏"，这话非常耐琢磨。折了胳膊不想让人知道，才往袖子里藏。可是这能藏得住吗？不过是掩耳盗铃。

宁国府那些龌龊事，丫鬟、婆子知道，小厮、老奴知道，惜春这个小姑娘知道。后文里，柳湘莲这个外人也知道。并且从凤姐的反应看，她也知道。

贾府的墙，早就八面透风了。

话说回来，我们读者，其实都是一个个冷子兴——"说着别人家的闲话，正好下酒"，顶多几句唏嘘，几句感慨，该喝酒喝酒，该做生意做生意。只有当事人隐隐作痛。

焦大醉骂一段，脂砚斋批说：

> "一字化一泪，一泪化一血珠。"

教训太惨痛了，不堪回首。可是还能怎么办呢？

再说焦大的结局。

这场醉骂是焦大最后的表演，此后再没出现过。按凤姐的意思，是把"这个没王法的东西"，远远打发到田庄上去，到死休想回贾府。

没过多久，凤姐就执政宁国府了，打发一个焦大，没有任何困难。就算凤姐不干涉，贾珍出手也是迟早的事，不然还会"祸害"贾府。所以完全可以肯定，焦大一定是去田庄上等死了。并且以他的性格，在田庄上也不会有好日子过。续书里说焦大还在宁国府，实在难以想象。

要知道，上一个叫嚷着让主子"白刀子进红刀子出"的，也是一个家奴。他的主子西门庆，给他设套，扭送官衙，"打得稀烂"，遣返原籍。要不是遇到一个正直的官员，这个家奴早就全身插满红刀子了。

焦大不容易贴标签，是因为他既忠心，又豪横；既可怜，也可悲。

写焦大最出名的应该数鲁迅，他说：

> 焦大的骂，并非要打倒贾府，倒是要贾府好，不过说主奴如此，贾府就要弄不下去罢了。然而得到的报酬是马粪。所以这焦大，实在是贾府的屈原，假使他能做文章，我想，恐怕也会有一篇《离骚》之类。

这段话的出处，叫《言论自由的界限》。焦大的言论有没有突破界限，姑且再论。但我觉得鲁迅只说了一半。焦大要的，除了言论的自由，恐怕还有行为的自由——你焦大爷爷想干就干，不想干就不干，谁敢在焦大爷爷跟前挺腰子！信不信我把你家爬灰和养小叔子的事抖出来！

这个故事告诉我们：喝酒不开车，开车不喝酒。

焦大骂爬灰的时候，凤姐和宝玉已经坐进车了。凤姐"装作没听见"，宝玉却是个好奇宝宝，问什么是爬灰。凤姐发怒："少胡说"。你再瞎问，我回去告诉太太。宝玉说好，我不问了。

凤姐转移话题，说这就对了。咱们回禀老太太，请秦钟到咱家学里念书，这才是正事。

这正是：

不因俊俏难为友，正为风流始读书。

这联回末诗也把我看笑了。

各种史书，各种诗文集、文人传记，写到读书，都有一个天大的宏愿，"为天地立心，为生民立命，为往圣继绝学，为万世开太平"之类。再不堪，也会说一句"书中自有颜如玉"和"黄金屋"。

宝玉同学这读书理由，也算千古奇绝了。

从本回回目看，一半是"宴宁府宝玉会秦钟"。但说实话，秦钟这个人物的设定，我还不是特别理解，没看透，或许原本有更多关于秦钟的文字，只是在删减秦可卿文字的同时，一块儿删掉了，以至整个秦家都扑朔迷离。

以目前文字看，秦钟的存在，似乎就是为了说明宝玉入学的动机不纯，是为了风流，不是为了学问，更不是为了科举。这倒是能推翻续书里让宝玉参加科举还中榜的情节。

科举，哪有做胭脂膏有趣！

《红楼梦》为什么能当史书读？

比通灵金莺微露意
探宝钗黛玉半含酸

01

书接上回。

凤姐和宝玉离开宁国府，回到荣国府。宝玉第一件事就是回明贾母，要把秦钟接到家塾读书。凤姐也在旁边帮着说话。贾母喜欢秦可卿，也想给宝玉找个读书的伴儿，自然同意。事情就这么定了。

到了后日，宁国府唱戏，尤氏来请他们过去看戏。贾母、王夫人、凤姐，还有宝玉黛玉都去了。看到晌午头，贾母、王夫人带着宝玉黛玉回来，只留下凤姐，做了宁府的座上宾，"尽欢至晚"。

以上两件事都是贾府日常，几笔带过。

话说宝玉，送贾母回来后，想起前几天听说宝钗病了，准备亲自去梨香院探望。

> 若从上房后角门过去，又恐遇见别事缠绕，再或可巧遇见他父亲，更为不妥，宁可绕远路罢了。

一群嬷嬷丫头让他换衣服，他也不换。众人只得跟着宝玉：

> 还只当他去那府中看戏。谁知到了穿堂，便向东向北绕厅后而去。

各位，读《红楼》千万不能走马观花。书里很少有废话，每一句都包含信息。

这时候宝玉和父亲的冲突还没发生，但它早已存在。可以说，从宝玉周岁抓周时就有了。所以他绕远路，也不告诉下人要去哪里，都是怕贾政知道。大家留意这个闲笔，后文很快就有呼应。

再看他的行走路线："过穿堂""向东向北""绕厅后"，打眼一扫没什么，可是如果你还记得第四回梨香院的方位，就会被曹公的缜密震惊。

第四回里贾政说："咱们东北角上梨香院一所十来间房，白空闲着……请姨太太和姐儿哥儿住了甚好。""这梨香院……西南有一角门，通一夹道，出夹道便是王夫人正房的东边了。"方位一丝不乱。

曹公写《红楼》，心里真有一座荣国府。

之前说过，《红楼梦》写法一大特色，叫横云断岭。你想顺顺当当翻山越岭是不可能的，走着走着，总会冷不丁出现一团云。穿过云团，才能看到下一段山脉。

我们看下面的文字。

宝玉要去梨香院，按说下面就得开始梨香院的故事。但是书里没这么写，而是制造了一团云。

宝玉刚走几步，顶头遇见两组人。

第一组是清客相公，詹光和单聘仁，这两个名字，分别谐音"沾光"和"善骗人"，一听就知道是什么人。

关于"清客"多说两句。

豪门权贵养门客是个古老的传统，战国尤其盛行，动不动就门客数千人。这些门客成分复杂，有文人、勇士、失业流民，三教九流啥人都有。孟尝君门客中就有"鸡鸣狗盗之徒"。这些人，有文采的，做谋士、笔杆子；有武艺的，做保镖、甚至死士，很讲义气；次等的，给权贵家族服务，打理田产、做私塾先生、帮闲打杂等等。

清客是门客中的文人群体。进士考不中，连个芝麻官都没捞上，顶多有几个秀才。至于真才实学，通常是没有的。不过这些人能在豪门混下去，一般嘴皮子都比较利索，溜须拍马，人情练达。

詹光、单聘仁，是典型的清客界老油条，一身拍马功夫，混口饭吃。我们看他俩的动作，见到宝玉，"一个抱住腰，一个携着手，都道：'我的菩萨哥儿，我说作了好梦呢，好容易得遇见了你。'"

不光拍老主子马屁，还拍小主子。

老嬷嬷问，你俩是不是刚从老爷那边来。二人点头，说老爷在书房睡午觉，"不妨事的"。

只这四个字，宝玉对贾政的害怕，两位清客对贾府关系的熟悉，全有了。

宝玉继续走，又遇见第二组人：银库房总管吴新登，仓库主管戴良，以及买办钱华。

吴新登谐音"无星戥（děng）"，戥子是一种小杆秤，现在一些中药店还在用。无星戥是没有星标的小秤，肯定秤不准。

戴良谐音"大量"，钱华谐音"钱花"。这三位出纳、采购和仓管，都不靠谱。后面贾府出现财务危机，其实早有端倪。

这些人本职工作做不好，马屁倒是拍得很好。对宝玉说：

> "前儿在一处看见二爷写的斗方儿，字法越发好了，多早晚赏我们几张贴贴。"

宝玉问在哪儿看见的。他们说：

"好几处都有，都称赞的了不得，还和我们寻呢。"

宝玉很好骗，给个杆子就往上爬，说想要字，给我的小厮说吧。

相比这段原文，我更喜欢这里的脂批。当时看到这里，突然发现《红楼梦》的信息量远超我们想象，书里亦真亦幻，书外也很魔幻。

脂批是这么写的：

余亦受过此骗，今阅至此，赧然一笑。此时有三十年前向余作此语之人在侧，观其形已皓首驼腰矣，乃使彼亦细听此数语，彼则潸然泪下，余亦为之败兴。

让我们想象一下这个画面吧。

脂砚斋，这个跟曹家关系亲密的批书者，手捧《红楼》，一边读，一边批注说，此时身旁也有一位当年"夸"自己字好的老友。脂砚斋把这段读给这人听，二人回忆起三十年前的旧事，白驹过隙，往事如烟。夸者与被夸者，骗人者与受骗者，都在漫长的时间里和解了。"沉思往事立残阳……当时只道是寻常。"

读《红楼梦》，常有这样的彩蛋。虚构和非虚构的边界突然变得模糊，现实世界和小说世界，居然通过批注连在一起，非常奇妙。

02

宝玉进入梨香院，"先入薛姨妈室中来"。到亲戚家里，要先给长辈请安，这就是礼仪。薛姨妈一把拉过宝玉，搂在怀里，说这么冷的天，难为你想着我，"快上炕来坐着罢"。

红学界一直有争论，故事到底发生在北方还是南方？确切地说，是发生在北京还是南京？这两种观点，各有依据。支持北方的一大证据，就是全书中到处都有炕。

一种折中的可能是，曹雪芹幼年生活在金陵，家道败落后，举家迁往北京。南北两种生活经历他都有。

宝玉问，哥哥不在家吗？薛姨妈说，"他是没笼头的马，天天忙不了，那里肯在家一日。"

真是写人写事，滴水不漏。自从薛家三口来到贾府，薛蟠就隐身了，一直没出现。他最后一次出现，还是在第四回结尾。说他到了贾府，跟贾家的纨绔子弟混在一起，"今日会酒，明日观花"，直到这时，仅仅通过宝玉和薛姨妈一句闲聊，就交代了薛蟠这期间在干什么。

寒暄过后，进入正题。宝玉问宝钗的身体，薛姨妈说，在里间呢，你进去和她说话吧。

来到里间。通过宝玉的眼睛，把宝钗的衣着和居所布置又渲染了一层。"半旧的红绸软帘"，身上从上到下，都是"半新不旧，看去不觉奢华"。

再看宝钗的外貌和性格：

> 唇不点而红，眉不画而翠，脸若银盆，眼如水杏。罕言寡语，人谓藏愚；安分随时，自云守拙。

从房间布置，到衣着打扮，完全契合宝钗的性格，低调，保守，谦逊。皮肤白皙，脸庞圆润，杏眼翠眉，唇红齿白。结合前文，说宝钗举手投足都很端庄，又不爱那些"花儿粉儿"。

可以说，薛宝钗完全符合中国传统美女的标准。前段时间，网上抨击某动画片人物眯眯眼是丑化中国人。可见审美这玩意，是刻在民族基因里的。

黛玉虽然也是豪门出身，但性格、长相和晴雯一样，不够端庄大气，宝钗才是大家闺秀。抛开审美的主观性，宝钗的长相，至少比黛玉、晴雯要大方。并且，这种美不是涂脂抹粉打扮出来的，而是天生丽质，娘胎里带的。仅凭这点，她就比黛玉更有做宝二奶奶的资格。

大家不妨想想，宝钗和黛玉，将来谁更适合掌管贾府内宅？毫无疑问是宝钗。在家族兴衰面前，爱情显得太渺小，也过于奢侈。从这点来讲，宝玉和黛玉的爱情，其实一开始就注定是悲剧了。

这不，"金玉姻缘"来了。

宝钗看到宝玉脖子上那块玉，要取下来看看。宝玉摘下来递给宝钗，"大如雀卵，灿若明霞，莹润如酥，五色花纹缠护"，玉上还刻着字：

正面是"通灵宝玉"，下方是"莫失莫忘　仙寿恒昌"。

背面是"一除邪祟，二疗冤疾，三知祸福"。

这些刻字，咱们来分析一下。

首先，事关《红楼》的写法。

考验大家记忆力的时候到了。在第一回，一僧一道把大荒山青埂峰下那块石头变成一块玉，甄士隐在梦里遇到一僧一道，当时看了这块玉。但他只看到"通灵宝玉"四个大字，小字还没来得及看——"正欲细看时，那僧便说已到幻境，便强从手中夺了去"。

如果在第一回就把这些小字露出来，可不可以呢？当然可以。但是文字会非常呆板，戏剧性会大打折扣。曹公高明处就在这里，好的素材，一定会在最合适的时候出现。

这块玉上刻的什么字，必须通过宝钗的眼睛告诉大家。因为金玉姻缘的当事人，要在这一刻彼此点破。

第二，金玉姻缘的"缘"是什么？

来看宝钗的动作：

> （宝钗）念了两遍，乃回头向莺儿笑道："你不去倒茶，也在这里发呆作什么？"

为啥念两遍？因为她在想事情，在发呆。她对丫鬟莺儿说的话，是"也在这里发呆"。"笑道"是欣喜，是少女心里的小鹿在跳。

为什么会这样呢？莺儿说出了实话：

> "我听这两句话，倒像和姑娘的项圈上的两句话是一对儿。"

宝玉来劲了，拿过宝钗的金项圈一看，果然也有八个字：

不离不弃　芳龄永继

跟"莫失莫忘，仙寿恒昌"一个意思，任谁看，都说是一对儿。请注意，这也是癞头和尚送的，大有深意。这就是金玉姻缘，高僧开过光的姻缘。

第三，请注意这块玉背面的字。我敢肯定，绝大多数人读到这里都不会留意，认为它不过就是几句吉祥话。但是请记住，曹公从不写废话。

背面三句话，是通灵宝玉的作用，每一句后面都用得上。"一除邪祟"，是在第二十五回，赵姨娘和马道婆施魔法，要弄死凤姐和宝玉，最后还是那一僧一道现身，用通灵宝玉救了贾宝玉。

"冤疾"和"祸福"，因为八十回后丢失，已经不完整了。不过还是有一些线索，以后再聊。总之，这块玉绝不单单是个记录者，它幻化后，是要来温柔富贵乡"受享"一遭的，它和贾宝玉是相互依存的关系。用贾母的话说，它是宝玉的"命根子"。

第四，我们回过头，再来看这里的七言诗，就容易理解了。

> 女娲炼石已荒唐，又向荒唐演大荒。
> 失去幽灵真境界，幻来亲就臭皮囊。
> 好知运败金无彩，堪叹时乖玉不光。
> 白骨如山忘姓氏，无非公子与红妆。

这首诗作者明说了，是嘲讽诗。嘲讽谁呢，嘲讽开篇那块石头。

第一回里，石头求着僧道，带它到"富贵场中、温柔乡里受享几年"，僧道同意了，但同时也警告它，"到不得意时，切莫后悔"。

作者没有忘记石头这个角色，这首诗，是站在神仙视角写石头的，并再一次强调悲剧结局。

大致意思是：女娲炼石本身就已经荒唐了，又把人间那些荒唐事，在大荒山上重演一遍。

你这顽石，放着好好的真境界不去，非要幻化成玉，附在那个臭皮囊上（指宝玉）。但是你得知道啊，时运不济，那金呀玉呀（金是薛宝钗，玉是贾宝玉）什么的，都要失去光彩了。这些男男女女都将死去，没人记得他们。你可曾想过，这些堆成山的白骨，都曾是公子和红妆。

按脂批说，这段情节是游戏笔墨，但我们仍能感觉到全书的幻灭色彩，大厦倒塌，都没好下场。

宝钗后来嫁给宝玉，应了"金玉姻缘"，但对每个人来说都是悲剧，金，无彩了；玉，无光了。

宝玉和宝钗相互看完对方的金、玉，宝玉闻到一阵"凉森森甜丝丝的幽香"。这是宝钗吃了冷香丸，身上散发的香气。

这是一种暗示。人类和所有动物一样，气味是春心萌动的开始。宝玉对宝姐姐并不排斥，甚至还有那么一点好感。前文里，宝玉走进秦可卿房间，也是先闻到一阵甜香，然后在梦里和一个既像宝钗又像黛玉、名字叫可卿的姑娘云雨一番。

但是现实毕竟不是梦，不能"兼美"。"金玉姻缘"刚冒出小火苗，林黛玉就来了。

03

再强调一次。很多人说《红楼梦》节奏缓慢，那是最大的误解，说明还没进入故事。一旦你掌握了故事的脉络，就会发现它不是一般地快，是紧锣密鼓，掐着秒表推进的。

宝钗、宝玉才刚说笑几句。书上写道：

一语未了，忽听外面人说："林姑娘来了。"

林黛玉是什么人啊，"心较比干多一窍"，防火防盗防宝姐。知道宝玉来找宝钗，肯定沉不住气。来得急，来得突然。关键是还来得优美，是"摇摇的走了进来"。

"摇摇"是什么动作呢？宝、黛初见时就说了，黛玉是"行动处似弱柳扶风"。摇摇就是弱柳扶风的样子。看来林黛玉小姐着急了，走路都带风。

我们看这场对话。宝黛钗三人，各人心思明明白白。

黛玉进来，第一句话就说："嗳哟，我来的不巧了！"

宝钗："这话怎么说？"

黛玉："早知他来，我就不来了。"

宝钗："我更不解这意。"

黛玉："要来一群都来，要不来一个也不来；今儿他来了，明儿我再来，如此间错开了来着，岂不天天有人来了？也不至于太冷落，也不至于太热闹了。姐姐如何反不解这意思？"

不瞒各位。我看出三分《甄嬛传》的味道。

本回的回目是，"比通灵金莺微露意，探宝钗黛玉半含酸"。这后半句，说的就是黛玉吃醋。当然，这几句对话大家可能有不同的理解。我用叙述性的文字，很难描述出人物对话的微妙，尤其林黛玉这种姑娘。

我是这么理解的：

黛玉说"我来的不巧了"和"早知他来，我就不来了"，一方面带醋味，另一方面是快人快语，她自己也意识到有些唐突。好在黛玉反应敏捷，在宝钗步步追问下，机智地化解了，至少把原本道理不通的话给圆上了。

所以接下来我们看到，宝玉赶紧转移话题，问下雪了吗。这是在缓解尴尬。宝钗也很知趣，不再追问。大家吃茶聊天。

薛姨妈摆上茶果、好酒，要给宝玉满上。李嬷嬷赶紧说，姨太太，酒就算了吧，别让他喝了。宝玉当然想喝。大家读唐诗宋词，古人最喜欢的风雅事就是雪天饮酒。"晚来天欲雪，能饮一杯无"，这是非常有诗意的生活。

宝玉就求李嬷嬷："妈妈，我只喝一钟。"

从这里开始，我们要留意这个李嬷嬷。她不是一般的嬷嬷，而是宝玉的奶妈。乳母是一个特殊的群体。既不是主子，也不同于普通奴仆。一个底层女人，往往可以通过做乳母实现阶层跨越。

比如，现实中曹雪芹的曾祖母，就曾做过康熙皇帝的教引保姆。多年后康熙南巡驾临曹家，握着老太太的手说，"此吾家老人也"。赐给曹家的御笔，有"萱瑞堂"三个字。萱草，在古代象征母亲。可见对这个教引保姆很有感情。康熙对曹家的恩宠，除了君臣关系、军功关系，肯定还源于这份养育的感情。

教引保姆或乳母不仅要抚养小主子，还会管教他们，甚至训斥。但小主子长大后，能不能与乳母继续亲密，就很难说了。亲妈都可能有矛盾，何况一个乳母？毕竟还有坚固的阶层屏障。

现在的宝玉和李嬷嬷，正好进入冲突期。

宝玉要喝酒。李嬷嬷说：

> "不中用！当着老太太、太太，那怕你吃一坛呢。想那日我眼错不见一会，不知是那一个没调教的，只图讨你的好儿，不管别人死活，给了你一口酒吃，葬送的我挨了两日骂。姨太太不知道，他性子又可恶，吃了酒更弄性。……何苦我白赔在里面。"

读完这话。我第一个疑问就是，贾府为什么不给宝玉找个靠谱的奶妈？

从她的话里看，不让宝玉喝酒，并不是怕宝玉伤身、出事，而是怕贾母和王夫人骂，怕担责。并且说宝玉就说宝玉呗，非说什么上次给宝玉喝酒的人，是个"没调教的"。薛姨妈会怎么想？宝钗黛玉会怎么想？这个李嬷嬷太不会说话了。

好在薛姨妈不跟她一般见识，另安排一桌，让李嬷嬷吃去，大家好舒舒服服喝几杯。宝玉说，酒不用烫，我就爱吃冷酒。薛姨妈说，不行不行，吃冷酒以后写字手打战。宝钗马上用中医理论来支持妈妈的论点，噼里啪啦，说了吃冷酒的坏处，然后命人烫酒。

林黛玉嗑着瓜子，只笑不语，看着眼前一幕。

可巧，黛玉的贴身丫头，名叫雪雁，见下雪了，来给黛玉送手炉。黛玉就借题发挥，对雪雁说："谁让你送来的？难为他费心，那里就冷死了我！"

雪雁说，是紫鹃姐姐叫我来的。黛玉接过手炉，抱在怀里，说你就听她的话，我平时说的话，你都当耳旁风，她说句话，你就当圣旨！这其实是"指桑骂槐"，宝玉就是那根槐木疙瘩。

宝玉一听话头不对，屋子里的醋味都盖过酒味了，只能干笑两声。宝钗也了解黛玉的脾气，也不答话。薛姨妈赶紧解围。

黛玉是怎么说的呢？又是一段自圆其说，化解尴尬。她是说，幸亏这是在姨妈家，不挑我的错。要是在别人家里，丫头不说一声就来送手炉，会让人家主人没面子，会想，敢情我家连个手炉都没有？还让丫头送来。肯定是这黛玉平时骄横刁蛮。

我早年读到这里，一直认为是黛玉内心戏太多，芝麻大的事都要在肚子里九转十八弯。其实，这不是内心戏太多，而是跟上面说"我来的不巧"一样，是为自己的唐突辩解。

薛姨妈就话赶话，说黛玉你多心了，我就没这么想。薛姨妈这是不知道黛玉的小心思？还是装糊涂？我们不得而知。

这时宝玉已喝了三杯，李嬷嬷又过来劝阻，宝玉不听。李嬷嬷亮出终极大招：

> "你可仔细老爷今儿在家，隄防问你的书！"

古代知识分子家庭，父亲基本都是严父。父子之间，也从不是朋友型关系，而是君臣型关系，父权压倒一切。

苏轼写过一首《夜梦》，回忆少年时期被老爹盯着读书的情景，其中两句是：

> 怛然悸寤心不舒，起坐有如挂钓鱼。

"怛（dá）然"是惧怕。想起老爹要检查功课，夜不能寐，坐卧行走都提心吊胆，好像挂在钩子上的鱼。要知道，写这首诗的时候，苏轼已经六十多岁了。这童年的阴影该有多深。

宝玉也一样，贾政就是他的紧箍咒。李嬷嬷说完，宝玉"心中大不自在，慢慢的放下酒，垂了头"。

黛玉看不下去了，对着李嬷嬷一顿抢白，还对宝玉说："别理那老货，咱们只管乐咱们的。"

李嬷嬷听了抢白说："真真这林姐儿，说出一句话来，比刀子还尖。……"

请大家留意这些细枝末节。上一回送宫花，黛玉抢白了周瑞媳妇；这一回又怼了李嬷嬷，这也是王夫人的人。以李嬷嬷的秉性，一定会添油加醋告诉王夫人。可以说，黛玉在王夫人心目中的形象，就是这样一步步坍塌的。黛玉小姐，一定会为自己的口无遮拦付出代价。

同时这整个过程，宝钗并不说话，"藏愚"了，"守拙"了。她说的唯一一句话，是夸黛玉有张让人又爱又恨的利嘴。

薛姨妈作为主人、长辈，当然会继续劝，喝吧孩子，没事，喝多了姨妈给你担着。宝玉又"鼓起兴来"，继续喝酒。

李嬷嬷见劝不住，偷偷溜回家去了。剩下的几个老嬷嬷，见李嬷嬷都撤了，也纷纷散去。

大家饮了酒，吃过汤粥，喝过茶。黛玉问宝玉，你走不走？宝玉说，"你要走，我和你一同走。"黛玉帮他整理好斗笠，戴好发冠，一起回去。

这段文字如果粗读，无非是些日常琐事。但我们要记住两点，一是宝玉"乜斜倦眼"，还对小丫头们说话不客气，说明他已经醉了。

二是薛姨妈说的，"跟你们的妈妈都还没来呢"。说明李嬷嬷脱岗很久了，主子还没走，自己先走了。

殊不知，冲突的火药桶已经埋下，就差火柴了。

第一根火柴。

宝玉回到房里，贾母见他喝了酒，让他回房歇息。然后问众人："李奶子怎么不见？"说明李嬷嬷还没来。丫鬟婆子们害怕李嬷嬷，不敢直说。但宝玉已经很不满了，说："他比老太太还受用呢，问她作什么！没有他只怕我还多活两日。"

进入卧室。晴雯说，好啊，你耍我。早上你让我研墨，说要写字，写了三个字就跑了，害我白等半天。还让我把那三个字贴门斗上，我手都冻僵了。宝玉说，来，"我替你渥着"。宝玉关心晴雯。

黛玉也进来了。宝玉让黛玉看那三个字哪个好，黛玉仰头一看，门斗上三个字是"绛云轩"。又开他玩笑，说写得太好了，"明儿也与我写一个匾"。宝玉说，"又哄我呢"。

大家请留意。宝玉身边的女孩，目前出场的，我们可以分为两组，黛玉、晴雯是一组，宝钗、袭人是一组。

黛晴组合与宝玉说话，是一派天真、自然而然的朋友型对话，可以抱怨，可以使性子，甚至跟宝玉生气。钗袭组合在宝玉面前，是一本正经，端庄稳重，是姐弟型甚至母子型关系。

从年龄上也完全符合。黛玉晴雯都是妹妹，宝钗袭人都是姐姐。

渥完晴雯妹妹的手，又该关心袭人姐姐了。

宝玉问："袭人姐姐呢？"晴雯往里间努努嘴，袭人在睡觉呢。

第二根火柴来了。

宝玉问晴雯："今儿我在那府里吃早饭，有一碟子豆腐皮的包子，我想着你爱吃，和珍大奶奶说了，只说我留着晚上吃，叫人送过来的，你可吃了？"

晴雯说："快别提。一送来，我知道是我的，偏我才吃了饭，就放在那里。后来李奶奶来了看见，说：'宝玉未必吃了，拿来给我孙子吃去罢。'她就叫人拿了家去了。"

这时的宝玉，心里已经不高兴了。

第三根将要点燃。

茜雪奉上茶来，宝玉吃到一半，忽然想起早上泡过一杯茶，就问茜雪："早起沏了一碗枫露茶，我说过，那茶是三四次后才出色的，这会子怎么又沏了这个来？"

茜雪说，李奶奶来过，要吃，就给她吃了。

宝玉一听，顿时怒了。哐当一声把茶杯摔在地上，杯子粉碎，茶汤溅了茜雪一身，说："他是你那一门子的奶奶，你们这么孝敬他？不过是仗着我小时候吃过他几日奶罢了。如今逞的他比祖宗还大了。如今我又吃不着奶了，白白的养着祖宗作什么！撵了出去，大家干净！"

说着就要撵李嬷嬷。

在另一个版本中，这一回回目就是"宝钗小恙梨香院，贾宝玉大醉绛云轩"。

04

如何看待这件事，相信不同的读者有不同的看法。在分析之前，我们不妨再了解一个与《红楼梦》有关的概念——"史笔"。

有段时间读《资治通鉴》，特别想看司马光把安史之乱梳理清楚，最好给出一个权威答案。可是没有。《通鉴》里对安史之乱并没有过多分析，它更像一部记事簿：什么时间，什么人，在什么地方，干了什么事。

所用的写作技巧，就是小学生作文的要求。

可是写史书总得有取舍吧，总不能大事小事记流水账。有取舍就有主观，怎么保持客观性？

所以史学家必须有一双善于取舍的眼睛，哪些事要采用？哪些事要舍去？不能多，也不能少，这样才算客观。至于结论，更不能轻易下，它只能存在于读者心里。

这样一来，著史的问题，就变成了如何取舍的问题。这个看似简单得没有技巧的技巧，其实要求很高。

那么取舍的标准到底是什么？

我觉得就是脂砚斋这条批语：

> 是作者具菩萨之心，秉刀斧之笔，撰成此书……

刀斧，是下笔狠，不留情，刀劈斧砍，见血断骨；菩萨心是悲悯之心，凡有褒贬，皆求公正。

古罗马的正义女神，名叫Justitia（英文justice的来源，意为公正、正义）。正义女神的雕像，蒙着双眼，表示不能被表象迷惑，不受感官影响。左手拿着天平，代表公正；右手拿剑，代表惩罚。

天平，就是菩萨心。剑，就是刀斧笔。

我想说，《红楼梦》写作的原则，就是这两样东西。开篇冷子兴和贾雨村演说荣国府，就提到书中的人物，不是大奸大恶，也不是大贤大圣，而是芸芸众生，我们身边的普通人。正是这样的小人物，最难下定论。

了解了这点，我们再来看宝玉摔茶事件。

在薛姨妈的梨香院，李嬷嬷拿贾政吓唬宝玉，这是宝玉第一次不爽。然后李嬷嬷擅自离岗。到了绛云轩，先发现她拿走了给晴雯的豆腐皮包子，后发现她喝了早上就准备好的枫露茶。从众人谈话中不难发现，这绝不是李嬷嬷第一次这么干。可以说，宝玉对李嬷嬷的讨厌由来已久。这次摔茶，一是宝玉的公子哥脾气，"行为偏僻性乖张"，二是喝醉了。新仇旧恨，借酒爆发。

李嬷嬷有委屈吗？当然有。

管教宝玉，是贾母、王夫人给的任务，之前就受过委屈，宝玉吃酒，她"挨了两日骂"。

我这么说，并不是说李嬷嬷就是好人。她的无理取闹、倚老卖老，在后面更是变本加厉。我怀疑曹公在写李嬷嬷时，是跟宁国府的焦大对照着写的，二人都对主子有过功劳，都有半个主子的心，也都是刺头。

贾府对二人的处理，也都显示着诗礼之族的宽容。焦大骂出那样的话，也无非打发到田庄上，并没有逐出贾府。李嬷嬷这么作，最终也没有撵出去，退休之后，依然隔三岔五到宝玉房里闹腾，鸡飞狗跳。后面还有精彩表演，以后再说。

宝玉要撵李嬷嬷，今天看来是小事一桩。但在当时，是一件极其严重的事。乳母再讨厌，也带个"母"字。不吃奶了就撵乳母，更坐实了宝玉"天下无能第一，古今不肖无双"的罪名。

李嬷嬷是有自己家庭的，儿子李贵，就是跟着宝玉的小厮。日后李嬷嬷老去，宝玉要承担部分赡养义务。如果李嬷嬷没家庭，宝玉是要给她养老送终的。韩愈、苏东坡都是养着自己的乳母到老，感情亲厚。乳母死了，安葬发送，立碑写悼文，一样不少。

可以说，这是古代孝道文化下的必然。

在宝玉和李嬷嬷身上，作者同时用了刀斧笔和菩萨心。从情感上，我们讨厌李嬷嬷，但曹公并没有用"恶有恶报"的套路。这是《红楼》与其他小说的最大不同。在我看来，这就是史笔。比小说之笔更冷峻，更真实。就好比，李林甫寿终正寝，杜甫客死他乡。

大家记住这点，后面很多大冲突就好理解了，也有助于我们体会《红楼梦》的气质。

以上是我个人理解的"史笔"。关于《红楼梦》的史学价值还有一个主流观点，就是它可以作为史料来读，是一部时代的缩影。这个观点最早是梁启超提出来的。陈寅恪先生研究历史，也常把包括《红楼梦》在内的明清小说作为印证史料。毛泽东也说，《红楼梦》和《聊斋志异》都可以当作史书来读。

所谓史料，所谓真实，不是指书里的事确实发生过，而是说它反映的是当时普遍的现象，风俗习惯，家族制度，官场规则，人情往来等等，对这些软性的、不易触摸、不易言说，更不可能在正史里记载的时代风貌，这些优秀小说是个很好的补充。

在这场醉闹里，给宝玉端茶的小丫头，名叫茜雪，是个不起眼的小人物。这是曹公埋下的一条千里伏线。提醒大家留意，以后再讲。

05

故事继续。

袭人原本在里面装睡，故意等宝玉过来。听见宝玉发飙，赶紧过来劝。与此同时，贾母也听见动静，派人过来问发生什么事了。袭人主动背锅，说是她自己倒茶不小心滑倒了。

然后又反过来阻止宝玉撵李嬷嬷，说，你要是撵她，连我们一起都撵了。袭人的成熟、善良、顾大局，由此可见。宝玉之所以听袭人的话，原因也在这里。

另外我们要注意，整个事件中，从在梨香院喝酒到宝玉发怒，跟宝玉关系最亲密的四个女孩都出现了。黛玉、晴雯是一组，宝钗、袭人是一组。袭人劝宝玉这番话，后面还会有同样的场景。到时候劝宝玉的，换成了宝钗，跟袭人口气如出一辙。

就像本回脂批所说："晴有林风，袭乃钗副"。只是林黛玉和晴雯心思单纯，不懂合纵连横，孤军作战，以致被王夫人逐个击破。而宝钗和袭人后面会强强联合，相互照应，成为相对的"赢家"。

袭人为李嬷嬷背了锅，大事化小，小事化了。但她的善举并没有得到善报，后面我们会看到，李嬷嬷对袭人将越来越刻薄。

宝玉睡了，袭人从他脖子上解下通灵宝玉，用手帕包好，塞在褥子下面。后文还会重复交代，宝玉每晚睡觉，都有取下通灵玉的习惯。这个日常行为，并非可有可无。脂批说，这是以后"误窃"一回的伏线。也就是说，后文里宝玉将会丢失他的玉，被人"误窃"。至于是怎样的故事，我们看不到了。

现在，本回两大桥段，"宝钗小恙梨香院"和"宝玉大醉绛云轩"都结束了。在本回结尾，秦钟的故事再书接上回。

宝玉醉闹一场，次日醒来。秦钟已到贾府，拜见贾母。贾母是外貌协会资深会员，见秦钟一表人才，"举止温柔"，非常喜欢，嘘寒问暖。还送他一个"金魁星"做见面礼。

金魁星在大家族只是个小物件，金质，寓意科举夺魁。但这里有句脂批，令人感慨，说："作者今尚记金魁星之事乎？抚今思昔，肠断心摧。"

什么意思呢？说明批书人和写书人，有过共同的生活经历。茫茫人世，这个同样的小物件，曾是他们无数生活点滴中的一个片段。如果把《红楼梦》两百多年无数个读者列一个最佳阅读排行，脂砚斋肯定是第一人。

故事里的事，有他亲身经历的事。甚至是写书人一边写，批书人一边读。这感觉太奇妙了。

秦钟的父亲叫秦业，现任营缮郎。这个官职是曹公编的，具体不详，可以肯定是个朝廷里的低级文官，没钱，也没权。

秦业正妻早亡，没有留下一儿半女，就去养生堂领养了一儿一女。后来这个养子也早亡了，剩下一女，就是秦可卿。到秦业五十多岁，续弦再娶，生下一个儿子，就是秦钟。也就是说，可卿和秦钟没有血缘关系。

秦业原来给秦钟请过一个老师，后来亡故，所以一直在考虑去哪里读书。正好宝玉邀请，一解燃眉之急，秦业非常高兴。

> 只是宦囊羞涩，那贾府上上下下都是一双富贵眼睛，赞见礼必须丰厚，容易拿不出来，又恐误了儿子的终身大事，说不得东拼西凑的恭恭敬敬封了二十四两赞见礼，亲自带了秦钟，来代儒家拜见了。

贾代儒是贾府的旁系，"代"字辈，跟贾母同辈，所以称作"老儒"。请大家注意这里的学费，是二十四两。什么概念呢？之前说过，二十两银子，够刘姥姥这样的家庭吃一年。《儒林外史》里，山东汶上县一个村子，合伙聘请了一个私塾先生，年薪只有十二两银子。

仅秦钟一个学生，一年就给了二十四两，那是相当"丰厚"了。贾府私塾，是名副其实的贵族学校。所以书上说了，二十四两银子，是秦家"东拼西凑"才拿出来的。

让大家留意这个数字，是因为在后文秦钟临死之前，还惦记家中的"三四千两银子"，这秦家到底是穷还是富呢？前后明显矛盾。

如果不是曹公的疏忽，那么其中必有原因，意味着秦家肯定发过一笔横财。巧合的是，这个时期，正好是秦可卿去世。这是后话，以后再表。

"秦业"的谐音，是"情孽"。大胆猜测一下，秦家的遭遇，可能源自一桩孽缘。看秦家的遭遇，细思极恐。夫人早亡，养子早亡，养女秦可卿也是薄命，老来得子又早亡。

这"孽缘"之大，是不是有点过分了？

具体什么孽缘，我们不清楚，要么作者故意不写，要么是跟秦可卿文字一起删掉了。

如果存在这个"孽缘"，那将是一件极其重大的事。

一字一句
读红楼

第九回

如今的儿孙，一代不如一代了

恋风流情友入家塾
起嫌疑顽童闹学堂

01

第二回里，冷子兴演说荣国府，对贾雨村说：

> "谁知这样钟鸣鼎食之家，翰墨诗书之族，如今的儿孙，竟一代不如一代了！"

今天聊第九回，我们将会看到，贾府的儿孙到底怎么一代不如一代。

书接上回。秦业帮秦钟送了学费，办好入学手续，宝玉已迫不及待，送信告诉秦家，后日一早入学。

到那天早上，袭人仍旧是一贯的贤惠、周到，给宝玉整理好笔墨纸砚，给他梳洗。宝玉说，好姐姐，怎么不高兴了？是不是我要去上学冷清了你？袭人笑着说，这是哪里话，读书是好事，不读书就潦倒一辈子。不过你读书就好好读，放学了别在外面混，想着点家，不然老爷知道了没你好果子吃……

然后又是大毛衣服，又是手炉、脚炉、木炭。宝玉对晴雯、麝月等丫鬟交代一番，再去见贾母、王夫人，以及老爹贾政。

到了贾政书房。贾政正在跟几个清客闲聊，宝玉说要去学里。我们看贾政的话：

> 贾政冷笑道："你如果再提'上学'两个字，连我也羞死了。依我的话，你竟顽你的去是正理。仔细站脏了我这地，靠脏了我的门！"

三十岁以上的人读这段，应该特别能理解。中国的父亲很不善于夸孩子，尤其当着外人的面，不把孩子损一顿好像都不够谦虚似的。

"外人们"通常也很知趣，这个时候一定要夸对方的孩子。所以那帮清客，是"早起身笑道"，说宝玉这一去，"三二年就可显身成名的了，断不似往年仍作小儿之态了"。

宝玉退出书房，贾政问，跟宝玉的是谁？外面答应两声，进来三四个大汉。带头的叫李贵，正是宝玉奶妈李嬷嬷的儿子。

贾政训李贵，你们整天跟着宝玉，他都念了些什么乱七八糟的书——

> "倒念了些流言混语在肚子里，学了些精致的淘气。等我闲一闲，先揭了你的皮，再和那不长进的算帐！"

李贵吓坏了，"忙双膝跪下，摘了帽子，碰头有声"，解释说：

> "哥儿已念到第三本《诗经》，什么'呦呦鹿鸣，荷叶浮萍'，小的不敢撒谎。"

一句话引得哄堂大笑。《诗经》原文是"呦呦鹿鸣，食野之苹"，李贵显然听宝玉读过，只是没文化，听错了。贾政也笑了，说再念三十本《诗经》也没用，你去告诉太爷（贾代儒）：

> "就说我说了：什么《诗经》古文，一概不用虚应故事，只是先把《四书》一气讲明背熟，是最要紧的。"

要理解贾政这句话，需要交代一点背景。

我们知道，科举制度产生于隋朝，兴盛于唐。既然选拔人才要考试，总得有教材吧。唐朝时期，教材基本上不固定，考试内容也根据皇帝兴趣变化。但有一本教材使用最广，叫《昭明文选》。

这本文选由南朝梁的昭明太子汇编，选录了从周朝到六朝八百年间的优秀诗文，在唐朝是士子们的必读书，李白、杜甫们，都是看这本教材长大的。

唐朝科举，尽管也有时政、财政等实用科目，但总体上比较注重文学，尤其诗歌。诗人们经常拿着自己的得意之作到处投稿。运气好了，一鸣惊人。中唐诗人钱起，就是在进士考试中，靠一首《湘灵鼓瑟》一举成名的，这首诗的结尾句是，"曲终人不见，江上数峰青"。

诗歌的巅峰之所以在盛唐出现，并不是天才诗人都在那个时间点扎堆投胎，而是时代造就的。

到了南宋，朱熹把《礼记》中的《大学》《中庸》，与《论语》《孟子》汇编在一起，这就是"四书"。此后成为明、清的主要教材。

科考内容的演变，简单来说，南宋以前重文学，南宋之后重理学。

贾政说的"古文"是什么呢？

就是两类文章，一类是秦、汉两朝文章，一类是唐宋八大家的文章。请注意，贾政这话，并不是不让宝玉读《诗经》和古文，而是让他分清主次。我小时候经常听到这话——不是不让你看课外书，你先把成绩提上去再看。

明清时期，科考的重心不在"古文"，更不是诗赋，而是与古文相对应的"时文"，它有个通俗的名字，叫"八股文"。"八股"是写作套路，标准格式。命题范围，通常是"四书五经"。

《儒林外史》里，考生魏好古对考官周学道说："童生诗词歌赋都会，求大老爷出题面试。"

周学道马上变脸，劈头盖脸一顿骂：

> "'当今天子重文章，足下何须讲汉唐！'像你做童生的人，只该用心做文章，那些杂览，学他做甚么？况且本道奉旨到此衡文，难道是来此同你谈杂学的么……左右的，赶了出去！"

在这点上，贾政和周学道是一样的，在他们眼里，诗词歌赋就是"杂学"，就是"精致的淘气"，无用之学。后来贾政也点了学道，主抓地方教育、考试工作，跟他坚守当时的科举方针有关。

《儒林外史》里还有个段子，更能看出明清科举的奇葩之处。

范进后来中了进士，任职山东学道，也就是主抓山东地区的教育、考试工作。那一年考完试，想起他老师曾委托他通融一个叫荀玫的考生。考卷收上来，扒拉半天，没找到荀玫的名字。

范进的一个下属，就讲了一个真实的段子安慰他。他说范老师啊，几年前有个老先生，即将到四川做学道，老先生有个领导，叫何景明。有天一块儿喝酒，何景明喝多了，说："四川如苏轼的文章，是该考六等的了。"

这老先生暗暗记在心里，走马上任四川，要给老领导办事。于是三年任期里，到处寻找那个叫苏轼的考生。三年过后，见到老领导，说："学生在四川三年，到处细查，并不见苏轼来考，想必是临场规避了。"

更绝的是范进的反应，他说："苏轼既文章不好，查不着也罢了，这荀玫是老师要提拔的人，查不着，不好意思的。"

这个段子可能为了讽刺效果，吴敬梓下笔狠了点，但至少能反映两个问题。

一是按照当时八股文的标准，苏轼的文章也就是及格水平，就像何景明说的，只能算六等。

二是以唐宋八大家为代表的"古文"，因为不在考试范围，文人们根本不熟悉。范进这种五十四岁，考了二十多次的骨灰级考生，竟然不知道苏轼。

了解了背景，我们就不应该苛责贾政了，没有人能对抗时代。

02

回到《红楼梦》。

李贵走出书房，对宝玉说：

"哥儿听见了不曾？可先要揭我们的皮呢！人家的奴才跟主子赚些好体面，我们这等奴才白陪着挨打受骂的。从此后也可怜见些才好。"

各位留意。李贵是个小人物，很容易被忽视。但《红楼梦》的小人物写得都很好，既然我们要细读，就别错过一些小人物。

看李贵这句话，说得太好了，搁到任何一部戏里，都是上等台词。他的话里有诉苦，有埋怨、委屈，还向宝玉提了要求——以后要对我好些。

但他说得非常贴切、亲密，是玩笑着说的。你看他在贾政面前吓得像只皮皮虾，可到了宝玉这儿，立刻笑看风云，跟宝玉穿一条裤子。这就不是纯粹的主仆关系了，而是带有一些友情。

李贵是宝玉的奶妈李嬷嬷的儿子，从这点看，二人还有那么一点兄弟情谊。

李嬷嬷招人烦，没眼色，不会说话，而儿子李贵却恰恰相反。这是《红楼梦》好玩的地方。

我之所以多说几句李贵，是想让大家记住这个小人物，因为他马上还会有更精彩的表演。

李贵诉完苦，宝玉说："好哥哥，你别委曲，我明儿请你。"你看，哥哥都叫上了。

大家又来到贾母房里，秦钟已经在等候了。辞了贾母，宝玉又想起还没跟黛玉打招呼，又来找黛玉。黛玉说，去读书好啊，这一去，肯定就"蟾宫折桂"了，意思是科举及第。宝玉怎么说呢？

> 宝玉道："好妹妹，等我下了学再吃饭。和胭脂膏子也等我来再制。"

在第七回，回末诗说宝玉是"正为风流始读书"。他读书根本不是为了学习，更没打算蟾宫折桂，是为了风流，为了玩。

这一回正在逐步验证。这个姐姐那个妹妹，仪式感相当强。还没出门，就惦记着放学后制作胭脂膏。

《红楼梦》要想读得流畅，得适应它的笔法，那是一针一线密密紧织，说这件事的时候，从来不忘另一件事。黛玉问宝玉，你怎么不去辞辞你宝姐姐？宝玉"笑而不答"，带着秦钟上学去了。

大家揣摩一下宝黛之间的小心思，微妙，美好，略带一丝醋味，非常好玩。

03

贾府的义学，是当初宁荣二公所立，专门招收贾氏家族子弟，确保穷的家庭也能送子孙上学。一切费用由家族中有钱者出，推举德高望重有学识的人来掌管。"义学"二字，带有一点公益性质，不过只定向招生，不对外。

宝玉、秦钟入了学，"他二人同来同往，同坐同起，愈加亲密"。贾母也喜欢秦钟，见秦家不甚宽裕，经常周济。

二人混熟后，宝玉就不管礼数了，以兄弟相称，或者叫秦钟的表字"鲸卿"。其实从辈分上讲，宝玉是秦钟的叔叔。这个事儿，一来是宝玉的少年天性，二是宝玉真的喜欢秦钟。

至于是什么性质的"喜欢"，后面再说。

贾府的义学，并不是单纯美好的地方，用书上原话说，"有龙蛇混杂，下流人物在内"。宝玉、秦钟长得都很漂亮，尤其秦钟，"腼腆温柔，未语面先红，怯怯羞羞，有女儿之风"。

宝玉是天生喜欢"作小服低，赔身下气，情性体贴，话语绵缠"，所以那些家族子弟都在背后议论他俩。

到这时我们才知道，原来薛蟠这货也在这里。他为啥来入学呢？因为"学中广有青年子弟"，他便"动了龙阳之兴"。就是来找男色的。

薛蟠有钱，出手阔绰，已经交了好几个小男友了。其中两个，一个雅号叫"香怜"，一个雅号叫"玉爱"，都"生得妩媚风流"。

于是，一场闹剧上演了。事情经过是这样的：

薛蟠包养着香怜和玉爱，让其他人嫉妒了。只是害怕薛蟠，"虽都有窃慕之意"，却不惯横刀夺爱。

宝玉、秦钟插班进来，众人一看，又是两个美男子，于是春心大动。可是又一想，宝玉和薛蟠是姨表兄弟，更不敢轻举妄动。

没想到的是，宝玉、秦钟和香怜、玉爱，四个人竟然对上眼了——"四处各坐，却八目勾留"。

时间一长，大家都看出来了。

这天贾代儒临时有事，回家了，让他的孙子贾瑞维护课堂秩序。巧合的是，这天薛蟠也不在。于是秦钟就和香怜"挤眉弄眼"，递暗号儿，俩人假装上厕所，走到后院说私房话。

正说着，听见背后有人咳嗽，一个叫金荣的家伙出现了。香怜羞中带怒，说，你咳嗽什么？难道不许我们说话？金荣说，许你们说话，难道不许我咳嗽？有话不在教室说，鬼鬼祟祟躲这里干什么！我可拿住了——先得让我抽个头儿，不然我就把你们的事捅出去。

秦钟、香怜都"急的飞红的脸"，争论几句，跑到教室向贾瑞告状，说金荣欺负他俩。

贾瑞也不是好鸟。因为他爷爷贾代儒是校长，他在学里，就是恐吓勒索比他弱的，溜须拍马比他强的。他给薛蟠行方便，从薛蟠那里拿过许多好处。

薛蟠的小男友团里，除了香怜、玉爱，竟然还有金荣。现在，我们就能理解金荣和香怜的矛盾所在了。

贾瑞对香怜、玉爱也一直不满，因为这俩人没有在薛蟠面前帮他美言。所以当香怜来告状，贾瑞反而把香怜抢白一顿。金荣就更狂妄了。

玉爱一听，定要为香怜出头，于是也加入争吵行列，帮香怜骂金荣。金荣急了，就把刚才在后院看到秦钟和香怜的事，当着众人的面，添油加醋乱说一通。

这一说不要紧，又触怒了贾蔷。

这是贾蔷在书里第一次出现。他是宁国府的"正派玄孙"，跟宁府血缘关系很近。所以他父母早亡后，一直是贾珍抚养他。贾蔷现年十六岁，"比贾蓉生得还风流俊俏"，并且跟贾蓉关系极好。

由此可知，贾蔷是在宁国府长大。书上写到这里，交代贾蔷分出宁国府自立门户，说了一个非常含糊的原因。就是宁国府的下人们谣言四起，说了贾蔷的不堪。但是怎么个不堪？跟谁不堪？书上没写。

我的感觉，这些风言风语未必全是谣言。从宁国府里那些事，贾家学堂这些事，以及曹公"不写之写"的笔法看，这些谣言不是空穴来风。贾珍要是真怕谣言，还能把焦大留在家里？所以说，应该是确实发生过一些败坏门风的事。

贾蔷来上学，也不是来好好读书的，"不过虚掩眼目而已。仍是斗鸡走狗，赏花玩柳"，反正有贾珍、贾蓉撑腰，没人敢惹他。

秦钟是贾蓉的小舅子，现在被人欺负了，贾蔷能袖手旁观？不能。但是对方金荣、贾瑞又是薛蟠的"旧爱和小弟"，贾蔷跟薛蟠关系也不错。两头都不好撕破脸，咋整？

贾蔷是个聪明人。赶紧悄悄走到外面，挑唆宝玉的小厮茗烟，让茗烟去帮宝玉。

茗烟是宝玉的贴身小厮，忠诚、莽撞，还有点愣头青。听说宝玉被欺负了，走到教室就骂金荣。贾蔷见火拱起来了，推脱有事一走了之。

茗烟一把抓住金荣，污言秽语骂起来，姓金的，你是什么东西，有种你出来动一动你茗大爷！

曹公不仅能写最高雅的文字，也能写最鄙俗的文字，这是他的本事。这一通骂，茗烟的形象就出来了。

金荣好歹也算是主子阶层，被奴才茗烟这么一骂，顿时蒙了，不知道怎么应对，就冲过来抓打宝玉和秦钟。尚未走到跟前，"嗖"的一声，身后飞过来一方砚台。谁都没打着，偏偏落在贾兰和贾菌的桌子上。

真是太热闹了。

贾菌是荣国府近派重孙，也是父亲早亡，孤儿寡母，跟贾兰的命运一样。所以这俩孩子关系很好，坐同桌。

贾菌人小脾气大，知道这砚台是金荣一伙扔过来打茗烟的，却飞到自己桌上，水壶、墨水全弄碎了，便跳起来大骂，也抓起砚台要反击。

贾兰赶紧拦住，说，好兄弟，"不与咱们相干"。算了吧。

全书里贾兰的戏份很少，台词不多。越是这样，我们越要留意他的言行。"不与咱们相干"看似很普通的一句话，却很能反映他的性格。

这种性格跟他母亲李纨如出一辙，慎行慎言，不出头，不惹事，甚至有点胆小怕事。当然这有性格原因，但很难说不是一种生存策略，孤儿寡母，在这么一个大家族生存，得处处谨慎。

反过来看，贾兰日后应该是科举高中，做了官，成为贾家优秀后人，就因为他这种不管闲事，一心读书的性格。

贾菌不听贾兰的，抢起一个书匣子，朝对方扔过去。他力气小，扔不远，不偏不倚，却砸到宝玉、秦钟的桌上，笔墨纸砚和茶水，撒了一地。贾菌还不解气，跳过去就去揪那个飞砚台的。

金荣操起一把毛竹大板，古惑仔一样，这就开战了。茗烟先挨了一下，大叫，兄弟们，还不动手！

一声令下，宝玉另外三个小厮，锄药、扫红和墨雨，一人拿门闩，两人手持马鞭子，"蜂拥而上"。

校长贾代儒临走前，让孙子贾瑞代管课堂秩序。贾瑞一看事闹大了，赶紧去拉，可是没人听他的。参战的人越来越多，有喝彩助威的，还有趁乱放冷枪的，一时间教室变成了校场。

这就是回目中的"起嫌疑顽童闹学堂"。

前面说李贵会有精彩表现，这就开始了。

一般来说，像宝玉这样的公子哥，出门时会带两类人。一类是小厮，年龄跟主子相仿，聊得来，可以派他干些私密事；另一类是大人，做事有分寸，遇到事情能保护主子。

茗烟是小厮的头，李贵是成人男仆的头。

眼看动静越闹越大，李贵出手了。我们看他的处理方式。

李贵到教室了解情况，始作俑者是金荣，还用竹板打伤了秦钟。那双方孰是孰非就很明确了。

李贵进来，宝玉正在气头上，下令说，收拾东西，我要去告诉太爷。我们被欺负了，忍气吞声，去告诉贾瑞。贾瑞不但不主持公道，还反说我们的不是，调唆金荣打我们，秦钟都被打伤了。这书没法念了！

"太爷"是贾代儒。如果按宝玉说的，捅到贾代儒那里，贾代儒一个老头，又不了解情况，很难处理妥当，很可能带着贾瑞去跟贾母或贾政道歉，那贾政就知道了。最要命的，是宝玉说"还在这里念什么书！"

要知道，贾政才刚刚训完李贵，"你们成日家跟他上学，他到底念了些什么书！"还要抽空"先揭了你的皮"。

这事肯定不能让贾政知道。

可宝玉又在气头上，怎么平息呢？

李贵先劝宝玉，说咱们为这点事去聒噪他老人家，显得无礼。要我说，不用惊动他老人家，"那里的事情那里了结"——就是现在，就在这里，咱们把这事给断了。

宝玉最气愤的是贾瑞。于是李贵就先训导贾瑞，太爷不在，你就是这里最大的，有人犯错，"该打的打，该罚的罚，如何等闹到这步田地还不管？"

贾瑞说别人不听我的。李贵说，那是你平时"不正经，所以这些兄弟才不听"，要是闹到太爷那里，你也脱不了干系，赶紧想办法解决。

这时候贾瑞已经自知理亏，也害怕了。秦钟哭着说："有金荣，我是不在这里念书的。"宝玉一听，马上调转枪头："我必回明白众人，撵了金荣去。"又问李贵："金荣是那一房的亲戚？"

这是要撵人的节奏。

贾家一族的义学，肯定是宁荣两府出资。宝玉是荣府小祖宗，秦钟是宁府的小舅子，要撵一个金荣轻而易举。

但是再怎么着，大家都是沾亲带故，小孩子间闹矛盾，不能影响大人之间的关系。李贵明白这个道理。对宝玉说：

> "也不用问了。若说起那一房的亲戚，更伤了兄弟们的和气。"

李贵这话，固然有害怕事情搞大担责任的因素，但也是成熟稳重顾大局。后文到抄检大观园，探春就说，我们这样的大家大族，别人从外头杀，一时是杀不死的，"必须先从家里自杀自灭起来，才能一败涂地！"窝里斗要不得。

李贵话音未落，茗烟搭话："他是东胡同子里璜大奶奶的侄儿"。又骂金荣，你姑妈算个什么主子，还不是"给我们琏二奶奶跪着借当头"。

曹公就是有这个本事，一句话，就能写出一个人。"璜大奶奶"听起来是个奶奶，其实日子窘迫，属于贾族中没落的一支，看起来没少找凤姐求救济。

李贵见茗烟开始揭短，赶紧喝止。宝玉说，我当是谁的亲戚呢，原来是璜嫂子的侄儿，我这就去问她。茗烟很得意，在一旁帮腔说，不用你去找，我到她家去，把她拉过来，"当着老太太问他，岂不省事"。这是搬出贾母，吓唬金荣呢——你姑妈算个啥，我们有老太太撑腰。

李贵一听，骂茗烟："你要死！"回去我先揍你一顿，"再回老爷太太"，就说宝玉全是你调唆的。我哄了半天才消停一会儿，你又来挑拨。茗烟住嘴了。

话说到这个份上，贾瑞、金荣都怕了。贾瑞、李贵一起给金荣施压，最后金荣给秦钟磕头赔礼，这场闹剧才算平息。

请大家留意。这一场闹学堂事件中，薛蟠没有出现，但他却是整个事件的关键人物，处处有他的身影。并且，我们知道了"呆霸王"的癖好，这就为他日后调戏柳湘莲埋下了伏笔。

05

第九回讲完了，我们聊两个问题。

第一个问题，宝玉的"情不情"。

之前提到过，曹公写王熙凤和贾宝玉，都是按照性别错位来刻画的，宝玉尤甚。他的长相，性格，没有一处不带脂粉气。

根据脂砚斋批语，原著结尾处，这些男男女女将会到警幻仙子的薄命司报到，警幻会列出一个"情榜"（类似《水浒传》之英雄榜、《封神演义》之封神榜）。"情榜"上，给贾宝玉的评语是"情不情"。

第一个"情"是动词，意思是"对……用情"；第二个"情"是名词，用红学家李希凡的话说，是"不知情、不识情、不领情甚至无情者"。

"情不情"是说，对不该动情的对象动了情。所以宝玉是"情痴情种"，是"行为偏僻性乖张"，是世人眼里的怪胎。

宝玉对秦钟正是"情不情"的体现。

所以，宝玉说的见了女儿觉得清爽，"见了男子，便觉浊臭逼人"的话，我们不能死板理解。男人是不是浊臭，得看什么样的男人。他怎么不觉得秦钟浊臭呢？怎么不觉得蒋玉菡、北静王浊臭呢？

不仅不觉得秦钟浊臭，反而自惭形秽，觉得自己是"泥猪癞狗"，是"粪窟泥沟"。这种莫名其妙的"情不知所起"，就是"情不情"。

另外我们不要忘了，宝玉是王孙公子，秦钟是薄祚寒门。而宝玉却在秦钟面前自惭形秽。这种心理，正说明他对秦钟有无以复加的欣赏和倾慕。尽管秦钟并没有多么优秀。

宝玉"情不情"的范围很广，不仅男人，还包括所有不该动情的对象。刘姥姥随口瞎编一个女鬼，宝玉动情；宁国府书斋中一幅画上的美人，宝玉动情；一个贫寒的农家女子，宝玉也动情……

甚至他的用情是超越性别的，或者说他喜欢世间所有美好的事物。要是不美好，男人就是"浊臭"，女人就是"死鱼眼"，甚至有些女人，"比男人更可杀"。

所以，我们看宝玉的种种情痴，不管你觉得多么不近情理，多么行为偏僻性乖张，都不会觉得"浊臭逼人"，因为他在用真情，是欣赏，是爱慕，是怜惜，是与一切美好的共情。

鲁迅评贾宝玉，用了一个词叫"爱博"，很精准。要读懂贾宝玉这个人物，我们不能只关注"博"，"爱"才是重点。

当然，男性之间，和男女之间一样，有滥情，也有真情。就是警幻仙姑说的，只要是情，都叫作淫，区别是"皮肤滥淫"和"意淫"。我们看电影《霸王别姬》，程蝶衣对段小楼的爱，就没有一丝肮脏，至情至性，胜却人间无数。

第二个问题是开头说的，为什么贾府子孙"一代不如一代"。

后人总结中国历史，提出过九大定律（也有五大、八大说）。其中一条来自孟子，叫"君子之泽，五世而斩"，老祖宗开创的家业、门风、财富，一代代会稀释下去，不出五代人就没了。历史上这样的家族举不胜举。

现实中，曹氏一族曾在北宋和清朝有两次辉煌，也都五世而斩。北宋的曹彬，是曹雪芹的先祖，是名副其实的名臣、贤臣，"今天下言诸侯王世家者，以曹为首"。到第五代曹泳，要才没才，要德没德，为了当官，居然巴结上秦桧，很快就没落了。清朝的曹家情况类似。

究其原因，无非还是环境改变人。创业一代当得了老板，睡得了地板，有操守，有理想，勤奋克己。到了子孙辈，锦衣玉食，妻妾成群，骄奢淫逸，哪还想什么奋斗啊。

小说里曹公一再刻画这个定律。

第一代宁荣两公，提着脑袋创业，死后魂灵还在操心子孙。第二代贾代善、贾代化没怎么写；第三代贾赦求财好色，贾敬求长生；第四代贾琏平庸，贾珍荒唐；到第五代"草字辈"，也就一个贾兰好读书，贾蓉一流都没法说了。

值得注意的是，贾兰生下来没了父亲，苦命，反而更能奋发。其他子孙，就像贾赦说的，咱们这样的人家，有祖上荫庇，读不读书都有个事做，那还奋斗个啥！长此以往，可不就是一代不如一代了么。

贾府最后落了个白茫茫大地真干净，不能全怪贾元春失势，政治迫害，从另一方面讲，还是子孙不争气，阶层下沉。本回学堂里这帮贾氏子孙，算上薛蟠、金荣这种亲戚，有几个是来读书的！

我们留意一个细节，众顽童打架的时候，最先用的是砚台。

为什么用砚台呢？从情节上看，这玩意又沉又小，趁手，适合远程攻击，并且是教室常见武器。

可我总觉得这一笔略含悲凉与讽刺。古时男人，要立业就要读书，砚台是读书用品。贫家少年坐十年冷板凳，铁砚磨穿，才能博得一点功名。富家子弟也得年复一年日如一日洗砚用功。砚台对于读书人，应该是心爱之物才对，看"脂砚斋"这个号就知道了。

但是这帮子孙，却用砚台打架。

留给贾府的时间不多了。

最后，用一首唐诗结尾吧。

唐敬宗年少即位，无心朝政，没日没夜宴游玩乐。那是"夕阳无限好，只是近黄昏"的时代。

李商隐在《富平少侯》里写道：

> 七国三边未到忧，十三身袭富平侯。
> 不收金弹抛林外，却惜银床在井头。
> 彩树转灯珠错落，绣檀回枕玉雕锼。
> 当关不报侵晨客，新得佳人字莫愁。

诗里糅合历史与虚构，写了一个侯门公子的故事。

这位少年靠着祖上荫庇，十三岁就世袭了富平侯。

强敌环伺，边疆告急，他不担忧。

他玩的弹丸是金子做的，打到林子里就不要了，却对井栏上的辘轳架爱惜有加。

侯府一派奢华，彩树花灯，明珠错落；檀枕精美，镂雕如玉。

一早到侯府汇报工作的人，被守门官拦在门外：

回去吧，侯爷忙着呢。

他新得了一个美人，名叫莫愁。

第十回

秦可卿病了

金寡妇贪利权受辱
张太医论病细穷源

《红楼》故事太庞杂，又缺了结尾，所以大家看书，总觉得结构很乱，好像没有路径。

周汝昌先生在《红楼梦原本有多少回？》里提过一个观点，《红楼梦》每九回组成一个故事单元，全书十二个单元，共一百零八回。老先生得出这个结论，并不是因为他喜欢做数学题，而是按照故事的走向，《红楼》确实呈现出这种精心安排的规律。

我对这个观点基本接受，只是还有许多细节问题没弄明白，且放在这里，让大家有个印象。

今天是第十回。从故事级别看，符合周汝昌的观点。前面九回，是全书主要人物形象和主要冲突的铺垫，宝黛钗的对抗，贾雨村、刘姥姥这两条千里大伏线的完成，等等。

从本回开始到第十八回，故事的色调变了。

秦可卿很快会死去，中间顺便弄死贾瑞，接着是林如海死，秦钟死，还有凤姐间接致死的那对苦命鸳鸯。

在这个死神笼罩的隧道两端，是两场喜事，开头是贾敬过大寿，宁国府大摆宴席。结尾是元春省亲，贾府烈火烹油。

之前咱们说了，《红楼梦》是两两对照着写的，悲与欢，生与死，命运布下的天网，谁都跑不掉。还记得第一回甄士隐解跛足道人的《好了歌》吗？"昨日黄土垅中送白骨，今宵红灯帐底卧鸳鸯"，祸福相连，乐极悲生，这是读懂《红楼梦》的大原则。

来看第十回。

01

上回顽童闹学堂，金荣虽然给秦钟磕了头，道了歉，但并非心甘情愿，心里很不服气。放学回到家，"越想越气"，对他母亲说，秦钟不过是贾蓉的小舅子，跟我一样，也不是贾家的人，凭什么跟我豪横！他不就仗着抱宝玉的大腿吗！既然这样，他更应该检点着，别不正经。他平时和宝玉鬼鬼祟祟，当我们瞎吗？"今日他又去勾搭人"。就算闹出事来，我怕他不成！

金荣母亲姓胡，丈夫早亡，所以回目中称她金寡妇。古时候孤儿寡母的日子最难熬，如果丈夫没有留下丰厚财产，通常得靠族人接济，不然活不下去。

幸好，金荣的姑妈，嫁的是贾府的嫡派玉字辈的贾璜。贾璜是家中老大，所以别人叫她璜大奶奶，宝玉称她璜嫂子。

贾璜夫妻"守着些小小的产业"，不算富裕，经常到荣国府找凤姐，或者到宁国府找尤氏求接济，"方能如此度日"。

金寡妇骂金荣，你又无事生非了！你这学，是我托你姑妈，"你姑妈千方百计的才向他们西府里的琏二奶奶跟前说了，你才得了这个念书的地方"。不然咱家哪请得起先生？况且这学里管饭管茶，你念书这两年，家里省下好些钱，都给你买好衣服了。还有啊，你要不在那上学，哪能认识薛大爷？"那薛大爷一年不给不给，这二年也帮了咱们有七八十两银子。"你别在这作啊，要是开除你，上哪儿再找这么个学校？赶紧玩一会儿睡你的觉去吧，别身在福中不知福！

事情到这里，原本可以过去了。好巧不巧，这天璜大奶奶到嫂子家唠嗑，金寡妇就把学堂这事说了。

璜大奶奶一听，"一时怒从心上起"，说秦钟这小崽子是贾府亲戚，难道荣儿就不是？再说了，他干的又不是什么好事。就算宝玉，也犯不着向着他。等我到东府去说给珍大奶奶（尤氏），再让秦钟他姐也评评理。

金寡妇赶紧打住，不想把事闹大。可璜大奶奶不听，火烧火燎，坐上车就奔宁国府去了。

《红楼》写人物，个个都经得起推敲。我们来看看璜大奶奶这个女人。

从这番话看，璜大奶奶似乎很笨，还有点蛮横。

学堂闹剧是你家金荣挑的事，又是人家秦钟受伤，你还有理了？金荣跟秦钟，身份能一样吗？秦钟是贾蓉的小舅子，还跟宝玉亲密，金荣能比吗？

退一万步说，你璜大奶奶之所以出门还有车坐，还有个婆子侍候着，那是凤姐和尤氏赏脸。为这点小孩子的事，居然找上门去。还真把自己当"大奶奶"了。

可是到了宁国府，这位璜大奶奶突然就"不笨"了，也"懂事"了。

> （璜大奶奶）进去见了贾珍之妻尤氏。也未敢气高，殷殷勤勤叙过寒温，说了些闲话，方问道："今日怎么没见蓉大奶奶？"

你看，来之前风风火火，好像要大闹宁国府的样子，可见了尤氏，是"未敢气高"，是"殷殷勤勤"。之前称秦可卿是"秦钟他姐姐"，现在变成了"蓉大奶奶"。

璜大奶奶聪明着呢。

她在嫂子金寡妇面前立flag（旗号，目标）时，或许有一丝护犊子的想法，要给侄子金荣讨说法。但这诚意少得可怜。她更在乎的是面子，是"璜大奶奶"这个体面的身份，是给寡嫂撑腰的那点虚荣。

她非常知道利弊。一家子之所以"方能如此度日"，是尤氏和凤姐在资助，她还没傻到自断财路。

大家回忆上一回。那天学堂上，就宝玉和茗烟是指名道姓针对她的，茗烟还出口不逊，骂人专揭短。她为啥不去荣国府找贾母、凤姐、王夫人评理呢？别说宝玉了，连茗烟她都不敢招惹。

02

璜大奶奶问起秦可卿，就引出了可卿的病情。

尤氏告诉璜大奶奶，说可卿病了，"经期有两个多月没来"，大夫说不是有喜，整个人四肢无力，不想动，不想说话，眼神发眩。

尤氏心疼可卿，让她早晚不必请安，家中应酬也不用管。又吩咐儿子贾蓉，不许累着她，不许跟她生气，想吃什么尽管说，宁府没有就去荣府要，总之安心养病。倘或她有个好歹，你再要娶这么一个媳妇，这么个模样，这么个性情的人儿，打着灯笼也没地方找去。

然后尤氏话锋一转，告诉璜大奶奶：

> "偏偏今日早晨他（秦可卿）兄弟来瞧他，谁知那小孩子家不知好歹，看见他姐姐身上不大爽快，就有事也不当告诉他，别说是这么一点子小事，就是你受了一万分的委屈，也不该向他说才是。谁知他们昨儿学房里打架，不知是那里附学来的一个人欺侮了他了。里头还有些不干不净的话，都告诉了他姐姐。……"

秦可卿是个"心细，心又重"的人，随便一个小事，"都要度量个三日五夜才罢。这病就是打这个秉性上头思虑出来的"。所以今天听说弟弟被欺负了：

"又是恼，又是气。恼的是那群混帐狐朋狗友的扯是搬非、调三惑四的那些人；气的是他兄弟不学好，不上心念书……他听了这事，今日索性连早饭也没吃……婶子，你说我心焦不心焦？"

尤氏这番话歪打正着，说秦可卿因为弟弟被欺负，才生了大气，早饭也没吃。言里言外都似无意中告诉璜大奶奶，看看你家金荣干的事！是"混帐"，"扯是搬非、调三惑四"。

金氏（璜大奶奶）听了这半日话，把方才在她嫂子家的那一团要向秦氏理论的盛气，早吓的都丢在爪洼国去了……不但不能说，亦且不敢提了。

宁府要是怪罪到你金家头上，财路肯定得断。璜大奶奶当时害怕极了。

到这里为止，上回的顽童闹学堂事件才算正式落幕。

让我们从故事中暂时抽离，来看看《红楼梦》的写法。

不知道大家读这一回，有没有产生一些疑问：璜大奶奶和金寡妇两个人物有必要存在吗？尤其金寡妇，还放在回目里，"金寡妇贪利权受辱"，是她儿子欺负了别人，怎么就受辱了呢？

我的理解不是标准答案，仅供大家参考。

上一回重点是贾府子孙闹学堂。本回重点，是马上要说的秦可卿生病。在这两件事之间，金寡妇和璜大奶奶似乎没有存在的必要，二人的出现非常突兀。单纯为了衔接故事吗？好像不是。以曹公的笔力，能找到一百种衔接方式。比如秦钟受委屈，回家告诉姐姐，然后尤氏听到，叨叨他几句，咋这么不懂事，不知道姐姐病着吗，净来添堵等等。

那作者为啥要写那姑嫂二人呢？

首先，《红楼》的主旨是写人物，不是写故事。或者说，故事为人物服务。冷子兴与贾雨村的人物大论，太虚幻境对联，还有宝玉、史湘云等人的"人物论"，处处都在告诉读者，这是一部解剖人性的小说，包括不起眼的小人物。

其次，《红楼》的逻辑性太强了，强到不可思议。上面我举例的情节衔接方式不是不行，而是逻辑还不够强，不够真实。有了金寡妇和璜大奶奶，就真实多了。

我们再看这个故事的逻辑：闹学堂事件，金荣、秦钟都感到委屈，放学回家分别告诉亲人，这是生活中最自然的事，大概率会发生。然后，闹学堂变成一个引线，引出可卿闹心，继而闹病。逻辑紧密，层层推进。

我们还会发现，秦可卿生病这么大的事情，居然是通过尤氏之口，对璜大奶奶这个小龙套说出来的。为什么？

本回有句脂批：

> 文笔之妙，妙至于此……孙悟空七十二变，未有如此灵巧活跳。

所谓"七十二变""灵巧活跳"，就是指《红楼》文字变化之不可预测，一笔作千笔用，一击两鸣，你永远猜不透它接下来会写什么。就好比，我们想不到会冒出来一个金寡妇和璜大奶奶。

回目中说金荣的妈，是"金寡妇贪利权受辱"，什么意思呢？

我的理解，"权"在这里不是"权力"，而是权衡或权宜的意思。

金荣这两年从薛蟠手里拿了有"七八十两银子"，这是一大笔钱，薛蟠不会平白无故地给钱。这笔钱是金荣做娈童的报酬，是"卖身钱"。

儿子做了娈童，当妈的会怎么想呢？金寡妇做了权衡。儿子受的屈辱，她忍了。儿子诉苦，要"闹出事来"，她压下来。

她对儿子的通篇教导，只有一个目的，就是不要惹事，一切以经济为中心。在她看来，儿子进贾府学堂最大的收获，是既省钱又赚钱。此所谓"贪利"。

为了钱，娈童都可以做，磕个头赔个礼又算得了什么！

读《红楼梦》最有趣的事，是对八十回后的猜想，有一种与曹公共同创作的乐趣。所以我们不妨多想一步，思考一个问题：

任何一本优秀小说，都不会创作一个孤立人物，尤其《红楼梦》这样的小说。作者把金寡妇放在回目里，难道仅仅只是写一个"贪利"的女人吗？

肯定不是。

我们知道，诸多小人物，如焦大、刘姥姥、门子、丫鬟茜雪、小红等等，在故事结尾都会重新登场，影响故事发展。那么金荣母子和小姑璜大奶奶这家人，绝不会跑个龙套就退场，很可能还有表演机会。

大胆想象一下吧。全书结尾，贾府"树倒猢狲散"。金寡妇、璜大奶奶也是这棵大树上的猢狲。有的猢狲会散，但绝不会空着手散。金荣母子和小姑璜大奶奶，终于"时来运转"，或落井下石，或趁火打劫，都是推倒贾府高墙的一员。

可能有人会问，他们有这个能力吗？当然有。璜大奶奶经常出入宁荣两府，对尤氏、凤姐的事所知甚多，掌握一些证据非常容易，她又不是个省油的灯。金荣与宝玉、薛蟠同在学堂，也非常熟悉，以宝玉的口无遮拦，"行为偏僻性乖张"，薛蟠的胡作非为，日后金荣随便列出他二人的罪证，不是没有可能。

总之，金家多年忍受的"耻辱"，终会在贾府落难的那天加倍奉还。不然，《红楼梦》的悲剧性就会削弱。

03

故事继续。

璜大奶奶走后，贾珍和尤氏开始说起秦可卿的病。

尤氏说，咱媳妇的病，你倒是找个好大夫给看看呀。咱家这群大夫没一个靠谱的，人云亦云。人家怎么说，他们就添几句车轱辘话再说一遍。三四个人一天来看脉四五趟，除了献殷勤啥也不会。他们大家伙合计着弄了个方子：

"吃了也不见效，倒弄得一日换四五遍衣裳，坐起来见大夫，其实于病人无益。"

古时大户女子不见外男，而大夫可以说是唯一一类能进入别人内宅的外男，还要为女主人把脉。看一次大夫，换一次衣裳，这是大家族女子基本的修养。

当然，也可以理解为秦可卿比较节俭。因为贾珍很心疼地说了，这孩子，何必脱脱换换呢，着凉了可不好。"衣裳任凭是什么好的，可又值什么……就是一天穿一套新的，也不值什么。"

请大家注意。从这里开始，就要描写贾珍这个公公对儿媳秦可卿的过度关心了。

又说起请大夫。贾珍说，刚才冯紫英来看我，知道了媳妇的病，我正为找不到好大夫发愁呢。冯紫英说他有个"幼时从学的先生"，叫张友士，学问渊博，医道深厚，"且能断人的生死"。这张大夫正好来京城给他儿子捐官，现在就住在冯紫英家里。我即刻就派人拿名帖去请，今晚不来，明日必到。说不定咱媳妇的病，就能在他手里治好。

尤氏一听，"心中甚喜"，请大夫的事就这么定了。接着尤氏说起另外一件事：

"后日是太爷的寿日，到底怎么办？"

悲喜对照来了。这里的"太爷"是贾珍的父亲，贾敬。他的寿辰，正好跟秦可卿生病赶在一起。

贾珍说，我刚才去给太爷请安了，"请太爷来家来受一受一家子的礼"。这个"礼"不是礼品，而是"礼仪"，磕头请安之类，一套烦琐仪式。

但是贾敬是出家人，早已了断俗事，就告诉贾珍，我清净惯了，不到你们的"是非场中"去闹，你要想尽孝道，就把我注的《阴骘文》找人写好印出来，才是大功德。过两天亲戚子侄们到家祝寿，千万别让大家来，你也别来，要是来闹我，"我必和你不依"。

贾珍不仅生辰那天没敢去，以后也去得更少了。

聊完这事，贾珍让尤氏叫管家来升，预备两天的筵席。尤氏又把这话吩咐给贾蓉。同时派人去荣国府邀请贾母、邢夫人、王夫人和凤姐。

另一边，去冯紫英家给张友士下帖的下人也回来了，说，张大夫明天上门问诊。

04

各位，从这里开始，到第十三回秦可卿死亡的那个凌晨，这书就不好懂了。《红楼梦》这座绵延千里的山脉，到这里是一段迷宫。秦可卿身上的谜团，也已经延伸出一门"秦学"了，并且充满争议。

我们知道，除八十回后的文字，缺失最大的部分，就是"秦可卿淫丧天香楼"。"丧"是终点，它的起点要追溯到第七回末的焦大醉骂。其间，所有关于秦可卿的文字，都是扑朔迷离，欲说还休。所以我们只就文本而论，不去过多地考证探佚。

来看秦可卿的病。

第二天，张友士大夫登门，一番客套之后，贾蓉带他进了内室，见到秦可卿。贾蓉对张大夫说，我先把贱内的情况说一下，您再看脉。

张大夫说，"依小弟的意思，竟先看过脉再说的为是……看了脉息，看小弟说的是不是，再将这些日子的病势讲一讲，大家斟酌一个方儿，可用不可用，那时大爷再定夺。"

一般医生看病都是先问症状。张大夫显然很自信，不用病人说症状，把脉就能诊出来。贾蓉又惊又喜，说"先生实在高明"。于是婆子们扶起可卿，拉开袖口，张大夫把起脉来。片刻工夫，诊脉完毕，大伙走到外间说话。

我不懂中医，对很多中医理论也多有怀疑。所以张大夫的理论和药方，就不多说了，我们就书论书，来看秦可卿的症状。

根据张大夫诊断，秦可卿的症状有：

月经不调；严重失眠；肋下疼胀；头晕目眩；夜间盗汗；食欲消

退；四肢酸软。并且很肯定地排除怀孕。

张大夫医术确实高超。他的诊断，立刻得到秦可卿贴身老婆子的印证——"何尝不是这样呢。真正先生说的如神"。

张大夫接着说病因：

> "据我看这脉息：大奶奶是个心性高强聪明不过的人；聪明忒过，则不如意事常有；不如意事常有，则思虑太过。此病是忧虑伤脾，肝木忒旺，经血所以不能按时而至。"

中医能不能仅通过脉息判断一个人的心性？我们暂且不论，仍是就文本而读文本。书里既然说张大夫医术高明，我们就认为他高明。

这回的回目里，另一个重要事件，就是"张太医论病细穷源"。也就是说，秦可卿的"病源"，作者在刻意强调。

可卿什么病源呢？张大夫总结了，是"思虑太过"，"忧虑伤脾"。

在外人看来，秦可卿不应该有什么忧虑才对。她是宁国府长孙媳妇，锦衣玉食。下一回里可卿还亲口说，公婆视她如女儿，她与贾蓉是"他敬我，我敬他"，可谓相敬如宾，夫妻和睦。连贾母也喜欢她。

这样一个"身在福中"的女人，怎么会思虑到一病不起？或者说，她到底在思虑什么？

先不急着下结论。我们只需记住，这是第二条线索了——可卿很忧虑。第一条线索，是第七回焦大的醉骂。更多的线索，会在后文逐渐显现，到时再说。

张大夫"论过病，穷过源"，开了药方。这个方子我看不出什么问题，就不列了。

总之从外表看，这是一次充满希望的治疗。可卿虽病了，但全家都很挂心，请高明医生，人参论斤买。只读到这回，不会想到她黄泉路近，更不会想到导致这一切的真正原因。

我们下回分解。

贾府的欲望花园

庆寿辰宁府排家宴
见熙凤贾瑞起淫心

01

上一回里，尤氏问贾珍："后日是太爷的寿日，到底怎么办？"

这一回，寿辰就办起来了。

这天一早，贾珍先挑一些上等果品，装满十六大捧盒，让贾蓉带人给贾敬送去。并交代贾蓉传话，就说父亲不敢去叨扰，就率领合家上下在家行礼了。

筹办寿宴，自然会通知一众晚辈和朋友。先来的是贾琏和贾蔷，二人进门就问："有什么顽意儿没有？"仆人说，原本请太爷来的，所以不敢准备娱乐项目，现在太爷不来了，就"找了一班小戏儿并一档子打十番的，都在园子里戏台上预备着呢"。

《红楼梦》写人物语言，就是这么精准。第九回贾蔷第一次出现，就写了他跟宁国府的关系——父母早亡，由贾珍养大，跟贾蓉关系亲密。而贾琏跟贾珍关系亲密。所以这一对花花公子型叔侄走得很近，并且一上来就问，有没有玩儿的。

还不算太扫兴，贾珍请了一班唱戏的。所谓"打十番"，就是各种打击乐和管弦乐组成的乐队，很热闹，是大戏。这里的"园子"，是指宁国府的"会芳园"。我们留意，后面细说。

这一回将告诉我们一个道理：什么样的寿宴最舒服？答案是，长辈不在场的寿宴。

给贾敬过寿辰，贾敬却不在场，于是就变成了贾府子弟的大派对。

我们继续看到场的人物。贾琏、贾蔷到来后，"次后邢夫人、王夫人、凤姐儿、宝玉都来了"。这一批是女眷。贾珍、尤氏夫妇赶紧迎接，跟尤氏的母亲安排在一起。

但是贾母没来。

贾珍就笑着问：

> "老太太原是老祖宗，我父亲又是侄儿，这样日子，原不敢请他老人家；但是这个时候，天气正凉爽，满园的菊花又盛开，请老祖宗过来散散闷，看着众儿孙热闹热闹，是这个意思。谁知老祖宗又不肯赏脸。"

各位，我们读《红楼梦》，脑子里很容易冒出一个问题：这部二百多年前的小说，今天到底读它的什么？

鲁迅说："（《红楼梦》）单是命意，就因读者的眼光而有种种：经学家看见《易》，道学家看见淫，才子看见缠绵，革命家看见排满，流言家看见宫闱秘事……"

这是《红楼梦》博大精深处。这部百科全书一样的小说里有太多东西，经济、政治、人性、礼仪、风俗、诗词……它之所以仍有生命力，就在于它写出了人类社会运行的某种规律，亘古不变。我们很难读一遍就洞悉全部。那到底读它的什么呢?

要我说,第五回贾宝玉去宁府,见到的那副对联就是阅读路标:世事洞明皆学问,人情练达即文章。

它既然是世情小说,就读它的人情世故。人际交往、职场应酬、家庭矛盾那些东西,都在书里写完了。

我们继续看内文。

贾珍这番话很有水平。我家办寿宴,好吃好喝好戏,不邀请老祖宗不合适。邀请吧,也不合适。哪有长辈上门给晚辈过寿的?所以他说这不是过寿,就是趁着天气凉爽菊花盛开,让老祖宗来散散心。然后话锋一转——谁知老祖宗不赏脸。

贾珍是真的想邀请贾母吗?反正我是不信。若贾母在,得陪着敬着,这礼数那规矩,处处受拘束,爷儿们还怎么放开了玩!能对小戏子喝彩吗?能喝大酒吗?能耍钱吗?不行。

但又不能失了礼节,还得做一番邀请。并且把球踢给了对方。

这个球怎么接,很有讲究,及格线是不能让对方真认为老祖宗"不赏脸"。

凤姐接招了。书上写道:

> 凤姐儿未等王夫人开口,先说道:"老太太昨日还说要来着呢,因为晚上看着宝兄弟他们吃桃儿,老人家又嘴馋,吃了有大半个,五更天的时候就一连起来了两次,今日早晨略觉身子倦些。因叫我回大爷,今日断不能来了,说有好吃的要几样,还要很烂的。"

我们想想,这句话本应该谁来说呢?王夫人,或邢夫人。荣府一群女眷到宁府,邢、王二夫人是领导,是长辈,说话最有分量。可是凤姐抢话了,还抢得好。先说老祖宗是想来的,可是身体不允许。最关键的是最后一句,寿宴上有好吃的,让打包几份回去。牙口不好,要软烂的。

既说清了原因,又给足了面子。

这句高明的台词，如果不走心，我们会把功劳全安在凤姐身上，因为这符合凤姐一贯的风格，思维敏捷，伶牙俐齿。但我们不要忽略这番话的细节。谎话好说，细节难编。凤姐把贾母从昨晚到今天的情况全说了，所以这番话的另一个主人也就出现了，就是贾母。

可以肯定，凤姐来宁府之前，贾母一定交代过。站在贾母的角度，贾敬是侄子，况且人还不在，去不去参加寿辰，还真是一个问题。她知道贾珍会邀请，也真心不想去凑热闹，人情世故，清清楚楚。因此她必须给一个不去的理由。吃桃子，闹肚子，没睡好，身上倦，合情合理。

贾母是人情世故的教母。

所以贾珍一听就"笑道"——"若是这么着就是了"。

02

众人说起秦可卿的病。

王夫人问，可卿到底怎么了。尤氏说，这个病"得的也奇"，上个月中秋，秦可卿还玩到半夜回来，人好好的，下旬开始，就"一日比一日觉懒，也懒待吃东西，这将近有半个多月了"。又说，可卿已经两个月没来例假了。邢夫人说，"别是喜罢？"

正说着，门外下人来回话，"大老爷、二老爷并一家子的爷们都来了"。贾珍出去迎接，尤氏就把昨天张太医给秦可卿看病的经过说了。凤姐听完眼圈一红，很为可卿担忧。

然后谈话被再次打断。贾蓉进来，告诉尤氏，爷爷贾敬交代，让好生款待宾客。还说让把贾敬注的《阴骘文》印刷一万份发出去。凤姐趁势问贾蓉，你媳妇怎么样了？贾蓉说，很不好。

闲话过后，宴席开始。邢、王二夫人说："我们来原为给大老爷拜寿，这不竟是我们来过生日来了么？"这是一句自谦的玩笑。但凤姐更会说话，她说贾敬不是修仙问道嘛，"也算得是神仙了。太太们这么一说，这就叫作'心到神知'了"——有凤姐在，从来不会冷场。

另外，我们留意几个有趣的细节。第一，即便都是一家人，男女也要分开用餐。贾珍负责招呼男宾，尤氏负责女客。

现在我国很多农村地区，仍然保留着这种习俗，红白喜事，男女分席。如果你在明清古装剧里，看到一大家族男男女女一起用餐，肯定不靠谱。不过未成年男性例外，宝玉就跟着王夫人、凤姐混。

第二，贾赦、贾政吃完饭就撤。因为贾敬不在，他俩身份最高，跟侄孙辈没啥可聊的。这也侧面说明了，贾母更不可能来。

第三，贾氏一门，宁国府是长房，贾敬有官不做，让贾珍袭了。所以宁国府有事，官场上少不了人情往来。

这次就来了好多贵族，以忠靖侯史家为首的八家，也是贾母的娘家；以镇国公牛府为首的，六家；最重要的是四家王爷，分别是南安、东平、西宁和北静。不过这些大族来的不是主子，只是下人，跑个腿送个礼。这说明贾珍已是个空架子，外面排场大，却不过是借了一点祖上的余晖而已。

吃完饭就是娱乐。尤氏带着王夫人一行先去会芳园看戏。凤姐决定先去看看秦可卿，宝玉跟着。

这一看不得了，秦可卿已经病入膏肓了。

> （凤姐）拉住秦氏的手，说道："我的奶奶！怎么几日不见，就瘦的这么着了。"

病人急速暴瘦，不是好兆头。凤姐坐在可卿的床边，宝玉坐到对面椅子上，贾蓉赶快吩咐下人，给凤姐宝玉倒茶，大家就聊起了病情。

我们看可卿这番话：

> 秦氏拉着凤姐儿的手，强笑道："这都是我没福。这样人家，公公婆婆当自己的女孩儿似的待。婶娘的侄儿虽说年轻，却也是他敬我，我敬他，从来没有红过脸儿。就是一家子的长辈同

辈之中，除了婶子倒不用说了，别人也从无不疼我的，也无不和我好的。这如今得了这个病，把我那要强的心一分也没了。公婆跟前未得孝顺一天；就是婶娘这样疼我，我就有十分孝顺的心，如今也不能够了。我自想着，未必熬的过年去呢。"

众所周知，《红楼》一书里秘密最多、争议最大的人，就是秦可卿。这段话是秦可卿临死之前最长的一番话，我不知道读过多少遍了，想从中看出一点猫腻。至少想看看哪句是真，哪句是假。说实话，我不确定。

但不妨试着分析一二，抛砖引玉。

秦可卿说，贾珍、尤氏待她如同女儿。这句话，我连标点符号都不信。贾珍与可卿是乱伦关系，最多也就是男女间的私情。用甄宝玉的话说，这是玷污了"女儿"两个字。

尤氏对可卿好吗？也谈不上。由于秦可卿相关文字删除很多，我们不知道尤氏在什么时候发现贾珍和可卿的龌龊事。但可以肯定，尤氏的怀疑，从第七回焦大醉骂时就有了。当时尤氏、凤姐、宝玉都在场。尤氏只要不傻，不会无所察觉。可能有人会说，就在上一回，尤氏还对可卿的病忧心呢，积极请医疗治，难道不是心疼可卿吗？我觉得，是，也不是。

要了解尤氏的行为，我们得知道她的处境和性格。尤氏在贾珍面前，是完全不对等的关系，甚至可以说是攀附，名为夫妻，实如寄居。她既不敢怒，更不敢言，她和尤老娘、尤二姐、尤三姐母女四人，其实都是靠贾珍生活。

性格方面，第六十八回，凤姐因为贾琏偷娶尤二姐，大骂尤氏：

"你又没才干，又没口齿，锯了嘴子的葫芦，就只会一味瞎小心图贤良的名儿。总是他们也不怕你，也不听你。"

"他们"是指贾珍贾蓉父子。我觉得凤姐这句骂，对尤氏的判断一针见血。什么是"一味瞎小心图贤良的名儿"呀？用焦大的话翻译一下，就是"胳膊折了往袖子里藏"，龌龊事得烂在家里，不能外扬。可以说，这是尤氏在宁府的生存策略，她身不由己，除此之外，没有别的办法。

尤氏并不坏，只是懦弱。我们大可以推测，当她知道贾珍与秦可卿的秘密后，对贾珍，她是一个字都不敢言的；对可卿，她只能小心翼翼，委委屈屈，把折了的胳膊，悄悄遮掩在袖子里。

这事要是闹出去，对她也是致命打击。她和秦可卿都是贾珍的猎物、玩物，她对秦可卿的怨恨之中，或许夹杂着一些同病相怜，但要说像女儿一样对待，是不可能的。

再说贾蓉，就是秦可卿口中"婶娘的侄儿"，他跟秦可卿是"他敬我，我敬他"吗？这可是古时夫妻关系的最佳标准——相敬如宾。

可是翻遍全书，这对夫妻的关系太诡异了，几乎没有任何交流。"没有红过脸儿"，要么是脸太冷了，贾蓉对她弃之如敝屣；要么他迫于贾珍的淫威，敢怒不敢言。

但我更倾向于第三种可能，在以后尤二姐尤三姐故事里，这对父子是有聚麀之诮的。据此不难想象，与父亲"共享"秦可卿，贾蓉或许并不在乎。这三种可能不管是哪一种，都跟相敬如宾没一毛钱关系。

至于家下众人，包括凤姐，对秦可卿是不是真的疼爱？有几分疼爱？就更复杂了。大家自行体会。

秦可卿这番话，唯一能确定的只有最后一句，她"未必熬的过年"。

宝玉在旁，一句句听着，看着墙上的《海棠春睡图》和秦少游的对联，想起之前就是在这间房里午睡，梦游太虚幻境，与秦可卿行云雨之事，看到可卿美人将逝：

如万箭攒心，那眼泪不知不觉就流下来了。

宝玉怜惜可卿，一如他怜惜世间所有女儿。这是他的本性。

凤姐见宝玉哭，怕可卿更难受，就说这只不过是病人乱说，还没到这个地步呢。贾蓉也帮腔，说不要紧，调理调理饮食就好了。于是凤姐趁机支走宝玉和贾蓉，要跟可卿说"衷肠话儿"。

都说些什么"衷肠话"，书上没写。尤氏派人来催了两三次，说明二人谈话时间很久。可以说，凤姐是秦可卿唯一能说话的人了。

临了，可卿很笃定，自己"不过是挨日子"罢了，命不久矣。凤姐一再劝慰，"你公公婆婆听见治得好你，别说一日二钱人参，就是二斤也能够吃的起"。让她好生养病。

从秦可卿屋里出来，凤姐就直奔会芳园了。

03

会芳园有两出大戏要上演。

先来看第一出。

凤姐刚看过秦可卿，按我们常规理解，心情应该是悲痛的，至少应该伤感。但是曹公来了一个大转弯，写了一段骈文："黄花满地，白柳横坡……"美得令人发指。如果是电影，前一秒还色调阴郁，这一秒就秋高气爽了。

凤姐儿正自看园中的景致，一步步行来赞赏。

你看，凤姐刚才眼圈还红呢，红了好几次，现在心情突然好了，慢慢走，慢慢欣赏美景。

我看过一些相关文章，有人据此认为凤姐对秦可卿的情感是假的，这俩人是一对塑料姐妹花。是不是这样，我不敢确定。我只能说，凤姐是一个拿得起，放得下的女人。在可卿面前眼圈红是真，在花园里心情舒畅也是真。不怕鬼神，不怕阴司报应，这就是凤姐。

这样的女人，令人敬，也令人怕。可偏偏有人不懂凤姐，既不敬，也不怕。比如贾瑞。

凤姐正在欣赏会芳园秋景：

猛然从假山石后走过一个人来，向前对凤姐儿说道："请嫂子安。"

这个人就是贾瑞。"猛然""假山石后"，说明不是偶然遇到，是预谋，等候已久。凤姐说，这不是瑞大爷么。贾瑞说，嫂子连我也不认得了？不是我是谁！凤姐说，不是不认得，是没想到在这里遇到。

来看贾瑞的言行：

> 贾瑞道："也是合该我与嫂子有缘。我方才偷出了席，在这个清净地方略散一散，不想就遇见嫂子也从这里来。这不是有缘么？"一面说着，一面拿眼睛不住的觑着凤姐儿。

"偷出了席"是说他在酒席上喝多了，所以出来散散酒。

在古典小说里，凡男女有不伦私会，一定有酒壮胆，有酒助情。西门大官人勾引潘小姐，就是一个劲儿地劝酒。所谓"酒是色媒人"。凤姐身边还有婆子跟着呢，贾瑞这是明目张胆调戏，也有酒精的作用。

凤姐何等聪明，立刻"猜透八九分"。搁一般女人，要么丢头走开，要么破口大骂，但凤姐没慌，而是"假意含笑道"，是是是，你是个聪明和气的人，你贾琏哥都夸你。我这会忙，以后再聊。贾瑞听见，得寸进尺，说要到凤姐家里去，"又恐怕嫂子年轻，不肯轻易见人"。凤姐又是"假意笑道：一家子骨肉，说什么年轻不年轻的话"。

在贾瑞看来，凤姐儿这是上道了，于是"神情光景亦发不堪难看了"。却不知道，他已经激怒凤姐了。

> （凤姐）心里暗忖道："这才是知人知面不知心呢，那里有这样禽兽样的人呢。他如果如此，几时叫他死在我的手里，他才知道我的手段！"

离开贾瑞，凤姐继续往前走，遇见几个老婆子，告诉凤姐，说戏已经唱了八九出了。

> 说话之间，已来到了天香楼的后门，见宝玉和一群丫头们在那里玩呢。

又是一笔见缝插针。按说宝玉这回的戏份已经结束，可以退场了，作者偏能找到缝隙。仅仅捎带似的一句话，又重描了宝玉。

宝玉是未成年男性，不会跟贾琏贾珍那帮人混在一起，也不跟女性家长在一起，他喜欢的仍旧是那些丫头。另外请注意"天香楼"这个地点，后文再聊。

继续说凤姐。跟宝玉、丫鬟打个招呼，然后"款步提衣上了楼"，尤氏已在楼梯口迎接，拉着凤姐就敬酒。

凤姐落座，尤氏拿过戏单，让凤姐点戏。凤姐说，"亲家太太和太太们在这里，我如何敢点。"亲家太太是尤氏的母亲，两方都是长辈，凤姐说话得体而大方。邢、王二夫人说，你点吧，我们都点了好几出了。

凤姐这才接过戏单：

> 从头一看，点了一出《还魂》，一出《弹词》，递过戏单去说："现在唱的这《双官诰》，唱完了，再唱这两出，也就是时候了。"

前面说过，《红楼》善用隐喻，善暗写，用冰山一角让读者想象全貌。这里也是。凤姐点戏时，戏台上正在唱的是《双官诰》，清代著名戏剧。

"诰"是朝廷的任命书。《双官诰》讲的是一个女人孤苦守节，抚养儿子，终于苦尽甘来，儿子高中状元，丈夫也做了大官。这个女人既是妻子，又是母亲，所以得了两份朝廷诰命。

这是古人对家族兴盛的最高想象，也是一个女人能获得的最高荣誉。

《还魂》是汤显祖《牡丹亭》的桥段，女主杜丽娘因情而死，还魂重生，终成眷属。《弹词》是洪昇《长生殿》里的桥段，说的是安史之乱过后，李龟年流落江南，卖唱为生，把杨贵妃和唐玄宗的爱情悲剧唱得声泪俱下。没错，与杜甫的《江南逢李龟年》遥遥呼应。

凤姐说的这三出戏，因《红楼梦》八十回后缺失，历来有不同的解释。但大方向是一致的。贾府现在是"双官诰"，父辈子辈都有官身，但死亡的阴影已经笼罩，繁华将要土崩瓦解。歌声、笑声过后，就是哭声，最后是唏嘘话当年，大梦方醒，所谓"也就是时候了"。

这又呼应到第二回，冷子兴说贾府，"如今外面的架子虽未甚倒，内囊却也尽上来了"。

听着戏，唠着嗑，凤姐突然想起了什么，站起来往楼下一看，问：

"爷们都往那里去了？"

从文字看，凤姐来天香楼，走的是后门，宝玉和丫头打闹也在后门。宁府的戏台子，就搭在天香楼正面楼下，正对着前门。女人坐在二楼，男人坐在一楼。这是规矩。

凤姐问男人们都去哪儿了。我们看这段对话：

旁边一个婆子道："爷们才到凝曦轩，带了打十番的那里吃酒去了。"凤姐儿说道："在这里不便宜，背地里又不知干什么去了！"尤氏笑道："那里都像你这么正经人呢。"

这几句对话看似平淡，其实也有嚼头。当时的戏班和娼家，往往是一回事，无非明暗之分。正正经经唱戏的有吗？当然有，但贾珍找的这个班子不是，他另有"雅趣"。只提供唱戏服务，也拿不下贾珍这个订单。后面薛蟠找戏子，调戏票友柳湘莲，都是类似原因。

知道了这一点，一切都明白了。贾珍既然请了戏班来给老爹过寿诞，放着好好的戏台不用，为啥又叫一部分戏子躲到凝曦轩里唱？凤姐说了，因为"不便宜"（方便）呀。女眷都在，邢、王二夫人都在，怎么唱《十八摸》！得躲着点。

不过，女眷们其实都心知肚明。尤氏的话还可以解释为，正经人不多了。至于话里有没有讽刺凤姐不正经，天知道。

由此可见。《双官诰》寄托的家族荣誉，《还魂》《弹词》隐喻的家族灾难，贾府男人们一点都不关心，再次呼应冷子兴演说贾府的话：

"主仆上下，安富尊荣者尽多，运筹谋画者无一。"

听完戏，继续吃饭，一天就过去了。大家起身告辞，各回各家。

临行前，贾珍邀请邢、王二夫人明天还来听戏，王夫人说不来了，歇一天。人群中，贾瑞拿眼始终盯着凤姐。此后数日，凤姐隔三岔五来看秦可卿，可卿时好时坏，病情不减。

贾敬寿诞是九月中旬，两个多月过去了，时间来到十一月三十，冬至。

王夫人对贾母说，秦可卿这病，要是遇到这个大节没加重，就有指望了。贾母很心疼，让凤姐后天再去看望可卿，心心念念，满是慈爱。

十二月初二，凤姐一早来到宁府，"看见秦氏的光景，虽未添病，但是那脸上身上的肉全瘦干了"。

上文凤姐见到可卿，说，"怎么几日不见，就瘦的这么着了。"这才两个多月，真的是病来如山倒。但可卿还在安慰凤姐——也是安慰贾母——现在冬至过了，没死，以后或许就好了，让老太太和太太放心吧。昨天老太太赏我的枣泥馅的山药糕，我吃了两块，好像消化得了。

古人认为生病最怕过大节，那是个坎儿。只要过去了，就会慢慢好转。不仅老百姓这么认为，医生们也相信。时令节气，天地万物，都跟生命相关。所以秦可卿才会这么说。

凤姐是不信这一套的，她来到外面，私下对尤氏说：

"这实在没法了。你也该将一应的后事用的东西给他该料理料理，冲一冲也好。"

尤氏说，已经暗暗叫人准备了，就是棺材板不好找，没有好木头。

这里我想提醒大家，要用好棺材，话虽是尤氏说的，但传达的却是贾珍的意愿。这个小伏笔后面再说。

凤姐回到荣府，照样是报喜不报忧，对贾母说，秦可卿好些了，让您老放心。再养些时日，还要亲自来给您请安呢。贾母追问，凤姐依然说，"暂且无妨，精神还好呢。"

这里贾母有个细微的反应：

贾母听了，沉吟了半日，因向凤姐儿说："你换换衣服歇歇去罢。"

老太太虽然没有去看望可卿，但她从众人的描述中，从自己的人生经验看，已经觉得很不乐观。这无声的沉吟，有复杂的情感。

顺便说一句，后四十回续书里，写到林黛玉命在旦夕，随便一个人打马虎眼，都能忽悠住贾母。对可卿尚且如此上心，怎么轮到她亲外孙女就糊涂了呢！明显与原著不符。

05

凤姐从贾母处出来，又去给王夫人汇报，然后才回到自己屋里：

平儿将烘的家常的衣服给凤姐儿换了。

这个细节很有趣。刚才说了，这天是农历十二月初二，冬至已过，北方天冷。衣服穿之前在火上烘一下，热腾腾，很舒服。我小时候每到冬天起床，我妈就把棉衣烘好。那是一个竹条编的笼子，网眼很大，口朝下罩在炉子上，衣服展开放上去。后来我发现我妈用它给我妹妹烘尿布，就主动拒绝了这份待遇。

不知道平儿用的笼子什么样子，想必会高级一些吧。大户人家，衣服除了可以加热，还可添香气。原理一样，只不过把火炉换成香炉，香料一熏，衣袂飘香。

回到《红楼梦》。凤姐换好衣服，坐下来，问平儿家里有没有什么事。平儿说没啥事：

"就是那三百银子的利银，旺儿媳妇送进来，我收了。再有瑞大爷使人来打听奶奶在家没有，他要来请安说话。"

根据"字数越少事情越大"规律，这句话展开聊聊，信息量大得惊人。可以说，不搞懂这句话，后文很多情节就无法理解。

《红楼梦》不好懂，是因为它的冲突都很日常。看不下去的读者，往往以为它不过是写些家长里短，吃喝拉撒。殊不知，没有冲突就没有故事，《红楼梦》绝不是没有冲突，而是这些冲突都隐藏在水面之下。水面上风平浪静，水面下却暗流涌动。

我们着重说第一句。

这是书里第一次透露凤姐放债，收益是三百两银子，算一大笔钱。

要放债，就得有本金。本金从哪儿来？后文我们会看到，凤姐的合法收入主要是月钱，又称月例，每月是四两银子，外加两吊铜钱。兑换成银子，大约六两，显然不足以获利三百两。

《红楼梦》的写法，是多条线索齐头并进，要了解每条线索的全过程，我们要向前看，还要向后看。凤姐放债这条线的开端，可以追溯到第三回。彼时黛玉刚进贾府，一众人围着黛玉叙家常。王夫人对凤姐有一句非常突兀的问话：

> 又见二舅母问她："月钱放过了不曾？"

这句话是站在黛玉的视角听见的。如果第一遍读，会觉得突兀，那个场合显然不适合问这个事。但是现在看，非但不突兀，简直非常自然。贾府发月例跟我们发工资一样，有固定日期。后文会逐渐揭开谜团，凤姐放债的本金，就是挪用了贾府的月钱，导致推迟发薪。有人"投诉"到王夫人跟前，这才有此一问。

高利贷这玩意不是现代人发明的，自古就有，并且利息之高，远超我们的想象。朝廷当然知道它的危害，于是出台法律监管。比如《大清律例·户律·钱债》里就规定：

> 凡私放钱债及典当财物，每月取利并不得过三分。年月虽多，不过一本一利，违者笞四十。以余利计赃重者，坐赃论，罪止杖一百。……

"每月取利并不得过三分"，是月息3%，那么年利率就是36%。别惊讶，搁现在这是高利贷，在清朝不是。

"一本一利"，是指如果利息随着时间的推移与本金相等，就封顶了，不得收取高于本金的利息。

法律归法律，凤姐会老老实实守法吗？从她干的那些事看，我只能说，大概率不会。凤姐怕什么！做守法公民就不是凤姐了。

另一方面，明清民间借贷市场，远比我们想象中要繁荣。《金瓶梅》里，西门庆的业务之一，就是到处"放官吏债"——专门借给即将做官的人。

邱捷教授校注的《杜凤治日记》，是记录清朝后期基层官员生活的珍贵史料，其中写到广东广宁县令杜凤治，从京城到广东赴任，没钱，不得不借"官债"。利息是多少呢？说出来吓死人，叫作"对扣"。这位杜知县借了白银4000两，实际到手只有2000两，利息50%，而且银子成色还不足，且要给中间人介绍费。

这么高的利息也敢借吗？敢。因为他是去做官。还是电影《让子弹飞》里汤师爷那句话："上任就有钱！"

即便《红楼梦》里，也写过一个光明正大放高利贷的人，醉金刚倪二。任何时候，只要需求存在，回报高，就有人违法，哪怕是杜凤治这样还不错的县令。再说了，这点法律，以凤姐背靠贾工两府的权势，也不算个事。

凤姐是不是放高利贷？贷给谁了？不重要，这不是《红楼梦》重点。我之所以说这些，是想给大家讲一下背景，好看清凤姐是如何一步步敛财，又是如何一步步被金钱欲望吞噬的。

说完钱，再说人。

这三百两利息是谁送过来的？"旺儿媳妇"。不要小瞧这个连名字都没有的女人。

旺儿，全名叫来旺，夫妻俩是王熙凤的陪房，也就是从娘家带到贾府的，是凤姐的心腹。

凤姐那些见不得人的事，都是旺儿夫妇在跑腿。到第七十二回，凤姐挪用公款放债事发，外面的账也有了拖欠，资金链快断裂了。为了笼络旺儿夫妇，凤姐强迫丫鬟彩霞，嫁给旺儿那个"酗酒赌博""无所不为""容颜丑陋，一技不知"的儿子，白糟蹋了一个姑娘。

如果我们不了解旺儿夫妇的作用，就无法理解凤姐这种安排。

当然，旺儿夫妇再忠心，也不过是小厮阶层，只是个办事员。要想长期挪用公款，滴水不漏，还得搞定财务部门。

大家注意两组人物，一组是林之孝夫妇，一组是吴新登夫妇。林之孝是荣国府账房总管，相当于财务总监，统领荣国府家宅财务和别处房产、田产财务管理。凤姐为拉拢林之孝，认林妻做了干女儿，其实她比凤姐大很多。后来被凤姐赏识的那个小红，就是林之孝的女儿。一家三口，尽收凤姐帐下。

荣国府的"银库总领"叫吴新登，第八回已经说过这个人，名字谐音"无星戥"，是个不靠谱的出纳主管。吴新登媳妇，也是紧紧团结在凤姐身边。后来贾探春搞改革，不配合，不作为，给探春下绊子的，就是这个吴新登媳妇。

限于礼教，凤姐与林之孝、吴新登直接接触不多，全靠这两位的媳妇在中间传话。凤姐的贪腐小集团，已初具规模。

言归正传。

平儿还说，今天贾瑞差人来了，问凤姐在不在家，他要来说话。前文还写道："且说贾瑞到荣府来了几次，偏都遇见凤姐儿往宁府那边去了。"

可见会芳园一别，贾瑞就拜倒在凤姐的"翡翠撒花洋绉裙"下了，几次三番来找。

凤姐听了，哼了一声，说："这畜生合该作死，看他来了怎么样！"平儿不解，凤姐就把会芳园的事，一股脑都说了。

平儿扮演了一回预言家，说：

"癞蛤蟆想天鹅肉吃，没人伦的混帐东西，起这个念头，叫他不得好死！"

怎么个不得好死呢？

咱们下回分解。

06

本回故事告一段落，前文我们留下一个问题，会芳园的作用。

这一回发生了几件事，都是欲望的涌动。贾敬寿诞，是奢求长生；可卿病危隐情，贾瑞调戏凤姐，是不伦的情欲；戏台上的《双官诰》，是对权势的贪婪。这些事都发生在会芳园。加上凤姐对金钱的贪婪，可谓写尽贾府衰败的根源。

何为会芳园？从字面看，"会"是幽会、私会，"芳"是美人。"会芳园"，就是男女私会的地方。这个园子大门敞开，和尚道士、优伶戏子、男男女女，各怀鬼胎进进出出。

会芳园里的建筑，是"天香楼""登仙阁"，是"逗蜂轩"，名字里无不蒸腾着宁国府的欲望。或许从贾敬开始，会芳园已不干净，到贾珍当家，更加乌烟瘴气，到最后就是柳湘莲看到的，"东府里除了那两只石头狮子干净，只怕连猫儿狗儿都不干净"。

会芳园，就是贾门的欲望花园。

曹公当然不想踏进这个园子半步，于是他很快建造了大观园，白雪红梅，琉璃世界，诗词歌赋。可是大观园能遗世独立吗？曹公很快就会告诉我们，不能。大观园里的活水源头，恰恰来自宁府的会芳园。从造园的那一刻起，悲剧宿命已经注定。

这正是宝玉在太虚幻境看到的可卿判词："漫言不肖皆荣出，造衅开端实在宁"。

欲望落空的伏笔，贾门衰败的伏笔，红楼梦碎的伏笔，已经悄悄埋下。

好狠心的嫂子

王熙凤毒设相思局
贾天祥正照风月鉴

01

　　贾瑞勾引嫂子这事，从道德方面已经说了太多，无须赘述。咱不妨换个角度，从技术层面看看他一败涂地的原因。

　　书接上回。

　　说曹操，曹操到。平儿刚骂完贾瑞，贾瑞就来了，听见凤姐有请，"喜出望外，急忙进来"，"满面陪笑"。

　　贾瑞见凤姐如此打扮，亦发酥倒，因馋了眼问道："二哥哥怎么还不回来？"

　　如此打扮是怎么打扮呢，曹公没多说，前文只说凤姐刚刚换了烘过的"家常衣服"，估计没那么正式，更显女性魅力了。于是贾瑞身也酥倒了，眼也饧了。二哥哥是贾琏，他问贾琏怎么还不回来。

我多年前读《红楼》，觉得这只是一句客套话，上别人家，不见男主人，总得问一句。现在发现当时太单纯了。贾瑞来的目的很明确，勾引凤姐。这件事的前提，必须是二哥哥不在家。只有贾琏不在家，才会有后面的事。贾琏若在，贾瑞一个屁都不敢放。

巧了，二哥哥果然还没回家。

贾瑞说，"别是路上有人绊住了脚了，舍不得回来也未可知？"什么意思呢？意思是，二哥也去寻花问柳了，对不住嫂子，所以嫂子也不必对得住他。

凤姐顺着他话，装作默认了，说有可能：

> 凤姐道："也未可知。男人家见一个爱一个也是有的。"贾瑞笑道："嫂子这话说错了，我就不这样。"凤姐笑道："像你这样的人能有几个呢，十个里也挑不出一个来。"

贾瑞马上捕捉到一个信息：二哥哥不在，二嫂子有意。于是"喜的抓耳挠腮"，说话更进一步：

> 又道："嫂子天天也闷的很。"凤姐道："正是呢，只盼个人来说话解解闷儿。"贾瑞笑道："我倒天天闲着，天天过来替嫂子解解闲闷可好不好？"

窗户纸其实已经捅开了，接下来就是敞门开窗，完全挑明。

凤姐说，你哄我的吧，你怎么愿意到我这里来。贾瑞马上发誓，"若有一点谎话，天打雷劈"，只不过都说你厉害，我一直不敢，现在见嫂子"最是个有说有笑极疼人的，我怎么不来——死了也愿意！"

话说到这个份上，按说凤姐的目的已经达到，贾瑞上钩了。可是凤姐又说了一番很反常的话，我们看：

> 凤姐笑道："果然你是个明白人，比贾蓉、贾蔷两个强远

了。我看他那样清秀，只当他们心里明白，谁知竟是两个胡涂虫，一点不知人心。"

这番话就相当于承认，我就是个淫妇，想勾引"贾蓉、贾蔷两个"，可惜他们不上道，白瞎了。你比他们识趣。

这叫什么？风尘女子开门迎客了。

历来读者，在分析焦大醉骂时，都把"养小叔子"安在凤姐头上，这里往往做证据之一。至少认为凤姐和贾蓉的关系很暧昧。其实这是个误解，第六回刘姥姥一进荣国府时，我们已经分析过了，不再赘述。

单说这句话对贾瑞的作用。

毫无疑问，在贾瑞听来，凤姐是一个人尽可夫的女人，想勾引的不只是他，还有"贾蓉、贾蔷两个"，幸好这两个人都是"胡涂虫"，这天大的桃花运被我撞上了。

所以贾瑞更加放肆了。

> 贾瑞听了这话，越发撞在心坎儿上，由不得又往前凑了一凑，觑着眼看凤姐带的荷包，然后又问带着什么戒指。

"又往前凑"，是走近凤姐。看荷包，是看腰；看戒指，是看手。大冬天的，能看到的私密部位也就这些了。

所以凤姐才说，"放尊重着"。见火候已到，猎物上钩，凤姐让贾瑞先回去："你该走了。"这句话旁有脂批："叫去，正是叫来也。"也就是欲擒故纵之法。

要说对男人的了解，对男人的掌控，整本《红楼梦》，甚至全部中国古典小说里，也找不出第二个凤姐。大家别忘了，凤姐的一半是男人。潘金莲虽然放得开，下手狠，舞风弄月一把好手，但是在西门庆面前，她始终没有摆脱玩物的命运。终其短暂的一生，她也只能讨好男人，无法驾驭男人。

而凤姐呢，通过她对贾琏的管制就能发现，即使平儿这个"合法"

的侍妾，近水楼台都不让你先得月，放在锅里你都未必吃得到。这才是好手段。

以贾瑞的层次，显然看不出这点。

一番眉目传情，蜜语撩拨，让贾瑞误认为，他跟凤姐的关系已经确立，他不想走，于是开始打情骂俏：

> 贾瑞道："我再坐一坐儿。——好狠心的嫂子。"

这是一句经典台词，为了不打断故事的连贯性，我们等会儿再展开讲。先来看凤姐这位嫂子怎么"狠心"。

凤姐说，大白天的，人多，不方便，晚上你再来，在"西边穿堂儿等我"。贾瑞说，穿堂人多，怎么好躲呢。凤姐说放心吧，我让夜班的小厮都放假，两边门一关，就咱俩。

穿堂是什么呢？古代建筑里，一个家族住在一起，一大片房子，儿子辈结了婚，住所会单独隔开，形成一个个独立的建筑组团。各组团之间的小通道，就叫穿堂。晚上锁门，白天打开。现在我们去故宫，通往各个嫔妃住所的过道，也起到穿堂的作用。在建筑上，这叫半开放空间。要想私密，得把门都锁了。

02

到了晚上，贾瑞趁黑来到荣府，钻入穿堂，"半日不见人来，忽听咯噔一声，东边的门也倒关了……将门撼了撼，关的铁桶一般"。

当时正是寒冬腊月，"夜又长，朔风凛凛，侵肌裂骨，一夜几乎不曾冻死"。可怜的贾瑞，就这样被凤姐放了鸽子，冻了一夜。天一亮，看见一个老婆子来开门，一溜烟跑了。

贾瑞父母早亡，由祖父贾代儒养大。前面说了，贾代儒正是贾府义学里那个先生。要说贾代儒对这个孙子，管教还是很严的，"不许贾瑞多走一步，生怕他在外吃酒赌钱，有误学业"。

今天见贾瑞一夜未归，"只料定他在外非饮即赌，嫖娼宿妓"，做梦也想不到他居然被凤姐放了一夜鸽子。贾瑞对爷爷撒谎，说在舅舅家过夜了。贾代儒信他个鬼，拿起板子，"发狠到底打了三四十板"。还不许吃饭睡觉，让他跪在院子里读书补作业。

贾瑞并不相信是凤姐捉弄他，过两天又来找凤姐。凤姐说，那这样，今天晚上咱们换个地方，我房后有个小空屋，安全，私密，暖和，就在那儿等我。贾瑞说，你可别骗我。凤姐说，谁骗你，你不信就别来。贾瑞说，"来，来，来。死也要来！"贾瑞一走，"凤姐在这里便点兵派将，设下圈套"。

贾瑞急吼吼盼到天黑，等祖父睡下，再次溜进荣府，钻进那间小黑屋。可是左等右等，不见凤姐。正想着是不是又被放了鸽子，黑影里进来一个人。

贾瑞便意定是凤姐，不管皂白，饿虎一般，等那人刚至门前，便如猫捕鼠的一般，抱住叫道："亲嫂子，等死我了"。说着，抱到屋里炕上就亲嘴扯裤子，满口里"亲娘"、"亲爹"的乱叫起来。那人只不作声。

曹雪芹笔端真是变幻无穷，既能写阳春白雪之曲，也能作下里巴人之词。文字之真诚，令人肃然。还要感谢百十年里的红学家前辈们，没有随便当剪刀手，这也是真诚。所以我们才能看到这样的文字。

贾瑞正在火烧火燎，忽然灯光一闪，贾蔷拿着捻子进来了，问谁在屋里。炕上的人终于憋不住了，大声笑道："瑞大叔要臊我呢？"贾瑞一看，原来是贾蓉。

前面凤姐"点兵派将，设下圈套"，现在知道了，点的就是贾蔷、贾蓉。这两人也不是什么正经人，开始敲诈贾瑞。贾蔷说，现在琏二婶子已经告到太太那儿了，说你调戏她，走吧，跟我们见太太去。

太太是王夫人，贾瑞敢去吗？打死他都不敢。于是"魂不附体"，不住求饶，放了我，我重重谢你。

贾蔷说，当然可以，但你怎么谢我？口说无凭，"写一文契来"。

贾瑞说，这种事怎么能写出来呢？

贾蔷说，那好办，就写个赌债吧。

贾瑞说，没有纸笔呀。

贾蔷说，真巧，我带了。

于是软硬兼施，让贾瑞写了五十两借据。

贾蔷揣了借据，轮到贾蓉了。

贾蓉说，放了？那不行，"明日告诉族中的人评评理"。贾瑞赶紧磕头，"作好作歹的，也写了一张五十两欠契才罢"。

俩人给凤姐办这趟差事，算是搞了一百两银子。

但是事情还没完。贾蔷说，放了你，我们也担着责任。老太太那边的门已经关了，"老爷正在厅上看南京的东西，那一条路定难过去"，只能走后门。你先别走，也别在这屋里，就在院外"大台矶底下"等着，我俩先去探探路，没人了，会来叫你。

大台矶是什么玩意，不太确定，大概是建筑上方凸出的部位，石头材质。这个地方是精心设计的，居高临下。贾瑞正蹲在下面，头顶一声响，哗啦啦浇下一桶尿粪，浇了个透心凉。

两番捉弄，并没有打消贾瑞对凤姐的痴迷。回家之后，"冻恼奔波"，又想凤姐，未免"指头告了消乏"（手淫），再加上贾蓉贾蔷经常来要钱，"三五下里夹攻，不觉就得了一病"。

贾瑞得了什么病？书上没写，我们可以看一下症状：

> 心内发膨胀，口中无滋味，脚下如绵，眼中似醋，黑夜作烧，白昼常倦，下溺连精，嗽痰带血：诸如此症，不上一年都添全了。

伴随着这些病，贾瑞经常睡不好，做噩梦，还胡言乱语，精神近乎失常。吃了几十斤药都不见好转。

来年春天，病情加重，有大夫开出一个药方，叫"独参汤"，就是不要什么君臣佐使了，单熬人参吃。

贾代儒手头拮据，向荣国府求助。王夫人让凤姐称二两给他，凤姐说家里没有。王夫人又让凤姐去找婆婆邢夫人或者宁国府去要。

可见凤姐的保密工作做得非常好，整贾瑞这事，王夫人并不知道。于是就应付应付，找了"几钱"边角料，给贾代儒送去完事。然后给王夫人回话，说是"共凑了有二两送去"。

贾瑞病来如山倒，有一天家里来了个"跛足道人"——注意啊，又是跛足道人——口称专治冤业之症。跛足道人对贾瑞说：

> "你这病非药可医。我有个宝贝与你，你天天看时，此命可保矣。"说毕，从褡裢中取出一面镜子来——两面皆可照人，镜把上面錾着"风月宝鉴"四字——递与贾瑞道："这物出自太虚幻境空灵殿上，警幻仙子所制，专治邪思妄动之症，有济世保生之功……千万不可照正面，只照他的背面，要紧，要紧！三日后吾来收取，管叫你好了。"

贾瑞拿了镜子，照反面，镜中出现一架骷髅，吓了一跳。再照正面，镜中出现了凤姐，对着贾瑞妖媚勾手。

> 贾瑞心中一喜，荡悠悠的觉得进了镜子，与凤姐云雨一番。

从此贾瑞就上瘾了。不住地照正面，不停地与凤姐云雨，直到不省人事，油尽灯枯。家人过来一看，"已没了气，身子底下冰凉渍湿一大滩精"。

贾代儒夫妇中年丧子，晚年连独苗孙子也没保住，"哭的死去活来"，将这一切归罪于跛足道人的镜子，破口大骂，还要烧掉镜子。镜子在火中争辩，说："谁叫你们瞧正面了！你们自己以假为真，何苦来烧我？"

跛足道人闻讯赶来，从火中抢回镜子，飘然而去。

七日后，贾瑞的棺材寄存在铁槛寺，以便日后带回原籍。贾府众人齐来吊问，贾赦、贾政、贾珍，封礼各二十两，其他人三两五两都凑了份子，也算"丰丰富富完了此事"。

03

至此，贾瑞的故事结束了。从读者角度看，一个纵欲过度不顾人伦的色鬼死了，翻篇就是，没什么可说的。

但从写作角度看，或者从红学角度看，贾瑞之死，留下的疑问还很多，盖棺了，但还没有论定。这些问题有助于我们更深入了解《红楼梦》。试着分析一二。

一，单薄的贾瑞。

如果你记忆力够好，会发现这一回再次出现了一个名字，叫"风月宝鉴"。它第一次出现是在第一回，作者说，这本书原名叫《石头记》，几经传抄，一个叫孔梅溪的山东人曾题为《风月宝鉴》。

在这句话旁边，有脂批写道：

> "雪芹旧有《风月宝鉴》之书，乃其弟棠村序也。今棠村已逝，余睹新怀旧，故仍因之。"

这向我们提供了一个明确的信息，曹雪芹曾写过一本叫《风月宝鉴》的书。红学家据此考证，《风月宝鉴》的故事并没有完全泯灭，而是有一部分融进了《红楼梦》，其中秦可卿、王熙凤很可能源自《风月宝鉴》。当然，还包括贾瑞。

从"风月宝鉴"字义看，就是与风月有关的书。"鉴"是镜子，用于警世醒人，跟《资治通鉴》的"鉴"一个意思。

第十三回脂批又说：《红楼梦》"深得《金瓶》壶奥"。我们有理由相信，《风月宝鉴》的创作，受《金瓶梅》影响很大。甚至这个书名安在《金瓶梅》头上，也完全吻合。

我们不妨把西门庆之死，与贾瑞之死做一番比较。

众所周知，西门庆这个人物来自《水浒传》，施耐庵用的是传奇笔法，快意恩仇，热血豪情，西门庆这样的人，必须死于武松刀下，读者才会看得爽。

但是《金瓶梅》作者显然有另外的视角，他笔下没有传奇，只有冰冷的现实。在现实社会里，武松这个底层小人物，要杀西门庆难度极大。所以兰陵笑笑生没有让武松轻易报仇，而是让西门大官人财源滚滚、官运亨通，占尽人间春色。身体即将掏空之际，又遇到胡僧，送给他一瓶加强型春药。最后潘金莲女士给他服用过量，这才精尽人亡。

西门庆的胡僧药，与贾瑞看的"风月宝鉴"作用很类似，一个是内服，一个是外用。但只要用的人欲壑难填，毫无节制，就会走向快乐的反面——死亡。

西门庆之死，也有劝世警人的目的，但它的深层意义要高级很多。西门庆生前，发财，做官，再发财，再升官，虽然作者说他"酒色财气"四毒全占，其实西门庆最为贪恋的还是女色。从这个层面上讲，西门庆不是死于胡僧药，而是死于潘金莲之手。他起家于女人，满足于女人，最终也死于女人。

《红楼梦》里，跛足道人给贾瑞"风月宝鉴"的时候说了，看反面，能救人；看正面，能死人。反面是骷髅，正面是美女。贾瑞是看着正面死的，也是死于女人之手。

寄托这一主题的人物当然不止贾瑞，贾珍贾蓉父子，在原著结尾获罪下狱，大概率也与女人有关。如果我们读书够细，或许还记得第四回贾雨村乱判的那桩葫芦案，介绍死者冯渊时，书上写道：

长到十八九岁上，酷爱男风，最厌女子。

脂砚斋在旁批道："最厌女子，仍为女子丧生，是何等大笔！"一不小心剧透了曹公的创作心法。

"风月宝鉴"之于《红楼梦》，与胡僧药之于《金瓶梅》一样，都是讲述幻灭的道具，即佛家的"色即是空，空即是色"，一切欲念都是虚幻，唯有死神永生。妙玉最喜的一句诗是，"纵有千年铁门槛，终须一个土馒头。""铁门槛"指永不磨损的富贵，"土馒头"是坟包。宝玉一听，"如醍醐灌顶"，立刻就悟到了——"怪道我们家庙说是'铁槛寺'"。与此对应的，就是乌烟瘴气的"馒头庵"。

其实在第一回里，甄士隐顿悟之后翻译的《好了歌》，就已经点题了："说什么脂正浓、粉正香，如何两鬓又成霜？昨日黄土垅中送白骨，今宵红灯帐底卧鸳鸯。"人活一世，草木一秋，看透了，不过是锦绣红楼一场梦。

再看胡僧的身份，也是半人半神，邋里邋遢，相貌丑陋，与跛足道人、癞头和尚简直是同门师兄弟。

西门庆之死，逻辑上是通的，即便用现代医学解释，饮酒过量，房事过度，再加上一个危险的服药过量，丧命是比较可信的。

但是贾瑞之死呢？

曹公给了四个理由，一是欠债一百两，急的；二是冻了两个晚上；三是功课紧，休息不足；四是手淫过度。

我们想想，一个"二十来岁"的小伙子，哪一条可以致命呢？都不免有些牵强。可是曹公任性得很，就是让他死了。说来说去，还是因果报应那套，所谓"冤业之症"。

后四十回续书，没有继承曹公伟大处，倒是发扬了书中的不足，让贾府的人一个接一个生病，一病就病危，一病危就死掉。要这么写小说，还不如干脆说贾府发生了传染病呢。

人物可不可以病死呢？当然可以。但不能把一个宏大而深刻的主题，放在一个因病而死的人物身上。哪些人物可以病死呢？背景人物，或工具型人物，比如林如海。

本回末，林如海就"身染重疾"，写信来，让黛玉回扬州。后面很快会写到林如海病亡。林父身上没有寄托大主题，当然可以病死。从小说创作角度看，他还必须死。林如海不死，黛玉就没有理由一直住在贾府，也就没有后来的故事。

但是贾瑞死得太草率。

写到这里，我对自己的判断有些动摇了，这可是《红楼梦》啊，作者可是曹雪芹啊，难道会犯这种错误？

这确实让人难以相信。我们知道，从秦可卿生病到死亡的这几回文字，是全书中删减最多的，贾瑞之死恰恰在这中间。

最大的可能就是在删减修改当中，遗失了一些文字，或者这几个篇章只是草稿，还未定稿。具体什么原因，我们永远不知道了。

此外，如果大家留意贾瑞的症状，便会发现他与秦可卿非常相似。上一回"庆寿辰宁府排家宴"我曾归纳，写的是人物的各种欲望。凤姐的利欲和权力欲，贾敬的贪生欲，秦可卿、贾瑞的淫欲，世人的"双官诰"。作者在说，所有过度奢求的欲念都将落空，甚至最终会死于自己的欲望。

这与佛教的因果论是一致的，玩火者自焚，弄刀者死于刀下。这个主题，作者在书中处处渲染。比如纲领性的第五回，宝玉来到太虚幻境，在"薄命司"大门两边有一副对联：

春恨秋悲皆自惹，花容月貌为谁妍。

什么叫"皆自惹"呢？往深了说，是反用了禅宗六祖慧能的偈语："菩提本无树，明镜亦非台；本来无一物，何处惹尘埃？"春不会恨，秋也不会悲，是人太多情。王家卫导演在《东邪西毒》里，开篇也是一句六祖讲义："旗未动，风也未吹，是人的心自己在动"。如果嫌佛典不好理解，也可以往俗了说，都是自找的。世上本无事，庸人自扰之。

所以贾宝玉最终跟甄士隐一样，在家破人亡之后，在悟到诸法空相之后，"悬崖撒手"，皈依佛门，"落了片白茫茫大地真干净"。

《红楼》十二曲最后一曲，"看破的，遁入空门"，其中必有宝玉；"痴迷的，枉送了性命"，其中必有贾瑞。

总结一下，贾瑞这个人物，从立意上符合全书主题，但从故事编排上来说，单薄而仓促。

二，诗歌般的对话。

不管是影视还是小说，好的对话都有嚼头，让人回味无穷，差的对话等于废话。可以说，对话是塑造人物不可缺少的手段。

　　但是对话太难写了，既要推动情节发展，又要塑造人物性格，能符合这两项，已经是优秀对话。

　　可是在《红楼梦》里，对话的含义往往更丰富，有时候干脆是谶语。比如这回里，凤姐虚情假意一番撩拨，让贾瑞先回去。

　　　　贾瑞道："我再坐一坐儿。——好狠心的嫂子。"

　　"好狠心的嫂子"。这六个字我只要多读几遍，就能贾瑞附体。六个字，有惊喜，有埋怨，有放肆，也有讨好。我跟"嫂子"已经可以交心了，这个高冷的"神妃仙子"，居然对我投怀送抱，我居然可以当面说她"狠心"。总之，"嫂子"已经不仅仅是嫂子了。

　　这六个字的魅力仅仅到此为止吗？当然不是。

　　之前多次说过，曹公写《红楼梦》，用的是诗歌语言。所谓诗歌语言，不是指诗歌的外在形式，而是小说化了的诗歌。换句话说，是用了诗歌的内在。比如这六个字，它很精准，这是诗歌语言；它又很模糊，也是诗歌语言。精准在于它无比精炼地写出了人物心理，以及两个人物之间的微妙关系。模糊是它具有多重含义。贾瑞眼里的"狠心"，和读者眼中的"狠心"，肯定不是一个意思。最终，产生一种诗歌般的、言有尽而意无穷的审美。

　　我们看看贾瑞说这句话前后，曹公是如何诗化的？

　　会芳园初见，凤姐说："几时叫他死在我手里。"

　　在家里，平儿说："癞蛤蟆想天鹅肉吃""叫他不得好死！"

　　贾瑞怎么说呢？

　　贾瑞："我怎么不来——死了也愿意！"

　　贾瑞："来，来，来。死也要来！"

　　贾瑞如果不死，这些对话只是反映人物情绪的普通对话，尽管它们也足够好。贾瑞死了，这些对话突然就有了诗意，更好了。

　　首先，我们能读出诗歌的韵律，一层层渲染，一步步铺陈，循环往复。酝酿够了，轰然一声，让人感觉是意料之外，又妙在情理之中。

乐府名篇《木兰辞》如何写少女心事呢？"问女何所思，问女何所忆。女亦无所思，女亦无所忆。"白居易《琵琶行》如何写琵琶声呢？"大弦嘈嘈如急雨，小弦切切如私语。嘈嘈切切错杂弹，大珠小珠落玉盘。"诗人是可以惜字如金的，可是为了渲染情绪，他必须重复，这样才有韵律，才可抒情。"阳关"须"三叠"才令人断肠，孔雀东南飞，要"五里一徘徊"才悲伤欲绝。

从凤姐到平儿，再到贾瑞自己，四次关于"死"的话构成一组韵律，铺陈够了，酝酿足了，才让人知道，什么叫"好狠心的嫂子"！

相思局也能要人命。

再说它的模糊性，或多层含义，就更明显了。

贾瑞说"好狠心的嫂子"时，并不知道他已经进入了凤姐设的相思局。在贾瑞看来，嫂子"狠心"是打情骂俏；在凤姐看来，是真的要好好教训他。双关也好，反讽也罢，作为小说的《红楼梦》，已经融入了诗歌的笔法。王之涣《凉州词》说，"羌笛何须怨杨柳，春风不度玉门关。"如果王之涣写小说，大概也会告诉读者，"千万不可照正面，只照他的背面，要紧，要紧！"

正面是什么呢？羌笛杨柳，各含愁怨，茫茫大漠苍凉苦寒，温暖的春风怎么就不过玉门关呢！也是"春恨秋悲皆自惹"。

但它还有一个背面：那些因朝廷穷兵黩武，战死西域的小伙子，你们别抱怨了，朝廷的春恩，是到不了玉门关的。春恩在哪儿呢，在"春寒赐浴华清池"，在"春宵苦短日高起，从此君王不早朝"，在"承欢侍宴无闲暇，春从春游夜专夜"。

你看，从汉乐府到唐诗再到明清小说，每一座文学高峰，都将汉语审美拓展出新的维度。字还是这些字，词还是这些词，审美却变化无穷。

三，嫂子必须"狠心"。

一个诅咒他人死，一个甘愿赴死。"好狠心的嫂子"，必须从贾瑞的嘴巴里说出来，换另外任何一个人说都不行。因为凤姐够狠不假，但在贾瑞这件事上，真算不上什么"狠心"，或者说她必须"狠心"。

凤姐说"叫他死在我手里"，以及平儿的"叫他不得好死"，其实也就是句狠话。即便搁现在，贾瑞在被他调戏的女人嘴里，可能也有一万种死法。

凤姐冻他两夜，敲竹杠，泼大粪，也只是想教训教训他。一个人伦都不顾的小淫虫，这点手段算个什么。难道你害相思病纵欲过度而亡，还怪我了！

要知道，焦大已经在大庭广众下骂过了，"养小叔子的养小叔子"，凤姐必须避嫌，尤其是贾瑞这种小叔子，万一被这个蠢货一弄，传出点风言风语，再想自证清白就来不及了。可以说，近乎公开化地教训贾瑞，是凤姐的自我保护。

耶鲁大学汉学家史景迁的《王氏之死》，是根据清朝《郯城县志》中的一个真实案件写成的史学著作。书里的王氏已婚，因与别的男人私奔，被丈夫杀害。县令根据大清律法，仅仅判王氏的丈夫杖刑，并戴枷示众，以示羞辱性惩戒。只要丈夫挺过杖刑，便恢复自由身。

而对王氏的定论，是背叛丈夫，死有余辜。

说来颇有戏剧性。王氏生活的年代与《红楼梦》中人是同一时期。王氏年轻的尸体，穿着红色睡鞋，躺在白雪茫茫的荒林里，当真是凤姐的"一场欢喜忽悲辛"，当真是"落了片白茫茫大地真干净"。有那么一二刻，我总是把这个历史上的王氏与王熙凤的身影叠加在一起。

《王氏之死》提供了一个清代出轨女性的命运样本，这有助于我们更客观地理解凤姐。万一传出"养小叔子"的名声，哪怕捕风捉影，哪怕厉害如凤姐，也能要她半条命的。老祖宗都保不了她。

后面我们会看到，书中但凡沾一个"淫"字的女性，或自杀，或被休，少有周全。"养小叔子"更是有违人伦，罪加一等。凤姐这位嫂子，能不狠点心吗？不狠心，那才叫不长心。

四，搞不懂的回目词。

本回回目叫"王熙凤毒设相思局，贾天祥正照风月鉴"，如上所述，搞不懂凤姐"毒"在哪里，"相思局"三个字，怎么看都不像是个毒计，明明是教训坏人嘛。

既然曹公这么写了，我们不妨猜测一下。

古代中国，礼教对女性的限制是极其严格的（外国在古时也一样），曹公所处的清代更甚。已婚女子遇到别的男人勾引，应该如何应对？社会是有一套约定俗成的规矩的。

曹植有诗："君子防未然，不处嫌疑间。瓜田不纳履，李下不正冠。"按现代人的观念，我从你家瓜田里过，弯个腰提个鞋怎么了？从你家李子树下走，伸手扶扶帽子又碍你什么事了？你要说我偷你的瓜、摘你的李子，你得拿出证据，对吧。我身正不怕影子斜。

可是在曹植这里，话是没错，却不是君子所为。这首诗叫《君子行》，是对人提出一种更高的道德要求，你从别人瓜田李下经过，稍微注意点，也不损失你什么，却可以避免诸多嫌疑，不给自己惹事，也不给别人添麻烦。因为很多事情原本就是说不清的，现代法律条例细如毛发，照样有断不明的冤假错案。

这首诗后面两句，是"嫂叔不亲授，长幼不比肩"。

这种道德要求，自然会延伸到女性身上。就在曹植所处的东汉后期，还有一首大家非常熟悉的乐府诗，叫《陌上桑》。女主秦罗敷，面对豪华跑车上太守的邀请，果断回了一句：

"使君一何愚！使君自有妇，罗敷自有夫。"

太守你太愚蠢了。你有妻子，我有丈夫，而且我的丈夫很优秀，想勾引我，别做梦了。

到了唐代，已婚女人面对诱惑，有一个教科书般的处理方案：

君知妾有夫，赠妾双明珠。
感君缠绵意，系在红罗襦。
妾家高楼连苑起，良人执戟明光里。
知君用心如日月，事夫誓拟同生死。

还君明珠双泪垂，何不相逢未嫁时。

这个女人是动过心的，因为对方有"缠绵意"，还送了她"双明珠"。但她最终守住了妇德的底线，把明珠还给对方，并告诉他，我跟我丈夫感情很好，不会分开，咱俩呀，没缘分。

这首诗叫《节妇吟》，说明至少在唐代，已婚女性只要没有出轨的实际行动，都算守住了"节"，称得上"节妇"。因为她做到了发乎情，止乎礼。

或许在曹公看来，面对贾瑞的勾引调戏，凤姐最体面的做法是恪守妇道，义正词严拒绝。只要她搬出老公贾琏样样都比贾瑞优秀，贾瑞自然不敢再冒犯。

再不济，不搭理他走开就行了。以贾瑞之胆小怕事，不可能死缠烂打，这样就可以避免瓜田李下。

但这些凤姐都没做，而是采用了过激方案，假迎合，真报复。

凤姐的判词有一句："机关算尽太聪明，反算了卿卿性命。"在贾瑞这件事上，也是"机关算尽太聪明"，她太要强，太有锋芒，不容许受一丝冒犯。当然，性格决定命运，以后她也会因此而丧命。

曹公所说的"毒"，大概就毒在这里。她没有杀贾瑞，贾瑞却因她而死。

凤姐真正的毒还在后面，我们后文再聊。

五，莫名消失的贾琏，和恰巧消失的黛玉。

这一回里，其实有两个略显突兀的点，一是贾琏去哪儿了。

贾瑞三番五次打发人来找凤姐，终于登堂入室。进了门，贾瑞第一句话便问："二哥哥怎么还不回来？"又说，"别是路上有人绊住了脚了，舍不得回来也未可知？"

结合后文凤姐的连环相思局，可以肯定，这期间贾琏不在家，是出了远门。去哪儿了，书里没写，并且后文也没有揭示，贾琏就这样凭空消失了一段时间。

可是在下一回开篇第一句，贾琏却又到家了，担当送黛玉的新任务。

话说凤姐儿自贾琏送黛玉往扬州去后，心中实在无趣……

第二点，在本回末，贾瑞死了，丧事也办了，下一回就是秦可卿的丧事，这是个重头戏。可是在这中间，突然插入一个意外：林如海病危，黛玉要回扬州了。

这就有意思了，书中人物，怎么召之即来挥之即去？林黛玉去，还说得通，贾琏去哪儿了？一个字不提。

有很长一段时间，我以为别有深意，或者是曹公失误，后来看鲍鹏山老师读《水浒》，突然找到一种解释，那就是小说创作技巧。

林冲遭高俅陷害，刺配沧州，在野猪林差点被两个官差谋害。千钧一发之际，鲁智深如天神下凡，救下林冲，然后一路护送。

照常理看，以鲁智深的性格，以他跟林冲的关系，再加上他亲眼看到林冲险些丧命，他一定会护送林冲到沧州，确保路上没有变故。

可是施耐庵没按常理出牌。

护送到"近沧州只有七十来里"的地方，鲁智深不送了。至于原因，鲁智深说了，"前路都有人家，别无僻净去处"。

没有僻静的地方就不能杀人吗？要知道，那两个公差可是给高俅办事的，岂能轻易放弃。鲁智深也意识到这点了，保险起见，抡起禅杖，一下砍断一棵松树，恐吓两个官差——如杀我兄弟，饶不了你们。

然后又拿出一二十两银子，分了二三两给官差，欲恩威并用。

鲁智深做完这些，"摆着手，拖了禅杖，叫声'兄弟保重'，自回去了"。

从常理看，这段确实不合理。要说"恩"，鲁智深、林冲二人所有银子都给官差，也抵不上陆谦给的"十两金子"；要说"威"，鲁智深在时还可以，他一走，肯定是高俅一伙更有"威"。

鲁智深是个草率人吗？也不是，拳打镇关西，拯救金翠莲那回，鲁提辖是何等的外粗内细！何等的谨慎周密！怎么到好兄弟林冲这里，突然就草率了？

这个问题，从读者视角是看不懂的，得转换成作者视角，才能看得明朗。

这回重点是写林冲，在到沧州安顿下来之前，还有一个重头戏，便是走到柴进庄上，遇到柴大官人。在那里，林冲要大展身手，打败洪教头，成为柴进座上宾。

如果鲁智深一同赶来，故事就不好写了，两位都是大高手，鲁智深张扬，林冲隐忍，柴进庄上谁当主角？不好写，就算写好了，鲁智深也会分掉林冲的光芒。所以鲁智深必须回去。需要他救命，招之即来；需要他回避，挥之即去。

回到《红楼梦》。

贾琏去哪儿了？已不再重要，重要的是曹雪芹这时候不需要他，让他回避了。只有这样，贾瑞才敢来，才敢白天来、晚上来，三番五次来。也只有这样，凤姐才方便调兵遣将，排兵布阵。

林如海为什么这时候病危呢？也不再是问题。曹公压根不关心林如海，他是关心林黛玉。只有林如海病重，黛玉才能回扬州，才能长住在贾府。也只有黛玉暂时回避，后面才能放开手写凤姐，写可卿。

这一点在回后评里，脂批已经点明：

> 此回忽遣黛玉去者，正为下回可儿之文也。若不遣去，只写可儿、阿凤等人，却置黛玉于荣府，成何文哉？

这一回，凤姐只是小试牛刀，马上就该大显身手了。

秦可卿的灵台，王熙凤的舞台

秦可卿死封龙禁尉
王熙凤协理宁国府

01

上回说到，林如海身染重疾，写信让黛玉回扬州，贾母安排贾琏护送。这一回写黛玉和贾琏走后，贾府发生了一件大事。

让我们细细读来。

贾琏走后，凤姐"心中实在无趣，每到晚间，不过和平儿说笑一回，就胡乱睡了"。

这句话也可以看作凤姐教训贾瑞的补充。贾琏一不在家，凤姐就觉得"无趣"，睡前也没心思捯饬了，说明二人的夫妻关系比较融洽。贾瑞调戏凤姐，注定落空。

三更天，平儿已经睡着。凤姐"星眼微朦，恍惚只见秦氏从外走来"。进入梦境了。

秦氏对凤姐说，婶子，"我今日回去，你也不送我一程"，咱娘儿俩是闺蜜，我来给你告个别，有个事得拜托婶子。

凤姐说，你只管说吧。秦氏说，婶子，"你是个脂粉队里的英雄，连那些束带顶冠的男子也不能过你"，怎么没听俗话说的，"月满则亏，水满则溢"，"登高必跌重"，咱们家赫赫扬扬将有一百年，一旦乐极悲生，应了"树倒猢狲散"的俗语，几世的诗书旧族名声就没了。

凤姐听了，"十分敬畏"，问可卿有什么方法"可以永保无虞"。可卿说，婶子是痴心妄想，"否极泰来，荣辱自古周而复始，岂人力能可保常的"。

这话很重要。我们能看出一个有智慧远见，却无可奈何的秦可卿，也能看出一个世事通透的曹雪芹。中国人在漫长的历史时空里，很容易得出这样的结论，否极泰来，兴衰轮转，万事万物都逃不出这个规律，人力是不可对抗的。

既然不能对抗事物铁律，难道就做鸵鸟吗？不是的。秦可卿说，我们要早做准备，居安思危，即便日后家败了，也不至于措手不及一败涂地。

具体方案是针对贾府的两大问题：一是祖茔，"无一定的钱粮"；二是家塾，"无一定的供给"。"无一定"不是说没钱，而是没有固定下来，荣、宁二府现在得势，不差钱，但以后要是败落了，这钱谁出？是个问题。

要解决这些隐患，秦可卿说，趁着现在有钱，在祖茔附近多置办田庄、地亩、房舍，将家塾也设在这里。这样，田产的收成，正好用于祭祀和学校开支。这些田产也不能分家分掉，必须作为家族共同产业，各家轮流管理，这也就避免了内部的争权夺利，更能避免将来有不肖子孙卖掉家产。

余华的《活着》，就描写了这么一个典型的不肖子孙。福贵不学无术，逛青楼喝花酒，直至把祖宗留下的产业全部输在赌桌上。以一己之力，完成了阶层的衰落。

秦可卿太了解贾府子弟了，这种事迟早会发生。

为什么要围绕着祖茔置产业呢？一是，祭祀在古代是天大的事，上到国家，下到平民，祭祀是建立凝聚力的重要手段。大家族如果不重视祭祀，数代之后，就会失去凝聚力，家族势衰。

最重要的是第二条，一个家族犯了罪，革了职，朝廷即便抄没家产，但祭祀产业通常是不抄的。

所以秦可卿做的是最坏的打算：

"便败落下来，子孙回家读书务农，也有个退步……"

"退步"就是退路。中国是农耕文明，又受儒家思想影响，一个家族就算没出大官，子孙只要有田可耕，有书可读，总是有机会的。

清朝有句对联，"一等人忠臣孝子，两件事读书耕田"，很多家族用来作为家训。这就是典型的农耕文明下的儒家文化。前一句教人做人，忠君爱国，孝敬父母。后一句就是治家思想，所谓耕读传家。如果一个家族没田没地，又不读书，就永远失去了上升机会。

或许有人会说，我们现在有各种各样改变命运的通道，这句话早过时了。它当然过时了，但过时的是它的形式，内核依旧没变。

现代中国家庭最重要的两件事，依然是房子和教育。这跟秦可卿关心的田产和家塾毫无二致。可以说，这是刻在中国人骨子里的观念，儒家文化一直没有消失，只是在新时代换了形式。

02

秦可卿继续说，如果以为荣华富贵会永远存在，不考虑日后，"终非长策"。眼下马上又有一桩天大的喜事，"真是烈火烹油、鲜花着锦之盛"。但是你要知道，这也不过是"瞬息的繁华，一时的欢乐"，盛宴终有散场的时候，婶子呀，得早做打算了。

凤姐一听有"非常喜事"，忙问是什么喜事。可卿说，天机不可泄露，赠你一句话吧：

> 三春去后诸芳尽，各自须寻各自门。

说完这句话，二门上传事的云牌声连敲四下，惊醒凤姐。传事的人来报："东府蓉大奶奶没了。"

秦可卿死了。

可卿托梦凤姐，是她的临终遗言，也是遗愿，一大篇话归纳下来，最残酷的就是这一联诗。

"三春去后诸芳尽"，有两种含义。

古人将春季分为孟春、仲春和季春三个阶段，三春去后，春天结束，百花败落，这是字面含义。真实的含义是，"三春"指元春、迎春和探春。在后文故事里，元春、迎春早逝，探春远嫁，"三春去后"，贾府的庇护者死了，治家人才走了，这将加速贾府的败落，黛玉、宝钗、惜春以及众多丫鬟，这些"诸芳"难逃悲剧命运。

顺便插一句，在续书里，黛玉之死安排在探春远嫁之前，显然违背曹公原意。按红学家蔡义江的观点，续书里让宝钗平安生子、李纨苦尽甘来熬出头、惜春安安生生念经拜佛，不肯写出"诸芳尽"，悲剧力度显然不够，同样违背原著构思。

故事继续。我们来看可卿死讯传来，众人都什么反应。

> 凤姐闻听，吓了一身冷汗，出了一回神，只得忙忙的穿衣服，往王夫人处来。

肯定是又怕又恍惚，刚刚秦可卿还跟她梦里告别了，这就死了，搁谁都怕。

> 彼时合家皆知，无不纳罕，都有些疑心。

"纳罕""疑心"两个词很奇怪。如果一个久病的人死了，大家会惋惜，会伤心，要是讨厌秦可卿，骂一句"活该"也行。可怎么会纳罕和疑心呢？这一大家子人到底在疑心什么？

还好有脂批，给我们指点了迷津。这句话旁脂批写道：

> "九个字写尽天香楼事，是不写之写。"

又是"天香楼"，先不忙展开，后面再说。

先来看宝玉的反应。黛玉已身在扬州，宝玉感觉"自己孤恓，也不和人顽耍，每到晚间便索然睡了"。

本回第一句写凤姐，贾琏走后，她"心中实在无趣"，每到晚间，"就胡乱睡了"。这是想念丈夫。宝玉对黛玉，也是感觉孤恓（同孤凄），也是每晚"索然"睡去。这是思念黛玉。

云牌报丧的声音也惊醒了宝玉，

> （宝玉）连忙翻身爬起来，只觉心中似戳了一刀的不忍，哇的一声，直喷出一口血来。

为什么会有吐血这么激烈的反应？历来有很多说法，其中一种是把这看作宝玉和可卿私通的证据。这是不对的。

我的理解是，宝玉对众女儿的爱，是一种至真至纯的情感，作者单纯靠文字叙述已经很难道明，于是他给宝玉定了一个人设，叫"绛洞花王"。

"花王"就是群芳之王，百花之王，千红万艳之王，他生命存在的意义，就是充当护花使者。从他的前世起，就已经在用甘露灌溉绛珠草了。

众女儿的死去，犹如鲜花凋零，都令宝玉痛彻心肺，是为"不忍"。何况秦可卿还是宝玉的意淫对象，是他梦入太虚幻境、曾许配给他的"乳名兼美字可卿者"。宝玉这次为可卿吐血，就像以后为晴雯之死悲痛一样。

说到这里，不得不再次吐槽一下续书。在续书里，迎春之死、黛玉之死，宝玉的反应尽是混沌麻木，完全不是"花王"应有的表现。

见宝玉吐血，袭人慌忙搀扶，要请大夫。

宝玉笑道："不用忙，不相干，这是急火攻心，血不归经。"

读《红楼》，我经常为曹公捏把汗，这是真敢写呀！明明是死人了，明明宝玉心如刀割，都喷血了，居然还"笑道"，难道不怕读者看晕？

这就是曹公的胆识。他对人物有十足的把握，并坚定不移，不肯向读者做一丝妥协。宝玉之所以"笑道"，是为了让袭人宽心。要不然，袭人回禀贾母请大夫，一圈人就会围着他转——冷落了死去的可卿。这是死者为大，也是一个护花使者对一朵凋零之花的"不忍"。

宝玉穿好衣服，来见贾母，不提吐血的事，即刻要去宁国府。贾母说，才咽气的人，不干净，再说夜里风大，明天再去不迟。"宝玉那里肯依！"

03

再看宝玉来到宁国府的所见所闻。

一直到了宁国府前，只见府门洞开，两边灯笼照如白昼，乱哄哄人来人往，里面哭声摇山振岳。宝玉下了车，忙忙奔至停灵之室，痛哭一番。

按中国人丧葬习俗，灵前哭丧，一般是晚辈哭长辈，或平辈悲哭，长辈哭晚辈的不多，除非有特殊情感，事出有因。

秦可卿死，有三个长辈都哭了，一个是公爹贾珍，一个是婶子凤姐，另一个就是叔叔宝玉。这三个长辈，都与可卿有特殊情感。反常的表现背后，一定有反常的关系。

宝玉哭完，来见尤氏和贾珍，"谁知尤氏正犯了胃疼旧疾，睡在床上"。随后贾氏全族出动，由辈分最高的"代"字辈人物，也是最懂礼仪和家族规矩的贾代儒带领着，前来吊丧。

> 贾珍哭的泪人一般，正和贾代儒等说道："合家大小，远近亲友，谁不知我这媳妇比儿子还强十倍。如今伸腿去了，可见这长房内绝灭无人了。"说着又哭起来。众人忙劝："人已辞世，哭也无益，且商议如何料理要紧。"贾珍拍手道："如何料理，不过尽我所有罢了！"

"哭的泪人一般"，说明贾珍已经哭了多时，泪如雨下。"拍手"是悲痛欲绝，不能自已。这很奇怪。

更奇怪的是他的话，他说"这长房内绝灭无人了"。死的是儿媳妇，又不是儿子，死了儿媳妇还可以再娶，并且可以娶好几房，这香火怎么就断了呢？事实也是如此，贾蓉后面很快就续弦了。

再说料理后事，"尽我所有"，就是不惜以最大的财力。这话反常。要知道，宁府还有爷爷贾敬呢，死一个儿媳妇就这么大操大办，还过不过日子了？

贾珍反常，尤氏也反常。儿媳死了，全族人都来了，她以犯了胃病为由，"睡在床上"。这不是一个当家主母应有的表现。

这些反常都暂时搁下，容后再表。接着看书。

亲家公秦业、小舅子秦钟，还有尤氏的娘家人也来了，贾珍安排人陪着。然后请来钦天监阴阳司商议丧礼仪式。

我们看看它的排场：

> 择准停灵七七四十九日，三日后开丧送讣闻。这四十九日，单请一百单八众禅僧在大厅上拜大悲忏，超度前亡后化诸魂，以免亡者之罪；另设一坛于天香楼上，是九十九位全真道士，打四十九日解冤洗业醮。然后停灵于会芳园中，灵前另有五十众高僧、五十众高道，对坛按七作好事。

仅僧道超度这一项仪式，就有三班人马，共307人。这307人，要提供49天服务，加上所用物品道具，有多少花费可想而知。

这就完了吗？早着呢，这只是个开头。这种事按说贾敬要回家一趟的，但是他没有，怕耽误他的修仙事业，"因此并不在意，只凭贾珍料理"。

贾敬不来，贾珍就是老大，于是"亦发恣意奢华"。选棺材时，看了几个杉木的，都不满意。正好薛蟠也来吊问，说他们薛家的木店里有一副顶级棺材板，

> （薛蟠）便说道："我们木店里有一副板，叫作什么樯木，出在潢海铁网山上，作了棺材，万年不坏。这还是当年先父带来，原系义忠亲王老千岁要的，因他坏了事，就不曾拿去。现今还封在店内，也没有人出价敢买。你若要，就抬来使罢。"贾珍听说，喜之不尽，即命人抬来。

这番话简直是《红楼梦》的黑匣子，历来有无数解读。所谓"樯木"，现实中并不存在这样一种木材。脂批有定论："樯者，舟具也。所谓人生若泛舟而已。"是说人这辈子飘零一生，是一段旅程，如同泛舟，死后也装进这个叫作棺材的小舟里，开始下一趟旅程。

"潢海铁网山"，脂批说，寓意迷津易堕，尘网难逃。其实我们还可以引申下去，这副棺材板，代表着天网、法网，冲不破的铁网。《老子》把"天网"比作"天罚"，所谓天网恢恢，疏而不漏。义忠亲王老千岁是有罪之人，秦可卿也是有罪之人，想用而未用者，不该用而用者，都难逃天网恢恢。

另外要特别注意一个细节。这副棺材是薛蟠的父亲在世时弄来的，义忠亲王没有用上，这么好的棺材板，薛父死时为什么不自己用？不仅如此，薛蟠说了，一直在店里封着，"没人出价敢买"。

薛蟠之父从小说开始就已辞世，到这时将近十年，薛家往来的又都是大族，京城豪门云集，这么好的棺材板为什么卖不出去？

原因可能还在薛蟠的话里，不是买不起，是没人敢买。

义忠亲王老千岁坏的事，肯定是政治性质的大事，那么这副棺材

板，就不明不白不干不净，或是赃物，或是禁物，总之是僭越的证物。

但是贾珍不管这些。抬来一看，"帮底皆厚八寸，纹若槟榔，味若檀麝，以手扣之，玎珰如金玉"。

真是一副好棺材。

贾珍问多少钱，薛蟠说，一千两银子都没地方买，什么钱不钱的，"赏他们几两工钱就是了"。贾珍连连感谢，赶紧让木匠打棺材。

> 贾政因劝道："此物恐非常人可享者，殓以上等杉木也就是了。"此时贾珍恨不能代秦氏之死，这话如何肯听。

一个公公，恨不能替儿媳去死！这话更反常，我们暂且不表，先来说说贾政这句话。

有种读《红楼梦》的说法，按照曹公喜欢用谐音给人物命名，就说贾政是"假正经"，这是缺乏根据的。书里没有任何一处写贾政不正经。恰恰相反，贾政堪称那个时代"忠臣孝子慈父"的代表，处处遵守君臣秩序、宗法礼教。这恰恰也是它的讽刺性，即便这样一个人，也逃不过抄家的命运。

贾政劝贾珍这句话，是贾政典型性格的体现，儒家的中庸，本本分分，规规矩矩，不张扬，不作恶，小心谨慎。他并不知道这副棺材板具体的情况，但听说原是义忠亲王老千岁要的，还"坏了事"，立刻就意识到有政治风险，嗅觉还算敏锐。

夹起尾巴做人，是贾政的人生哲学。哪怕后来元春封妃，他成了"国丈"，按说可以翘一下尾巴了，贾政依然小心谨慎。父女是父女，君臣是君臣，分得清清楚楚，不敢越界半步。

在后文里贾政揍宝玉，一大原因，就是宝玉"抢了"忠顺亲王喜欢的戏子蒋玉菡。贾政骂宝玉："你是何等草芥，无故引逗他出来，如今祸及于我！"这句话，跟现在劝贾珍的话，意思完全一样——你用这个棺材，可能埋下祸根。

儿子不好管教，侄子更不听他的，贾珍显然没把贾政的话当回事。但我们不难猜测，这个"非常人可享"的棺材板，一定会祸及贾府。

顺便夸一句续书，虽然很多人物写偏了，但贾政的形象，恰恰因为四平八稳，反而保持了一致。续书写贾政外出做官，太正直，太清廉，太守规矩，不懂变通，甚至被小吏们忽悠。前八十回写官，贪酷者，官运亨通；后四十回写官，不贪的，寸步难行。续书的价值还是有的。

另外，贾母为什么不把荣国府交给哥哥贾赦，而交给弟弟贾政？还跟着贾政过日子？答案很明朗了，贾政比贾赦靠谱太多。

贾母明智。

04

言归正传。

秦可卿有个叫瑞珠的丫鬟，见主人死了，也一头撞死在柱子上。大家都称赞她有气节，忠心可鉴。贾珍以孙女之礼殡殓，装进棺材，准备跟秦可卿一起下葬。还有个丫鬟叫宝珠，见可卿没有子女，甘心做义女，摔丧驾灵。贾珍听了也高兴，当即传令下人，以后不能对宝珠直呼其名了，要称小姐。

贾蓉是个黉门监，也就是最高学府国子监的生员。不过，千万别以为贾蓉是高才生。在当时，只要有入读国子监的资格，都成为监生，不管你读不读书。这个资格，只要是七品以上官员的子弟都可以获取，祖上有功也行，世家子弟，打个招呼，托个关系，都能弄个监生的名头。

清后期的监生更不值钱，直接明码标价对外销售，称作捐纳。贾蓉的黉门监身份怎么来的，书上没写，以贾府的地位，这不算个事。

秦可卿是贾蓉之妻，葬礼上要设牌位。妻子身份取决于丈夫，贾蓉一个监生，有点拿不出手。贾珍很着急。

这天正好宫里来人了，"掌宫内相戴权"。"内相"是对太监的雅称，"掌宫内相"就是宫里的太监头子。在"戴权"两个字旁，脂批说："妙。大权也。"

曹公相当幽默。以权敛财的太监，历史上多不胜数，不需要知道他的名字。大权在握，就是这个群体的共性。

看戴权的出场架势："先备了祭礼遣人来，次后坐了大轿，打伞鸣锣，亲来上祭。"

贾珍赶紧迎接，让到逗蜂轩献茶，趁势对戴权说，要给贾蓉捐个前程。能在宫里做到大太监的，绝对都是人精，察言观色一流。戴权马上说："想是为丧礼上风光些。"贾珍笑着承认。

我们来看戴权接下来的话：

> 戴权道："事倒凑巧，正有个美缺。如今三百员龙禁尉短了两员，昨儿襄阳侯的兄弟老三来求我，现拿了一千五百两银子，送到我家里。你知道，咱们都是老相与，不拘怎么样，看着他爷爷的分上，胡乱应了。还剩了一个缺，谁知永兴节度使冯胖子来求，要与他孩子捐，我就没工夫应他。既是咱们的孩子要捐，快写个履历来。"

你看，真凑巧，你想捐个前程，我这里正好就有个前程。戴权的话，完全是一个顶级销售员的推销话术。

先看"产品"，是龙禁尉职位，属于大内侍卫，保护皇帝的，这多风光。然后突出稀缺性，限额三百员，还缺两名，昨天襄阳侯的兄弟来求我——注意啦，是"来求我"，还是带着一千五百两银子来的，我看在他爷爷的分上，随便答应了，现在就剩下"最后一席"，过了这个村就没这个店了。

本来话说到这里，已经是个完美话术了。可是戴权又说，谁知冯胖子也来求我，要给他孩子捐，我没搭理他——最后一席还有人抢，更稀缺了。

更绝的是，他不叫人家名字，也不称职位，而是叫冯胖子。

节度使在唐朝属于一个地区的军政最高长官，军权、财权、行政一把抓，终于演化成藩镇割据，跟中央掰腕子。到了宋代，赵匡胤黄袍加身后，吸取历史教训，先来个"杯酒释兵权"，搞"三权分立"，军权收归中央。节度使就变成了朝廷临时任命的军事将领，权力大大削减。

明清其实没有这个职位，这里大致相当于一个地区的最高军事长官，也算军界要员。

这么厉害的人，在戴权嘴里也就是个"胖子"，他还来求我，我还懒得搭理他！

最后，重点来了——"既是咱们的孩子要捐，快写个履历来"。看看这通话说的，从亮出产品到成交敲定，一气呵成，有感情牌，有稀缺牌，还制造了紧迫感——你不要，别人抢着要，不容贾珍不动心。更妙的是，不知不觉连价格也报了。

贾珍听了，机会难得，马上命人写来贾蓉的履历。履历原文就不录了。它看似枯燥，其实可以看出宁国府正在衰落。

曾祖贾代化，原任京营节度使，世袭一等神威将军。祖父贾敬，是乙卯科进士，没做官，参禅悟道去了。父亲贾珍，"世袭三品爵威烈将军"，这只是个世袭的职称，无关任何军事实务。人们在乎这个，无非也是为了"风光"。

大家如果看书够细，会发现戴权这番话很值得怀疑。他说美缺只有两员，许给襄阳侯兄弟家一个，是在"昨儿"。可是他是"今天"一大早来到宁国府的，那么冯胖子是什么时间去求他的呢？

要说是"今天"，就得是戴权动身来贾府之前，那就意味着冯胖子要凌晨登门。这似乎不大可能，哪有那么早去登门求人的。

如果也是"昨儿"，则不符合人们日常的说话方式。试想，若是真的，他一定会强调昨天有两家人来求我。

最可能的就是，他在撒谎，在吹牛，目的是卖官鬻爵，中饱私囊。

戴权接下来的话，会进一步证实我的猜想。

看过贾蓉的履历，戴权交给贴身小厮，说：

"回来送与户部堂官老赵，说我拜上他，起一张五品龙禁尉的票，再给个执照，就把这履历填上，明儿我来兑银子送去。"

户部领导，他叫"老赵"，多威风。最后再提一下钱的事，是提醒贾珍赶紧掏钱，多么急切，又多么圆滑。

果然，临行出门，贾珍问："银子还是我到部兑？还是一并送入老内相府中？"

戴权道："若到部里，你又吃亏了。不如平准一千二百银子，送到我家里就完了。"

贾珍感激不尽，恭送戴权回去。

戴权这个人物，是书里几百个小配角中的一个，只在这里出现过一次。但是曹公就是有这个笔力，两番话就刻画出一个鲜活人物。说《红楼梦》一书远比我们想象中要厚，还不止于此。刻画人物之外，还写出了人物背后的背景，深不可测，读不完，挖不尽。

比如，戴权说的户部堂官"老赵"，虽然只有个名字，但是我们能看出他是戴权的"生意伙伴"。

户部掌管官员的任免升迁，太监权力再大，也得经过户部批准，俩人一拍即合。但是在合作之外，俩人还各怀鬼胎。贾珍问戴权要不要把银子送到"户部"，就是问要不要给老赵。戴权怕老赵知道"价格"，马上制止，"送到我家里就完了"，还有折扣。

至于他跟老赵怎么分账，鬼知道。

脂批说，戴权就是"大权"，其实我们把它理解成"代权"也对。狐狸没有威，跟在老虎屁股后面，就有了威；太监本无权，但是代皇家办事，就有了权。

在后面的故事中，我们还会看到别的太监代权敛财，赤裸裸敲诈，像吸血鬼一样，趴在贾府这个即将腐烂的巨大身躯上贪婪吸血，连凤姐都不敢说个不字。这是后话，不提。

送走戴权，忠靖侯史鼎的夫人来了。史鼎是贾母的娘家侄子。夫人来了，当然是主家女眷迎接，王夫人、邢夫人带着凤姐，赶紧把史鼎夫人迎入上房。然后是锦乡侯、川宁侯、寿山伯，反正贵族圈里沾亲带故的，都来吊唁送礼。"如此亲朋你来我去，也不能胜数。"

这四十九天里，"宁国府街上一条白漫漫人来人往，花簇簇官去官来。"可见贾府关系网庞杂。

贾蓉领了龙禁尉的执照，"灵前供用执事等物，俱按五品职例"。古代官员办丧礼、祭礼仪式，都是有规格标准的，不能越礼。

宁府的会芳园临着大街，有门，现在全部打开，乐队、戏班吹吹打打，按时奏乐，仪仗队伍、丧葬用品等摆得整整齐齐。在大门口最显眼处，立着四面朱红销金大字牌对，上书赫赫大字：

防护内廷紫禁道御前侍卫龙禁尉

这就是一千二百两银子换来的风光。

05

贾珍心满意足了，现在就烦恼一件事。家里那么多权贵女眷要来，肯定要当家主母尤氏迎来送往，可尤氏一直胃疼。

贾珍怕失了礼数，正不知道该咋办。正好宝玉知道了，就向他推荐王熙凤。贾珍一听，对呀，就她了。

贾珍带着宝玉来到上房，王夫人、邢夫人和凤姐都在。贾珍先问的是邢夫人，说话就要下拜，说想请凤姐料理丧事。

先问邢夫人是对的，她是凤姐的婆婆。邢夫人显然拿不定主意，也不敢拿主意，把球踢给王夫人。

王夫人说，"他一个小孩子家，何曾经过这样事，倘或料理不清，反叫人笑话，倒是再烦别人好。"连宝玉都知道凤姐能胜任，王夫人会不知道？她当然知道。并且，如果凤姐办不好，就没人能办得好。王夫人这话，一是谦让，二是不愿凤姐抛头露面，同时也担心凤姐办不好。

但是贾珍非凤姐不用，对王夫人说：

"从小儿大妹妹顽笑着就有杀伐决断，如今出了阁，又在那府里办事，越发历练老成了。我想了这几日，除了大妹妹再无人了。婶子不看侄儿、侄儿媳妇的分上，只看死了的分上罢。"说着滚下泪来。

话说到这个份上，王夫人犹豫不定，正在思考。
我们看凤姐的表现：

那凤姐素日最喜揽事办，好卖弄才干，虽然当家妥当，也因未办过婚丧大事，恐人还不服，巴不得遇见这事。今日见贾珍如此一来，他心中早已欢喜。先见王夫人不允，后见贾珍说的情真，王夫人有活动之意，便向王夫人道："大哥哥说的这么恳切，太太就依了罢。"

王夫人说，你行吗。凤姐说，有什么不行的。

"外面的大事已经大哥哥料理清了，不过是里头照管照管，便是我有不知道的，问问太太就是了。"

日常中，说一个人"好卖弄才干"，通常带有贬义。但是，一个好卖弄才干的人，偏偏把事办成了，还办得漂亮，办得比别人好，那卖弄还算不算缺点？这是《红楼梦》留给我们的思考题，也是曹公对人性的幽微观察，他是怀着包容和慈悲来看人的。

古时女人不能抛头露面，才能没有展示机会，一个女人终其一生最大的成就，无非是相夫教子，治家有方。可是别忘了，马斯洛需求层次理论告诉我们，一个人最高的需求是自我价值的实现，生理、安全、归属，甚至尊重，这些需求凤姐早已实现，可是一个荣国府还不能满足她的价值需求，她需要更大的舞台。

现在，这个舞台就摆在她面前，就是秦可卿的灵台。
所以，"他心中早已欢喜"。
她要抓住这个机会。

我们看她是怎么抓的。不是把这件事说重说大,而是说轻说小:"外面的大事已经大哥哥料理清了,不过是里头照管照管"。这是放低姿态,给贾珍面子,也打消王夫人的顾虑。其实,外面的大事反而更好办,无非花钱置办丧葬用品,花钱请僧道和执事人。难办的恰恰是"里头的小事",为什么难办,马上我们就知道了。

"我有不知道的,问问太太就是了",这话更妙,是说给王夫人听的,亲爱的姑妈,你还是我的靠山,有你在,我不会出错。

发现了吧,她明明是去争强立功,却句句示弱。

精深的人情世故,令人爱恨交加的凤姐。

王夫人能不答应吗?贾珍、凤姐,一个唱,一个和;一个求,一个应。她没法拒绝。

再看贾珍,见事成了,对凤姐作个揖:

> 贾珍便忙向袖中取了宁国府对牌出来,命宝玉送与凤姐,又说:"妹妹爱怎样就怎样,要什么只管拿这个取去,也不必问我。只求别存心替我省钱,只要好看为上……"

"对牌"是支领钱物的凭证。"只求别存心替我省钱,只要好看为上"。贾珍对凤姐多么信任,对面子多么在乎,对秦可卿多么上心。

凤姐不敢当场接对牌,看着王夫人。王夫人交代她几句,同意她接了。宝玉赶紧从贾珍手里接过对牌,递给凤姐。

此刻,凤姐正式协理宁国府。

贾珍又问凤姐,妹妹是住在宁府里,还是天天两头跑呢?我给你收拾出一个院子,你住在这里,省得每天来回跑。

前面我们说过,宁荣两府虽然挨着,但是豪门深似海,还是有段距离的,尤其女眷,不能抛头露面穿街过巷,两府女眷往来都是马车。所以,在这四十九天的丧期里,凤姐如果两头跑,就会比较累。

但凤姐不怕累。

> 凤姐笑道:"不用。那边也离不得我,倒是天天来的好。"

这场谈话是在宁府，"那边"就是荣府，凤姐语气是多么神气，多么骄傲，宁荣两府，都离不了我。大家记住凤姐这句话，到第十五回，凤姐还会向另一个人再次说起。

正事谈完，大家唠一会儿家常，就该各回各家了。临走，王夫人问凤姐今天接下来干什么。凤姐说，太太你先走吧，"我须得先理出一个头绪来，才回去得呢"。这就开始工作了。

于是，王夫人、邢夫人就回荣国府了。

读到这里，大家有没有发现邢夫人的处境。除了贾珍进门时的一句客套，整个事件里，竟然没有邢夫人什么事。这个婆婆没有一点存在感。可以说，贾赦、邢夫人夫妇，已经失去了对这个儿媳的控制，顺便连儿子贾琏，胳膊肘也拐向了贾政。

风起于青蘋之末，这些细枝末节的事情，都是邢、王二夫人矛盾的积累，以后总有爆发的那一天。

我们接着看，凤姐理出个什么头绪？

> 这里凤姐儿来至三间一所抱厦内坐了，因想：
> 头一件是人口混杂，遗失东西；
> 第二件，事无专执，临期推委；
> 第三件，需用过费，滥支冒领；
> 第四件，任无大小，苦乐不均；
> 第五件，家人豪纵，有脸者不服钤束，无脸者不能上进。

这就是凤姐。刚接受贾珍委托，三下五除二，就把宁国府的管理问题理清了。同时我们也发现，宁国府在贾珍和尤氏的管理下，早就是个烂摊子。丢东西，缺计划，下人虚报开支，相互推诿，分配不公，体面的人不干事，认真做事的得不到提拔。

还记得第七回焦大醉骂吗？凤姐说尤氏："我成日家说你太软弱了，纵的家里人这样还了得。"这句话说的是焦大。现在看，宁国府豪纵的家人，不止焦大一个，尤氏管家无力，凤姐早就一清二楚。

发现问题，才可能解决问题。接下来，凤姐要大展身手了。

这正是：

　　　　金紫万千谁治国，裙钗一二可齐家。

凤姐如何协理秦可卿丧事，下回分解。

06

　　这一回故事结束了，但疑问重重。第一次读《红楼》的人，读到这里大概会一头雾水，似乎哪儿哪儿都不对劲。

　　有这种感觉是正常的，恰恰说明你嗅觉敏锐。来，我们试着挖掘一下本回的"不写之写"。

　　大家细心读的话，会发现这一回的人物，个个都很反常。

　　秦可卿死得反常。消息传来，"彼时合家皆知，无不纳罕，都有些疑心。"

　　公公贾珍反常。悲伤欲绝，恨不能代秦可卿死。我们常用"如丧考妣"来形容一个人悲痛至极，如同死了父母一样，可是贾珍这货，后面他父亲贾敬死了，他一点都不伤心，还跟两位小姨子调情。如今儿媳死了就这样，反常。

　　婆婆尤氏反常。家里出这么大的事，亲朋故交前来吊唁，都是豪门大族，身为主母，居然不管不问。就算真有胃病，应酬一下总是可以的吧。第十一回贾敬寿辰，亲戚朋友都来了，唯独秦可卿病着，不能下床。尤氏是怎么向凤姐解释的呢？她说，"你是初三日在这里见他的，他强扎挣了半天"。有客人来，就算病着，如可卿之重病，也要强打精神出来见人。尤氏很明白这个道理。怎么该她打起精神了，偏偏就睡在床上不管了呢？退一万步讲，就算胃疼得厉害，以贾珍的强势，不可能任由尤氏这样。贾珍可不是妻管严，更不是宠妻狂魔。现在，贾珍居然默许了。反常，非常反常。

丈夫贾蓉更反常。老婆早亡，身为丈夫，贾蓉缺位了。作者没有写贾蓉的任何情绪，他完全消失了，只作为一个符号，存在于宁国府门口的对牌上，存在于秦可卿的灵牌上。"五品龙禁尉"身份比"丈夫"身份更重要。

还有反常的贴身丫头，为主子殉情这样的情节，在其他小说里行得通，在《红楼梦》里行不通。不然它就不是世情小说，而是沦为曹公批判的"胡牵乱扯"了。

要理解这些反常，不是没有线索。在本回末，有批注（畸笏叟）写道：

> "此回只十页，因删去天香楼一节，少却四五页也。"

据红学家推算，删掉的四五页，大致有两千字。按《红楼梦》的信息密度，两千字相当多了，况且这删除的部分，都指向一个非常重要的情节，天香楼事件。

在第十一回，贾敬寿诞，唱大戏就在天香楼前。这是会芳园的核心建筑。那回咱们说过，会芳园就是宁国府的欲望花园。这回曹公告诉我们，天香楼就是欲望之楼。

秦可卿死讯传来，众人"无不纳罕，都有些疑心"，有批注道："九个字写尽天香楼事，是不写之写。"

为秦可卿超度，做法事，"另设一坛于天香楼上"。有批注道："删，却是未删之笔。"可见，原文的此处，不止这一句话。

丫鬟瑞珠，见秦氏死了，一头撞死在柱子上。也有批注："补天香未删之文。"此外我们还知道，这一回原本的回目，不是"秦可卿死封龙禁尉"，而是"秦可卿淫丧天香楼"。

再看第五回《红楼》十二曲中秦可卿的唱词，一切都对上了。那首曲名叫《好事终》：

> 画梁春尽落香尘。擅风情，秉月貌，便是败家的根本。
> 箕裘颓堕皆从敬，家事消亡首罪宁。宿孽总因情。

画梁是雕梁画栋，指天香楼。春尽，落香尘，是如花美眷丧命凋零。仗着月貌沉迷风情就是败家的根本。"箕裘颓堕"是祖上的基业全部败光，家族沦丧，宁国府是罪魁祸首。这一切冤孽都因情而起。

如果说唱词太含蓄，太委婉，可以有不同的解释。那么，批注则写得明明白白。这首唱词旁，批书人写道：

> "敬老悟元，以致珍、蓉辈无以管束、肆无忌惮。故判归咎此公，自是正论。"

又批："是作者具菩萨之心，秉刀斧之笔，撰成此书……"

作者有菩萨心，批判贾珍贾蓉，不忘了追根溯源。宁国府家道沦丧的根源，还在于一家之主贾敬，修仙问道，不理家业，以致贾珍贾蓉胡作非为。作者又有刀斧笔，对贾珍贾蓉父子毫不留情，不放过他们的天大丑闻。

什么丑闻呢？

就是第七回焦大老先生，替我们说出来的"爬灰"事件。

我们可以拼凑出大致的经过：

贾珍是个没人伦的家伙，看上儿媳秦可卿，不知道用什么方法，或许软硬兼施，或许用下流计策，终于得逞。贾蓉本身也是个下流坏子，又迫于父亲的淫威，或蒙在鼓里，或无所谓，或敢怒不敢言。

可是纸包不住火，事情终于败露。最开始是伺候主子的下人们先发现，比如焦大，再比如可卿的两个丫鬟瑞珠、宝珠。从第七回凤姐听到焦大醉骂的表现看，她应该也知道。毕竟这种事具有恐怖的传播速度。

丈夫出轨，妻子往往最后一个知道。尤氏应该是最后才发现的，她一发现，就意味着事情彻底公开。秦可卿为保全家族名声，含恨自缢，吊死在天香楼上。

这就是宝玉梦游太虚幻境看到的画面：在一座高楼里，有一美人悬梁自缢。

丫鬟瑞珠自杀，宝珠摔丧驾灵，或出于羞愧，或作为知情者，害怕贾珍的报复。

尤氏以胃病为由，不管不问秦可卿的葬礼，显然是悲愤至极。她对儿媳秦可卿的情分，全部化为愤怒。她恨可卿。对贾珍，尤氏显然不敢过于激烈，消极怠工是她能做的最大反抗。

贾珍在丧礼上的反常表现，丑态毕露，也会给尤氏带来二次伤害。尤氏虽然性格软弱，但也在乎面子。如果还让她去操办丧礼，那无疑等同于在众亲友面前扒光衣服。

她之所以不管不问，是在维持最后一丝尊严，也是对贾珍的愤恨——你丢人我拦不住，但我不想跟你一起丢人。

07

秦可卿死了，盖棺了，如何对她盖棺论定？相信一千个读者有一千个想法。我个人的想法不重要，我们分析一下作者的困境。

关于秦可卿的文字，作者之所以写了又删，删了又不全删，还保留一些蛛丝马迹，可以看出曹公的矛盾心态。

删除的原因，批书人在回后批注里写了：

> 《秦可卿淫丧天香楼》，作者用史笔也。老朽因有魂托凤姐贾家后事二件，岂是安富尊荣坐享人能想得到者？其事虽未漏，其言其意则令人悲切感服，姑赦之。因命芹溪删去。

> 通回将可卿如何死故隐去，是大发慈悲心也。叹，叹！

曹公写"秦可卿淫丧"，是史家写实之笔。但"老朽"（与作者关系密切，或许是曹雪芹长辈）看在秦可卿对凤姐说的那番话的分上，觉得秦可卿还是关心贾府未来的。念她为家族操心，且见识长远，就令曹雪芹下笔不要这么狠，不堪的情节删一删。曹公同意了。

曹公有刀斧笔，也有菩萨心。

当然，这都是书外话题。我们重新回到书中，会发现秦可卿的担忧并非杞人忧天。就在这场丧事上，已经透露出贾府败落的种种征兆。

比如，宁国府创业一代是贾演，封了国公。贾蓉的履历上显示，第二代贾代化，是京营节度使，一等神威将军；第三代贾敬虽是进士出身，却放弃爵位；第四代贾珍成了三品爵威烈将军；到了第五代贾蓉，啥都没了，只能买个五品龙禁尉。家族势力的递减已不可抗拒。这正是第二回冷子兴对贾雨村说的，"如今的这宁荣两门，也都萧疏了，不比先时的光景"。

家门萧疏，子孙想过重振家门吗？没有。

贾珍作为宁国府当家人，贾氏一族的族长，带头胡作非为。经济上既不能开源，也不能节流。大家可以给贾珍算下账，仅秦可卿丧礼一项，307名僧道，再加上不计其数的执事人员，吃穿车马，来往礼节，一应用品，四十九天要花费多少？

再给贾蓉捐个官职，又是一千二百两。不算薛蟠赞助的豪华顶配棺材，一场葬礼下来，够埋他父亲贾敬十次了。

而这一切，作者并没有把账算在贾珍一个人头上，源头还在于贾敬，上梁不正下梁歪。红学圈有"悼明之亡"的说法，说曹家是汉人，满清治下，国仇家恨，对明朝哀其不幸，怒其不争。有人说，"贾敬"便是"嘉靖"。

我倒觉得，作为普通读者，没必要在这些问题上花时间，这样就把这部大书看小了。

《红楼梦》是一个故事，又不仅仅是一个故事，它能揭示历史规律、事物发展规律，以及世情和人性。这是它的伟大之处。读出这些，才不至于买椟还珠，才算读出了价值。

嘉靖与贾敬确有很多相似之处。都是一心炼丹修道，贪求长生，疏于朝政，虽然基业没有丢在自己手上，却给子孙做了恶劣表率。儿子隆庆帝，仅仅在位五年，连早朝都没坚持下来。孙子万历帝再接再厉，近三十年不上朝，不见官员，不批奏折，不理朝政，专注于美酒美人。

白居易如果在明朝写出"春宵苦短日高起，从此君王不早朝"，年轻点的臣子们估计会看不懂。早朝？什么是早朝？

漫长的怠政，让大明官僚机构发酵成一个烂泥潭，混沌黏稠，理不清，洗不净。崇祯吊死在煤山上之后，子孙有危机感吗？还是没有。弘光帝坐在南京的小朝廷里，歌舞依旧，美人如云，居然还大造宫殿。就在南京沦陷前夕，他还在搞大型歌舞选秀。

史学大家孟森在《明史讲义》里说崇祯："丝毫无知人之明，而视任事之臣如草芥。"

《红楼梦》不是史书，但我们对照一下本回末凤姐对宁国府的诊断，便会发现每一条都切中了历史的病灶。

理小家与治大国，道理一样。

虽然书里有关贾敬的笔墨不多，且都是侧面描写，但我们得知道，作者和批书人都没有放过贾敬，后面各种讽刺。

贾敬本可以有世袭爵位，又进士加身，按说有很大机会管好宁国府。至少有他在，贾珍贾蓉不敢肆无忌惮。

可是贾敬不作为。

很多时候，不作为并不等于不作恶。相反，重担在身而不作为，就是最大的恶。

帝王如此，官员如此，家长亦如此。

第十四回

人中龙凤王熙凤

林如海捐馆扬州城
贾宝玉路谒北静王

上一回末有句对联：

金紫万千谁治国，裙钗一二可齐家。

"金紫"是佩金饰，穿紫袍，指高官显贵。确切地说，是身居高位的男人。曹公显然对男权社会并不满意，这才有了《红楼梦》这部女性赞歌。这一回，就是裙钗王熙凤的正传。

且看她如何管理宁国府，如何操办秦可卿的丧礼。

01

凤姐掌权的消息确定，宁国府大总管来升立刻召集众人开会。来升说，现在是"西府里琏二奶奶管理内事"了，大家小心点，长点眼，留点神，辛苦这一个月。因为凤姐是个"有名的烈货，脸酸心硬，一时恼了，不认人的"。

众人都说有理，其中一个笑道："论理，我们里面也须得他来整治整治，都忒不像了。"可见宁国府管理乱象，连下人都知道。正说着，

> 只见来旺媳妇拿了对牌来领取呈文京榜纸札，票上批着数目。众人连忙让坐倒茶，一面命人按数取纸来抱着，同来旺媳妇一路来至仪门口，方交与来旺媳妇自己抱进去了。

这个细节很不起眼，尤其对于《红楼梦》这部大书，一不小心就忽略了。但《红楼梦》的精华，往往就藏在这些小细节里，越琢磨越有意思。之前说过，曹公是杯水兴波的高手，小事能写出大文章。咱们来分析下。

先说来升。来升是谁呢？本回第一句就说，来升是宁国府的"都总管"，就是大管家。可是第七回安排焦大夜里送秦钟那次，又说焦大"先骂大总管赖二，说他不公道"。那么问题来了，宁国府怎么会有两个大总管？不合理。

还好有脂批。甲戌本的这句话旁边，脂砚斋特意说明："记清。荣府中则是赖大，又故意综错的妙！"

所以很多红学家人认为，"来升"，应该是传抄过程中的笔误，应该是赖升，他是荣国府大管家赖大的弟弟，所以也叫"赖二"。脂批所谓"综错的妙"，就妙在这里。兄弟两个，哥哥在二房荣府管家，弟弟在长房宁府管家。

之所以多说几句赖家，是想让大家留意，在贾府逐渐衰败的过程中，赖家正在崛起。这是一条隐藏很深的副线，"记清"，后面我们再说。

再看《红楼梦》的写法。

凤姐的形象，不是一股脑扔过来的，而是一笔一笔丰满起来的，层层渲染。从第二回冷子兴嘴里，说凤姐"言谈又爽利，心机又极深细，

竟是个男人万不及一的"。中间有贾母眼中的凤姐，黛玉眼中的凤姐，宝玉眼中的凤姐，无数人眼中的凤姐。虽然情感色彩不一，或褒或贬，但核心都一样，凤姐厉害，能干，不好惹。

这回来升眼中的凤姐，是"烈货"，"脸酸心硬，一时恼了，不认人的"。又是下人眼中的凤姐。

《红楼》一大写法，或叫"背面敷粉"，或叫"烘云托月"，意思差不多，都是不直接描写，而是从侧面、背面描写。

这样写的好处，既有诗歌的韵味，还能在最少的文字里，包裹最大的信息量。前面脂批说，曹雪芹是一支笔当千百支笔用，也是这个意思。比如这段来升说凤姐的话，既侧面写了凤姐，同时也写了以来升为代表的下人，他们打心眼里怕凤姐。

如果以人物刻画的层次，来评断一部小说的水平，我们大致分为三等。人物搞脸谱化，是失败小说；一个人物优点和缺点共存，且形成自身冲突，是优秀小说；而天才的作品，是让人物某些特征既是优点，也是缺点，横看成岭侧成峰。人物刻画到这个境界，就有了哲学味道，所谓君以此兴，必以此亡，用性格来决定人物命运。

让凤姐威风八面的是她的强势能干，最后让她身败名裂的还是强势能干。她争强好胜碾压众人，以后落难就是墙倒众人推。

当然，书中玄妙远不止这些，我只是略举一二，大家阅读原著时自行体会。

来看来旺媳妇这段。

前面介绍过这个女人，她和丈夫来旺，是凤姐的陪房奴仆，也是凤姐的心腹。凤姐偷放高利贷，就是她两口子经的手。

所以我们会看到这样一个有趣的画面。来旺媳妇来领物料，凤姐并不在场。按说，你是荣国府奴仆，我们是宁国府奴仆，身份是一样的，公事公办就行。可是大家看宁国府这帮奴仆的表现。

"众人连忙让坐倒茶"，体贴入微，主子级待遇。然后"命人按数取纸来抱着"，不用来旺媳妇自己去取，我们帮你取好。取好还不够，"同来旺媳妇一路来至仪门口，方交与来旺媳妇自己抱进去了"。

寥寥数语，写尽人情世故。

可是请注意，曹公并没有直说，大家是怕凤姐，才讨好来旺媳妇云云，这需要读者自行体会。不仅考验阅读力，还考验我们的生活观察力，以及人生阅历，你看得懂一些人情世故，才能读出这些细微的妙处。

02

这是凤姐正式协理宁国府的第一天。上一回末，她已经理清了宁国府的五条弊病，现在，她就要着手解决了。

第一件事，"凤姐即命彩明钉造簿册"，先看看有多少人归我调用。来升媳妇拿出宁府的花名册，凤姐略问几句，定于次日一早，召开宁府全体下人大会。

次日卯正二刻（早上6点30分），凤姐就到宁国府了，众人到齐，见凤姐正在屋里对来升媳妇训话：

凤姐说：

> "既托了我，我就说不得要讨你们嫌了。我可比不得你们奶奶好性儿，由着你们去。再不要说你们'这府里原是这样'的话，如今可要依着我行，错我半点儿，管不得谁是有脸的，谁是没脸的，一例现清白处治。"

凤姐是天生的领导者，空降到宁府，没有丝毫顾忌。上一回贾珍请凤姐协理宁国府时，对王夫人说："从小儿大妹妹顽笑着就有杀伐决断"。这番训话，就是杀伐决断。

宁国府内部原来是尤氏管理，但尤氏软弱，不会管人。现在凤姐主意拿定，铁腕政策，快刀斩乱麻，不然她一个空降领导，很难管好宁府。所以她的办法是丑话说在前头，别给我说你们府里原来的规矩，我来了，规矩我定，我说了算，错一点，甭管你有脸没脸，我都会让你没脸。

然后让彩明对着花名册一个个"唤进来看视"，当即分派任务，这二十个分作两班，负责迎客倒茶；那二十个分作两班，负责本家亲戚茶饭；哪些上香添油，守灵举哀，哪些人管理餐具，哪些人管祭礼，哪些人照看门户，打扫卫生……一番调兵遣将，把一百多人安排得清清楚楚，明明白白。打架斗殴，吃酒赌钱，偷懒耍滑，发现一个罚一个，东西丢一个赔一个。

这叫人人有事管，事事有人管。

各位不要以为这很简单，参加过大型活动的人都知道，这看似简单，其实对管理者要求很高，尤其一个空降领导，指挥一群关系交错的人，去完成一个集体目标，太考验管理手腕。

俗话说，千军易得，一将难求，管理人才最难得。

顺便提一下，给凤姐当秘书的这个彩明，是男是女，一直有争议。如果是男，一天到晚跟着凤姐不合适；要说是女，一个丫头居然认字写字，并不多见。这算是《红楼梦》的瑕疵。脂批说，彩明是"未冠之童"，我们就当他是个未成年的小书童吧。

凤姐分派完工作，对来升媳妇强调：

"你要徇情，经我查出，三四辈子的老脸就顾不成了。"

前面说来升就是赖二，这里可知，赖家三四代人都是贾府奴仆，书中提到的，至少还有赖家兄弟的母亲赖嬷嬷，在贾母跟前也有体面。

凤姐这是来真的了。

"凤姐儿见自己威重令行，心中十分得意。"一心扑在府中事务，"不与众妯娌合群，便有堂客来往，也不迎会"。

脂批在这里说："写凤姐之珍贵，写凤姐之英气，写凤姐之声势，写凤姐之心机，写凤姐之骄大。"

这五个词，我们可以简化成两个，能干和自负。

能干者，多多少少都有些自负。可凤姐是绷不住的，她确实能干，也容易得意忘形。中国人讲究财不外露，不要恃才傲物，凤姐不管是财还是才，都喜欢外露。这个性格弱点，很快就会被人利用，下回再聊。

秦可卿的丧礼，在凤姐的操办下有条不紊地进行。这一天是"五七"中的第五天，丧礼期的大节点，众僧道要大作法事，亲友宾客会很多。凤姐带着来旺媳妇一群人，早早坐车，来到宁国府。"大门上门灯朗挂，两边一色戳灯，照如白昼，白汪汪穿孝仆从两边侍立。"

凤姐停车，"众媳妇上来揭起车帘"，下了车，"一手扶着丰儿，两个媳妇执着手把灯罩，簇拥着凤姐进来。宁府诸媳妇迎来请安接待"。看看这架势，已然众星捧月。凤姐威信已立。

凤姐进入会芳园灵堂，一见了棺材：

> 那眼泪恰似断线之珠，滚将下来。院中许多小厮垂手伺候烧纸。凤姐吩咐得一声："供茶烧纸。"只听得一棒锣鸣，诸乐齐奏，早有人端过一张大圈椅来，放在灵前，凤姐坐下，放声大哭。于是里外男女上下，见凤姐出声，都忙忙接声嚎哭。

我每次读这段，都有一种既魔幻又现实的错觉。

中国传统丧礼，哭丧是重要环节。小时候看人家出殡，听到哭声震天，想当然认为那都是悲痛流露，长大后才明白，不完全是。中国人举办丧礼，哭，是心情，也是礼节。很多时候，哭死人是哭给活人看的。

凤姐之哭，还有个特别之处。那就是，她既是"司仪"，也是亲友团，她得指挥大家哭，还得自己领哭。所以凤姐不是蹲着哭，不是站着哭，而是大大方方，坐在大圈椅上哭。凤姐哭，别人才跟着哭，气氛渲染得足足的。

相信很多人读到这里，会产生一个疑问：凤姐哭可卿，是真哭还是假哭？我们往下看。

宾客一哭，主人一定要劝。贾珍尤氏派人赶紧来劝凤姐，算是不哭了。凤姐喝口茶，漱过口，来到她的治丧委员会办公室——那所抱厦，开始点名。

结果，有一个负责迎送宾客的人迟到，凤姐命人传唤过来。

那人已张惶愧惧。凤姐冷笑道："我说是谁误了，原来是你！你原比他们有体面，所以才不听我的话。"那人道："小的天天都来的早，只有今儿，醒了觉得早些，因又睡迷了，来迟了一步，求奶奶绕过这次。"

朋友们，在写这套书时，我经常会遇到"从何说起"的问题。《红楼》信息密度太高，还是网状结构。我就像是一个给人带路的向导，原本满怀信心，走着走着却发现地形之复杂超乎我的想象，一度怀疑这根本不是路，而是个迷宫。

博尔赫斯有一篇著名的小说，那是在向《红楼梦》致敬，题目就叫《小径分叉的花园》。阅读《红楼》的路上，也处处分叉，曲径通幽，有时如坠迷津，有时柳暗花明，我读出的内容，不及书中之万一。

比如这里。凤姐哭可卿是真是假？作者不说了。他只是如实白描。见仁见智，全凭读者自己。

但是，如果我们调动记忆，回到前文，会发现这里隐藏着一个呼应，或许能帮我们了解王熙凤。

那是第十一回，凤姐来宁国府探望秦可卿，可卿已病入膏肓，瘦得吓人。作者明确告诉我们，凤姐心中"十分难过"，"不觉得又眼圈儿一红"。可见凤姐对可卿有真情。

可是出了秦可卿的卧房，却有一段悚人的描写。凤姐来到会芳园，"但只见：黄花满地，白柳横坡……石中清流激湍，篱落飘香；树头红叶翩翩，疏林如画……凤姐儿正自看园中的景致，一步步行来赞赏"。

上一秒为闺蜜的病危而伤心难过，下一秒就能心旷神怡，悠然赏景。

到了本回。上一秒坐在秦可卿棺材前"放声大哭"，下一秒就"冷笑"着杀伐决断。

这就是凤姐。

凤姐是天生的表情管理大师，情绪控制专家。

曹公用循环往复的桥段，以及层层渲染的笔法告诉我们，人性是深邃的，是幽微的，在凤姐身上，可以说深不见底。

我们不妨思考一下，还有哪部小说，能将人性挖掘到如此深度？

以上，是小说情节的一个分岔路，我们再来看另一条岔路。

按一般小说的写法，凤姐早定下了严格的规矩，又遇到丧礼的重大节点，有一个下人却迟到了，接下去肯定要写凤姐如何处置迟到者了。

可是曹公偏偏不直接写下去了。我们看发生了什么事。

> 正说着，只见荣国府中的王兴媳妇来了，在前探头。
>
> 凤姐且不发放这人，却先问："王兴媳妇作什么？"

王兴媳妇把帖子拿出来，说来"领牌取线，打车轿网络"。也就是来打物料申请，领点线，编成网状花纹，用来装饰车子轿子。

凤姐命彩明开始报数，大轿小轿和车辆，共十套，需要多少络子，多少珠子。"凤姐听了，数目相合"，便让彩明登记，发了对牌。王兴媳妇出去了。

大家记住，王兴媳妇打申请是第一件事。

"凤姐方欲说话时，只见荣国府的四个执事人进来，都是要支取东西领牌来的。"彩明继续报数，凤姐听完，指着其中两件说，"这两件开销错了，再算清了来取。"

这四个人，算是第二组人，共四件事。其中两件没问题，两件需要重新核算。

然后，凤姐看到了张材媳妇，就问她："你有什么事？"张材媳妇连忙拿出帖子说，就是刚才王兴媳妇用的车轿网络，要付给裁缝工钱。凤姐照例让彩明登记，让王兴媳妇交了对牌，得了买办的回押，账目没问题了，才让张材媳妇去领银子。

从这个环节，也能看出明清时代的商业细节。有经纪人（买办），有采购（张材媳妇），有出纳，有会计。

至此，张材媳妇算是第六件事。然后还有第七件。那个人也是荣国府的，负责装修宝玉的外书房，来申请银子，买墙纸。

七件事干净利索处理完，凤姐就开始处理那个迟到的人了。凤姐道：

> "明儿他也睡迷了，后儿我也睡迷了，将来都没了人了。本来要饶你，只是我头一次宽了，下次人就难管，不如现开发的好。"登时放下脸来，喝命："带出去，打二十板子！"一面又掷下宁国府对牌："出去说与来升，革他一月银米！"……那人身不由己，已拖出去挨了二十大板，还要进来叩谢。凤姐道："明日再有误的，打四十，后日的六十，有不怕挨打的，只管误！"

发现了吧，从这个迟到者出现到受罚，中间凤姐居然处理了四拨人的七件事。然后无缝衔接，雷厉风行，接着处理迟到者。这已是第八件。

"革他一月银米"这句历来有争议，是让大总管来升革迟到者的银米？还是革来升的银米？我们不知道。如果是革迟到者，等于打了人家二十大板还罚没一个月工资。如果是来升，那就是连坐制度，下属犯错，领导跟着受罚——当真"三四辈子的老脸"都不顾了。

作为一个空降型领导，要想快速树立威信，她必须杀鸡儆猴，还要杀得狠，杀得彻，杀在群猴面前，杀完还要鸡来谢恩。

凤姐够狠！

够狠之外，是够干练。就在那个迟到者惶惶不安，等着脖子上的刀落下的空当，凤姐居然还处理了七件事。典型的多线程思维。

处理家务，有决断；整治家规，有杀伐。

前文贾珍说凤姐，"从小儿大妹妹顽笑着就有杀伐决断"，千真万确。来升说凤姐"脸酸心硬""不认人"，也千真万确。

贾珍找凤姐协理宁府，算是找对人了。

从写法上看，这又是一场横云断岭。你本来顺着凤姐发飙这道岭一路走来，想看她接下来怎么惩罚这个迟到者，可作者笔锋一转，不写了，而安排了四组人物进来，用一团云把山岭切断。云开雾散，才能继续赶路。

这种艺术审美是纯粹的中国式审美。讲究"犹抱琵琶半遮面"，讲究曲径通幽，一如荣府大观园。

读《红楼》没有笔直的路，我们得揣摩曹公的审美，以及他的野心，他在用文字为几千年的中国文化做最后的汇演。

03

杀鸡儆猴成效显著，"众人不敢偷闲，自此兢兢业业，执事保全"。

宝玉见今天宾客太多，就带秦钟来找凤姐。凤姐一见二人，就开起了玩笑："好长腿子，快上来罢。"这会儿的凤姐，又是多么亲切，多么随和，让二人上桌一起吃饭。

宝玉说已经吃过了。凤姐问，是在这边吃的，还是那边吃的？宝玉说："这边同那些浑人吃什么！原是那边，我们两个同老太太吃了来的。"

活在《红楼梦》的故事里，能入宝玉的眼，是很不容易的，那些宾客亲朋，都是"浑人"。大家留意，"浑人"两个字是宝玉对世俗世人的顽固看法，他欣赏的人，上到王公贵族，下到农家女儿，有一个共同点，就是"不浑"，不世俗。

宝玉这话还告诉我们一条信息，就是他和秦钟形影不离，已经亲密到随意去贾母屋里吃饭了。要知道，这可是姐姐秦可卿的丧礼，秦钟是她娘家唯一的晚辈，应该守灵才对，可是他到处跑着玩。很不懂事。

凤姐吃过饭，宁国府一个媳妇来领牌，要支取香灯。凤姐说："我算着你们今儿该来支取，总不见来，想是忘了。这会子到底来取，要忘了，自然是你们包出来，都便宜了我。"

看到没，什么时候要做什么事，谁来做，凤姐清清楚楚。大有"运筹帷幄之中，决胜千里之外"的风度，一如孔明附体。

秦钟问，你们两府里的对牌都是一样的，要是有人偷偷私弄一个，支了银子跑了咋办？凤姐说，依你说都没王法了。宝玉也问："怎么咱们家没人来领牌子做东西？"凤姐说，人家来领东西的时候，你还在做梦呢，意思是还在睡懒觉呢。前面说了，凤姐一大早处理的七件事，全是荣国府的管家媳妇，宝玉一概不知。

在后文里，宝钗给宝玉取了一个网名，叫"富贵闲人"，非常贴切。

凤姐又问宝玉："你们这夜书多早晚才念呢？"宝玉说，我巴不得早点念，就是书房还没装修好，"这也无法"。

大家不要被宝玉骗了，他想早点念书？鬼才相信。没有书房就念不成书了？荣国府那么多间房子，真想念书，哪儿放不下一张书桌？宝玉这话，活像我们小时候，一说作业总能找到理由。

不过这次不巧，凤姐刚刚还在忙活他的书房，就又开玩笑说，你请我一请，包管就快了。宝玉说，你想快也没用，他们自有工作进度。凤姐说那不是，我要是压着他们的对牌，领不成东西，怎么快？宝玉一听，"便猴向凤姐身上立刻要牌，说：'好姐姐，给出牌子来，叫他们要东西去。'"

凤姐是表姐，也是嫂子，但是宝玉更习惯叫姐姐。事实上，凤姐也一直像对待弟弟一样对宝玉。二人姐弟关系远远多过叔嫂关系。

正闹着，有人回话："苏州去的人昭儿来了。"

凤姐把小厮昭儿叫进来，问他回来做什么。

昭儿道："二爷打发回来的。林姑老爷是九月初三日巳时没的。二爷带了林姑娘同送林姑老爷灵到苏州，大约赶年底就回来。"

正在治丧的王熙凤，又听到一次报丧。林如海死了。

林家没有儿子，黛玉又是个小女孩，肯定操办不了这么大的事，贾琏成了主心骨。林如海只是在扬州做巡盐御史，籍贯是苏州，所以灵柩必须送到苏州，叶落归根。

死了人，怎么说也是大事。可是我们看凤姐，对于林如海之死，凤姐一句话都没说，连一句惋惜都没有，就像什么都没发生过。还记得第三回初见黛玉，凤姐提起姑妈之死，当场流泪，现在姑父死了，提都不提。

为什么呢？当时贾母在场，黛玉在场，哭有人看。现在哭，没人看。凤姐依然"心硬"。她想到的，只是林如海死了会怎样。首先，林黛玉彻底没有家了，成了孤儿，一定会在贾府长住下去。

凤姐向宝玉笑道："你林妹妹可在咱们家住长了。"宝玉道："了不得，想来这几日他不知哭的怎么样呢。"说着蹙眉长叹。

与凤姐"心硬"形成对照的，是宝玉的"心软"。千里之隔，宝玉能猜出黛玉的心情，并感同身受，蹙眉长叹。

周汝昌老先生说，《红楼》一书有两大主角，一是贾宝玉，二是王熙凤，诚哉是言。

让我们再强调一下这二位的性格，宝玉是男人身，女儿心；凤姐是女儿身，男人心。宝玉是"无故寻愁觅恨"，女儿堆里混；凤姐是杀伐决断，"男人万不及一"。我们留意这组人物对照，会发现很多彩蛋。

继续故事。

凤姐只问了昭儿几句，并不是没有话要说了，而是有些话不方便说，要私下说。比如，担心贾琏在外面乱搞。

到了晚上，凤姐命昭儿进来，一来把给贾琏的衣物包裹交给他，二来就要说心里话了。

> （凤姐）又细细吩咐昭儿："在外好生小心服侍，不要惹你二爷生气；时时劝他少吃酒，别勾引他认得混帐老婆，——回来打折你的腿。"

凤姐太了解贾琏了。

他去的扬州和苏州，都是有名的花柳繁华地，温柔富贵乡。琏二爷
鱼入大海，猛虎归山，在青楼里赢得个薄幸名是自然的。

04

秦可卿出殡的日子快到了，贾珍带着阴阳先儿，到铁槛寺看寄灵处
风水。

《左传》上说，"国之大事，在祀与戎"，祭祀与军事重要，都是
国家大事。民间百姓也是如此，但凡祭礼，无不重视，都有严格而复杂
的一套流程。

如果是死在异乡的亲人，一定要迁坟回祖籍。诗人杜甫死在湖南潭
州，时逢战乱，家道凋敝，直到几十年后，杜甫的孙子才把他的坟迁到
河南老家。

苏轼的妻子王弗、父亲苏洵都是死在汴梁，苏轼兄弟千里迢迢，也
要将灵柩运往四川老家。还有前面提到的林如海，莫不如此。

迁回老家之前，灵柩临时寄放，就叫寄灵。

贾府寄灵的地方在铁槛寺，这是贾府的家庙，因为家大业大，人多
钱多，所以大户往往都有家庙。有些地方土豪，就算没有家庙，也会花
大钱施舍当地的庙宇道观，作为家族寄灵之用。

贾珍一一嘱咐铁槛寺的主持色空，万事俱备，就等着出殡了。

可是贾府毕竟是延续了百年的大家族，社会关系庞杂，事务繁多。
就在可卿出殡的紧要关头，贾府还有一堆别的事：

外有缮国公夫人亡故，西安郡王妃做寿，镇国公家喜得贵子。内有
凤姐的哥哥王仁要带着家眷回南方老家，迎春生病要请医服药……"亦
难尽述"。

这些公事、私事、家务事，加上秦可卿的丧礼，全都要凤姐操心。

因此忙的凤姐茶饭也没工夫吃得，坐卧不能清净。刚到了宁府，荣府的人又跟到宁府；既回到荣府，宁府的人又找到荣府。

现在，我们知道什么叫"裙钗一二可齐家"了，也佩服凤姐说的"那边也离不得我"了。任你事情千头万绪，她总能指挥得当游刃有余。最重要的是，凤姐并不觉得劳累，反而"心中倒十分欢喜"。

于是合族上下无不称叹者。

本回开头，是写凤姐之威，人人害怕。一场硬仗打下来，是写凤姐之才，人人佩服。

按说有这样的当家媳妇，何愁家宅不旺！可是贾府已经是一艘千疮百孔四处漏水的破船了，凤姐再能干，也经不住贾府众子弟的折腾。

第五回里凤姐的判词，是"凡鸟偏从末世来"，是"枉费了，意悬悬半世心"，都在告诉读者，凤姐生不逢时，有志也难酬，有才也白搭。

当然这是后话。说回当前。

出殡前夜叫作"伴宿"，死者的亲人都要守灵，通宵不回。歌舞百戏，吹吹打打，非常热闹。这时候"尤氏犹卧于内室"。也就是说，尤氏这胃疼，一疼就是四十九天，都要出殡了，连做做当家主母的样子也没有。里里外外，上上下下，还是凤姐在操持。

不过凤姐也乐意，"也不把众人放在眼里，挥霍指示，任其所为，目若无人"。

天一亮，吉时到，六十四名青衣请灵，一应陈设物件全是新做的，光彩夺目。那个自认女儿的丫鬟宝珠，"摔丧驾灵，十分哀苦"。

送殡的宾客们全都到了，这"八公"那"四王"，这侯爷那将军，还有数不清的王孙公子，简直是一场名流派对。

连家下大小轿车辆，不下百余十乘。连前面各色执事、陈设、百耍，浩浩荡荡，一带摆三四里远。

除了灵堂祭奠，还有路祭。沿着送殡路线，"彩棚高搭，设席张筵，和音奏乐"，第一座祭棚是东平王府，第二座南安郡王，第三座西宁郡王，第四座北静王。

从封号上看，东平、西宁，南安、北静，应该是皇家很信任的兄弟，寄予厚望。四家王府与贾府过从甚密，在第十一回里贾敬寿辰那次，也都派了人送贺礼。

其中，北静王祖上功劳最高，皇恩最重，现在的子孙仍然世袭着王爵，这一代的北静王名叫水溶，"年未弱冠，生得形容秀美，情性谦和"。

又是一个美男子。

北静王祖父与宝玉祖父一代算是世交，所以在贾府面前"不以王位自居"，这日下了早朝，换了素服，就来路祭了。

一时只见宁府大殡浩浩荡荡、压地银山一般从北而至。

一个家族办丧事，半个朝廷的权贵来吊唁。这排场，这架势，整个中国小说史上都不多见。

北静王亲临，贾府当然受宠若惊。贾珍赶紧命送殡队伍暂停，与贾赦、贾政连忙迎接，"以国礼相见"。水溶果然谦和，"并不妄自尊大"。一番礼节过后，水溶突然问贾政：

> "那一位是衔玉而诞者？几次要见一见，都为杂冗所阻，想今日是来的，何不请来一会。"

贾政赶紧让宝玉脱去孝服，领到跟前。宝玉之前早闻水溶美名，早就想见一见了，只是碍于"官俗国体"，没有见成。现在机会来了，宝玉非常高兴，未到跟前，就看见水溶坐在轿子里，"好个仪表人材"。

水溶会跟宝玉说什么话？他又是个什么样的人？下回分解。

05

本回故事讲完了，老规矩，聊聊写法。

契诃夫有个著名的戏剧创作理论，后世称为"契诃夫之枪"。大致意思是，如果前面故事里出现过一把枪，那它一定要在后面打响，否则这把枪就是多余的。

这个理论不仅适用于戏剧，于小说、电影、话剧等所有讲故事的艺术都有效。曹雪芹去世一百年后，契诃夫才出生，他肯定不知道这把"枪"。但是不妨碍曹公是个神枪手。

在这回里，曹公用了两把枪，一把打响了，一把悄悄亮了出来。

打响的这枪，就是王熙凤协理宁国府。

从第二回冷子兴说凤姐"是个男人万不及一的"开始，就一直展示这把枪，像一场旷日持久的实弹军演。

黛玉初见凤姐，看到她"放诞无礼"；贾母看凤姐，看到"辣子"；周瑞家的看凤姐，看到"一万个心眼子"；刘姥姥看凤姐，是"这等有本事"；秦可卿看凤姐，是"脂粉队里的英雄"。

贾瑞更悲催，用性命向我们展示这把枪的杀伤力。

再到宝玉、贾珍、众小厮等等，无数人已经将这把枪擦得杀气逼人，子弹早已上膛，只等扣动扳机。

秦可卿一死，这把枪终于大展身手，不负众望，一战成名。

在本回的回末，脂批写道："写秦死之盛，贾珍之奢，实是却写得一个凤姐。"所谓乱世出英雄，家里乱，也能出女英雄。可卿丧礼之于凤姐，就像赤壁水战之于诸葛亮，景阳冈猛虎之于武松。

英雄都需要一次机会。

第二把枪，是我们一再说的《红楼》式伏笔，旧包袱抖开了，新包袱也要埋下。

比如，当众挨了二十大板的那位"有体面"的人。脂批说："又伏下文，非独为'阿凤'之威势费此一段笔墨。"意思是，杀鸡儆猴不仅写出凤姐之威，还亮出另一把枪。日后贾府被抄，凤姐失势，这把枪就会打响。那个人会以德报怨？还是报仇雪耻？我们不得而知，估计后者的可能性更大。这也是凤姐"威重令行"的代价。

再比如，来送殡的亲友里，有第二次出现的冯紫英，首次登场的卫若兰，这两位王孙公子，日后都有重头戏。我们先留意这两个名字，暂不展开。

再比如：北静王水溶的出现，脂批说："宝玉见北静王，是为后文伏线。"贾府被抄家，肯定有来自朝廷的政治力量，以北静王的身份，在其中势必发挥重大作用。可惜，我们看不到了。在八十回后续书里，作者倒是扣响了扳机：锦衣卫洗劫贾府，北静王及时阻止，尽力斡旋，帮贾政减轻罪名，减少财产损失。

这个情节，且不说符不符合曹公原意，以北静王之地位，与贾府之密切，还有后文隐约透露的与林黛玉的"瓜葛"，北静王的戏份肯定不会这么少。要知道，脂砚斋郑重说出"伏线"的情节，不会是可有可无的一笔。

聊完枪，再提几句刀斧。

之前说过，曹公写《红楼》是菩萨之心，刀斧之笔。这回有个容易被忽略的细节，能看出曹公用刀之娴熟，用刀之果断，简直到了无情的地步。

林如海死讯传来那段，按照正常的逻辑，哪怕是生活常识，要不要写黛玉哭了？要，一定要。凭黛玉的年龄性格，母亲早亡，如今父亲又死，彻底成了孤儿，能不哭吗！

我不止一次想过，如果我来写这段，一定会描写黛玉之哭："那黛玉每日以泪洗面，茶饭不思，悲痛不已，一路扶灵到苏州，几次哭倒在路旁"云云。

可是曹公偏偏不写，只是写宝玉时捎带了一句："想来这几日他不知哭的怎么样呢。"

黛玉就这么没有存在感吗？

后来我才想明白，这样写不是削弱了黛玉的存在感，恰恰是增强了。

作者在第一回就告诉我们，绛珠草为报答神瑛侍者的灌溉之情，要把她"一生所有的眼泪还他"。也就是说，黛玉不能为别人流泪，她"一生所有"的眼泪只能为宝玉而流，才能还清前世的情。可是父亲死了都不流泪，那黛玉是不是太无情了？

黛玉应该流泪，也一定会流泪，只是作者用那支凌厉而精准的刀笔，故意切掉了流泪环节。

写宝玉猜想她哭，符合我们的常情。而不写她如何哭，如何流泪，符合全书主题——黛玉一生的眼泪只为宝玉而流。日后，黛玉为宝玉哭成泪人儿，哭得眼睛像两颗桃子，哭到吐血，我们就能体会此中真意。

曹公对黛玉这个人物，可以说是有洁癖的，他不容许任何俗事来削弱她。这样的绛珠草，形象才更鲜明，更独一无二。

曹公无情之笔，却是有意之笔，更是无双之笔。

出了铁槛寺，就是馒头庵

王熙凤弄权铁槛寺
秦鲸卿得趣馒头庵

01

书接上回。

宝玉来见北静王，先看到他的穿着，头戴"洁白簪缨银翅"王帽，身穿"江牙海水五爪坐龙白蟒袍"，腰系碧玉带。

面如美玉，目似明星，真好秀丽人物。

古代官员服饰，款式、花纹、图案都有严格规定，什么身份在什么场合，穿什么衣服都有讲究，不能随便穿。北静王这一身，整体偏白色系，很符合丧礼场合。"坐龙白蟒"花纹，是他的皇家身份。

宝玉赶紧上来参见，水溶也"连忙从轿内伸出手来挽住"，很亲热。北静王眼中的宝玉：束发银冠，双龙出海抹额，白蟒箭袖，攒珠银带。

> 面若春花，目如点漆。水溶笑道："名不虚传，果然如'宝'似'玉'。"

北静王好奇心很强，要看宝玉那块玉。宝玉递给他，"水溶细细的看了，又念了那上头的字"，然后问灵不灵验。贾政说，还未曾试过。

> 水溶一面极口称奇道异，一面理好彩绦，亲自与宝玉带上，又携手问宝玉几岁，读何书。

话说到这里，其实已经能看出北静王很喜欢宝玉，但是还没完。北静王又对贾政说，令郎真乃"龙驹凤雏"，将来会"雏凤清于老凤声"。用李商隐的诗夸宝玉，日后将胜过老爹，前途无量。接着又邀请宝玉到他的王府读书，还把皇上御赐的鹡鸰念珠手串取下来，送给宝玉做见面礼。

贾政、宝玉，连着贾赦、贾珍一起上来致谢，才各自忙去。

我们来分析一下北静王。

整本小说里，正面描写且身份最尊贵的人物，应该就数北静王。可是在前八十回原著里，正面写北静王只有这么一段，导致这个人物谜团重重。但可以确定两点：

第一，北静王和宝玉是同一类人。

小说开头，冷子兴和贾雨村那段著名的人物论，提到一类人："若生于公侯富贵之家，则为情痴情种。"宝玉是情痴情种，这个无须争论，但我要说，北静王也是情痴情种。

如果我们细看北静王的外貌，便会发现他同样有"女儿之态"，"形容秀美""面如美玉""秀丽"，这种相貌都偏女性化。并且，与宝玉的"面如春花，目如点漆"也很相似。曹公写人物长相，非常善于描写眼睛，北静王与宝玉的眼睛都很有神，有灵气。

另外，北静王拉着宝玉的手问年龄，问读什么书，并邀请宝玉到王府读书。我们回忆一下宝玉见秦钟的场景，是不是很熟悉？

再看北静王对贾政说宝玉，"令郎如是资质"，想来老夫人和夫人都钟爱。

> "但吾辈后生，甚不宜钟溺，钟溺则未免荒失学业。昔小王曾蹈此辙，想令郎亦未必不如是也。"

第一次见面，就能一眼看出宝玉在家的情形，为什么？因为这也是他自己的成长轨迹。北静王虽然比宝玉大个几岁，也算同龄人，二人是一见如故。可以说，北静王水溶，就是另一个豪门中的"贾宝玉"。

第二，北静王的作用。

上回说过，续书里，水溶向倒塌中的贾府施以援手。从这回的表现看，比较符合原著。

北静王是个"贤王"，与贾府是世交，这回对贾政等人颇有情义。贾赦、贾珍让水溶的仪队先走，水溶认为死者为大，让送殡队伍先走。他对贾府的情义，以及对宝玉的喜欢，日后很可能会帮助到贾府。

至于在外人面前知书达理、读书上进的表现，那也像宝玉一样，聪明有余，上进不足，我们听听就算了。

北静王送给宝玉的念珠手串，我们得留意，以后再表。

02

送殡队伍继续前行，贾赦、贾政、贾珍等人的同僚们，也都来路祭。出了城门，直奔铁槛寺而来。

男人中长辈坐轿，年轻的骑马，女人家眷都坐车子。凤姐坐在车里，还在操心宝玉，"惟恐有个失闪，难见贾母"。于是命小厮找来宝玉，一同坐车。不多时，有人来报，说前面有户人家，请凤姐去歇息更衣。凤姐得知邢、王二夫人不去，就离开大部队去了，宝玉也命人请来秦钟，一起陪凤姐。

　　直男看到这里，很可能不太明白，正忙着出殡呢，半路上更什么衣呀！这得怪曹雪芹写得太含蓄了，更衣就是上厕所。这户农家，相当于一个服务区。

　　一个农户人家里，突然来了一群国公府的人，很罕见，于是那群村姑盯着凤姐、宝玉、秦钟围观看热闹。

　　凤姐去更衣。宝玉很有眼色，带着秦钟随便转悠。这个十指不沾阳春水的公子哥，见到各种农具，都不认识，很好奇。小厮一一告诉他名字和用途，宝玉算是长见识了，"怪道古人诗上说，'谁知盘中餐，粒粒皆辛苦'"。

　　转悠到一间房前，见炕上有个纺车，宝玉更加好奇，问这是什么。小厮告诉他怎么用。宝玉一听更来劲了，走上来就要摇。这时突然跑来一个十七八岁的村庄丫头，喝住宝玉："别动坏了！"小厮们赶紧护驾，阻止丫头，宝玉却连忙赔笑，说我没见过这个，所以想试试。丫头说你哪会这个呀，"站开了，我纺与你瞧"。

　　曹公太厉害了。这个村庄丫头，在书里连个龙套都算不上，只算个路人甲，可曹公就是有这个本事，只需三两句台词，就能把路人甲写成鲜活角色。

　　试想，一个村庄丫头在宝玉面前，身份何等低贱，她可以唯唯诺诺，可以战战兢兢，还可以羞涩回避。但这样一来，这个角色就没有特色了，就像警幻仙姑在太虚幻境对宝玉说的，是"庸常之辈"。

　　一句"别动坏了"，一句"站开，我纺与你瞧"，一派天真，清水芙蓉，没有一丝阶层意识，没有一星半点身份负担。在我看来，这个村庄丫头，就是散落在大观园之外的晴雯、湘云，甚至，比晴雯、湘云有更纯粹的人格。

　　秦钟在旁看了，打趣说，"此卿大有意趣。"很轻佻。宝玉一把推开，说真该死，你再胡说，我就打了。

　　丫头纺着线，那边有个老婆子喊她，二丫头，快过来。二丫头丢下纺车走了。

这边宝玉"怅然无趣"，那边凤姐更衣完毕，家下仆人摆好带来的茶点，一起吃茶。旺儿给了这户农家一些银子。

临走，宝玉留心四下里看，没见到二丫头。直到上了车，走出一段，才看见二丫头抱着她小兄弟，跟几个女孩说说笑笑。书里写道：

> 宝玉恨不得下车跟了他去，料是众人不依的，少不得以目相送，争奈车轻马快，一时展眼无踪。

在这句话旁，脂批写道："人生离聚，亦未尝不如此也。"

每读《红楼》至此，都觉出说不出的美好。这美好有意外的邂逅，短暂的惊喜，以及无可奈何的分离。距离产生美。曹公给宝玉安排了一场心动，并告诉我们欣赏美的恰当距离，远观就好，不可亵玩。

在原著里，二丫头还会不会再次出现，我们不得而知。以曹公一笔多用的风格，不是没有可能。如果真是那样，届时二丫头和宝二爷如何重逢，又会发生什么故事？想象空间实在太大。

如果哪天我想写个《红楼》故事，一定会记得二丫头，并且不会让她进大观园。那里虽有守护者，却也有破坏者，众女儿少有善终。我会让她依然活在村庄里，保持生命原本的状态。届时贾府崩盘，宝玉非尊非贵，正好她不懂尊卑，不分贵贱，宝二爷和二丫头，这才真正平起平坐。

曹公心怀慈悲，若原著里二丫头再次登场，想必不会一网打尽吧。二丫头应是沧海遗珠，远离大观园的幸存者，白茫茫大地上不多的一粒花种。

03

继续书中故事。

凤姐宝玉一行，很快赶上送殡队伍，来到铁槛寺。众僧侣已经就位，接灵唱经，设香坛，作佛事，安灵完毕。

送殡的亲友们，有的在这里吃饭，有的打道回府，按照"公侯伯子男"的尊卑次序散去。女宾还是凤姐张罗，到晌午头人就走完了。邢、王二夫人知道凤姐必须留下来收尾，先行回家。宝玉难得到郊外，不愿回家，非要跟着凤姐住一天。

这铁槛寺原是宁、荣二公修建的，周边还有农田，贾氏一族有人去世，就在这里寄灵。

为什么叫"铁槛寺"呢？我们要剧透一下。

到第六十三回，邢岫烟向宝玉转述妙玉的话。妙玉曾说，古往今来，不管汉晋还是唐宋，都没有好诗，只有两句写得好："纵有千年铁门槛，终须一个土馒头。"

这两句诗是化用，原作者是范成大。铁门槛是指高门大户，寓意世代富贵。土馒头就是坟包。意思很明确，人啊，纵然你世代豪门，富贵荣华，到头来都难逃一死。

这个亦庄亦谐的名字，显然是曹公的游戏笔墨，写给世人看的。宁、荣二公如果是现实人物，不可能给家庙取这个名字，太不吉利。

铁槛寺有阴阳两宅，阴宅停放灵柩，阳宅给送殡的亲友住，有些亲友忌讳这个，就不住在这里，另寻别处下榻。

凤姐带着宝玉、秦钟一行，就找到了一个住处。巧了，这个住处叫作"馒头庵"。

馒头庵正式名字叫水月庵，因为庵里的馒头做得好吃，人们就起了这个诨号。请注意馒头庵的位置，书上说："离铁槛寺不远。"

凤姐驾到，馒头庵老尼姑净虚，带着智善、智能两个徒弟出来迎接。凤姐"见智能儿越发长高了，模样儿越发出息了"。说，你们师徒最近怎么不住我们家去了。净虚说，这几天有念经业务，"胡老爷府里产了公子，太太送了十两银子来这里"。

胡老爷是谁呢？脂批说了，是天下糊涂之人。

各位，考验记忆力的时候到了，我们来做一个拼图游戏。

还记得第七回的故事吗？周瑞媳妇帮薛姨妈送宫花，来到惜春那里，发现惜春正在和这个智能儿玩耍。周瑞媳妇问，"你师父那秃歪剌往那里去了？"智能儿说："我师父见了太太，就往于老爷府内去了。"

于老爷是谁呢？脂批说，是天下愚蠢之人。

曹公的看法很明确了，佞佛崇道，任三姑六婆登堂入户，是愚蠢人，是糊涂人。

为什么净虚这种老尼姑不可信，曹公也告诉我们了。第七回净虚出现，是到贾府讨月例银子的。这一回净虚出现，开口还是银子。

可是，偏偏这样一个打着敬佛诵经旗号、行骗谋利的人，这回又等来一个愚蠢人、糊涂人。

谁呢？大聪明王熙凤。

接着往下说。宝玉、秦钟来到殿上，见到智能儿。

宝玉笑着说："能儿来了。"

秦钟道："理那东西作什么？"

宝玉笑道："你别弄鬼，那一日在老太太屋里，一个人没有，你搂着他作什么？这会子还哄我。"

天哪！曹公叙事规律太难把握了，像个顶级车手，冷不丁来个急转弯，劈头盖脸就砸过来一个重磅消息。

原来智能儿师徒每次去荣府都没闲着，师父挣银子，徒弟撩汉子。智能儿经常与宝玉、秦钟一起玩耍。

> （智能）他如今大了，渐知风月，便看上了秦钟人物风流，那秦钟也极爱他妍媚，二人虽未上手，却已情投意合了。今智能儿见了秦钟，心眼俱开……

这会儿秦钟不承认，宝玉就拿二人打趣，不管有没有，你只叫住她，倒碗茶来我吃。秦钟说，你想吃茶自己让她倒去，难道她还不倒？

宝玉说：

"我叫他倒的是无情意的，不及你叫他倒的是有情意的。"

智能儿听了，赶紧倒了茶来。宝玉和秦钟开始抢，智能儿说，一碗茶也来抢，"我难道手里有蜜！"

且不说三个人一起打闹，吃茶点。此时，凤姐已回到净室歇息，跟来的媳妇们都散了，身边只有几个心腹丫头。净虚见没有外人，就对凤姐说，我有个事想求太太（王夫人）帮忙，先请示一下奶奶。凤姐问什么事，老尼就说了。

事情是这样的：

净虚曾在长安县善才庵出家，认识一个施主，姓张，是个大财主。张财主有个女儿叫张金哥，已经许配给原长安守备家的公子，聘礼都收下了。那天张金哥到善才庵进香，又遇到了长安府府太爷的小舅子李衙内。

李衙内一见张金哥就看上了，非要娶她，就让人到张家提亲。张财主说，女儿已有婚约。可是李衙内不依不饶，非要娶张金哥。张家只是个财主，无权无势，不敢轻易得罪李衙内，闹来闹去，这事就传到了守备家。

"不想守备家听了此信，也不管青红皂白，便来作践辱骂，说一个女儿许几家，偏不许退定礼，就打官司告状起来。那张家急了，只得着人上京来寻门路，赌气偏要退定礼。"

净虚接着说，长安节度云老爷，跟你们贾府关系最好，可以求太太（王夫人）让老爷（贾政）去封信，让云老爷和那守备说一声，撤了官司，不怕那守备不依。这事成了，张财主倾家荡产也要孝敬你们。

要弄清这个事，稍微有点复杂，我们先要确定两个问题。

第一，这是净虚的一面之词。这个老尼姑为了敛财啥事都敢做，她的话能有几分可信？

脂批在这里说："善才庵""财主""金哥"，"俱从'财'一字上发生"。

再看净虚的口气，明显是站在张财主一边的。要知道，张财主家已经收了聘礼，父母之命媒妁之言都合规矩，这会儿又要退婚，肯定是理亏的。但是净虚却把张财主说得那么可怜，那么弱势——"只得着人上京哀求寻门路"，好像是被人逼迫一样。

而对守备家，净虚说人家"不管青红皂白，便来作践辱骂"，还"偏不许退定礼"，好像守备家是一个恶霸。

这就是净虚老尼，虚伪狡诈，颠倒黑白，一切为了一个"财"字。

第二，"原任长安守备""长安府府太爷"和"长安节度"的关系。

守备是武官系统里的一个中下级官员，何况是地方上、已经卸任的守备，权势并不太大。而李衙内是"长安府府太爷"的小舅子，府太爷是知府的尊称，地方行政一把手。

这两家一个在地方军事系统，一个在行政系统，权势上双方都没有压倒性优势，所以互不相让。

净虚的法子，就是找到该地区军事系统的一把手"节度云老爷"，让云老爷给守备施压，从而放弃诉讼，把张金哥让给李衙内。

据此我们可以断定，府太爷李衙内一家给张财主的聘礼，一定要远远多于守备家。

张财主，以财为主，而她的女儿张金哥，就是他的一笔横财。

整个事件梳理下来，我们会发现一条复杂却清晰的请托关系链：

张财主—净虚—凤姐—王夫人—贾政—云老爷—守备

什么叫人情社会？这就是。

守备家公子做梦也不会想到，他的婚姻大事，居然被一个老尼姑盯上了。

那凤姐愿意帮忙吗？

凤姐听了说，事儿倒不大，只是太太再不管这种事。净虚说，太太不管，你就可以管了呀。凤姐说："我也不等银子使，也不做这样的事。"

凤姐为啥拒绝？她的语气已经告诉我们了，"不做这样的事"，是因为这事不占理。是毁约的事，拆婚的事，以大欺小的事。

老话说，宁拆十座庙，不毁一桩婚。凤姐并非十足的恶人，以她的绝顶聪明，分得清是非黑白。

照理说，凤姐拒绝的事，就该打住了。可是，她遇到的不是一个吃斋念佛的尼姑，而是一个混迹豪门、狡诈扯谎、一心谋财的假尼姑。

见凤姐拒绝：

> 净虚听了，打去妄想，半晌叹道："虽如此说，张家已知我来求府里，如今不管这事，张家不知道没工夫管这事，不希罕他的谢礼，倒像府里连这点子手段也没有的一般。"

各位，我们必须承认，这个老尼姑绝对是个揣测人心的大高手。

凤姐不差钱，金钱打动不了她，那我就找你的弱点。

凤姐什么弱点呢？逞能。

才华用在正事上，叫才能。用在坏事上，就叫逞能。

老尼姑的意思是，你不管这事，我知道你不差钱，可不知道的人，会认为你们没本事。

被说没本事，是凤姐最不能忍的事。

就在今天上午，秦可卿的灵柩，已圆满地放到了铁槛寺。整个丧礼期间，人来客往，官送宾迎，千头万绪的事，宁荣两府的人，哪一样不是我王熙凤打理！说我府上没本事？奶奶我今天就让你看看我的本事！

书上写道：

> 凤姐听了这话，便发了兴头，说道："你是素日知道我的，

从来不信什么是阴司地狱报应的，凭是什么事，我说要行就行。你叫他拿三千银子来，我就替他出这口气。"

各位细品，凤姐这是要替张财主"出口气"，还是要替自己"出口气"？为了这口气，阴司地狱报应都不怕。

为什么突然说阴司地狱报应呢？凤姐知道这是毁约、是拆婚，欺负人，是当时人们认为会下地狱遭报应的坏事。但是为了展示手段，她答应了。

老尼听说，喜之不禁，忙说："有，有！这个不难。"

凤姐说，我不是图银子——

"这三千银子，不过是给打发说去的小厮做盘缠，使他赚几个辛苦钱，我一个钱也不要他的。便是三万两，我此刻也拿的出来。"

老尼姑赶忙奉承，把事敲定，说"明日就开恩也罢了"。凤姐说，你瞧瞧我忙的，哪一处少得了我？我既然应了你，自然会快快办妥。

老尼姑说，这些事要是放在别人身上，肯定吃不消。若是在奶奶您跟前，再添上些事也小事一桩。

一路话奉承的凤姐越发受用，也不顾劳乏，更攀谈起来。

这一回是双线叙事，曹公像是一个电影导演，镜头来回切换。说完凤姐这边，再说秦钟、宝玉。

刚才三人一起吃茶说笑，现在，"秦钟趁黑无人，来寻智能"。到了后房，见智能儿在洗茶碗，"秦钟跑来便搂着亲嘴"。

智能儿急得直跺脚，说，你再这样我就喊了。

秦钟求道："好人，我已急死了。你今儿再不依，我就死在这里。"

智能道："你想怎样？除非等我出了这牢坑，离了这些人，才依你。"

秦钟早已欲火熊熊，灯一吹，抱着智能儿就上了炕，"云雨起来"。

正在这时，黑灯瞎火里突然进来一人，将二人按住，也不说话。秦钟、智能儿吓得不敢出声。过了一会儿，那人再也绷不住了，扑哧一笑，原来是宝玉。

秦钟说，这叫什么事儿啊，坏了我好事。宝玉说，你再说我也要喊人了。智能儿羞愧难当，赶紧跑了。宝玉拉着秦钟的手也走出来，说，你还跟我倔强？

> 秦钟笑道："好人，你只别嚷的众人知道，你要怎样我都依你。"
>
> 宝玉笑道："这会子也不用说，等一会睡下，再细细的算帐。"

不多时，众人安歇。一间屋子，凤姐睡里间，宝玉、秦钟睡外间，丫鬟婆子们打地铺。这里有两句神奇的文字，凤姐怕宝玉的通灵玉弄丢了，等宝玉睡着，命人取下来，塞在自己枕头下。书上接着写道：

> 宝玉不知与秦钟算何帐目，未见真切，未曾记得，此系疑案，不敢纂创。

什么意思呢？第一回就说，《石头记》这个故事，是那块通灵玉记录下来的。现在，今晚，通灵玉居然被凤姐拿走藏起来了，所以宝玉和秦钟要算什么账，通灵宝玉一概不知——石头不记了。

曹公真是调皮耍赖、调戏读者的大高手。

不过，写书人"未曾记得"，批书人却发了弹幕。

秦钟叫宝玉"好人"，二字旁脂批写道：

> "前以二字称智能，今又称玉兄，看官细思。"

既然作者说"未曾记得"，批书人说"看官细思"，那鄙人断不敢妄加猜测，免得误导别人。我们"细思"便是。

众人睡下，一宿无话。次日一大早，贾母、王夫人已经打发人来看宝玉，带来奶奶和母亲的唠叨，多穿衣服，早点回家等等。

宝玉贪玩，不想回去。秦钟想着智能儿，也不想回去。二人一起求凤姐再住一天。

凤姐一想，丧礼已经办妥，就剩下一点小事了，可以借此再住一天。

岂不又在贾珍跟前送了满情；二则又可以完净虚那事；三则顺了宝玉的心，贾母听见，岂不欢喜？因有此三益，便向宝玉道："我的事都完了，你要在这里逛，少不得越性辛苦一日罢了，明儿可是定要走的了。"

诸位，还记得周瑞媳妇怎么向刘姥姥介绍凤姐吗？"有一万个心眼子"。可以说，凤姐的心眼是天生的，不必苦心谋划，不必殚精竭虑，只要心思略微一动，就是八面玲珑。

凤姐原本不需要再住一日的，就算丧礼工作还有些小事要收尾，可以吩咐别人。就算非要亲为，如果是正直人，也可以告知宝玉。

但是凤姐没有。

"多住一日"，在宝玉、秦钟眼里，是回不回家的问题。而在凤姐眼里，是能不能卖人情的问题。

凤姐能卖四个人情。

对贾珍的人情，对净虚的人情，对宝玉的人情，对贾母的人情。

做人做到这个份上，除了凤姐还有谁？

第二天，凤姐找来心腹小厮旺儿，交代老尼姑所托之事。旺儿心领神会，连忙进城，找到一个写公文的——

假托贾琏所嘱，修书一封，连夜往长安县来，不过百里路程，两日工夫俱已妥协。

凤姐没有遵循那条复杂的关系链，而是绕过王夫人、贾政，甚至瞒着贾琏，直接私造假信，以丈夫的名义一手搞定。

长安节度名叫云光，欠着贾府的人情，这点小事自然不在话下，当即给了回书，让旺儿带回。凤姐让老尼姑三日后到贾府听信，随后打道回府。

临行前，凤姐又到铁槛寺观照一下，亲朋好友都已散了，只有"宝珠执意不肯回家"，在寺里守灵。

欲知后事如何，下回分解。

05

之前说过，《红楼梦》在文本之外，还有另一本《红楼梦》，那是宝藏的深处。到这一回，秦可卿的故事算是翻篇了，我们不妨借机深挖一层。

中国古代把人的欲望大致分为四种，叫作"酒色财气"，《金瓶梅》里的西门庆就是代表人物，四毒俱全。这类似于佛教说的"贪嗔痴"。西方也有类似分法，比如天主教界定的"七宗罪"等等。

"酒色财气"，前三项好理解，"气"是逞气，纵气，颐指气使的气，相当于七宗罪中的傲慢、暴怒。秦可卿代表了色欲，王熙凤占了财和气，代表金钱欲和权力欲。

作者虽然删去了对秦可卿色欲的描写，但并没有放过她。贾瑞勾引凤姐那回，为人正派的平儿说："没人伦的混帐东西，起这个念头，叫他不得好死！"我想说，这也是作者让秦可卿必须受到的惩罚。贾瑞没有人伦，秦可卿的行为更没有人伦，那个环境那个时代，她只有"不得好死！"

就像福楼拜说包法利夫人，不是我要把她写死，是她自己要死。作者可以怜悯她，但救不了她。

于是，这对生前相互交心，死后相互成就的闺蜜，就在城外分道扬镳。秦可卿进了铁槛寺，王熙凤进了馒头庵。

铁槛寺是富贵的大门，馒头庵是死亡的牢坑。

并且作者特意指出，馒头庵"离铁槛寺不远"，是说死亡与富贵如影随形。

在铁槛寺里，秦可卿并没有入土，只是"寄灵"。

"寄"是什么？是临时存放，是短暂寄存。

曹丕说"人生如寄"。苏轼在《赤壁赋》里说曹操，"酾酒临江，横槊赋诗，固一世之雄也，而今安在哉？"然后喟叹人生，"寄蜉蝣于天地，渺沧海之一粟，哀吾生之须臾，羡长江之无穷"。任你如曹孟德英雄一世，终不过是天地间一只蜉蝣，朝生暮死，短暂渺小，功名利禄过眼空。

唯一永恒的是什么？馒头庵。

作者生怕我们悟不透，又通过小尼姑智能儿告诉我们，馒头庵是牢坑。

贪财的老尼姑净虚，既贪财又弄权的王熙凤，贪色的秦钟、智能，都是困在牢坑里的人。

在此之前，凤姐顶多是常人之恶，放高利贷，揽权，颐指气使。进了馒头庵，弄虚作假，包揽词讼，间接致两人死亡（见下回）。作恶升级，胆子越来越大。

按《红楼梦》原意，"不得好死"的人，全都是死在自己膨胀的欲望上，前有贾瑞、秦可卿，后有秦钟、贾雨村等人。据此不难想象，净虚、凤姐，也都"不得好死"。

凤姐之死的文字，我们永远看不到了。我大胆猜测一下。贾府败落后，凤姐徇私枉法事败，走向穷途末路，应该会再次经过铁槛寺与馒头庵，就像贾雨村最后还会经过智通寺一样。

到那时，馒头庵里的凤姐，是悔恨还是恼怒不得而知，但心境一定悲凉入骨。届时净虚已伏法，小尼姑已遣散，馒头庵只剩残垣断壁，更像一座坟墓，埋葬着一切贪婪，一切淫欲权欲财欲。

杜甫在《忆昔》里描写安史之乱后的大唐："洛阳宫殿焚烧尽，宗庙新除狐兔穴。"曾几何时，太祖开国，"千乘万骑入咸阳"打下江山，开创"百余年间未灾变"的盛世。皇皇大唐何以一败涂地如此？杜甫的答案是，"关中小儿坏纪纲"。

凤姐不识字，当然不知道这些诗。但是当她来到城郊，来到荒草乱石的馒头庵废墟，一定会进入杜甫的《野望》："跨马出郊时极目，不堪人事日萧条"。不同的是，那时的凤姐已坐不起马车了。

馒头庵是牢坑，欲望也是牢坑。凤姐这个金陵王家的大小姐，见多识广，聪明能干，呼奴唤婢，威风八面，为什么就轻易掉进一个老尼姑的拙劣圈套呢？

因为她有"贪财纵气"的弱点，老尼姑只需说一句，"倒像府里连这点子手段也没有"，就能把这个"有一万个心眼子"的女强人，耍成一个缺心眼儿。

"机关算尽太聪明，反算了卿卿性命。"

凤姐可敬可怕，可恨可怜。

秦钟此人，我们留待下一回说。最后说一下这回的宝玉。

这一回进入馒头庵的人，只有宝玉是干净的。宝玉善良，无权欲，更无物欲，在用情方面，更是一片赤诚。进馒头庵之前，遇到农庄二丫头，宝玉毫无邪念，无尊卑之心，无势利之眼，可以上升到佛家的众生平等。

顺着这个脉络看宝玉，他的一言一行，一举一动，会顺理成章走向顿悟的那一天，皈依佛门。

再大胆猜测一下，宝玉的顿悟，或许是在一个紧要关头的选择，彼时他再次进入太虚幻境，前方是迷津，身后是岸，救他的人，或许就有秦可卿。

第一回里我们说过，甄士隐的一生，是贾宝玉一生的预演。据此推测，贾府倒塌，对众人来说是灾难，对宝玉来说反而是解脱。这事说来话长，后面慢慢展开。

阴曹地府也讲人情世故

贾元春才选凤藻宫
秦鲸卿夭逝黄泉路

01

书接上回。

秦可卿丧礼圆满结束，贾府又回归平静的生活。宝玉见外书房已经
完工，便要约秦钟一起读夜书。可事不凑巧，秦钟体质很弱，"因在郊
外受了些风霜，又与智能儿偷期缱绻"，突然病了，只能在家养病，不
能跟宝玉读书了。

凤姐这边，长安节度云光回了信，说事已办妥。老尼净虚告诉张财
主家，果然，那守备忍气吞声地收了前聘之物。

张财主虽然"爱势贪财"，但他的女儿张金哥却是个"知义多情"
的女孩，听说父母退了亲，拿根绳子就上吊了。

巧了，那守备家的公子也是个痴情人，听说张金哥上吊，自己也投河自杀了。张财主和李衙内两家，"人财两空"。为财的，抢人的，最终都没得到。

这里凤姐却坐享了三千两，王夫人等连一点消息也不知道。自此凤姐胆识愈壮，以后有了这样的事，便恣意的作为起来，也不消多记。

可以想象，从这件事开始，凤姐在徇私枉法，欺上瞒下的路上越来越胆大，越来越肆无忌惮，"不消多记"四个字就是告诉我们，凤姐这样的事情做得太多了。

如果把张金哥一案，与第四回香菱冯渊一案对比着看，会发现这就是"四大家族"的一贯德行。第四回回目叫"薄命女偏逢薄命郎，葫芦僧乱判葫芦案"，干坏事的是薛蟠。

如果凤姐这事单独起个回目，完全可以叫作："痴情女偏逢痴情郎，敛财人包揽敛财案"。说到底，还是杜甫骂的那句："关中小儿坏纪纲"。

书读到这里，我们便会发现，从第十回秦可卿生病，到第十五回寄灵完毕，中间是各种死亡，贾瑞、秦可卿主仆、林如海、张金哥等等，夹杂着各种丑事、坏事、见不得人的事。

这样的世界，显然不适合清白女儿。

于是，贾府的大观园时代即将开始。

这一天的贾府双喜临门。第一件，是贾政生辰。宁荣二府人丁齐聚，热热闹闹。突然，"六宫都太监夏老爷来降旨"。

贾赦、贾政不知是福是祸，宴饮停杯，戏文中止，赶紧"摆了香案，启中门跪接"。

这里可以看出清朝臣子接圣旨的仪式，摆香案，大开中门，都是迎接天子的规格。黛玉进贾府只能走偏门小门，老爷们办大寿也是开小门，只有非常重大的事件，才会开中间大门，传圣旨的太监就有这待遇。

影视剧里动不动在大街上，饭馆里，小树林里，随便一个地方就能接圣旨，完全不靠谱。并且，皇帝更不会动不动就发圣旨，弄得好像发短信一样。只有重大事情才会下圣旨。

贾政贾赦一大家子人听说圣旨到了，为啥害怕呀？圣旨意味着有大事发生。

果然有大事。夏太监传旨："立刻宣贾政入朝，在临敬殿陛见。"

贾政急忙更衣入朝，贾母等一众家眷惶惶不安等在家里，派出的探马一匹接着一匹。大约两个时辰，赖大带着几个管家回来了，说咱们家元春小姐，"晋封为凤藻宫尚书，加封贤德妃"。现在老爷让老太太带着太太们一起进宫谢恩呢。

这真是天大的喜事，是元春送给父亲最好的生辰礼物。于是合家上下，以贾母为中心，换上盛装、朝服，贾母、邢夫人、王夫人和尤氏，坐四顶大轿，贾赦、贾珍、贾蓉等男丁，忙前忙后。

> 宁荣两处上下里外，莫不欣然踊跃，个个面上皆有得意之状，言笑鼎沸不绝。

这天大的喜事下，宝玉在干什么呢？在闷闷不乐。

原来，水月庵的小尼姑智能儿，私逃出来了，进城来找秦钟。父亲秦业发现，"将智能逐出，将秦钟打了一顿"。气得老病复发，一命呜呼了。秦钟本来就带着病，这又挨了打，对父亲之死也深感悔痛，病情越来越重。

提醒大家，在现在的通行本里，智能儿到这里是最后一次出现。其实这又是个伏笔，事关惜春的命运。我们以后再聊。

秦钟一病——

> 宝玉心中怅然如有所失。虽闻得元妃晋封之事，亦未解得愁闷。

所以宁荣两府上下如何谢恩，如何庆祝，家里如何热闹，宝玉一概视而不见，"独他一个皆视有如无，毫不曾介意"。套用一句歌词，这叫"一切繁华与我无关"。

秦钟生病，他"如有所失"。姐姐封妃，他"视有如无"。

两个相反的词，就是宝玉的选择。而选择什么，就是什么样的人。宝玉是情痴情种，第三回的《西江月》说宝玉：寻愁觅恨，似傻如狂，不通世务，脾性乖张。

这样的行为，在世人眼里，就是那四个词的写照。

或许有人会问，宝玉是不是对姐姐元春没感情？不关心姐姐？还真不是。

在宝玉眼里，一个在夫家粗茶布衣围着灶台转的姐姐，和一个贵为宠妃荣华等身的姐姐，二者没有区别。就如同他对村庄二丫头，对画上的美人，对身为下贱的奴婢丫鬟没有区别一样。

宝玉活在自己的"情场"里。

现在，既然秦钟生病让他愁闷难解，消愁解闷的人就来了。

贾琏与黛玉已经料理完林如海的丧事，"明日就可到家，宝玉听了，方略有些喜意"。

跟贾琏、黛玉一起回京的，还有贾琏的同宗弟兄、黛玉的启蒙老师贾雨村。第二回里，贾雨村对冷子兴说，贾府那等荣耀，他"生疏难认"，更不便去攀扯。现在，他不但早就攀扯上了贾府，还深深打入了贾府的家族群。这次入京，他有了面圣的机会，即将做上京官，这一切都是"由王子腾累上保本"保举的。

不过，这些俗事宝玉一点都不关心，"只问得黛玉'平安'二字，余者也就不在意了"。

第二日黛玉回府，与贾母相见，难免说起父亲丧葬，也知道了元春封妃，真是悲喜交加。"黛玉又带了许多书籍来"，把带给各姐妹的纸笔等礼物，一一送过去。宝玉这个呆子，马上拿出北静王所赠的那串念珠，要转赠他的林妹妹。

黛玉说："什么臭男人拿过的！我不要他。"遂掷而不取。宝玉只得收回……

在这句话旁，脂批道："略一点黛玉性情，连忙收住，正留为后文地步。"按照《红楼梦》惯用的以物牵线、伏脉千里的习惯，这里很容易让人浮想，脂砚斋先生是读过原著全本的，这里说的"后文"到底是什么？难道黛玉和北静王以后真有什么瓜葛？这个话题太大，我们先放一放，后文读到新证据再聊。

但是我们现在可以明确一点，林妹妹心里眼里，只有一个宝玉，别的男人，哪怕你贵为王爷，也不过是个"臭男人"。

02

贾琏参见过众人，也回到自己房里。凤姐虽然近日劳累，见老公回家，还是很高兴。

便笑道："国舅老爷大喜！国舅老爷一路风尘辛苦。小的听见昨日的头起报马来报，说今日大驾归府，略预备了一杯水酒掸尘，不知可赐光谬领否？"

贾琏笑道："岂敢岂敢，多承多承。"

看看凤姐这张嘴，看看曹公这支笔，凤姐似乎从书页上跳出来了，不知不觉，我差点忘了她刚刚包揽词讼导致一对年轻人死亡。

贾琏带着丧讯出门，伴着喜事进门，一来一回，就成了"国舅老爷"。可是这位"国舅老爷"与"国舅奶奶"相比就逊色多了，笨嘴笨舌，无以应对，只能呆板说句口头语。留意这个细节，我们会发现在这对夫妻以后的斗嘴争论中，凤姐从来没输过，琏二爷从来没赢过。

贾琏见过平儿，喝了茶，难免问起秦可卿的丧礼，说谢谢凤姐近日操劳。凤姐说，嗐，我哪有这本事呀——

"（我）见识又浅，口角又笨，心肠又直率，人家给个棒槌，我就认作'针'。脸又软，搁不住人给两句好话，心里就慈悲了。况且又没经历过大事，胆子又小，太太略有些不自在，就吓的我连觉也睡不着了。我苦辞了几回，太太又不容辞，倒反说我图受用，不肯习学了……况且我年纪轻，头等不压众，怨不得（贾府众人）不放我在眼里……"

凤姐又说，我这事办得不太好，人仰马翻的，至今珍大哥还抱怨后悔呢。你明儿见了他，替我描补描补，就说我年轻没见过世面，大爷错委我了。

天啊，凤姐到底是个什么人？到底长了多少个心眼？我被震惊到了。

首先什么叫谎话连篇？这就是。书上这段话更多，大家细看，凤姐是通篇谎话，用脂批的说法是，只有说那群管家媳妇个个不省油，"独这一句不假"。这段话我不知看过多少遍了，越琢磨越有意思。她为什么说谎？难道真是凤姐谦虚？

不是！肯定不是。不仅不是谦虚，恰恰相反，是大大的骄傲。

凤姐口口声声说自己没办好丧礼，弄得人仰马翻，可众人知道，我们读者也知道，她办得井井有条，风风光光。

"合族上下无不称叹者"，凤姐是知道的，她有功劳。

可是苦劳呢？我两个月里起早贪黑，忙完荣府忙宁府，忙完宁府忙荣府，忙得我缺食少眠，积劳成疾，这谁知道？

别人不知道也罢了，作为事主、委托人，贾珍必须知道。

怎么让贾珍知道呢？肯定不能自己去说，需要一个传话人。

贾珍的兄弟，凤姐的老公，贾琏是最佳人选。

说白了，凤姐这番话，就是让贾琏把她的苦劳再告诉贾珍。

但是这面临一个问题，在当时的环境里，一个女人是不能抛头露面张罗这种大事的，尤其别人家的事。当初贾珍来求邢夫人王夫人，王夫人原本不愿她出面，凤姐也不敢表现得太积极，就是这个原因。作为男人，通常也不愿自己的媳妇抛头露面。

这些微妙的阻力，凤姐心知肚明。所以，她才会处处自贬自谦，"珍大哥又再三再四的在太太跟前跪着讨情"，"我是再四推辞，太太断不依"，说来说去就一个意思，我是不敢抗命，没办法了，才勉为其难出面的。

凤姐又口口声声说自己嘴笨、脸软、心慈，可贾府众人，包括我们读者都知道，她明明是个"脸酸心硬"，"心机又极深细，竟是个男人万不及一"的"烈货"。

可是经过凤姐一番谎话，一个抛头露面贪权邀名的媳妇，变成了一个临危受命可疼可敬的媳妇。

《孙子兵法》云："善守者，藏于九地之下；善攻者，动于九天之上，故能自保而全胜也。"

善守而自保，凤姐是人畜无害的小猫咪；善攻而全胜，凤姐是杀伐决断的大老虎。

凤姐啊，是无师自通，天生的谋略家。

03

正说话间，外间有人说话，凤姐问是谁，平儿说，是姨太太（薛姨妈）打发香菱来问我一句话，已经走了。

贾琏说，正是呢，刚我去给姨妈问安，和一个小媳妇撞了个对面，"生的好齐整模样"，问了姨妈才知道，就是那上京来买的小丫头，名叫香菱，"竟与薛大傻子作了房里人，开了脸，越发出挑的标致了。那薛大傻子真玷辱了他"。

凤姐打趣道，嗳哟哟，"往苏杭走了一趟回来，也该见些世面了，还是这么眼馋肚饱的。你要爱他，不值什么，我去拿平儿换了他来如何？"

苏杭泛指江南，美女多，歌楼妓馆多，所谓"见些世面"就是这个。凤姐太了解贾琏了。至于拿平儿换香菱，只是一句玩笑，就算贾琏愿意，凤姐也不会愿意。

薛蟠有两个绰号，一个是"呆霸王"，再就是贾琏给取的"薛大傻子"，呆和傻，是一个意思。

凤姐接着说，那薛老大也是吃着碗里瞧着锅里，整天和姨妈闹，要把香菱弄到手，这不姨妈同意了，"明堂正道的与他作了妾。过了没半月，也看的马棚风一般了"。

一语未了，贾政派人来请贾琏。贾琏出了门，凤姐才问平儿，刚才香菱来有什么事。平儿说，哪有什么香菱，我只是借她撒个谎，刚才是旺儿嫂子来了。然后压低声音说：

> "奶奶的那利钱银子，迟不送来，早不送来，这会子二爷在家，他且送这个来了。……"

第十一回咱们已经说过凤姐的高利贷业务，旺儿夫妇是她最信任的"投资经理"。瞧，这次又来送利息了，只是没想到贾琏在家，险些露馅，多亏了平儿急中生智遮掩过去。

平儿还说，"我们二爷那脾气，油锅里的钱还要找出来花呢"，让他知道这笔钱还得了？这其实也是伏笔，日后贾琏和凤姐的主要矛盾，就是经济账。

读到这里，我们就要重视平儿这个姑娘了。

平儿原本是凤姐的陪嫁丫头，从王家跟到贾府，又被贾琏收用，成了通房大丫头。这是个略带尴尬的身份，比一般丫头强些，比姨娘又差些，一半奴一半主。

按照红学界一个重要观点，日后凤姐身败名裂，被贾琏休掉，平儿就被扶了正，翻身做主，成为贾府里为数不多的得善终的一个女人。

平儿能有这样的好结局，跟她的为人密不可分，俏丽善良，机智聪明，还特别有大局观。当然，这些优点还不足以说明平儿的优秀。我一直在想，曹公给她取"平"这个名字是什么意思。老实说，我不知道。

但我想给它一个我自己的解释，供大家参考。

在我看来，平儿是生活在夹缝当中的人，后文会提到，凤姐最初嫁到贾府，原本带了四个陪嫁丫头，都为凤姐所不容，死的死，打发的打发，最终就剩平儿一个。

平儿以她的聪明、机智、善良、爽利，游走于贾琏和凤姐的夹缝中，是个走平衡木的高手。在贾府行事，平儿的着眼点都是平衡，平衡凤姐夫妇的关系，平衡各房主子的关系，平息下人们各种冲突纷争，并在这一过程中做到公平。

平儿的"平"，就是平息，公平，平衡。

现在平儿刚刚露头，重头戏还在后头，以后再说。

04

说话间，贾琏已见过贾政回来了。凤姐赶紧命人摆好酒菜，夫妻正在对饮，"一时贾琏的乳母赵嬷嬷走来"。

贾府是诗礼之家，公子哥的乳母虽然也是下人，但在主子跟前有一定地位。贾琏、凤姐赶紧邀请赵嬷嬷上炕，一起用饭。赵嬷嬷不肯，平儿就拿来一张小凳子和一个小脚踏，赵嬷嬷坐上去。贾琏赶紧把桌上的菜端来两盘。凤姐说，妈妈牙不好，这个菜可能嚼不动。又对平儿说，早上有一碗火腿肘子很烂，去热了来给妈妈吃。又对赵嬷嬷说，"妈妈，你尝一尝你儿子带来的惠泉酒。"

赵嬷嬷说，喝杯酒也行，不过我不是来蹭饭的，有个正经事想求奶奶。初读是不是很奇怪，明明一家之主是贾琏，并且还是她奶过的"儿子"，为什么不求"儿子"呢？

赵嬷嬷解释了：

> "我们这爷，只是嘴里说的好，到了跟前就忘了我们。幸亏我从小儿奶了你这么大。我也老了，有的是那两个儿子，你就另

眼照看他们些，别人也不敢跐牙儿的。我还再四的求了你几遍，你答应的倒好，到如今还是燥屎。这如今又从天上跑出这样一件大喜事来，那里用不着人？所以倒是和奶奶来说是正经，靠着我们爷，只怕我还饿死了呢。"

读《红楼》得句句细读。赵嬷嬷一番话，告诉我们太多信息。

一、赵嬷嬷与贾琏凤姐的关系很好，可以当面半开玩笑拿主子的错。"燥屎"是句俗语，相当于便秘，意思是干搁着，没有进展。

二、赵嬷嬷消息灵通，有经验，已经知道元妃要省亲，这样的大事一定有各种赚钱机会。

三、赵嬷嬷说求"儿子"不如求"儿媳"，可以呼应到遥远的第二回冷子兴的话，他说自从凤姐嫁过来，"琏爷倒退了一射之地"。贾琏一门，女强男弱。要是搁现在，贾琏只有在家带娃的分了。

事实证明，赵嬷嬷的判断非常正确。

凤姐听了，一口答应："妈妈你放心，两个奶哥哥都交给我。"

然后顺着赵嬷嬷的话，凤姐也拿贾琏开涮，妈妈你还不知道他那脾气，拿着皮肉净往外人身上贴，现成的两个奶哥哥，哪一个不比外人强，你疼他们，谁敢说个不字！你倒好，便宜都给了外人。不过话说回来，我们看着是外人，说不定你看着就是"内人"。

凤姐绝对有说脱口秀的潜质。"内人"一语双关，暗示贾琏把钱都用来找女人了。

一句话说得满堂彩。赵嬷嬷一边笑一边替贾琏圆场，啥内人外人的，我们爷没这回事，"不过是脸软心慈，搁不住人求两句罢了"。

贾琏"脸软心慈"，正好对应凤姐"脸酸心硬"。

这"婆媳"二人一唱一和，半真半假，谈笑间就把事办成了。贾琏怎么应对呢？我看到这里，总是莫名心疼起琏二爷，他只说了两个字给自己辩解："胡说。"然后岔开话题，说赶紧盛饭来，吃完还要去珍大爷那边商量事呢。

前面凤姐称他"国舅老爷"那段，贾琏的应对是"岂敢岂敢，多承多承"，多了几个字。这是个笨嘴笨舌的男人。

看出来了吧，曹公是安排CP的大高手。

贾琏好色，凤姐善妒；贾琏脸软心慈，凤姐脸酸心硬；贾琏笨嘴笨舌，凤姐牙尖嘴利；贾琏花钱如流水，凤姐贪财不怕死。

这两人凑到一块，我们就等着好戏看吧。

言归正传。

笑谈过后，凤姐问贾琏，老爷（贾政）叫你有啥事？贾琏说，省亲的事，十有八九准了。凤姐说，"可见当今的隆恩"，历来我只在戏文里听过，从来没见过。赵嬷嬷说，就是呀，咱家这上上下下都在说，到底是个什么情况？

于是，贾琏就把省亲的来龙去脉说了，大意是：

当今皇帝以孝治国，日夜伺候太上皇和皇太后，由己推人，想到宫里的嫔妃们，常年见不到父母，实在有违一个"孝"字，有违天伦。于是启奏太上皇和皇太后，准许嫔妃的家属每月入宫团聚一次。太上皇和皇太后一想，出发点是好的，可是嫔妃才人那么多，这样一弄有点乱。干脆好事做到底，只要嫔妃家里建有别院，达到行宫级别，就允许嫔妃归家省亲。

贾琏又说，现在，周贵人的父亲已经在家动工了，吴贵妃的父亲去城外拿地了。这事十拿九稳。

赵嬷嬷听了，说，咱家是不是也要准备接大小姐了？贾琏说，这还用说？现在就忙这个事儿呢。凤姐说，那我就要见见世面了，"说起当年太祖皇帝仿舜巡的故事，比一部书还热闹"，可惜我晚生了二三十年，没赶上。

赵嬷嬷赶上了。她说：

> "嗳哟哟，那可是千载希逢的！那时候我才记事儿，咱们贾府正在姑苏、扬州一带监造海舫，修理海塘，只预备接驾一次，把银子都花的淌海水似的！……"

这句话有脂批："又要瞒人。"我们等会儿再说。

凤姐接着赵嬷嬷的话，又说起他们王家的辉煌：

> "我们王府也预备过一次。那时我爷爷单管各国进贡朝贺的事，凡有的外国人来，都是我们家养活。粤、闽、滇、浙所有的洋船货物，都是我们家的。"

> 赵嬷嬷道："那是谁不知道的？如今还有个口号儿呢，说'东海少了白玉床，龙王来请江南王'，这说的就是奶奶府上了。还有如今现在江南的甄家，嗳哟哟，好势派！独他家接驾四次……别讲银子成了土泥，凭是世上所有的，没有不是堆山塞海的……"

凤姐说，我也听我家太爷们说过，这江南甄家怎么就这么富贵呢？

> 赵嬷嬷道："告诉奶奶一句话，也不过是拿着皇帝家的银子往皇帝身上使罢了！谁家有那些钱买这个虚热闹去？"

这里我大段引用原文，是想让大家留意，《红楼梦》所谓的"真事隐去，假语存焉"，在这里体现得最为明显。

在书里，这是贾府、王府的历史。在书外，则是曹家一派的历史。

脂砚斋提醒我们，不要被作者瞒过了，所以我们读这段，会在虚构之中读出真真实实的历史感。

"太祖皇帝"在这里不是指努尔哈赤，而是指康熙。现实中的曹家，受康熙恩宠，三四代人把持着江南织造大权，历任苏州织造、江宁织造，成为康熙派在江南的心腹。大家不要看到"织造"就认为曹家只管理织造局，其实江南的盐、铁、铜，以及粮食农桑事务，曹家都有涉及。曹寅也做过两淮巡盐御史（林如海官职）。曹家数代经营，通过结亲、裙带、师友、举荐等关系，早已形成一个"一损俱损，一荣俱荣"的利益共同体。曹寅的两个女儿——也就是曹雪芹的两位姑妈，嫁的都是郡王。康熙御赐婚宴，正白旗包衣佐领主持婚礼，规格相当地高。

本书开头说过，在《红楼梦》里，贾家的事是假事，甄家的事是真事。这所谓"真与假",其实只是在细节上遮掩的程度不同而已,都具有"真"的属性。

假作真时真亦假,也是"贾作甄时甄亦贾",贾家即甄家,甄家即贾家。赵嬷嬷的"口述历史"说独江南甄家"接驾四次",对应的就是康熙六次南巡,有四次住在江宁曹家,还拉着曹寅年迈的寡母说,"此吾家老人也"。

这些因政治因素秘而不宣的家族历史,被曹公不露痕迹地融进了小说里,读来亦真亦幻。

《红楼》一书里,凡是天大的事件,往往都是从小人物嘴里说出来的。焦大告诉我们贾府如何发家,怎样生出家丑,赵嬷嬷又告诉我们贾府如何辉煌。赵嬷嬷说"那时候我才记事儿",说明她也是贾府的家生奴,世代侍奉贾府,跟焦大一样,是贾府兴衰的见证者。

05

正说话间,宁府贾蓉、贾蔷来了。贾琏问什么事。"凤姐且止步稍候,听他二人回些什么。"凤姐是处处有心机。

贾蓉说,我父亲让我来回叔叔,省亲别院的选址,老爷们已经商议好了——

> "从东边一带,借着东府里花园起,转至北边,一共丈量准了,三里半大,可以盖造省亲别院了。已经传人画图样去了,明日就得。……"

贾琏说这样最好,距离近,省事。又装模作样对贾蓉说,"这样很好,若老爷们再要改时,全仗大爷谏阻,万不可另寻地方。"

我不知道是否有人跟我一样,读这一段总觉得哪里不对。省亲别院是后来的大观园,按说,这么重大的事件,可以由贾宝玉之口说出,或者贾政之口,甚至凤姐之口都可以,可作者偏偏让贾琏和贾蓉来告诉我们，是不是有点怪怪的？

老实说，我不确定曹公为什么这么写。想来想去，或许有一种可能，就是延续上一段对话，继续对比贾琏和凤姐。

荣国府说是由贾琏和凤姐夫妇掌管，其实琏二爷的存在感早被凤姐压下去了。这回建造省亲别墅，本该是男人大展身手的机会，可贾琏显然成了透明人。贾蓉的话透露，决定省亲别院的选址、规模、施工图、效果图等主要工作，贾政、贾珍或许还有贾赦已经开会决定过了，只是把结论通知贾琏。

琏二爷挑不起重担。

当然，这是我个人看法，仅供参考。

贾蓉说完，贾蔷说，到苏州采买女孩子和乐器行头的事儿，大爷（贾珍）交给我了，还分派给我四个人手，分别是大管家来升的两个儿子、单聘仁（善骗人）和卜固修（不顾羞）。

贾琏一听，笑道："你能在这一行么？这个事虽不算甚大，里头大有藏掖的。"

"藏掖"两个字太棒了。什么事藏着掖着呢？钱。要采买一批女戏子，连带唱戏用的乐器行头，聘请的老师，衣食住行等等，将是一大笔开销，这中间有多少油水，个个都心知肚明。贾琏显然不放心贾蔷。

但是贾蔷有助攻队友，还是两个。

贾琏刚有一点质疑，贾蓉就说，权且让他学习吧，同时悄悄拉凤姐的衣襟求助。凤姐立刻会意，对贾琏说，你也太操心了，"难道大爷比咱们还不会用人？"你怕他不在行，谁一开始就在行呢？侄子们都长大了，也该学学了。再说，难道还用他亲自去讲价钱谈经纪？不是还有四个助手么！要我说，派他正合适。

贾琏"脸软心慈"，马上妥协。又问，这笔费用从哪儿出？贾蔷说，赖管家说了——

"江南甄家还收着我们五万银子。明日写一封书信会票我们带去，先支三万，下剩二万存着，等置办花烛彩灯并各色帘栊帐慢的使费。"

不用家里出钱，贾琏很高兴，说，这个主意好！

鲁迅在他的《中国小说史略》里，给《红楼梦》下了个定义，叫作"人情小说"，说书中所写人情世故，"摆脱旧套，与在先之人情小说甚不同"。

第五回里，贾宝玉在宁府里看到的对联，"世事洞明皆学问，人情练达即文章。"就是全书主旨。一部近三百年前的小说，之所以仍具有现代性，我觉得就是在于它把人情世故写透了。一个现代读者，也能把《红楼梦》当作一部人情世故的教科书。

不信我们来看下一段。

前面凤姐刚刚答应赵嬷嬷，要给她的两个儿子安排工作，现在机会来了。

> 凤姐忙向贾蔷道："既这样，我有两个在行妥当人，你就带他们去办，这个便宜了你呢。"
>
> 贾蔷忙陪笑说："正要和婶婶讨两个人呢，这可巧了。"因问名字。凤姐便问赵嬷嬷。彼时赵嬷嬷已听呆了话，平儿忙笑推他，他才醒悟过来，忙说："一个叫赵天梁，一个叫赵天栋。"
>
> 凤姐道："可别忘了，我可干我的去了。"说着便出去了。

我的天哪！

凤姐是人精，自不必说。贾蔷要去苏州采买女孩的事，凤姐事先并不知道，可是她只要一知道，就能瞬间调动"一万个心眼子"，立刻抓住机会。最关键的，她明明是让贾蔷帮她安插人，却说成我给你"两个在行妥当人"，是帮你，是"便宜了你"。

贾蔷也是人精。收拾贾瑞那回我们知道，贾蔷、贾蓉都是凤姐的"跟班小弟"，在凤姐面前，他们一贯讨好。"正要和婶婶讨两个人呢，这可巧了。"这话多么动听，多么悦耳！

可是我们想想，贾蔷真的打算向凤姐要人吗？反正我是不信。这么大的肥差，这么多的油水，就算真缺人，也不会要凤姐的人。贾蔷已经有了四个"帮手"。来管家两个儿子，至少是半个监督者，负责账目。单聘仁、卜固修两个清客是贾政的人，大概负责"验货"，保证买来的女孩品貌端庄，唱功出众。因为这是为元妃省亲预备的，马虎不得。

财务、质检都有人了，还缺什么人呢？顶多是打杂跑腿的，而这样的人，贾蔷贾蓉一定想自行做主。现在婶子既然开口了，那就做个顺水人情，你帮我，我帮你，人情练达，事事通达。

再看凤姐。贾蔷问名字，"凤姐便问赵嬷嬷"。

这是多么微妙的心思，凤姐哪里是问名字，分明是告诉赵嬷嬷，"两个奶哥哥"的事已经搞定了。

这心思又是多么的快！以至赵嬷嬷一时竟没有反应过来。平儿提醒她，赵嬷嬷"才醒悟过来"，报上两个儿子的大名。

两个名字，一个"栋"，一个"梁"，合在一起就是"栋梁"。曹公真是一把调侃能手。

完事之后，凤姐撂下一句话，"我可干我的去了"，转身离开，一点不拖泥带水。

武侠小说里有一种顶级剑客，他的剑快，出剑更快，对手还没反应过来，他已一剑封喉。对方尚未倒下，他已转身离去。

凤姐就是这样的大高手。

在这个桥段里，每个人都世事洞明，每个人都人情练达，包括平儿和赵嬷嬷。

凤姐出了门，贾蓉追上来，"悄悄的向凤姐道：'婶子要什么东西……'"凤姐说，别放你娘的屁！我东西多得还没处撂呢，谁稀罕你鬼鬼祟祟的。

贾蔷果然要"学习着"办事了，也悄悄问贾琏，叔叔要什么东西？我买来孝敬你。

贾府彻底败落源于抄家，但在抄家之前，贾府其实已经走向衰败，最明显处就反映在经济层面。

贾府就像一大块肥肉，上到主子，下到奴仆，人人都想吃一口，假公济私、钻营牟利是公开的秘密，是明规则。当然，在相当长的历史里，我们对此习以为常，不叫作假公济私，而是有另一个说法，叫人情世故。

黄仁宇先生在《万历十五年》里试图理清大明之亡的原因，将其归咎于我们这个古老的国家向来缺乏数目字管理，而又高估道德的作用。但我总在想，如果给大明官员人手一台计算机，它就能向天再借五百年吗？

《红楼梦》给了我们另一种启发，或许更具现实意义。大到国家，小到家庭，任何一个集体，热衷人情世故的人多了，遵守制度的人就少了。

乾隆初年曾发生过一件小事。工部上了一道奏折，其中有一条是维修太庙里的"庆成灯"，申请款项是白银三百两。乾隆大发雷霆，修个灯而已，竟然要三百两！于是将工部官员全部降罪，降级的降级，撤职的撤职，罚俸的罚俸。

明朝灭亡时，崇祯筹集军饷，大臣们的腰包个个都鼓着，却没人拿钱出来。讽刺的是连皇帝自己都不舍得小金库。

《红楼梦》是几千年封建时代的一个小切片，作者把它放在我们面前，又递过来一台显微镜，说认真看，浩如烟海的历史，不过是这么个事儿。

见一叶落，而知岁之将暮。

《红楼梦》就是那片叶子。

06

省亲别院的选址已经确定，次日召开施工会议，马不停蹄开工。

贾政、贾赦两位老爷是大领导，不参与具体事务，关键节点象征性指点一下完事。整个工程以族长贾珍为主，贾琏、赖大配合，带领着外聘的园林设计专家山子野，以及家中清客、管家等人，热火朝天开干了。

再说宝玉。

贾政最近忙于省亲的事，没工夫过问他的学业，宝玉高兴坏了。但是秦钟的病却一天比一天重。

这天早晨，茗烟慌慌张张过来，对宝玉说："秦相公不中用了！"就是要死了。宝玉"吓了一跳"，我昨天才去看他，人还好好的，怎么就不中用了？马上回明贾母，要去看秦钟——"忙忙的更衣"，"急的满厅乱转"，"催促的车到，忙上了车"。这一连串的慌忙急乱，可见宝玉对秦钟的情义。

来到秦宅，门首"悄无一人"。何等凄凉！

进了里屋，秦钟的两个远方婶子和弟兄赶紧躲藏，脂批说这是冲绝户家产来的。又是何等炎凉！

宝玉一见秦钟，"便不禁失声"。李贵赶紧劝住。秦钟已经面如白蜡，气若游丝。宝玉说，鲸兄，我来了。

秦钟不说话，宝玉连叫数声，秦钟才睁开眼。宝玉说，你有什么话要说，留下两句。

秦钟道："并无别话。以前你我见识自为高过世人，我今日才知自误了。以后还该立志功名，以荣耀显达为是。"说毕，便长叹一声，萧然长逝了。

我看过一些相关文章，对秦钟这几句遗言表示怀疑，认为过于教条，不符合秦钟这个人物的性格。

但这句明明有脂批的，写得很清楚："观者至此，必料秦钟另有异样奇语，然却只以此二语为嘱。试思若不如此为嘱，不但不近人情，亦且太露穿凿。读此则知全是悔迟之恨。"

我的理解是，这不但不违背秦钟的人物性格，恰恰相反，这就是秦钟的真实性格。秦钟和宝玉关系要好，一见如故，导致我们把秦钟看作宝玉一样的人物。

可是作者处处在告诉我们，二人不一样。虽然都是"情种"，但宝玉是痴情，多情；秦钟却是滥情。秦钟对智能儿的行为，对那个农家二丫头的言行，以及他在姐姐葬礼期间有悖人伦的行为，都说明这一点。二人有本质区别。

宝玉是超世俗的，而秦钟，不过是碌碌尘世一过客。所以临死之际，秦钟惦记的仍旧是家业，仍是三四千两银子，仍是智能儿的下落。终究没有砸破枷锁。

我们不妨对比一下宝玉的结局，完全是反着的，仕途、金钱、娇妻美妾全部放下，悬崖撒手，遁入空寂。

这样看秦钟的临死遗言，则完全符合他的人设。他不可能摆脱世俗的价值观，于是才有"悔迟之恨"，于是才劝谏宝玉不要自误，要立功名，博仕途，求荣耀。

从这点讲，秦钟其实辜负了宝玉。

至此，秦可卿、秦业、秦钟，加上秦家早先夭折的那个抱养的儿子，一个都不得善终。而这一切，用脂砚斋的话说，是"情因孽而生"。秦业即"情孽"，秦可卿即"情可轻"，以此推论，秦钟的最佳解释，就是"情终"。情情孽孽，生生死死，到秦钟收场。

好玩的是，这个严肃深刻的话题，曹公却极尽调侃讽刺。

秦钟垂死之际，魂魄来到地府，恳求小鬼判官。

> 无奈这些鬼判都不肯徇私，反叱咤秦钟道："……我们阴间上下都是铁面无私的，不比你们阳间瞻情顾意，有许多的关碍处。"

秦钟的鬼魂说，我有个好朋友来了，我去说句话就回来。众鬼说，什么朋友？秦钟说，"荣国公的孙子"贾宝玉。

我们来看这些鬼判的反应：

都判官听了，先就唬慌起来，忙喝骂鬼使道："我说你们放了他回去走走吧，你们断不依我的话，如今只等他请出个运旺时盛的人来才罢。"众鬼见都判如此，也都忙了手脚，一面又报怨道："你老人家先是那等雷霆电雹，原来见不得'宝玉'二字。依我们愚见，他是阳，我们是阴，怕他们也无益于我们。"都判道："放屁！俗语说的好，'天下官管天下事'，自古人鬼之道却是一般，阴阳本无二理。别管他阴也罢，阳也罢，还是把他放回没有错了的。"众鬼听说，只得将秦魂放回……

这连篇鬼话，字字写到心中有鬼的世人。鬼判们先是凛然正气，我们阴间都铁面无私，别用你阳间那一套。可是，当听说死鬼的朋友是"荣国公的孙子"，马上就"人鬼之道却是一般"了。

曹公是说，阴曹地府也有人情世故。

在有的版本里，都判官还说，要"敬着点"，真是绝了。李商隐讽刺帝王，是"不敬苍生敬鬼神"。现在曹公调侃世人，是"不敬鬼神敬权贵"。

果然有钱能使鬼推磨，有权能令鬼发愁。

这样的段落，在《红楼梦》里只是一道大餐上的葱花，有或没有，都不影响全局。可是曹公文思泉涌，一不小心多蘸几滴墨水，单独拿出来就是一个精彩的短篇。不信看看契诃夫的《变色龙》，真是异曲同工。

第
十
七
回

大观园早已存在

大观园试才题对额
荣国府归省庆元宵

从第十回秦可卿生病开始，始终有一团死亡气息笼罩着贾府，秦可卿、贾瑞、林如海、秦业、秦钟，书读到这里，未免沉重。

这一回拨云见日，贾府迎来了烈火烹油般的高光时刻。元妃要归家省亲了。

01

这一天，贾珍对贾政说，园子已经竣工，大老爷（贾赦）看过了，您再看看，有不妥的地方，我们整改，然后就该题匾额对联了。

贾政说，这匾额、对联应该由元妃赐题才对。可是要让元妃赐题，她没到现场看过，没法题。若是等省亲过后再题，那么大的园子，那么多的亭台楼榭都光秃秃的，没有一个匾额，省亲那天也不像话。

这时候，那帮清客派上用场了。众清客说，好办，咱们先把匾额对联都题上，做个临时方案，等省亲那天，再请贵妃定名，岂不两全。贾政说，好主意，咱们先题上，"不妥时，然后将雨村请来，令他再拟"。

曹公最善见缝插针。这里随口一提贾雨村，告诉我们虽然没写这个人物，他却一直都在。贾政已经视他为朋友圈里的才华担当了。

众清客还一贯地拍马逢迎，察言观色，说老爷今日一出手肯定行，"何必又待雨村"。贾政说，我本来就不擅长这些，现在上了年纪，更怕题得迂腐古板了。清客说没事，没事，大家都在，我们商量着来。

于是贾政带着众人向园子走来。

那边贾珍，赶紧去知会园里的人，好巧不巧，正遇到宝玉。原来秦钟死后，宝玉闷闷不乐，贾母经常令人带他到园里散心。贾珍说："你还不出去，老爷就来了。"宝玉听了，带着奶娘小厮们，"一溜烟就出园来"。

贾珍一句话，宝玉一个动作，就写出了宝玉对父亲的怕。

可是怕什么来什么。宝玉刚要逃跑，顶头正撞上贾政。贾政听说宝玉虽然不喜欢读书，却有一肚子歪才情，正好，今天就试试这块材料。

来到园子大门口，贾政令人关上大门，先看园子外部，粉墙砌石，不落富丽俗套，一派文人风格，很满意。进了门，迎面一座假山，更加满意。

中国古典审美讲究含蓄内敛，从王孙贵胄的私家园林，到宗教建筑，再到平头百姓的四合院，都不会让人一眼看到底，通常进门处用假山、影壁隔离。园林内部讲究自然天成，不显人工雕饰痕迹。山水楼阁的排布穿插，也追求天然气质，迂回曲折，步步有景。

我在苏州拙政园的最大感受，就是它明明没那么大，却跋山涉水，逛了大半天。大家看西方园林，完全是反着的。比如法式园林，都很开阔，石头整整齐齐，植物齐齐整整，每棵草都理着板寸，都是规则轮廓。

知道这点，我们就能大概想象出大观园的样子。

贾珍在前引路，贾政扶着宝玉，从假山中间的小路进去，一抬头，是一面光滑平整的石头面，这是预留的题名处。

众清客有说叫"叠翠"，有说叫"锦嶂"，有说叫"赛香炉"，还有说叫"小终南"，说了几十个，都是烂大街的俗套。就像现在大小城市的楼盘名，好像让世界各地的国际友人，都能在中国找到分部。

当然，这帮清客是故意的，知道贾政要考宝玉，先扮演一下氛围组。要是王勃在，绝对不会给宝玉机会。

宝玉当然也知道大考来了，于是沉着应战。宝玉说，"编新不如述旧"，就叫"曲径通幽处"吧。众清客一顿猛夸，"天分高，才情远"云云。贾政说：

> "不当谬奖。他年小，不过以一知充十用，取笑罢了。再俟选拟。"

这句话，我们通常只看作是贾政的谦辞。其实这里还有个事实，能让我们更深层地了解宝玉。

文学一道，其实取决于两种东西，一是学问，二是才华。我们通常会看作一件事，其实二者泾渭分明。

学问主要靠后天努力，才华则更多依赖天赋。诗人大多是才华型，李白、杜甫、王维等等。李白诗的那种酣畅，就在于才华横溢飞流直下，却不带一丝学问腔。韩愈学问深厚，写的诗就差了许多味道。思想家里孔孟、程朱等，都是学问家。

众清客夸宝玉，"天分高""才情远"，说的就是宝玉有才华。贾政说宝玉"以一知充十用"，学问少，可能他自己都没意识到，这正是才华所在。不过贾政并不看重这些，在当时，诗歌终究是"歪才情"，四书五经、经济学问才是正经。

另外，这个环节或许还别有深意。"曲径通幽处"下一句，便是"禅房花木深"。宝玉这个"绛洞花王"，穿过曲径，走向与世隔绝的大观园，历经悱恻幽情，领略万艳同悲，终究会走向禅房。

若我这个假设成立，宝玉出家后，他的禅房四周，或许花木葱茏。宝玉大师念一句阿弥陀佛，斩一段刻骨情丝，"情僧"是也。

02

穿过假山的石洞，豁然开朗，有点桃花源的意境。一带清流，花木葱茏，溪水上有一座三孔石桥，桥上一座亭。

一行人上了亭子，贾政问，这里该题什么？众清客说，欧阳修的《醉翁亭记》里说，"有亭翼然"，就叫"翼然"吧。贾政说，不太好，这个亭子是压着水建的，要体现出"水"元素。《醉翁亭里》还有一句，"泻出于两峰之间"，就用它一个"泻"字。众清客说好好好，水如玉，就叫"泻玉"。

如果大家有取名字的经历，不管是人名、地名、建筑名，通常会遇到一个情况，一个字哪怕寓意再好，一旦跟别的字组合在一起，就总觉得怪怪的，"泻玉"就是这样。

宝玉对文字很敏锐，他说，用此等字眼，"粗陋不雅"，这里虽然是省亲别墅，贵妃不常住，却应该算是"应制"范畴。所谓"应制"，就是应皇家诏命而题写，那就要雅正、端庄，不如用"沁芳"二字。

"沁"同样能体现水元素，水沁芳香，花由水润，很贴切。两边匾额，宝玉给的对联是："绕堤柳借三篙翠，隔岸花分一脉香。"

"贾政听了，点头微笑"，这位严苛的老爹，终于对儿子满意了一回。

我们知道，凡小说中的景物描写，通常都是用来烘托人物性格或境遇的，好小说的景物描写，不能做泛泛之笔看，都有它的含义。《红楼梦》尤其如此。

我们来看下一个景点。

大家走着走着，又来到一个地方。

> 忽抬头看见前面一带粉垣，里面数楹修舍，有千百竿翠竹遮映……小小两三间房舍，一明两暗……后院，有大株梨花兼着芭蕉。

有人说，叫"淇水遗风"，贾政说，俗；又有人说，叫"睢园雅迹"，贾政说，也俗！轮到宝玉，他给出的是"有凤来仪"。

什么叫"有凤来仪"呢？元妃是"凤"，作为省亲之所，简直量身定制。所以众人异口同声，"哄然叫妙"。

更妙的是，很快林黛玉会住在这里，成为"潇湘妃子"，也暗合"有凤来仪"。凤凰清高，非泉不饮，非竹实不食，正暗合黛玉的"孤高自许、目无下尘"；潇湘妃子将用眼泪哭成斑竹，于是就有了"千百竿翠竹"。

这大观园说是为元妃而建，其实是为众女儿而建。元妃是十二钗之冠，一是她地位高，二是无形中她也庇护了众女儿。

再看贾政进门时那句话，"若能月夜坐此窗下读书，不枉虚生一世"。贾政是读书人，一眼就看出这里最适合读书。而将来大家搬进大观园，读书最多的就是住在这里的林黛玉。

宝玉给这里题的对联是：

> 宝鼎茶闲烟尚绿，幽窗棋罢指犹凉。

这都不能叫景物描写了，应该叫意象描写。透过千百竿翠竹，煮茶的烟气都是翠绿；在幽静的窗前下完棋，指头都带凉意。这也是日后黛玉在潇湘馆的诗化表达，冷清、幽闭、孤凄。

大家请留意这些细节，后面多处会用到。比如到第四十回，贾母来潇湘馆做客，看见黛玉的绿纱窗旧了，说，这园子里全是绿色，再配绿不好看，让凤姐用银红色软烟罗窗纱给黛玉换上。

你看，景物、环境描写和人物塑造环环相扣，不差毫分。

正要起身往下一处，贾政突然想起软装的事，问贾珍，这些院子的桌椅家具都有了，帐幔帘子和陈设的玩器古董备齐了吗？贾珍说，陈设的玩器古董已经备下许多了，按期到位。

帐幔帘子是贾琏负责的，还不全，应该昨天"得了一半"。贾政就叫来贾琏询问。

贾琏忙向靴筒里取出一个清单，开始报数，各色帐幔，各种珠帘，成百上千。我们看这些细节，通常只注意到贾府花钱如流水，以及元妃省亲的巨大开支。如果我们谙熟《红楼》故事，还会发现这些都是拼图的一部分，甚至，很可能也是伏笔。

玩器古董采购，极有可能牵涉冷子兴。

第二回说，冷子兴是"都中在古董行贸易"的商人，且是个"有作为大本领的人"。最关键的是，他与贾雨村是旧相识。

第七回，冷子兴吃官司，通过妻子找到岳母周瑞家的，去求凤姐，轻松摆平。此后直到八十回，冷子兴再未出现。这样一个跟贾府有千丝万缕联系的人，不可能就此消失。

不妨大胆推测，在原著后面，冷子兴一定会再次出现。贾府败落后，首先会卖掉值钱而又无实际用途的古董，经手人当中，可能就有冷子兴。

这一买一卖中，冷子兴就见证了贾府起高楼，宴宾客，楼塌了。正是第二回开篇预言：

> 欲知目下兴衰兆，须问旁观冷眼人。

再说帐幔帘子。虽不是伏笔，却是极致的细笔。

贾政若想知道帐幔帘子的筹备进度，可以事后问，也可以在随便一处景点问，为什么就这么巧，偏偏逛完潇湘馆，"方欲走时，忽又想起一事来"？

我觉得还是在写林黛玉。以黛玉的审美，不会不知道一片翠绿的潇湘馆，不适合再用绿窗纱，但她寄人篱下，处处小心，不能还当自己是大小姐，要求这个那个。贾琏统一采购的绿窗纱，也凑合着用了，直到外祖母给她换上银红色。这是不是又意味着，只有外祖母，才是黛玉的靠山？

所以说，这哪是贾政要过问帐幔帘子！分明是作者想让我们读者知道。

众人一路走，一路说，又来到一个所在。黄泥墙，几百株杏花，墙外有水井、辘轳，山坡下"分畦列亩，佳蔬菜花"，一座农舍坐落在一片田园之中。有人说叫"杏花村"，贾政、宝玉都觉得不妥，宝玉题名"杏帘在望"，地名就叫"稻香村"。

贾政很喜欢这里的田园风格，就问宝玉，这个地方咋样？清客们悄悄提醒宝玉，让宝玉说好。可是宝玉偏偏说，"不及'有凤来仪'多矣"。

于是，平时见到父亲就像老鼠见猫一样的宝玉，跟贾政有了第一次对抗。宝玉说，你们都说这里"天然"，可是在我看来，一点也不天然。

"此处置一田庄，分明见得人力穿凿扭捏而成。远无邻村，近不负郭，背山山无脉，临水水无源，高无隐寺之塔，下无通市之桥，峭然孤出，似非大观……古人云'天然画图'四字，正畏非其地而强为地，非其山而强为山，虽百般精而终不相宜……"

宝玉是说，整个园子都是亭台楼榭，处处是能工巧匠所建，突然弄一个田庄，太突兀，布得再真，也是假的。宝玉还有理论依据，说什么叫"天然"呢？最忌讳不是那样的地方，而强行做那样的布置，任你百般精巧，也不伦不类。

举个例子，就像造一座传统四合院，放在北京老城可以，放在陆家嘴就分外别扭。

贾政一边听，肚子一边冒火，就在刚刚，这座居所还勾起他的"归农之意"呢，没想到在宝玉眼里啥都不是。

于是，"未及说完，贾政气的喝命：'又出去！'"

怎么理解这次父子分歧？

往浅了说，是宝玉"行为偏僻性乖张"所致，他理解的"天然"更纯粹，更彻底，对器皿、事物以及人，无不爱其天然。这等境界，远超世俗。骨子里的风雅与附庸风雅的区别就在这里。

往深了说，宝玉这番话可以看作他对世俗文化的对抗。日后住在这里的是李纨。李纨判词说，"如冰水好空相妒，枉与他人作笑谈"，"也只是虚名儿与后人钦敬"。若按"天然"，就该顺应人性，丈夫死了，青春年少，应该追求幸福。可是社会的条条框框、风俗礼教禁锢了她，花样年华，却不得不槁木死灰一般守寡，这能说"天然"？天生女儿，难道是为了让她做贞洁烈妇？

稻香村和它的主人李纨，不过都是"人力穿凿扭捏而成"的"虚名"。

这种超前精神，显然跟贾政所代表的正统思想水火不容。

一行人继续参观，穿过园子里大大小小各具特色的景点。宝玉对读圣贤书不感兴趣，却有一肚子杂学，各种奇花异草都能叫出名字。在另一处建筑上，题下了"蘅芷清芬"四个字和对联。这正是以后薛宝钗住的蘅芜苑。

> （离开蘅芜苑）行不多远，则见崇阁巍峨，层楼高起，面面琳宫合抱，迢迢复道萦纡，青松拂檐，玉栏绕砌，金辉兽面，彩焕螭头。贾政说："这是正殿了。只是太富丽了些。"

正殿是整座园子的中心建筑，元妃省亲驻跸的地方，所以规格最高。待走到正殿大门口，神来之笔出现了。

> 只见正面现出一座玉石牌坊来，上面龙蟠螭护，玲珑凿就。贾政道："此处书以何文？"众人道："必是'蓬莱仙境'方

妙。"贾政摇头不语。宝玉见了这个所在，心中忽有所动，寻思起来，倒像那里曾见过的一般，却一时想不起那年月日的事了。

书读到这里，我们读者都快要忘记太虚幻境的故事了。但是作者没有忘。宝玉看到这座玉石牌坊，为什么像曾经见过一般？这是告诉我们，大观园就是太虚幻境，这一实一虚两个地方，标志物都是这座玉石牌坊。

04

离开正殿，"至一大桥前，见水如晶帘一般奔入。原来这桥便是通外河之闸，引泉而入者"。宝玉取名"沁芳闸"。

再往前走，清堂、茅舍、佛寺、尼姑庵等一路不断，最后来到一所院落。院子里有一座小假山，一边种着芭蕉，另一边是一棵西府海棠。

按宝玉的说法，西府海棠的花，"红晕若施脂，轻弱似扶病，大近乎闺阁风度"，所以才叫"女儿棠"。芭蕉绿色，海棠花红，宝玉题名"红香绿玉"，贾政说不好。

众人又走进屋里。四面墙都是"雕空玲珑木板"，绘制着各种各样的花纹图案，放书的，放笔墨纸砚、花瓶陈设的应有尽有，制作精美。

还有一面墙是放古董的，但并没有柜子，而是根据各种古董的形状大小，在墙面上开出完全贴合的槽。正面看，一个个古董各归其位；侧面看，只有一面墙。非常有巧思。

这个院子，就是日后宝玉住的怡红院。

出了怡红院，贾政忽然想起来，宝玉半天没去见贾母了，怕贾母担心，就让宝玉赶快出去。外面小厮们见宝玉出来，"上来拦腰抱住"，争着邀功请赏。说老太太叫你好几次了，多亏我们说老爷喜欢你，才没把你叫走。若把你叫出去，哪还有你施展才华的机会呢？赶紧赏我们。

宝玉说，赏！每人一吊钱。小厮们说，谁还没见过一吊钱呀！说着，有人来解荷包，有人来取扇囊，把宝玉身上佩戴的物件抢了个干净。然后把宝玉一抱，送到贾母那边。贾母听说贾政没有难为宝玉，也很高兴。

袭人过来倒茶，见宝玉身上的佩物全不见了，笑道："带的东西又是那起没脸的东西们解了去了。"可见小厮们经常干这事。也说明宝玉这个公子哥平易近人，跟下人打成一片。

听袭人这么一说，林黛玉赶紧来看，宝玉身上果然"一贫如洗"。

（黛玉）因向宝玉道："我给的那个荷包也给他们了？你明儿再想我的东西，可不能够了！"说毕，赌气回房，将前日宝玉所烦他作的那个香袋儿——才做了一半——赌气拿过来就铰。

黛玉生气，惊天动地。宝玉赶紧解开衣领，从怀里掏出荷包，说，你瞧瞧这是什么。"我那一回把你的东西给人了？"原来宝玉早藏起来了，并没有送给小厮。

黛玉"自悔莽撞"，冤枉了宝玉，"因此又愧又气，低头一言不发"。这是自知理亏了，于是马上就消气和好。可宝玉偏偏又说了一句话，我知道你不想给我东西，这荷包我不要了，还给你吧。说着，"掷向他怀中便走"。

黛玉本来快消气了，这下"越发气起来，声咽气堵，又汪汪的滚下泪来，拿起荷包来又剪"。

宝玉赶紧夺过来，"笑道：好妹妹，饶了他罢！"然后就是宝黛二人不变的画面，黛玉不停地哭，宝玉不停地哄。黛玉哭着说，你不让我安生，"我就离了你"。宝玉笑着说，"你到那里，我跟到那里！"一边说一边又把荷包拿来戴上。黛玉说，你刚才说不要了，这会儿又戴上，真替你害臊。说完扑哧笑了。宝玉说，好妹妹，明儿再给我做个香囊吧。黛玉说，哼，那得看我高兴不高兴。

二人一边说，一边往王夫人房里去了。

古今中外，描写爱情的小说不可胜数，但是大家不妨回忆一下，能把少男少女那种微妙的情感写到这个程度的有几部？

有一个形容爱情的词，叫"相敬如宾"。老实说，我不觉得这是爱情最真实的模样。最天然最真实，不掺一点杂质的爱情，应该是宝黛这种。可是，有情人却没能成眷属，《红楼》诸多悲剧，爱情悲剧是其中之一。

第五回宝钗的判词写道："空对着，山中高士晶莹雪；终不忘，世外仙姝寂寞林。"又说："纵然是齐眉举案，到底意难平。"宝钗和宝玉的结合，是外人眼中的美满姻缘，可只有当事人宝玉自己明白，那片"寂寞林"才是终身不忘的。

什么叫齐眉举案呢？就是相敬如宾，太客气，太端庄，于是就太拘束。大家留意后面宝钗和宝玉的相处，会发现她从来都没有拿出真性情。

古典文学里描写恩爱，要么是一本正经歌颂，男女之间，尊重大于性情。要么是赏玩态度，或讽刺，或猎奇，难逃低等动物的欲望。《红楼梦》写得真实，写得细腻，写出了那些说不清道不明却直抵人心的情感世界。

类似宝黛这段的描写，在李清照的词里，在《浮生六记》里也经常出现，它们都是好文字。至少告诉我们，尽管古代礼法森严，那些未经俗世浸染的少男少女，同样有美好的爱情。

宝黛二人，一个比一个心思细腻，一个比一个敏感，导致二人经常误会、争论。总结起来就十六个字：

黛玉手欠，宝玉嘴贱。黛玉爱哭，宝玉善劝。

真是天生一对。

05

本回故事结束，我们来讨论一个大问题：

大观园到底是什么？

从创作角度看，大观园是《红楼》故事得以成立的空间。开篇第一回作者就说，他念及"半世亲睹亲闻的这几个女子"，比以往任何一部小说都精彩，都真实，于是要给她们作传，"记述当日闺友闺情"。

而在当时，闺阁女子一言一行都有严格的礼教限制，居于斗室，大门不出，二门不踩，尤其李纨这样的寡妇。因此必须要有一个独立的公共空间。

这里不被外界打扰，可以暂时回避现实的条条框框，混沌世界，才能释放天真烂漫。试想一下，黛玉、李纨、三春姐妹要是住在王夫人眼皮底下，还怎么饮酒作诗发小脾气？宝玉跟祖母住一起，还怎么似傻如狂？有了大观园，这一切都顺理成章。这是书中人物释放天性的地方。

可如果仅仅是为了写人物而搭建一个场景，《红楼梦》就称不上伟大。大观园其实是全书主旨的一个象征，美好诞生于此，也毁灭于此，所有人物的悲剧，贾府的悲剧，甚至时代的悲剧，都将通过大观园有了具象的表达。

前文我们读到一个明确提示，宝玉走到那座玉石牌坊，"心中忽有所动"，这是告诉我们，大观园就是太虚幻境，都是梦幻泡影，富贵风流，终将雨打风吹去，徒留白茫茫大地。

除了这条明线，本回还有若干暗示。我们一一说来。

大观园是洋洋大观的意思，指园内应有尽有，可是作者并没有全部写完，而是有取有舍，写了重点几处。

在"蓼汀花溆"，众人说应该叫"武陵源"或"秦人旧舍"，宝玉不同意，才改成"蓼汀花溆"；

在"沁芳亭"，众人建议用欧阳修的《醉翁亭记》中的"翼然"，贾政建议用"泻"，宝玉又不同意，改成"沁芳"。

武陵源、秦人旧舍，都化用陶渊明的《桃花源记》。可是桃花源并不存在，"良田美池""怡然自乐"的生活，不过是诗人在末世里的一个念想。

醉翁亭或许存在，可是"太守之乐"也是迫于现实的无奈。彼时，欧阳修不是从小官升任太守，而是从中央贬谪到地方，苦闷极了。所谓醉翁之意，随遇而安、苦中作乐罢了。

如果我们对比一下《桃花源记》和《醉翁亭记》，会发现它们有同一个内核，都是对现实的不满，对失意的回避。桃花源与世隔绝，要顺着溪流，穿过桃花林，通过一个狭窄的山洞才能进入。而《醉翁亭记》第一句便说"环滁皆山也"，也是与世隔绝。进入"林壑尤美"的琅琊山，"山行六七里"，见一溪水，"峰回路转"，才是亭子。

桃花源和醉翁亭，都是空中楼阁。众清客作为旁观者，往往一语成谶，说出它们的本质，宝玉之所以不同意，是因为他尚在迷津。

这一点，本回也有暗示。

众人最后来到的地方，宝玉题名"红香绿玉"。后文我们知道，这就是宝玉住的怡红院。来看看曹公编织的密码。

众人走过院子，走过第一道房屋，书上写道：

> 原来贾政等走了进来，未进两层，便都迷了旧路。……及至门前……却是一架玻璃大镜相照。及转过镜去，益发见门子多了。

见众人迷路，贾珍赶紧领路，转来绕去，"果得一门出去"。

> 转过花障，则见清溪前阻。众人诧异："这股水又是从何而来？"贾珍遥指道："原从那闸起流至那洞口，从东北山坳里引到那村庄里，又开一道岔口，引到西南上，共总流到这里，仍旧合在一处，从那墙下出去。"
>
> 众人听了，都道："神妙之极！"说着，忽见大山阻路。众人都道："迷了路了。"

《桃花源记》最后，太守听捕鱼人说了，"即遣人随其往，寻向所志，遂迷，不复得路"。

让我们再回想一下第五回。宝玉梦游太虚幻境，喝了仙茶，饮了美酒，赏歌舞，听仙乐，最后和一个既像宝钗又像黛玉名叫可卿的仙女共度良宵，连日沉迷温柔乡不能自拔。那日来到一个所在：

> 但见荆榛遍地，狼虎同群，迎面一道黑溪阻路，并无桥梁可通。正在犹豫之间，忽见警幻后面追来，告道："快休前进，作速回头要紧！"宝玉忙止步问道："此系何处？"警幻道："此即迷津也。……"

大观园中的怡红院，正是太虚幻境里的迷津。在太虚幻境，警幻仙姑说宝玉，"痴儿竟尚未悟！"在现实中，宝玉也尚未悟，温柔富贵乡还没有享受够。顺着这个虚实对应的思路，我斗胆推测，或许最后帮宝玉指点迷津的人，仍旧是秦可卿。"可卿救我！"的呼声，将会得到回应。

另外，在太虚幻境跟宝玉云雨的"可卿"一出场，脂批就写道："可卿者，即秦也"。这当然表示秦可卿，但同时也告诉我们，太虚幻境也是秦可卿的旧舍，即"秦人旧舍"。

现在我们再想一想，这次大观园题对额，是众人的"武陵源"和"秦人旧舍"正确，还是宝玉的"蓼汀花溆"正确？

写到这里，我感觉我也进入迷津了，不知道这是巧合，还是作者匪夷所思的安排。可以肯定的是，大观园和太虚幻境，就像科幻电影中的两个平行世界，真真假假，虚虚实实，世人皆入迷津。宝玉房中的那面大镜子，正是风月宝鉴的象征，让他天天看到虚幻，警醒他，点化他，帮他参悟，这就是"警幻"的作用。

创造"世外桃源"的，不止陶渊明和曹雪芹。我们再来看看《水浒传》。

曹公偏爱笔下的女子，正如水浒作者偏爱他笔下的好汉。施耐庵创造了梁山泊，曹公搭建了大观园。

梁山泊是好汉的避难所，大观园是女儿的桃花源，都是与世隔绝的世界。只有在这里，那些对抗社会规则的人们才能快活，才能大碗喝酒，大块吃肉，吟诗作对。而一旦走出这里，他们将失去庇护。

《水浒传》明确告诉我们，好汉们的悲剧始于招安，不管替天行道的口号多么响亮，也不管什么兄弟情义，当他们去追求功名，贪图荣华，嗜血滥杀，就会被欲望吞噬。

什么人能全身而退呢？出家人。所以小说最后，只有鲁达、武松、公孙胜等少数人获得善终。关于这一点，还有更深的联系，我们以后细聊。

前面说过，贾宝玉的解脱，也是出家为僧，在世俗欲望的险恶迷津里，悬崖撒手，顿悟出家。

写到这里，我们便可以看出一条清晰的脉络。从陶渊明的桃花源，到唐诗宋词中寄情山水田园的诗歌，再到梁山泊、大观园等等，是中国隐士文化的延续。

可以说，这是中国古典文学的母题。每当社会黑暗礼坏乐崩，失意的文人都会为自己建造一个园子。有时候它叫桃花源，有时候叫梁山泊，有时候叫大观园。

将这些园子跨越千年时空连在一起的，是一条永恒的水系。

它有时是溪流，有时是江河，有时是湖泊。在大观园，它从东北角流入，从东南角流出，这里正是宝玉的怡红院。所到之处，既沁润众芳，也流水无情，最后为宝玉流出一个迷津。

最后说一句，现实中的曹家，在雍正初期败落，结束了赫赫扬扬的百年荣华。奉雍正旨意查抄曹家的，是一个叫隋赫德的宠臣。因抄家有功，隋赫德接手了曹家江宁织造的官位，同时也接手了金陵的曹家花园，改名"隋园"。

可仅仅数年后，隋赫德也遭罢官流放，发配边疆，罪名是贿赂王爷，钻营皇室，比曹家好不了多少。

曹家花园再次易手。

此时园子已破败不堪，仅剩残垣断壁，大才子袁枚只花了三百两银子便收归名下，改"隋园"为"随园"。而后凿池堆山，起高楼，宴宾客，会聚名流，广收弟子，开始实践他的性灵生活。

　　曹家花园并非一处，曹公写大观园也并非临摹某一处，大观园是个想象出来的园子。但是在"随园"的命运里，我们却能读出甄士隐解的《好了歌》：

> 陋室空堂，当年笏满床；
> 衰草枯杨，曾为歌舞场。
> ………………
> 乱烘烘你方唱罢我登场，
> 反认他乡是故乡。
> 甚荒唐，
> 到头来都是为他人作嫁衣裳！

欲戴皇冠，必承其重

皇恩重元妃省父母
天伦乐宝玉呈才藻

★在流传最广的庚辰本里，把第十七、十八回合在一起，只取了一个回目，导致第十八回无回目。回前有句批语："此回宜分二回方妥。"所以目前的庚辰本，都是按照这一原则，两回分开，第十八回无回目。

以上这个回目，是我几年前看的另一个版本上有的，手写在第十八回空白处，出处现在查不到了。各位担待。

01

第十三回里，秦可卿临死前给凤姐托梦说："眼见不日又有一件非常喜事，真是烈火烹油、鲜花着锦之盛。"

这不，这件"非常喜事"就要上演了，元妃省亲。贾府赫赫扬扬的百年荣华，到这里达到极致。这一回有什么看点？我们接着聊。

上回，宝玉、黛玉和好了，来到王夫人房里，这边热闹非凡。全家人都在为省亲的事忙活着。

去苏州采买女孩子的贾蔷已经回来，买了十二个女孩子，以及唱戏的行头，还聘请了一个老师教戏。之前薛家住的梨香院腾出来，用来安置戏班子。贾蔷担当戏班经理，负责一应钱物账目。

> 又另派家中旧有曾演学过歌唱的女人们——如今皆已皤然（pó rán：头发斑白）老妪了，着她们带领管理。

各位，考验我们阅读力的时候又到了。这句普普通通的话，深思下去，却有无尽苍凉。

我们知道，此时的贾府已历经百年。君子之泽，五世而斩，贾府中辈分最低的草字头，如贾兰、贾蔷这辈，正好是第五代，典型的黄昏末世。

第四回里说，薛家三口初到贾府，住进梨香院。书上写道："这梨香院即当日荣公暮年养静之所"。彼时我们只能猜测，荣国公爱好听戏，这才建了梨香院。现在我们可以肯定了。这几个学过歌唱、如今已垂垂老矣的女人，当初也是小戏子。

看到这句话，我浑身一颤，脑子中立刻浮现出元稹的《行宫》。我们来看看曹公的针脚有多么细密。

先看元稹的诗：

行宫

寥落古行宫，宫花寂寞红。

白头宫女在，闲坐说玄宗。

元稹所处的中唐，距离伟大的开元盛世已经过去了半个世纪。在洛阳破旧荒芜的宫殿里，依然还有玄宗时代的宫女在世。她们目睹过万国来朝的盛世，见过英明神武的玄宗。安史之乱蹂躏了八年，盛世如黄粱一梦。现在她们坐在废旧宫殿里等死，像所有暮年老人一样，一遍一遍咀嚼过往。

这些老宫女会说玄宗的什么事呢？生杀予夺的帝王手腕？还是开疆拓土的文治武功？不知道。

但有一件事，一定会成为他们的回忆话题，那就是玄宗和杨贵妃的凄艳爱情。

而薛宝钗的部分形象，就是按照杨贵妃来塑造的。（到第三十回细聊）

梨园，杨贵妃，盛世不再的白头宫女。

梨香院，薛宝钗，盛筵将散的白头老妪。

这些相似的意象，并不是巧合。我觉得，曹公很可能是在借用唐朝的兴衰，来隐喻贾家的兴衰。一个王朝和一个家族，在历史规律层面是一样的。还记得秦可卿托梦那些话吗？什么"否极泰来"，"荣辱自古周而复始"，什么"盛筵必散"云云，都是作者对世事的领悟。

我们多次谈到，《红楼梦》是中国古典文学的集大成者，是回望和总结。书中大量的诗词歌赋，只是属于显性部分。其实还有海量的化用的意象、隐喻，如上回中的大观园意象。

这部分内容是作者有意为之，把它藏在文字下面，用各种文学的、历史的谜团把它层层包裹起来。像音乐中的复调，彼此勾连，层层递进，强化小说的主题。

这需要我们一代又一代读者，用大量的知识储备去解密。

读《红楼》难处在这里，乐趣也在这里。

02

继续书中故事。

林之孝家的进来了——关于《红楼梦》里"某某家的"这个称呼，我想再补充两句。

原来我以为这是中国独有，前不久看了加拿大作家玛格丽特·阿特伍德的《使女的故事》，书里虚构了一个极度强权专制的社会，下层女人丧失独立人格，甚至沦为大主教的生育机器。

这些女人的名字，都是由一个单词of作为前缀，后面跟着大主教的姓氏，表达明确而牢固的依附关系。比如女主人公是弗雷德的使女，她的名字就叫Offred，音译为"奥芙弗雷德"，如果意译的话，就是"弗雷德家的"。

回到《红楼梦》。林之孝家的来汇报，说聘买的十个小尼姑、小道姑也到位了，二十件道袍也办好了。另外有一个带发修行的，"本是苏州人氏，祖上也是读书仕宦之家"。这位姑娘从小多灾多病，用了几个替身都不管用，不得已，入了空门，病居然好了。今年才十八岁，法号"妙玉"。

金陵十二钗中又一重要人物登场。

在现存的八十回里，没有交代妙玉的结局，但我们发现一些有趣的信息。妙玉跟林黛玉一样，都是苏州人，都是读书仕宦之家，都体弱多病，都极通文墨，都父母早亡，名字中都带个"玉"字。

不同的是，林如海没舍得让黛玉出家，而妙玉却遁入空门。

妙玉出家的地方在京城西郊牟尼院，她师父死了，妙玉原本打算回苏州，可是她师父临死前对她说，要留在京城，以后自然有你的造化。

王夫人一听很感兴趣，因为女尼到处都是，官宦人家出身的女尼却不多。就说，赶紧接来吧。林之孝家的说，请了，可是请不动，妙玉说贾府是侯门大家，必定以权贵压人，不去。

王夫人表示理解。那咱们就下个请帖，正式一点，备上车轿，得有足够的诚意。

林之孝家的刚领命出去，工程上的人一拨接一拨就来了，有的要领东西，请示凤姐开仓库；有的是买了金银器皿要入库。宝钗、宝玉、黛玉怕待在这碍手碍脚，一块儿找迎春去了。

贾府一直忙活到十月，省亲的事算是基本备齐了。古董文玩、仙鹤孔雀、鸡鸭鹅兔等等，各院各房该置办的都已办妥，入库完备，账目清晰。

贾蔷那边，戏班子已经排练好了二十出戏，小尼姑小道姑也学会了念经布道。这些都会用在省亲活动上。最后再由贾母、贾政一番检阅，算是万事俱备。宫里头，皇帝已经恩准，定下明年正月十五元宵节省亲。

到腊月初八，宫里的太监就来统筹省亲活动了。"何处更衣，何处燕坐，何处受礼，何处开宴，何处退息"，以及每个环节的仪仗、礼制等等，都事先安排得清清楚楚。

到正月十四，贾府上下通宵不眠。正月十五，五更天起，上自贾母，只要有爵位的夫人一律盛装起来，园子里张灯结彩，珠宝辉煌，蟠龙彩凤的帐幔遍布园林。

老祖母带着女眷，站在荣国府大门口迎接；老大贾赦带着男丁，恭候在西街口，周围三街四巷全部用帐幔围起来，静街清场。

可是等了老半天，还没见元妃的仪仗过来，却来了一个太监，说早着呢。

"（元妃）未初刻用过晚膳，未正二刻还到宝灵宫拜佛，酉初刻进大明宫领宴看灯方请旨，只怕戌初才起身呢。"

贾家出门迎驾是在上午，这个时间有多早呢？我们把元妃的行程转换成今天的时间就一目了然了。

元妃13：00用晚膳，14：30拜佛，17：00还要参加皇家的家宴、赏灯，然后请旨，皇帝准了，才能在19：00起身来贾府。

后文我们将读到，省亲活动快要结束时，执事太监说，"时已丑正三刻，请驾回銮"，就得回宫了。丑正三刻，大约是凌晨2：45。

没错，大家看出来了。元妃整个省亲过程，全是在夜里进行的。

为什么选择夜里？历来有各种说法，甚至涉及鬼神怪谈，这就有点过度解读了。首先我们得知道，明清两朝并没有什么省亲制度，女子一旦入宫做了嫔妃，要想回娘家几乎不可能。

清朝史料里唯一的记载，是慈禧回娘家省亲过一次。那是她刚生了后来的同治，咸丰帝特批的。有意思的是，慈禧也是一位资深红迷，屋里挂着《红楼梦》套画，让戏班子演《红楼梦》戏曲，还总以贾母自居。不知道她的省亲壮举，是不是受了《红楼梦》的启发。

说回书里。省亲活动放在晚上，主要是为了过元宵节。古人对元宵节的重视，要远远超过我们。而元宵节的精华，恰恰在于夜晚。另外，妃子夜里出行，总比大白天要私密安静。

太监的话里还有个细节，元妃在回娘家之前，还会在宫里过一个属于皇家的元宵节，吃饭，赏灯，一样不少。

那位太监还说，13：00用的是"晚膳"。可能有人会说，是不是写错了？这不是午饭吗？还真没错。在当时——甚至是漫长的古代，人们都是一天两顿饭，只有早饭、晚饭，没有午饭一说。如果两餐饭之间饿了咋办？可以吃，但那就不是正式的膳食了。清朝叫作"小食"。

当然了，皇家的小食，或许也有百十来道菜。

03

漫长的等待过后，元妃的省亲仪仗队终于出现了。

这时省亲别院里灯火通明，"一担一担的挑进蜡烛来"。宁荣街上一匹快马来报，十来个太监急慌慌准备，大家知道，元妃来了。

贾赦带领合家男丁，贾母身后跟着女眷，各就各位，准备接驾。

古代礼制森严，不同级别的官员、诰命夫人，在什么场合用什么仪仗，穿什么服饰，坐什么轿子等等都有明确规定，越礼就要受处罚。元妃是贵妃，代表皇家，规格当然很高。比如，她坐的是"金顶金黄绣凤"的八抬大轿。

进入贾府，先到专门的地方更衣，然后再进园。园子里早已布置完毕，香烟缭绕，华彩缤纷，灯火楼台，舞乐声喧，说不尽的太平气象，道不完的富贵风流。

连生活在宫里的贾元春看了，都不禁"默默叹息奢华过费"。大观园的建造精髓是南方园林，注重水系，各处院落楼台，一条水系全部串联起来。所以元妃游园，最省力最舒服的方式就是坐船。

于是下轿登舟，夜游园林，水系两岸的石栏上，是各种颜色的水晶玻璃灯。这个季节的北方，树木还没发芽，但两岸树上都挂满了彩灯；水里没有植物、动物，就用各种螺蚌、羽毛之类的东西，做成假的花草和水鸟。真个是"玻璃世界，珠宝乾坤"，两个字，奢华；一个字，贵。

上一回贾政要试宝玉的才情，让宝玉拟了一些地名匾额和对联，贾政基本都用上了。按说这样的门第，又逢这样的家族盛事，是一定要请名家拟名题匾的。为什么贾政却用"小儿一戏之辞"呢？

这就是一个老父亲的良苦用心了。

原来，宝玉从小就跟着元春，跟贾母一起生活。元春是长姐，从小教宝玉读书识字，三四岁时已认得数千字。二人虽为姐弟，"情状有如母子"。可以说，贾元春对于宝玉，是"亦师、亦姐、亦母"。贾政知道这姐弟俩的感情，前段时间贾代儒又告诉贾政，说宝玉有偏才，经书文章虽然不好，诗词歌赋倒还不错。

贾政起初不信，上一回让他在大观园一试，果然不错。便想着，既然这园子是给元春省亲准备的，让她最疼爱的弟弟来题匾额，岂不是更有意义！

贾元春一边赏游，一边看各处的匾额对联。来到"蓼汀花溆"，元春说，"花溆"就很好，何必再"蓼汀"呢？两个词意思相近，元春是觉得重复了。身边太监听了，"忙下小舟登岸，飞传与贾政。贾政听了，即忙移换"。这就是懿旨。

过了一会儿，来到一座巍峨的宫殿，元妃下船上岸，见门前石牌坊上写着"天仙宝境"，也不解释，直接说，换成"省亲别墅"。

这里可以看出贾元春的性格，朴实，低调，"天仙宝境"显然过于张扬，而"省亲别墅"就简单而务实。

省亲别墅是整座大观园的核心建筑，元妃省亲的主场馆。改过石牌坊上的字，元妃看向正殿，问，这殿上为什么没有匾额？太监说，这是正殿，外臣不敢擅拟。

元春点头认同，走进大殿，准备妥当，一时圣乐齐奏，开始接受跪拜大礼。整个省亲仪式的高潮环节，就是在这省亲别墅举行。

先是贾府男人行礼，贾赦、贾政带头，一队子侄跟在身后，还没行礼，跟随元妃的女官出来传话，"免。"然后太监引着贾赦、贾政一行退下。

然后是贾母带着女眷行礼，女官又传话，"免。"

这个环节，代表着君臣关系，结束之后，元春就到贾母的正室去了，这里体现的是家庭关系。

有趣的画面来了。贾元春一到贾母屋里，

> 贾母等俱跪止不迭。贾妃满眼垂泪，方彼此上前厮见，一手搀贾母，一手搀王夫人，三个人满心里皆有许多话，只是俱说不出，只管呜咽对泣。

这就是古代森严的礼法和等级制度，奶奶要给孙女下跪，父母也要给女儿下跪，因为元春封了妃，是皇家的人。家庭关系让位于君臣关系。

电视剧《甄嬛传》这点就做得很讲究。甄嬛参加宫里选秀，哪怕只封了一个小小的"常在"，到家后，父母也要出门跪拜迎接。先行君臣礼，再叙父女情。

从贾府大门口跪迎，到省亲别墅行跪拜礼，再到贾母屋里，贾府长辈对元春一共跪拜三次了。

但是礼制规矩还远远没完。

亲眷行完礼，是宁荣两府的男性管家执事行礼，然后轮到两府管家媳妇、丫鬟婆子等女性行礼。请注意，这些家奴仆从是外人，所以不能进屋，只能在门外行礼。

一番繁礼缛节过后，元春问："薛姨妈、宝钗、黛玉因何不见？"王夫人说："外眷无职，未敢擅入。"于是都请了来，一大家子各叙寒温。

这时贾政来问安了。虽是父女，俩人中间却设了一道帘子。元春隔着帘子，哭着说，那些普通百姓虽然粗茶淡饭，但是能够享受天伦之乐。我今天虽然富贵至极，但我们骨肉分离，也没啥意思。

贾政也哭了，对元春说了一番话。这番话也不是父女之间的对话，更像是一个臣子对皇家的谢恩和表态，严肃、庄重，而充满距离感。原文就不录了，大家可以去看。

完事后贾政又说，园子里那些亭台楼阁的匾额对联，都是宝玉所题。元春说，果然有进步。见宝玉不在，元春又问，"宝玉为何不进见？"贾母说："无谕，外男不敢擅入。"没有谕旨，外男不敢进。亲弟弟变成"外男"了。于是赶紧传谕旨让宝玉进来。

不多时，尤氏、凤姐上来启道："筵宴齐备，请贵妃游幸。"这是省亲别墅里的筵席备好了，元妃要再次进园。从前面没看的地方继续游览，到了"有凤来仪""红香绿玉""杏帘在望"和"蘅芷清芬"，处处奢华新奇。

到了正殿，大家入座，开始用膳。

> 贾母等在下相陪，尤氏、李纨、凤姐等亲捧羹把盏。

不用说，元春坐主位，依次按身份高低排列陪坐。至于尤氏、李纨、凤姐，对不起，她们是贾府的媳妇，连坐的资格都没有，得在旁边伺候着。

酒过三巡，元春命人端来笔墨纸砚，开始给园子各处题名。

"大观园"这个名字，第一次出现了。

"有凤来仪"赐名"潇湘馆"。

"红香绿玉"改作"怡红快绿",赐名"怡红院"。

"蘅芷清芬",赐名"蘅芜苑"。

"杏帘在望",赐名"浣葛山庄"。

此外,什么大观楼、缀锦阁、蓼风轩等等,题了十几个。然后元春对姊妹们笑道,我不擅长诗文,今天不过是应个景,以后有空了,我再补上《大观园记》和《省亲颂》,以记今日盛事。妹妹们每人也要各题一匾一诗,自由发挥。宝玉文采进步出我意料,我喜欢潇湘馆、蘅芜苑、怡红院和浣葛山庄,就令宝玉以这四处,各写一首五言律诗,要是写好了,才没有辜负我一片教导之心。

元妃一发话,大家就开始忙活。

古典诗歌里有一种特别的种类,叫应制诗。就是奉皇帝或嫔妃之命而写的诗,通常是集体创作,有比赛性质,内容以歌功颂德、粉饰太平为主。

这类诗并不是诗人真实的情感抒发,所以绝大多数是套话、空话、假话。只有王维、杜甫等极少数顶尖诗人,才勉强写出一些不错的句子。

苏轼在元祐八年,也是元宵节那天,以礼部尚书的身份陪同宋哲宗大宴群臣,就写过一首应制诗:"侍臣鹄立通明殿,一朵红云捧玉皇。"诗本身还不错,但是跟他那些直抒胸臆的名篇相比,不值一提。

名家尚且如此,普通人就更难写出好诗了。

迎、探、惜三姐妹和李纨写的都是套话,宝钗和黛玉,是优美的套话。林黛玉本来想好好表现,一出风头的,但一个人只让写一首,也就作罢。

宝玉的任务是四首,这会儿还在绞尽脑汁。宝钗走来一看,有一句"绿玉春犹卷",便悄悄对宝玉说,她就是因为不喜欢"绿玉",才把"红香绿玉"改成"怡红快绿"的,你咋又来个"绿玉"?赶紧改个字!

宝玉说,一时想不到什么典故了。宝钗说,把"玉"改成"蜡"。

宝玉问，"绿蜡"可有出处？宝钗笑道：

> "亏你，今夜不过如此，将来金殿对策，你大约连'赵钱孙李'都忘了呢！唐钱翊咏芭蕉诗头一句，'冷烛无烟绿蜡干'，你都忘了不成？"

一句话，既写出了价值观，又写出了才思。"金殿对策"是进士考试的最后一步，皇帝做考官，考生现场答辩，正是士子们大展身手的时候。宝钗想当然地认为，男人就得读书做官。钱翊这句诗，在汗牛充栋的唐诗宇宙里，是如此冷门偏僻，她却能记得。

另外还请留意，宝钗特别善于察言观色，揣摩人心，天生精于人情世故。她从元春把"红香绿玉"改成"怡红快绿"这一行动，就判断出元妃的喜好，并让宝玉投其所好。不得了。

所以宝玉听了，说，宝姐姐真是"一字师"了，"从此后我只叫你师父，再不叫姐姐了"。

宝钗笑道，别在这姐姐妹妹了，赶紧写吧。谁是你姐姐？说着指指元春——那上头穿黄袍的才是你姐姐。

薛老师指导完，林老师也来了。

见宝玉只写了三首，还差一首"杏帘在望"，黛玉说，你赶紧誊抄那三首，第四首我帮你写。"说毕，低头一想，早已吟成一律"，写在纸条上，揉成团，丢给宝玉。

宝玉打开一看，"只觉此首比自己所作的三首高过十倍"。赶紧楷书誊抄出来，呈给元春。

宝玉写的三首，应制味不强，还算可以，就不录了。我们来看下黛玉小姐的"代笔"：

杏帘在望
杏帘招客饮，在望有山庄，
菱荇鹅儿水，桑榆燕子梁。

> 一畦春韭绿，十里稻花香。
> 盛世无饥馁，何须耕织忙。

怎么评价这首诗呢？前三联，一派恬淡明快的田园风光，后一句，突然粉饰太平起来，那么突兀，那么刺眼，就像一个清水芙蓉般的女孩，非要涂一层厚厚的粉。

这其中似乎有某种讽刺。在烈火烹油、鲜花着锦的大观园，在田园风格的稻香村里，确实没有饥馁，也不需要耕织。但是大观园之外呢？至少刘姥姥一家肯定不这么想。

写这样的诗，不能怪黛玉，应制诗就是得歌功颂德，说明黛玉熟悉各种诗歌，"低头一想"，才思也有了，政治也正确了。

元妃看了宝玉的诗，非常高兴，说："果然进益了！"

> 又指"杏帘"一首，为前三首之冠。

立刻用"十里稻花香"一句给这里赐名，就叫"稻香村"。

元春不知道"杏帘"一首是黛玉代笔，但一眼见高下。这个情节，不知道是曹公化用还是巧合？李清照就有类似的故事。

李清照写过一首《醉花阴》，末句我们都很熟悉："莫道不消魂，帘卷西风，人比黄花瘦。"

她丈夫赵明诚看了拍手叫好，可是不服气，说，给我三天时间，我也能写出这样的句子。于是关门谢客，不打游戏不刷手机写了三天三夜，得词五十首。然后把李清照这首也混杂其中，拿给朋友看。

朋友看了半天，对赵明诚说，这么多词，只有三句最好。赵问，哪三句？朋友说，"莫道不消魂，帘卷西风，人比黄花瘦"。

好诗的光芒，是藏不住的。

继续《红楼》。十来首诗都写好了，元春让探春誊抄出来，太监拿到外面公示。好玩的来了。

> 贾政等看了，都称颂不已。

这"称颂不已"当然包括"稻香村"。可是大家还记得吗？上一回贾政带宝玉入园试才，正是宝玉，根据唐朝诗人许浑的"柴门临水稻花香"一句，为这里取名"稻香村"。贾政当时怎么说来着：

> "无知的业障！你能知道几个古人，能记得几首熟诗，也敢在老先生前卖弄！你方才那些胡说的，不过是试你的清浊，取笑而已，你就认真了！"

而现在，元妃又拟定了"稻香村"，贾政怎么却"称颂不已"呢。难道贾政是个见风使舵专拍马屁的变色龙？

先别急。当我们想对一个人下定论时，脂批往往会告诉我们，要宽容，要理解，尽量用善意去看每个人的言行。

当时脂批写道：

> "爱之至，喜之至，故作此语。"

说白了，不能夸儿子，尤其不能在外人面前夸。贾政就是这样一款父亲。其实看到宝玉诗词信手拈来，灵活化用，还颇有主见，审美高雅，当爹的偷着乐呢。

04

前面各种繁文缛节，用过筵席，写过诗文，就该娱乐了。

贾蔷带领着十二个女戏子，在楼下已恭候多时。太监跑来，拿了戏单，元妃点了四出戏：

> 第一出，《豪宴》；第二出，《乞巧》；第三出，《仙缘》；第四出，《离魂》。

贾蔷一声令下，十二个女孩子就急忙装扮起来，一个个粉墨登场，演绎着舞台上的离合悲欢。

《豪宴》《乞巧》《仙缘》《离魂》，分别是当时著名戏曲《一捧雪》《长生殿》《邯郸记》和《牡丹亭》中的精彩桥段。

在这四出戏旁，脂砚斋写道：

> "《一捧雪》中伏贾家之败；《长生殿》中伏元妃之死；《邯郸梦》中伏甄宝玉送玉；《牡丹亭》中伏黛玉死。所点之戏剧伏四事，乃通部书之大过节、大关键。"

这四件事当然一个比一个精彩，可惜呀，我们看不到了。还是老老实实读我们的八十回吧。

四出戏唱完，太监端着一盘糕点来问："谁是龄官？"龄官是十二个小戏子中的一个，请留意这个名字，后文还有她的重头戏。

龄官戏唱得好，元妃有赏，并传话，让龄官随便再唱两出。这就显出元妃的内行来了。第一次唱是点戏，有可能不是一个戏子最擅长的，所以让她再自由发挥，说不定会更惊艳。

贾蔷替龄官接了赏赐，让她唱《游园》《惊梦》两出，龄官说这不是她的本角，不唱。要唱就唱《相约》《相骂》两出。贾蔷拗不过，只得依她。唱完，元妃很高兴，赏赐官缎、荷包和金银、食物。

唱完戏，又游玩了一会儿，太监就来禀报，说赏赐的东西已经齐备。元妃便下谕，一一赏赐。

贾母是最高规格，赏赐金、玉如意各一柄，沉香木拐杖一根，迦楠念珠一串，还有各式各样金、银、绸、缎，不一而举。邢夫人、王夫人、贾赦、贾政次一等，宝钗、黛玉等再次一等。连贾府里的丫鬟、婆子、奴仆、工程、司仪、杂役等群体，也都是人人有份，可谓出手阔绰，天恩浩荡。

众人谢恩已毕，已是第二天的凌晨2：45，贴身太监报说，该起驾回宫了。元妃一听，真是欢聚匆匆，"不由的满眼又滚下泪来"，强打起精神，嘱咐贾母、王夫人注意身体，以后每月还能进宫会见，不必悲伤。另外又嘱咐，以后若再省亲，"万不可如此奢华靡费了"。

元妃依依不舍，起驾回宫去了。一场烈火烹油、鲜花着锦的省亲盛事，就此落幕。

下回分解。

05

最后，聊一下元春的结局。

第五回宝玉在太虚幻境，看到元春的判词，后两句说：

<blockquote>三春争及初春景，虎兕相逢大梦归。</blockquote>

己卯本里是"虎兕"，甲戌等本里是"虎兔"。如果是后者，就是个时间；前者，就是两种凶兽，可能隐喻两派政治力量。

"三春"可以指迎春、探春、惜春，三个妹妹都不及姐姐风光；也可以指暮春，春天快结束了，景色怎么能跟初春比。

不管怎样，元春最终也是大梦一场，早早死了。

她是怎么死的，说法五花八门，索隐派甚至说映射了某些真实历史事件，是真是假，我们不做评论。

我只想说说元春之死跟贾府败落的关系。

众所周知，贾、王、史、薛四大家族联络有亲，是一个权力圈子。史、薛已经没落，王家权力最大，以凤姐的娘家叔叔王子腾为首。贾府男性其实早没出息了，偌大贾府就剩一个空架子。

但是，元春喜封贵妃，又给贾家打了一剂强心针。这个一团暮气的大家族，突然又烈火烹油起来，权势一跃成为四大家族之首。书里没有写贾府以外的权力故事，但我们完全能想象得到，元妃省亲之后，贾家的男人们一定是走路带风的。贾政会低调一些，贾赦贾琏贾珍这些人在外面会干什么，就很难说了。

可惜好景如春光，从来不长久，贾元春死了。

奢华靡费的省亲活动，更像是贾府的回光返照。

临死前，元春会透露什么信息？我们来看下《红楼》十二曲中的《恨无常》：

> 喜荣华正好，恨无常又到。
> 眼睁睁，把万事全抛。荡悠悠，把芳魂消耗。
> 望家乡，路远山高。
> 故向爹娘梦里相寻告：
> 儿命已入黄泉，天伦呵，须要退步抽身早！

请留意最后一句，元春在临死之前，一定是通过某种方式，或传信，或带话，或托梦，告诉贾政，要早点退步抽身。

这是一句警告，是元春自身不保之际，对贾府最后的眷恋和关心。

既然能提前预警（尽管已经迟了），说明是元春先意识到危险了，毕竟她身处政治旋涡中心，贾府是后知后觉。所以这个危险，一定是来自朝堂，是政治势力的倾轧。

书里说，《长生殿》中的《乞巧》伏元妃之死，可以作为一个旁证。

杨贵妃和唐玄宗的爱情，在七月七日的长生殿达到高潮，这也是杨家的高光时刻，烈火烹油，权倾朝野。但在朝堂的权力斗争面前，在皇家利益面前，帝王的恩宠就要让路了。长生殿里的绵绵情话，抵不过马嵬坡前三尺白绫。

戏里的杨贵妃，就是戏外的贾贵妃。

元春一死，贾府还有什么权力呢？

到那时，白玉为堂金作马的贾府，就是个任人宰割的肥羊。

事实上，贾妃没死之前，就已经失宠了，或者说，是因为失宠才死的。书里虽没有明说，暗线却是一大堆。

比如第七十二回说，六宫太监总管夏守忠，还有周太监，三番五次来贾府敲竹杠。元春要是还得宠，太监哪敢这么猖狂？贾雨村也降职了，这是个更明显的信号，因为贾雨村跟贾家、王家是一个权力圈子。一荣俱荣，一损俱损，典型的政治斗争场面。

再看看真实的历史，雍正杀年羹尧，收拾隆科多，抄没曹家，哪一桩手软了？一个家族倒下，往往意味着一个政治团体的失势，倒下的是一大片。

这样看来，贾府那些所谓的贪赃枉法，只是治罪的理由。至于抄家，主要原因还是元春的失势。

曹公原著里会如何写抄家，已是一桩悬案。但可以确定几点：

一，应该是在一个元宵节前后。

第一回里，一僧一道对甄士隐说："好防佳节元宵后，便是烟消火灭时。"此处还有脂批："前后一样，不直云前而云后，是讳知者。"意思是，烟消火灭（抄家）的时间，不说在元宵节前，故意说元宵节后，是为了顾忌知情的家人。反正是小说，节前还是节后一点不影响。

二，元春游幸大观园，三次提到太奢华、太铺张，日后抄家，这也是主要罪名。贾府最大一笔开销，就用在大观园工程上了。

三，元春回宫前对贾母、王夫人说，"倘明岁天恩仍许归省"，千万不能这么铺张了。她多虑了。此一别，元春再没有机会重游大观园。她以为这是开始，没想到是结束。

元春的大观园结束了，众女儿的大观园却开始了。

世间不过这三种爱情

情切切良宵花解语
意绵绵静日玉生香

周汝昌先生说，《红楼梦》的结构是每九回一个故事单元，第九回、第十八回、第二十七回等等，都是前一大情节的结束，后一回就会开始新情节。

这个观点是否完全正确我们暂且不谈，但如果留意第十八回和第十九回，在故事情节上确实有明显转换。

前面两回是元妃省亲，贾家烈火烹油，鲜花着锦，是大叙事。从这回开始，突然转入宝玉和姐妹们的日常琐事，就像电影的镜头开始照在主角们身上，告诉我们，全书的精华要上演了。

且让我们慢慢道来。

书接上回。元春回宫后，奏明省亲过程，龙颜大悦，又赏赐贾政。

贾府上下经过省亲一事，"人人力倦，各各神疲"，正在做善后事务。凤姐当然还是主心骨，别人能偷闲，她不能。加上她性格要强，"只拈挣着与无事的人一样"。请留意这句铺垫，凤姐在操劳中已经埋下病根，而这很大程度上影响了她的结局。

全家都在忙，只有一个大闲人，就是宝玉。

这天，袭人的母亲来求贾母，要接袭人回家过个节——在接下来的两回里，很多故事都与元宵节有关。

荣国府的管理有两个特征，一是宽松，二是有人情味，逢年过节基本是休假状态，主仆上下一派欢乐。更何况元妃刚刚省过亲，全家心情大好。

袭人回家了，宝玉就跟小丫头们打牌下围棋。宁国府那边，贾珍也张罗起大戏，放花灯，吃喝玩乐。元妃从宫里派人送来糖蒸酥酪，宝玉知道袭人爱吃，就留着等袭人回来给她吃，自己跑宁府看戏去了。

宁府里演的都是热闹戏，戏台上锣鼓喧天，一会儿群魔乱舞，一会儿扬幡诵佛。外人隔着院墙都听到了，纷纷赞叹："好热闹戏，别人家断不能有的。"

但是这一切宝玉并不喜欢。进去跟尤氏等女眷打个照面就出了二门。如果是平时，宝玉一行一动肯定有人盯着，但今天大家都玩嗨了，贾珍、贾琏、薛蟠正在行令喝酒，宝玉的小厮们有的偷偷跑出贾府，或探亲访友，或寻花觅草；没走的看戏的看戏，玩耍的玩耍。

总之没人看管宝玉。

宝玉忽然想到：

"这里素日有个小书房，内曾挂着一轴美人，极画的得神。今日这般热闹，想那里自然无人，那美人也自然是寂寞的，须得

我去望慰他一回。"

前面说过,宝玉是"情不情"——对不该用情的事物也照样用情。记住这点,就能理解宝玉所有的言行。用脂批这里的说法,宝玉是"绝代情痴",也是世人眼中的"疯傻"。

第四回我们说金庸塑造段誉,就借鉴了贾宝玉。这一回又是一个证据。段誉对着琅嬛福地里美人雕像说的话,跟宝玉对这幅美人图说的话如出一辙。

《天龙八部》其实有两大主线,一条是江湖恩怨,另一条就是爱情恩怨。陈世骧先生用了四个字总结,叫作"有情皆孽"。这简直完全脱胎于《红楼梦》中的情孽。三大主角,段誉、乔峰、虚竹,以及与他们有瓜葛的女人,都背负着一段孽缘。

这也从侧面印证,贾宝玉的形象多么具有代表性,情痴情种,疯傻癫狂,到了不近情理的地步。可以说,描写爱情的小说,贾宝玉是个绕不过去的人物。

回到书里。宝玉去宁府小书房,是奔着"情"去的,可是到了那里,却看见了"欲"。

刚走到窗前,就听见里面传来"呻吟之韵",透过窗纸往里一看,"却是茗烟按着一个女孩子,也干那警幻所训之事"。宝玉大叫一声"了不得",一脚踹开门,大白天你怎么干这事!"珍大爷知道,你是死是活?"

那个丫头已经不知所措,"羞的脸红耳赤,低首无言"。宝玉跺着脚替她着急,"还不快跑!"丫头飞也似跑出去,宝玉又跟出门大声说:"你别怕,我是不告诉人的。"急得茗烟在后面叫:"祖宗,这是分明告诉人了!"

宝玉问,这丫头多大了?茗烟说,大不过十六七岁。宝玉说,你连她年龄都不知道,可见她白跟你了,"可怜,可怜!"

从让这个丫头快跑,到为她可怜,这就是宝玉痴情处。他心疼每个女孩子，同时也希望每个男人都像他一样对待女性。

宝玉又问这丫头叫什么。茗烟说，她的名字说来话长，据她自己说，她母亲生她时做过一个梦，梦见得了一匹锦，锦上是"五色富贵不断头卍字的花样"，于是给她取名卍儿。宝玉听了，说真是新奇，"想必他将来有些造化"。

这个卍儿在全书中只出现过这一次，没头没尾，我们甚至不确定作者安排这个情节的用意。茗烟与卍儿的行为，不仅有违礼教，还落入"皮肤滥淫"之流，跟秦钟和智能组合很相似。

卍儿的结局我们不敢妄加揣测，但这个人物大概率还有后续故事。原因有二。一是"卍儿"名字的来由。卍不是汉字，是个佛教中的符号，有吉祥之意。作者把这样的巧思用在她身上，难道就让她露个脸？

二是《红楼梦》简直把谶语用到极致了。宝玉说"想必他将来有些造化"，这很可能是一句谶语，"皮肤滥淫"的卍儿，会不会早在娘胎里就种下了慧根佛缘，日后像宝玉一样悟透什么是富什么是贵，从而皈依佛门？

这些断掉的线头，是读《红楼梦》的障碍还是趣味？取决于我们抱着什么心态阅读。

《红楼》未完固然是一种遗憾，但如果索性把它看作一本开放性结局的小说，也未尝不可，它会倒逼着我们深入思考。标准答案并不重要，重要的是这个思考过程就是阅读的回报。

我甚至在想，要是把这些昙花一现的小人物单独延续成一个故事，也会很有意思。这就是残缺的《红楼》对读者的补偿。

02

宝玉正在沉思，茗烟赶紧转换话题，二爷为何不看戏了？宝玉说，烦，出来逛逛。茗烟说，这会儿没人知道，我悄悄带你去城外逛逛，再偷偷回来，神不知鬼不觉。宝玉说，不好吧？万一碰到拐子，或者被发现了，事儿就闹大了。不如就往近处逛逛。

去哪儿逛呢？还记得前面的细节吗？袭人被妈妈接回家过节了。

宝玉就说，"咱们竟找你花大姐姐去"。袭人这才离开半天，宝玉就要找过去了，他对袭人是真的依赖。

袭人家里正在过节，亲戚们欢聚一堂。见宝玉来了，好像天神下凡。袭人的哥哥花自芳赶紧迎出来，将宝玉抱下马，让进屋。

屋里一堆女孩子，都是袭人的表姐妹和堂姐妹。袭人埋怨茗烟，街上车挤人碰，马轿纷纷，要是有个闪失谁担得起？都是你调唆的，"回去我定告诉嬷嬷们打你"。

宝玉是贾府的宝贝疙瘩，并且未成年，平时没什么事是不允许外出的。偷偷出去，下人们冒很大风险。

进了屋，那些女孩见宝玉来了，"都低了头，羞惭惭的"，袭人的母亲和哥哥怕宝玉冷，"又让他上炕，又忙另摆果桌，又忙倒好茶"。袭人说你们不用白忙活，这些东西都不敢给他乱吃，说着，拿出"自己的坐褥""自己的脚炉""自己的手炉""自己的茶杯"。

好文学有很多标准，如果只选一条，那就是准确。

因为要想做到准确，必须用最简洁的文字，传达最精准的含义。唐诗宋词如此，小说更是如此，准确到极致，就是一个字不可更改。

看这段描写，袭人的母亲、哥哥如何手忙脚乱招待贵宾？三个"又"写出来了。袭人照顾宝玉有多细心？宝玉吃穿用度有多讲究？二人关系有多亲密？用四个"自己"也写出来了。

待宝玉坐定，花家母子已经摆好了满满一桌果品。这里又有一句神来之笔。面对眼前齐齐整整一桌果品：

> 袭人见总无可吃之物，因笑道："既来了，没有空去之理，好歹尝一点儿，也是来我家一趟。"说着，便拈了几个松子穰，吹去细皮，用手帕托着送与宝玉。

单看原文，这里无非是说宝玉娇贵。好在有脂批，让我们知道远在千里之外，还会有对此处的呼应。脂批写道：

"以此一句留与下部后数十回'寒冬噎酸齑，雪夜围破毡'等处对看，可为后生过分之戒，叹叹！"

意思是说，故事结尾贾府败落，富贵公子贾宝玉将流落街头，在寒冬雪夜，围着破毡，吃着难以下咽、冷冰冰的酸菜，彻底沦为乞丐之流。正对应第一回《好了歌》中宝玉的命运："金满箱，银满箱，展眼乞丐人皆谤。"不知道那时的宝二爷，可曾梦到过这满满一桌的果品？是否还会如袭人所说"无可吃之物"？

脂砚先生希望天下后生引以为戒，荣华富贵莫要过分贪图，天下没有不散的筵席。

故事继续。

袭人伸手从宝玉脖子上摘下通灵玉，对她的姊妹们笑道："你们见识见识。时常说起来都当希罕，恨不能一见，今儿可尽力瞧了。再瞧什么希罕物儿，也不过是这么个东西。"

大家品品这话里的味道，你们恨不能一见的稀罕物，来历神乎其神的宝物，在我看来也不过是这么个东西。言下之意，我早就习以为常了。

这其中略带一丝炫耀，同时也在向家人透露，我跟宝玉关系不一般。

离开花家，轿子来到宁荣街，茗烟说，咱们不能直接去荣府，得先到"东府里混一混"再去荣府，这样就不会引起怀疑了。

宝玉这次私访花家是从宁国府出来的，就在我们读者全然忘了这茬，甚至根本不介意他怎么回家的时候，作者却没有忘。他仍然一丝不乱地写完这段情节，同时又顺带手写出一个聪明机灵、巧言善辩的小坏蛋茗烟。

还记得第九回大闹学堂那次吗？茗烟与金荣干仗，要闹到贾母那里，李贵说他"宝玉全是你调唆的"，"要往大里闹"。

这次引宝玉偷偷外出，也是调唆。到第二十三回，偷偷给宝玉拿禁书看的，还是茗烟。可以说，宝玉茗烟虽是主仆，其实更像小伙伴。宝玉这个深宅大院里的公子哥，需要茗烟带他见识外面的世界。

03

《红楼梦》是多线叙事，每段时间里都填得满满的。就在宝玉外出这段时间，他的屋里也上演了一出好戏。

宝玉走后，没了主子，又是大节里，那些丫鬟都放飞自我了，下棋的，打牌的，嗑瓜子聊天的，乱哄哄一团。

这时，宝玉的奶母李嬷嬷来了。

见丫鬟只顾玩闹，李嬷嬷很生气，说，自从我出去了，不大进来，你们越来越没规矩了。"那宝玉是个丈八的灯台——照见人家，照不见自家"，看你们把这屋里糟蹋的！

陈奕迅在歌里唱道："得不到的永远在骚动，被偏爱的都有恃无恐。"宝玉房里的丫头们就是被长期偏爱的，个个有恃无恐。

李嬷嬷问，宝玉每顿是多少饭，几点睡觉？丫鬟们爱搭不理，还有人不客气地说："好一个讨厌的老货！"

本回开头，元春派人从宫里送来一碗糖蒸酥酪，宝玉想着袭人爱吃，就有心留着，等袭人回来吃。现在，却被李嬷嬷看到了。

> 李嬷嬷又问道："这盖碗里是酥酪，怎不送与我去？我就吃了罢。"说毕，拿匙就吃。

丫鬟们不乐意了，都在说李嬷嬷。那是留给袭人吃的，你吃了去，不是没事找事吗。

什么意思呢？还记得第八回贾宝玉大醉绛云轩吗？宝玉给晴雯留的豆腐皮包子，被李嬷嬷拿走了。让茜雪泡了一天的枫露茶，也被李嬷嬷喝了。宝玉摔杯发飙，要撵走李嬷嬷。奶妈当然不会轻易撵走，最后为这事背锅的，是可怜的茜雪姑娘。

既然上次都闹出了事，为什么李嬷嬷就不长记性呢？来看看她的理由：

> 李嬷嬷听了，又气又愧，便说道："我不信他（宝玉）这样坏了。别说我吃了一碗牛奶，就是再比这个值钱的，也是应该的。难道待袭人比我还重？难道他不想想怎么长大了？我的血变的奶，吃的长这么大，如今我吃他一碗牛奶，他就生气了？我偏吃了，看怎么样！你们看袭人不知怎样，那是我手里调理出来的毛丫头，什么阿物儿！"一面说，一面赌气将酥酪吃尽。

年少读《红楼》，很容易臧否人物，李嬷嬷大概率会被归到坏人行列。慢慢长大后，世事经历多了，发现要对一个人下判断特别困难。不是她没毛病，而是突然发现，很多毛病我们自己也有。

《红楼梦》整部小说，就是一面人性宝鉴，当我们嬉笑怒骂镜中人时，会不由自主地发现，那人正是我们自己。

李嬷嬷是宝玉的乳母，又是老人，在惜老怜贫的贾府，本该享受更多尊重才对。但是在丫头们眼里，她却成了"一个讨厌的老货！"

为什么会这样？不外乎两个原因。

一是，自己对别人的好记得太多，别人对自己的好记得太少。二是没有边界感。

乳母本质上只是个工作岗位，只不过它特殊一些。东家要是领这份情，更好，就像康熙对曹玺的夫人孙氏一样，敬爱有加。若不领这个情，也无非是略微亲密的主仆关系。

但是在李嬷嬷眼里，她觉得这事不得了，是天大的恩情——你也不想想你是怎么长大的？是吃了"我的血变的奶"长大的。这就是把自己对别人的好强行拔高了——是我的血养育了你。

恩情拔高到这个程度，还会觉得什么回报不合理呢？一碗牛奶算个啥！一杯枫露茶、几个豆腐皮包子算个啥！袭人算个什么东西！为啥给她吃不给我吃？居然跟丫头们争宠了。

第八回枫露茶事件里，宝玉要撵走李嬷嬷说了两句话："他是你那一门子奶奶！""白白的养着祖宗作什么！"你看，善良如宝玉都觉得，她明明是个乳母，却总想跨到"奶奶""祖宗"的边界里。

另外书里说得清楚，李嬷嬷"已是告老解事出去的了"。就是退休了，不能再跟宝玉生活了。但她就是不肯"告老解事"，非要倚老卖老到处生事。

也难怪丫头们不待见她。

最得体的乳母是谁呢？比如贾琏的乳母赵嬷嬷，就很知趣，懂规矩，有边界感。大家去看第十六回就知道，赵嬷嬷到了贾琏屋里，贾琏、凤姐夫妇又是让她上炕同席吃饭，又是想着她牙口不好，给她吃软糯食物，还给她两个儿子赵天梁、赵天栋安排肥差。

很多时候，不以奶奶自居，反而有奶奶的体面。强行做奶奶，反而成了"老货"。

04

李嬷嬷赌气走后，宝玉回来了，见晴雯躺在床上。宝玉说，是病了还是输钱了？秋纹说，她既不是病，也没输钱，还赢了钱呢。是李嬷嬷来把她气的。宝玉笑道，你们别跟她一般见识。

这时候袭人也从家里回来了，换过衣服卸过妆，宝玉就命人拿早上的糖蒸酥酪来给袭人吃。丫鬟们说李嬷嬷吃掉了。

> 宝玉才要说话，袭人便忙笑道："原来是留的这个，多谢费心。前儿我吃的时候好吃，吃过了好肚子疼，足的吐了才好。他吃了倒好，搁在这里倒白遭塌了。我只想风干栗子吃，你替我剥栗子，我去铺床。"

很多读者不喜欢袭人，包括我自己。但实事求是地讲，很难说袭人有多坏，这个女人其他方面以后再说，书读到这里，至少能肯定一点，袭人是贤惠的，是有大局观的，她只是平庸了一些。

还是第八回，宝玉发怒，要撵走李嬷嬷，咣当一声摔了茶杯，惊动了隔壁的贾母，派人来问怎么回事。袭人赶紧揽到自己身上："我才倒茶来，被雪滑倒了，失手砸了钟了。"然后劝宝玉不要撵李嬷嬷。

这一次，李嬷嬷吃掉原本留给她的酥酪，她担心宝玉再次生气，于是撒谎说不爱吃酥酪。善意的谎话，说得滴水不漏，心细如丝，体贴贤惠。

袭人这么做，当然是她善良的本性，但或许也是她的生存策略使然。

从第六回袭人一出场，她的目标就非常明确，要做宝玉的妾。而宝玉是贾母的命根子，荣府的继承人，娶妻纳妾势必要层层筛选。袭人要想顺利上岸，低调是必须的，不能惹事，不能拔尖，不能让贾母和王夫人处处听到她的是非。因此，但凡遇到冲突，袭人就会本能地息事宁人。宁愿自己委屈，也不会把事态扩大。

好在宝玉很好哄，听了她的话，"信以为真"，就去剥栗子了。一边说一边闲聊。

宝玉说，今儿在你家里，那个穿红衣服的是你什么人？袭人说，是我两姨妹子。宝玉赞叹了两声。袭人说，你是不是想说，她哪里配红的？宝玉说不是不是，"那样的人不配穿红的，谁还敢穿"。我是想说，她要是也住在咱家就好了。

袭人说，我一个人是奴才命就算了，难道我亲戚都是奴才命？好的丫头都住你家里？宝玉说，谁说她到咱家来就当奴才，当亲戚不行么？袭人说那也配不上。见宝玉沉默，袭人又说，行了行了，你要真想让她们来，"花几两银子买他们进来就是了"。

宝玉说，你这话叫我怎么回答呢——

"我不过是赞他好，正配生在这深堂大院里，没的我们这种浊物倒生在这里。"

袭人说，她虽然没这个造化，但也是我姨爹姨妈的掌上明珠。今年十七岁了，"各样的嫁妆都齐备了，明年就出嫁"。

宝玉听到"出嫁"二字，正在伤感呢。又听袭人说，她也要回去了。宝玉"不觉吃一惊，忙丢下栗子"，问是怎么回事。

袭人就装作若无其事，说，我妈和我哥商量好了，明年就把我赎出去。宝玉不解，为什么赎你？袭人说，我又不是你贾府的家生子儿，这里就我一个人，终究不是办法。

古时大户人家的奴仆一般有两类，一类是老一代奴仆的子女，像贾琏的乳母赵嬷嬷的儿子赵天栋、赵天梁，宝玉的小厮李贵，是李嬷嬷的儿子，还有后文出场的小红、柳五儿等等，都是世代做奴才，称为"家生子儿"。

这种主仆关系，一直延续到清朝灭亡。在《白鹿原》里，鹿三给白嘉轩家当长工，鹿三的儿子黑娃，照理也是给白孝文做长工。老奴仆伺候老主子，小奴仆伺候小主子，基本是这个惯例。当然，白鹿原的故事发生在新旧时代交替时期，奴仆阶层有了更多觉醒意识。所以黑娃是不认命的，哪怕白家对他千好万好，依然难以打消阶层之间的仇恨。

另一类奴仆就是买来的。大家族繁衍几代之后，奴仆需求量增加，尤其女奴，要贤惠、漂亮，就得靠买。《红楼梦》里的丫头大多数就是买来的。大家族的体面，往往体现在买人的数量上。在书的最后，薛姨妈说要卖掉香菱，宝钗就说，向来咱家只有买的，没有卖人的。大家族到了卖人的地步，就说明家境不行了。

言归正传。宝玉听说袭人要走，就说我不叫你走，你就走不了。袭人说，哪有这个道理！就是朝廷官里，每隔几年也要外放一些宫女。

宝玉说，要是老太太不让你走呢？

袭人说，我从小就来了，"跟着老太太，先服侍了史大姑娘几年，如今又服侍了你几年。如今我们家来赎，正是该叫去的，只怕连身价也不要，就开恩叫我去呢"。

意思是，我为你们家也出力多年了，年龄也大了，老太太和太太估计正想着让我出去呢，连赎金都不要。

袭人是在说谎，这没错。但袭人的话，对我们理解当时的奴仆制度，却具有真实价值。那就是女仆如果大了，要么赶出去，要么转手卖掉，要么主子出面指婚，配给家里的小厮。

另外，袭人的话还向我们透露一个信息，史湘云曾经长住在贾母身边，袭人伺候了她好几年。这条信息以后会用到。

宝玉听袭人这么一说，看来铁定要走，急了，说我让老太太多给你妈钱，她就不好意思接你走了。袭人说，这办法行是行，"但只是咱们家从没干过这倚势仗贵霸道的事"。宝玉说，这么说你走定了？袭人说，走定了。

宝玉听了自思道："谁知这样一个人，这样薄情无义。"乃叹道："早知道都是要去的，我就不该弄了来，临了剩了我一个孤鬼儿。"说着便赌气上床睡去了。

初读《红楼》，很多人会觉得它太散，结构散，人物散，很多对话莫名其妙，不知道这个人物为什么说这句话，比如宝玉这句。

其实把握住两点就好。一是悲剧基调，所有人都是贾府这棵大树上的猢狲，树倒猢狲散，"离散"是必然；二是人物性格，偏偏宝玉、黛玉等人，是最怕离散的。这种不可避免的矛盾，推动着故事成为悲剧。

宝玉怕"离散"，但是命运一直在警告他，唤醒他，一切都是幻象，红粉其实就是白骨，金簪会雪里埋，玉带会林中挂。第五回在太虚幻境，宝玉听到的第一句警告，就是"春梦随云散，飞花逐水流；寄言众儿女，何必觅闲愁"。是告诉他，大梦会醒，鲜花会败，你那些温柔富贵乡的所有美好，都将成为你悲愁的根源，何必自寻烦恼呢！

此时宝玉显然还未开悟，还怪袭人薄情无义。但他自己的结局，已经由他自己说出来了，临了，就剩下他一个孤鬼。

何止袭人会走，温柔富贵乡里所有的东西都会离他而去。

再说袭人。她这番话当然是恐吓宝玉的，算撒谎，也不全是撒谎。书到这里，作者才给袭人补全了小传。

原来，袭人回家的时候，她母亲和哥哥确实说要给她赎身，但她不愿离开宝玉。袭人对母亲和哥哥说，你们当初没饭吃，把我卖了，幸亏贾府对我很好，不打不骂，吃穿和主子一样。要是现在还穷，把我赎出来再卖一次，换几个钱，也可以理解。但你们现在又不穷，日子好了，还赎我干什么？权当我死了吧，再也不要有这个念头。

她妈妈和哥哥一想，本来卖给贾府签的是死契（终身制），贾府又是"慈善宽厚之家"，可遇不可求的诗礼簪缨之族。而且又看到袭人和宝玉的微妙关系，生米已有半分熟。于情于理于法，都不能再起赎身的念头了。

这件事，宝玉当然蒙在鼓里。于是，袭人将错就错，三分真话，七分谎言，准备先拿捏宝玉，然后瞅准时机规劝。刚打了一棒子，现在该给糖吃了。

花袭人来到床边，推推宝玉，开始了本回目中的"情切切良宵花解语"。

宝玉早已泪流满面了。袭人说，你要诚心留我，我就不走了，但是得依我两三件事。

> 宝玉忙笑道："你说，那几件？我都依你。好姐姐，好亲姐姐，别说两三件，就是两三百件，我也依。只求你们同看着我，守着我，等我有一日化成了飞灰，——飞灰还不好，灰还有所有迹，还有知识。——等我化成一股轻烟，风一吹便散了的时候，你们也管不得我，我也顾不得你们了。那时凭我去，我也凭你们爱那里去就去了。

宝玉的想法经常稀奇古怪，书中人不懂，我们读者也云里雾里。

这番话，我的理解是，宝玉是一个有慧根的人，他才十几岁，已经想到人的终极归宿，那就是连灰都不会留在这个世界上，如烟流散，无影无踪，人这辈子就结束了。

人无法改变这个宿命，所以只能在活着的时候，尽力抓住一切美好、团圆、温暖的东西。

宝玉恐惧的结局是如此遥远，以至很多人看不到，尤其年轻人，比如袭人。

宝玉说完，袭人就说，我想劝你的就是这个事，"这是头一件要改的"。宝玉说好，我要再说，你就拧嘴。

袭人说，第二件，不管你喜不喜欢读书，你就是装，也得装出个读书的样子，别让老爷生气。那些读书上进的人，你居然叫人家"禄蠹"，这怎能不叫老爷生气！宝玉说，以后不说了，还有什么？

> 袭人道："再不可毁僧谤道，调脂弄粉。还有更要紧的一件，再不许吃人嘴上擦的胭脂了，与那爱红的毛病儿。"宝玉道："都改，都改。再有什么，快说。"

袭人说没了，你要是都能改，"便拿八人轿也抬不出我去了"。宝玉说，你在这里久了，不怕没八人轿子坐。袭人说，那我可受不起，"有那个福气，没有那个道理"。

古代坐轿子也有规格，八抬大轿不是谁都可以坐的，得是省部级官员，或是明媒正娶的妻子结婚当天坐一次。宝玉已经把袭人当作要娶的人，才会说八抬大轿，但袭人有自知之明，就算跟了宝玉，也是个妾，不可能坐八抬大轿。所以她才说，就算有那个福气，也没那个道理。

二人说着话，不知不觉已到深夜，都洗洗睡了。

第二天早上，袭人生病，请医吃药，卧床休息。《红楼梦》里经常有这样看似可有可无的情节，其实都是后续故事的铺垫。我们记好袭人病了，后面会用到。

06

再说宝玉。安排好袭人休息，他来到黛玉屋里。此时正是歇午，丫鬟们都出去了，黛玉在午休，房里静悄悄的。

宝玉叫醒黛玉，说别睡了，刚吃过饭。黛玉说，我不困，就躺这歇歇，你到别处去玩吧。宝玉说，我见了别人就发腻。黛玉扑哧笑了，你非要在这里，就去那边老老实实坐着。宝玉说，"我也歪着。"就是想一起躺床上。

黛玉没法，说那你歪着吧。

> 宝玉道："没有枕头，咱们在一个枕头上。"黛玉道："放屁！外头不是枕头？拿一个来枕着。"宝玉出至外间，看了一看，回来笑道："那个我不要，也不知是那个脏婆子的。"黛玉听了，睁开眼，起身笑道："真真你就是我命中的'天魔星'！请枕这一个。"说着，将自己枕的推与宝玉，又起身将自己的再拿了一个来，自己枕了，二人对面倒下。

这是宝黛最亲密的一次接触，也是唯一一次。让我们想象一下那个场景吧，两个互生情愫的年轻人，侧卧在一张床上，面对面看着对方，却什么都没有发生。

这要是换作贾珍、贾琏、贾瑞、秦钟之流，就是另外一个故事了。

但是在宝黛之间，二人是纯洁的，天真无邪，正因为心无杂念，连潜在的名誉风险都无视了。要知道，这时宝黛二人已经不是孩童，渐知人事了。

宝玉说要睡在一个枕头上，显然是善意的调情，亲近。黛玉说放屁，显然是知道那样不妥。要是真睡一个枕头，便是同床共枕了。二人渐生情愫，一步步亲近，却又把握着微妙的分寸感。

这就是爱情。超越肉体之欢，追求精神契合的纯粹爱情。

躺下之后，"黛玉因看见宝玉左边腮上有纽扣大小的一块血渍，便欠身凑近前来，以手抚之细看"。这又是多么美好的画面。

黛玉说，这是谁的指甲刮破了？宝玉说，不是刮的，"只怕是才刚替他们淘漉胭脂膏子，蹭上了一点儿"。

哈哈。就在昨天晚上，他还口口声声答应袭人，不再"调脂弄粉"，现在他已经把调脂弄粉写在脸上了。

宝玉又闻到一股幽香，"却是从黛玉袖中发出，闻之令人醉魂酥骨"。就拉着黛玉的袖子，看看是什么物件。黛玉说，这么冷的天，谁还带香呢？宝玉说，那就奇了，这香气到底哪里来的？黛玉说，连我也不知道。想必是柜子里头的什么香，染到衣服上了吧。宝玉摇头，说不对，这不是日常那些香饼子、香囊的香。

到底什么香呢？答案是，林黛玉的体香。

第八回，宝玉在薛宝钗的身上，也闻到一股香气，"凉森森甜丝丝的幽香"。宝钗也不爱熏香，那个香气，是她吃的冷香丸的香气。冷香丸的制作再怎么讲究，也是人工制成。宝钗的性格、为人处事、价值观等等，也都是世俗塑造的。

林黛玉恰恰相反，她身上的香气来自天然，娘胎里带的，这一如她的性格，嬉笑怒骂，悲喜闲愁，都是真性情。

宝钗让人舒服，是她的行为完全符合世俗标准。黛玉让人觉得高冷，任性，是她身上世俗的东西少，自我的东西多。

黛玉和宝钗，在这里通过香气进行了一次对比。

既然我们读者能想到宝钗，黛玉自然也想得到。宝玉刚说这香气奇怪，黛玉就接上话了。

> 黛玉冷笑道："难道我也有什么'罗汉''真人'给我些香不成？便是得了奇香，也没有亲哥哥亲兄弟弄了花儿、朵儿、霜儿、雪儿替我炮制。我有的是那些俗香罢了。"

罗汉、真人，就是僧道。黛玉这是在揶揄宝钗——我可没有什么癞头和尚送什么海上方，做什么冷香丸！就算有，我也没有哥哥帮我弄那一堆玩意。

宝玉说，"凡我说一句，你就拉上这么些"。可见黛玉经常说宝钗。宝玉说着，伸手去黛玉的胳肢窝里乱挠。黛玉怕痒，求饶。宝玉说，你还说不说了？黛玉说不说了。

可是宝玉一停住手，黛玉又接着说："我有奇香，你有'暖香'没有。"宝玉不解。

黛玉点头叹笑道："蠢才，蠢才！你有玉，人家就有金来配你；人家有'冷香'，你就没有'暖香'去配？"

冰雪聪明，机智幽默，还自带一股酸甜气息，这就是林妹妹。

二人继续打闹玩笑，黛玉让宝玉回去，宝玉不走，说，"咱们斯斯文文的躺着说话。"打闹够了，黛玉就不搭理宝玉了。

在黛玉面前，我们会看到宝玉死皮赖脸的一面，他就喜欢黏在林妹妹身边，怕她睡不好，又怕睡多了积食；怕她孤单，又怕人多了累着。

总之，贾宝玉延续了前世三生石畔神瑛侍者的本性，对绛珠仙草体贴入微，爱护有加。这不，怕黛玉睡出病来，宝玉化身段子手，现挂了一个耗子精偷香芋的故事，有说有笑，有打有闹，非常好玩。

正在兴头上呢，"只见宝钗走来"。

大家留意，这样的场景会经常出现，只要这三人中的两个在一起，另一个人总会出现。不是冤家不聚头。宝钗一来，黛玉就开始和宝钗一起打趣宝玉了。

三人正说着，忽然听到宝玉房里一片喧嚷。那边又出事了。

欲知后事，下回分解。

关于宝玉讲的这个段子，《蔡义江论红楼梦》一书曾引用过一则旧闻，原文发表在1982年第10期的《文化娱乐》杂志上。读来非常有趣。

作者叫施剑青，在20世纪60年代到苏州访友，常到拙政园喝茶。茶馆里尽是银发老者，海阔天空，大谈苏州典故。

有一天，他听到一个八十多岁、姓杨的老者聊起《红楼》，说林黛玉确有其人。

据杨老先生说，康熙年间，苏州织造李煦有个儿子叫李鼎。李鼎无子，只有一女，名叫李香玉，聪慧过人。李鼎曾经代他父亲掌管两淮盐政，携妻女到扬州上任。康熙南巡，李家将早已荒废的拙政园重新整修，作为接驾之所。

李煦有一妹妹，嫁的正是江宁织造曹寅，曹寅乃曹雪芹祖父。

康熙末年，李鼎夫妇不幸双亡，留下孤女李香玉，由其祖父李煦抚养。雍正即位后，先是李煦遭革职、抄家，流配东北。小香玉无依无靠，由祖姑母也就是曹雪芹的祖母接到身边抚养。雪芹与香玉由此青梅竹马，一同长大。

然而祸不单行，不久曹家也遭遇抄家，所谓一损俱损。香玉便跟随曹家从江南迁往北京。香玉体弱多病，忧思寡欢，不久香消玉殒。

《红楼梦》这一回，宝玉讲段子，最后抖开的包袱是：

"我说你们没见世面，只认得这果子是香芋，却不知盐课林老爷的小姐才是真正的香玉呢。"

本回写黛玉的回目，又叫"意绵绵静日玉生香"。

生香的玉，便是香玉。

曹公写的林黛玉，是不是现实中的李香玉呢？这肯定无从考证了。不过，如果我们把书重新翻到第一页的第一段，看看作者自述的写作动机，就会有大梦惊醒之感：

> 今风尘碌碌，一事无成，忽念及当日所有之女子……万不可因我之不肖，自护己短，一并使其泯灭也。

曹公念及的那些女子，或许真有一位李香玉。

我看脱口秀最讨厌谐音梗，香玉这个，却深得我心。

07

这一回的故事结束了。

在我看来，这一回通过宝玉的视线，描写了三种爱情模式。

宝玉是什么视线呢？通过宁府小书房那幅画，作者再次向我们强调，宝玉是个情痴，连画上的美人都怜惜。

这样一个人，他会经历哪些爱情？

第一类，我们可以称之为"肉体伴侣"。

在画中美人的注视下，茗烟和卍儿正在行那苟且之事。这是大白天，又是元宵大节里，宁府人来人往，而他们毫无顾忌。甚至，"珍大爷知道了，你是死是活"都抛在脑后。关键是，茗烟居然都不知道人家女孩的年龄。

这一对野鸳鸯，代表着太虚幻境里警幻所说的"皮肤滥淫"之列，"调笑无厌，云雨无时"，随时随地发泄动物本能。芸芸众生中，这样的男女到处皆是，女孩对自己不负责任，男人对女人也不负责任，欲望来了，任它熊熊燃烧。

第二类可以叫作"责任伴侣"。

袭人对宝玉，就是责任伴侣。袭人千不好万不好，至少有一处，超越一众丫鬟，那就是忠。脂砚斋评袭人，用了一个"痴忠"。她伺候贾母时，心里眼里只有一个贾母，伺候宝玉时，"心中眼中又只有一个宝玉"。

这一回，袭人化作解语花，规劝宝玉读书，上进，不要调脂弄粉，不要毁僧谤道，更不要调侃读书人。

俗话讲，一个成功的男人背后，通常站着个成功的女人。袭人扮演的就是这个角色。传统文化里，一味讨好男人，博取好感的妻妾都不是好女人。好女人会说逆耳忠言，规劝丈夫，不惜冒着失宠的风险。

袭人显然做到了。她以后顶多是个姨娘，但她却扮演着长姐甚至是母亲的角色，苦口婆心，绞尽脑汁，劝宝玉走正道。后面袭人能让宝钗高看一眼，原因就在这里。

这样的爱情，似乎乏味了一些，不够浪漫，不够动心，缺乏诗情画意，但要说对婚姻的责任，则是实打实的。

第三类，是"灵魂伴侣"。

这一回，宝玉和黛玉如此亲近，躺在一张床上，面对面说话。宝玉脸上的胭脂，黛玉还"以手抚之细看"，但是二人无一丝邪念。

宝玉刚进来时，黛玉正在睡觉，宝玉把她唤醒。脂砚斋大发感慨："若是别部书中写此时之宝玉，一进来便生不轨之心，突萌苟且之念，更有许多贼形鬼状等丑态邪言矣。"

可是，宝黛没有"不轨之心"，没有"苟且之念"。他们是灵魂伴侣。就像李白写的，"同居长干里，两小无嫌猜"。

这是世间最动人也最高级的爱情模式。

三种关系里，"肉体伴侣"最廉价，因为它可以随时替换，不限量供应，只要有钱有势，要多少女人都可以，比如贾琏、贾珍之辈。

"责任伴侣"最平庸，代表着大多数世人。他们遵循"男大当婚女大当嫁"的社会公约，或为了繁衍，或为了家庭，或为了世俗意义上的成功而结婚。男女双方只要扮演好自己的角色，履行自己的责任，就能获得世俗认可。至于灵魂之交，那是可遇不可求的奢侈品。

"灵魂伴侣"几乎具有唯一性，不可替代。宝、黛的结识，其实具有某种天意，是前世修来的福气，是初次相见却像"远别重逢"的"旧相识"。

原著结尾，贾府虽然败落，但宝玉仍有"宝钗之妻、麝月之婢"，按世俗眼光，这仍然是典型的"贤妻美妾"，仍然是多少男人的梦想。

但是黛玉死了，一切都没有意义了。宝玉的灵魂没了伴侣，肉体也就无处安放，一颗孤魂，终于遁入空门。

一字一句
读红楼

第二十回

解决矛盾，凤姐靠吼，宝玉靠哄

王熙凤正言弹妒意
林黛玉俏语谑娇音

01

上回说到，宝钗、宝玉、黛玉正在打趣说笑，忽听宝玉房里一片喧嚷。黛玉笑着说，这是你妈妈和袭人叫嚷呢，袭人没得说，"你妈妈再要认真排场他，可见老背晦了"。

宝玉心疼袭人，马上要回去，宝钗拉着他说道：

"你别和你妈妈吵才是，他老糊涂了，倒要让他一步为是。"

前面说过，曹公写人物擅用对比，通过同一件事，来写不同人物的性格。李嬷嬷骂袭人，黛玉和宝钗都听见了，但二人的性格明显不同。

黛玉直接指出李嬷嬷是在挑事儿，很"背晦"——就是糊涂，不懂事。

宝钗也说李嬷嬷糊涂，但是正因为她糊涂，你要让她一步。这是在息事宁人，化解争端。

按传统道德观念，黛玉这样的做了妻子，会让男人"变坏"，宝钗会让男人变好。

王夫人近宝钗而远黛玉，亲袭人而恶晴雯，都不过是在给儿子物色贤淑的妻妾。

宝玉来到屋里，就听见李嬷嬷在骂袭人了：

> "忘了本的小娼妇！我抬举起你来，这会子我来了，你大模大样的躺在炕上，见我来也不理一理。一心只想妆狐媚子哄宝玉，哄的宝玉不理我，听你们的话。你不过是几两臭银子买来的毛丫头，这屋里你就作耗，如何使得！好不好拉出去配一个小子，看你还妖精似的哄宝玉不哄！"

这些话相当严重。宝玉赶紧为袭人辩解，说袭人确实病了，不是不理你，你要不信，问问别的丫头。上一回，我让大家记住袭人病了。这里就派上用场了，袭人是真的病了。

但李嬷嬷一听更来劲了，连宝玉一起骂，都是你纵容的，你屋里这些狐狸精谁会帮我！"谁不是袭人拿下马来的！"我把你奶了这么大，现在不吃奶了，就"把我丢在一旁，逼着丫头们要我的强"。我要去讲给老太太、太太听。

宝钗、黛玉一众人也都来劝，李嬷嬷却没有打住的意思，把枫露茶那事，撵茜雪那事，还有昨天酥酪的事，一堆陈年旧账，说个没完，完美演绎了什么叫讨厌的老货。

可巧凤姐听到动静也来了。凤姐一出场，戏就精彩了。

袭人、宝玉对李嬷嬷，是讲道理，是解释，是服软。宝钗、黛玉等人对李嬷嬷，是让她"老人家担待他们一点子"。

问题是，李嬷嬷是讲道理的人吗？会担待别人吗？

不会。

看人看事，还得是凤姐。

凤姐说，好妈妈，别生气，"大节下，老太太才喜欢了一日……难道你反不知道规矩，在这里嚷起来，叫老太太生气不成？"

根本不跟她讲道理，而是搬出了老太太——你要是把老太太惹生气了，事就大了。李嬷嬷是糊涂，但是在这个问题上，她比谁都清醒。

凤姐又说："你只说谁不好，我替你打他。"这是告诉李嬷嬷，我为你做主。

"我家里烧的滚热的野鸡，快来跟我吃酒去。"这是转移注意力，李嬷嬷爱占小便宜，我就给你小便宜。

三句话连珠炮一样说完，让小丫头丰儿拿上李嬷嬷的拐棍、手帕，李嬷嬷"脚不沾地跟了凤姐走了"。

李嬷嬷一走，大家拍手相庆："亏这一阵风来，把个老婆子撮了去了。"

凤姐出马，依旧是雷厉风行，依旧是语言大师风范。

跟众人一比，高下立判。

02

李嬷嬷出去了，但她留下的余波还在碰撞，这就要靠宝玉解决了。

宝玉说，也不知道谁得罪她了，净拿袭人撒气——"只拣软的排揎"。一语未了，晴雯接话，谁没事得罪她做什么？"便得罪了他，就有本事承认，不犯着带累别人！"

很显然，这是针对袭人——你得罪了李嬷嬷，我们大家跟着受气。

袭人楚楚可怜，拉着宝玉哭道，为我得罪一个老妈妈还不够，"你这会子又为我得罪这些人"。

外部矛盾刚过去，内部矛盾又来了。

宝玉意识到越说越乱，又见袭人发烧难受，索性不说了。老婆子煎了药，宝玉亲自喂药，嘘寒问暖，替袭人卸了妆，服侍她躺下，才到贾母屋里来。

同老祖母一起吃过饭，宝玉回到自己房中，那群丫头都跑出去玩了，单剩麝月一个人。

宝玉问麝月，你怎么不出去玩？麝月说没钱。宝玉说，床底下有一堆呢，"还不够你输的？"麝月说，袭人病了，屋里又是灯，又是火，都出去玩，屋子就没人看了。让她们都玩去吧，我看屋子。

宝玉说，我在这里坐着，你放心去玩吧。麝月说，你既然在这，我就更不用出去了，咱俩说话玩笑岂不更好？宝玉说行，闲着也是闲着，"早上你说头痒，这会子没什么事，我替你篦头罢"。

读到这里，我们会发现宝玉居然还会篦头，还是主动提出，还是给丫头篦头。

本来是享受服侍的人，却心甘情愿服侍别人。

但是这奇怪吗？一点不奇怪，作者早就告诉我们了。宝玉喜欢调脂弄粉，喜欢淘漉胭脂，还喜欢做小伏低伺候女孩儿，以后还要帮平儿理妆呢。篦个头，自然不在话下。

宝玉要是生在现在，一定是个出色的彩妆博主。他对彩妆领域的研究，我们以后还要讲到。

且说当前。宝玉、麝月二人正篦着头，晴雯进来了。她是在外输了钱，回来取钱了。

（晴雯）一见了他两个，便冷笑道："哦，交杯盏还没吃，倒上头了！"

古时少女有少女的发型，出嫁后有出嫁后的发型，出嫁后会把头发往上梳成发髻，佩戴簪环，叫作"上头"。

晴雯这是在挖苦宝玉和麝月，你俩交杯酒还没喝呢，就上头了。宝玉说，你来，我也替你篦一篦。晴雯说，"我没那么大福。"说着拿了钱，"便摔帘子出去了"。宝玉看着镜子，对麝月说，"满屋里就只是他磨牙。"麝月赶紧摆手，制止他说下去，宝玉会意。

帘子"嗯"一响，晴雯果然杀了个回马枪："我怎么磨牙了？咱们倒得说说。"麝月说你赶紧走吧。晴雯说："你们那瞒神弄鬼的，我都知道。等我捞回本儿来再说话。"说完，一阵风又出去了。

我每次读这一段，都会惊叹于曹公这支笔。有的小说，读到一半了，人物形象还是模模糊糊。但《红楼梦》只需几句对话，人物就从书页里跳出来了。

借此机会，我们简单梳理一下宝玉的丫头群体。

这一段按脂批的说法，是单为麝月作传。别人都去耍去玩了，麝月任劳任怨一人看屋。以至于宝玉说她："公然又是一个袭人。"可以说，麝月的言行举止，完全在向袭人看齐。

小说最后，袭人在某种不得已的情况下嫁给蒋玉菡，怡红院女儿们风流云散，但袭人仍挂念着宝玉，对宝玉说，"好歹留着麝月"，宝玉照办。所以，出家之前的贾宝玉，有"宝钗之妻，麝月之婢"。彼时，麝月将是袭人的继任者。

宝玉身边的丫头们，并不像表面上那样一团和睦。这群女孩子越来越大，不知不觉中，已分成了两大阵营。

第一派，当然以袭人为主，她是首席大丫头，未来的姨娘候选人。紧密团结在她身边的，主要是麝月、秋纹、碧痕等人，她们勤勤恳恳，忠心耿耿，是传统道德的坚守者。李嬷嬷骂袭人时说，你这屋里，"谁不是袭人拿下马来的！"这话至少有一定道理，袭人姐姐已经是怡红院一姐了。

但李嬷嬷漏掉了一个人，晴雯就没有被拿下马。

她一个人自成一派，孤军作战。

电影《肖申克的救赎》里有句台词：有的鸟儿注定是关不住的，它的每一片羽毛，都闪耀着自由的光辉。

晴雯就是这样的鸟儿。

她"身为下贱"，却"心比天高"，她清清白白，坦坦荡荡。从小失去父母，身世悲苦，沦落为奴，但是，她身上找不到一丝一毫的奴性。

单看上面这段对话，谁分得清她是卑贱小丫鬟还是千金大小姐？

晴雯不争不抢，却比去争去抢的人，更有威胁性。对于这样的人，站得直，行得正，用光明正大的手段，是打不败她的，只能用见不得人的手段。

所谓"风流灵巧招人怨，寿夭多因毁谤生"，晴雯最终是败于阴谋，死于诽谤。

03

第二天早上，袭人好些了，宝玉放了心，就来到薛姨妈院里闲逛。

没想到贾环也在这里。宝钗、香菱，还有宝钗的丫头莺儿，正在下围棋玩，贾环要一起玩。这时刚过了元宵，大节里，大家赌钱取乐，一盘十个钱。

头一盘，贾环赢了，很高兴。然后连输几盘，就开始急了。最后一把又输了，贾环就一把抓住钱，耍起赖来，跟莺儿起了争执。

宝钗赶紧来和稀泥，说莺儿，越来越没规矩了，"难道爷们还赖你？"莺儿一肚子委屈，但不敢跟宝钗顶嘴，只能嘟嘟囔囔：

> "一个作爷的，还赖我们这几个钱，连我也不放在眼里。前儿我和宝二爷玩，他输了那些，也没着急。下剩的钱，还是几个小丫头子们一抢，他一笑就罢了。"

这是《红楼梦》的拿手写法，"一击两鸣"，看似写这个事这个人，其实连别的事别的人一起写了，信息量特别密集，没有废话。

莺儿是说，贾环你是个"作爷的"，是公子，是主子，居然还赖我们几个钱。这几个钱我一个作丫头的都不放在眼里呢。前儿宝玉也输了，不仅没急，剩下的钱他干脆就不要了，让大家一抢一闹，开开心心的。言下之意，这才是"作爷的"风度。

就在昨天夜里，麝月没钱打牌，宝玉是怎么说的呢？——"床底下堆着那么些，还不够你输的？"

宝玉从不把钱看在眼里，贾环连输几个钱也要耍赖。

贾环为什么会这样？书里清清楚楚给了答案。

莺儿刚说完，贾环就说：

> "我拿什么比宝玉呢。你们怕他，都和他好，都欺负我不是太太养的。"说着，便哭了。

这句话很有问题。

第一，"你们怕他，都和他好"，这显然不对。贾府里的小厮们、丫头们，最不怕的主子，恰恰是宝玉。丫头们跟宝玉好，不是因为怕，恰恰相反，是因为宝玉不可怕，还很可爱，能做小伏低，平易近人，从不拿自己当主子。

第二，"都欺负我不是太太养的"，也不对。事实上，贾府里没人欺负他，至少明面上没有。

莺儿那番话的重点，是你一个"作爷的"，还赖钱？贾环回答的是，你们拿我跟宝玉比，欺负我。赖不赖钱的事不提了。

宝钗赶紧劝住，不让莺儿说下去了。就在这个时候，宝玉进来了。

宝钗怕宝玉训斥贾环，赶紧打圆场，替贾环遮掩。传统中国家庭里，一般是长兄如父，当哥的可以训斥兄弟。但是宝玉很特殊，他没有这个雅兴，也不准备给弟弟做楷模。世俗那套东西，他压根不放在眼里。

宝玉就说，大正月里哭什么？你是来玩的，找乐子的，如果这里找不到乐子，你到别的地方再找就行了。难道哭就算取乐了不成？既然这里让你烦恼，那就出去好了。

你看，宝玉的话总是意料之外，情理之中。这在世人眼里，往往就是歪论。但我想提示大家，宝玉的这些想法，或者叫人生观，其实已经是佛家的禅意了。当你追求的东西不能带来快乐，为什么不放下呢？

可惜，世人往往参不透。贾环之流更参不透。

贾环丧着脸回到家，赵姨娘劈头盖脸就问："又是那里垫了踹窝来了？"意思是，又在哪里给人当靶子了？

　　贾环便说："同宝姐姐玩的，莺儿欺负我，赖我的钱，宝玉哥哥撵我来了。"赵姨娘啐道："谁叫你上高台盘去了？下流没脸的东西！哪里顽不得？谁叫你跑了去讨没意思！"

现在，我们知道贾环的人格是怎么形成的了。

这一切，都源自他的母亲赵姨娘。

这是赵姨娘的正式亮相。《红楼》写人物，其实有明显的规律，人物出场从不拖泥带水，亮相的第一句话或第一个行为，一定体现着人物的典型性格。凤姐出场，人未到笑先闻；贾琏出场，是白天行房事。

赵姨娘也一样，一亮相就是泼妇骂孩子。

贾政有两个小妾，另一个是周姨娘。周姨娘没生下一男半女，在书里是个可有可无的人。

赵姨娘不一样，她生了探春和贾环，底气明显硬了许多。但她一直是受害者心态，总认为别人在欺负她们。

她一辈子困于卑贱的出身，儿子贾环原本是可以跳出卑贱之流、往上流走的。但赵姨娘对儿子一直是"下流"教育。她强行砌了一道墙，把自己和儿子与别人隔开，然后躲在墙角里，苦大仇深，自卑，愤怒，仇恨。

关于这一点，我们后文再细说。

　　赵姨娘正骂着贾环，正巧凤姐从她窗外经过，听到了，便隔着窗说，环兄弟是小孩子，不懂事，犯错了，你教导就行了——

　　"说这些淡话作什么！凭他怎么去，还有太太老爷管他呢，就大口啐他！他现是主子，不好了，横竖有教导他的人，与你什么相干！环兄弟，出来，跟我顽去。"

现代人乍一读这段，可能有些不适应。凤姐是不是管得太多了？人家亲妈怎么就不能教训儿子了？怎么就不相干了呢？

这就要说到当时的嫡庶观念。上到帝王家，下到老百姓，嫡庶身份是严格区分的，妻是主子，妾是奴才。妾室生的孩子，名义上都归正妻抚养、教导，小妾虽是生母，可以照顾孩子，但没有权力打骂孩子。

但这项制度，古人并不是死板执行，如果正妻不贤惠，不能服众，而小妾贤惠聪明，就会争夺一些权力。这取决于丈夫、公婆的态度。

赵姨娘不贤惠，更谈不上聪明，凤姐当然看不起她。上有宗法，下有情理，凤姐训斥赵姨娘，都是合情合理的"正言"。

回目里的"王熙凤正言弹妒意"，就是这个意思。

贾环怕凤姐，出来了，凤姐对他说，给你说多少回了，这么多哥哥嫂子、姐姐妹妹，你想和谁玩就和谁玩去，你不听，"反叫这些人教的歪心邪意、狐媚子霸道的。自己不尊重，要往下流走，安着坏心，还只管怨人家偏心"。

论看人，还得是凤姐，句句说到点子上。

然后又问贾环，输了多少钱呀。贾环说，输了一二百。凤姐说，"亏你还是爷，输了一二百钱就这样！"随即叫丰儿去拿一吊钱，送给贾环，去玩吧，你以后再这么下流狐媚子，看我怎么收拾你。

一吊是一千个铜钱，约等于一两银子。可见，凤姐不是在做样子，而是真心实意把贾环当主子。

再想想贾环说的，"都欺负我不是太太养的"，多么讽刺。贾府最厉害的王熙凤都没欺负他。

更讽刺的是，凤姐对贾环好，不但没有落个好，日后还将遭遇赵姨娘的恶毒报复。

04

让我们把视线重新转到宝钗这里。

且说宝玉正和宝钗顽笑，忽见人说："史大姑娘来了。"

天哪！我每次读到这里，哪怕情节烂熟于心，依然次次有新鲜感。

我特别惊讶，曹雪芹怎么敢这么写？"史大姑娘来了。"史大姑娘是谁？在这之前，唯一的铺垫，是上一回袭人对宝玉说的，"自我从小儿来了，跟着老太太，先服侍了史大姑娘几年"。现在史大姑娘突然就来了。

我是在阅读《红楼梦》之前就知道史湘云的，尚且有陌生感，那些第一次阅读的人呢？曹公难道就不怕突兀，不怕读者云里雾里？

一个极其重要的人物，第一次正式出场，却是如此平淡，如此不显山不露水，连人物关系都不提一笔。

这很大胆，很不寻常，甚至很傲慢，完全不考虑读者的感受。

但是曹公就这么写了。

这么一写，《红楼梦》就成就了《红楼梦》。

这么写好在哪里呢？要我说，好在真实，好在自然，好在一个谙熟所有小说技法的大宗师，却抛弃掉所有技法。换句话说，曹公不是在写小说，而是在记录生活。

书开头说，这部小说里的故事，是大荒山无稽崖下那块石头在红尘中的所见所闻。我们是跟着石头的视角，穿行在贾府，偷窥众人一举一动的。

想想看吧。在现实生活中，我们经常遇到类似的场景。你到一个亲戚朋友家做客，一堆人正聊着。外面有人喊，某某来了。对这个人，你此前一无所知，不知道他的为人秉性，更不知道以后和你有什么交集。

很久之后，你们成为朋友，亲密无间，共同经历离合悲欢，再回忆那年初次相见，当时的寻常还是寻常吗？会不会成为你生命中的关键瞬间？

史大姑娘来了，贾府就更热闹了。

宝玉听了，抬身就走。

这八个字告诉我们，宝玉喜欢史湘云，湘云妹妹一来，连宝姐姐都不管了，抬身就走。

宝钗说，等着，咱俩一齐去。到了贾母这边，"只见史湘云大笑大说的"。正好黛玉也在这里，就问宝玉，你刚才在哪儿了？宝玉说在宝姐姐家。

我们看黛玉的表现：

> 黛玉冷笑道："我说呢，亏在那里绊住，不然早就飞了来了。"

大家细品这话哈，黛玉是个什么人呢？出场时就说，"心较比干多一窍"。比干是七窍玲珑心，比比干的心眼还多一个，形容黛玉心眼多。贾宝玉任何一点情感起伏，都逃不过她的眼睛。

这句话是带着酸味的一箭双雕。"绊住"，是宝姐姐的魅力；"飞了来"，是史大妹妹的魅力；

黛玉一直吃宝姐姐的醋，现在，又要吃湘云的醋了。

宝玉赶紧解释，我不过偶尔去一趟，你就说这话，难道只能跟你玩？黛玉说："好没意思的话！去不去管我什么事，我又没叫你替我解闷儿。可许你从此不理我呢！"说着，便赌气回房去了。

我一直是喜欢黛玉的。但是在这件事上，我必须承认，黛玉做得不对。她不仅心眼多，还心眼小。

一来宝玉确实很少去宝钗那里，偶尔去一趟，怎么就不行了？我若是宝玉，也想问问她，难道只许跟你玩？

二来，这是什么场合呀？是亲戚史湘云来了，正月大节里人家来串亲戚了，你说生气就生气，扭头就离开？没个礼数，不像话。

当然，这是我的想法。按宝玉的说法，我不过也是个"泥做的混沌浊物"，烟熏火燎，俗不可耐，哪里配说三道四！

这不，宝玉马上追出来了，开始哄黛玉，好好的又生气了，就算我说错了，你好歹也坐一会儿，和大家说说话再走。黛玉说，你管我呢！

> 宝玉笑道（是笑道哦）："我自然不敢管你，只没有个看着你自己作践了身子呢。"
>
> 林黛玉道："我作践坏了身子，我死，与你何干！"
>
> 宝玉道："何苦来，大正月里，死了活了的。"
>
> 林黛玉道："偏说死！我这会子就死！你怕死，你长命百岁

的，如何？”

宝玉笑道（还是笑）："要像只管这样闹，我还怕死呢？倒不如死了干净。"

黛玉忙道："正是了，要是这样闹，不如死了干净。"

宝玉道："我说我自己死了干净，别听错了话赖人。"

宝黛二人吵架斗嘴，黛玉永远是任性不讲理，宝玉永远低声下气温言软语。除了这一点，我们还能看出，《红楼》处处埋谶语。

宝玉和黛玉，都说"死了干净"，故事最后，真的是一了百了，万事皆空，白茫茫大地真干净。

二人正不可开交，宝钗却来找宝玉了，说"史大妹妹等你呢"。

再强调一下，《红楼》故事不缺冲突性，不缺戏剧性。只是它的戏剧性，不是绞尽脑汁想出来的猎奇情节，而是平淡的日常。它的戏剧冲突，需要慢下来细细读，才能读得出来。

比如这个环节，黛玉正在吃宝钗和史湘云的醋呢，宝钗却来叫宝玉了，理由居然还是"史大妹妹等你呢"。什么叫火上浇油？什么叫哪壶不开提哪壶？这就是。

宝玉被推走了。黛玉"越发气闷，只向窗前流泪"。

但是，宝玉毕竟最爱林妹妹，不到两盏茶工夫，又回来了。见黛玉还在哭，宝玉"知难挽回，打叠起千百样的款语温言来劝慰"。

黛玉说，你又来干什么？反正有人跟你玩，"比我又会念，又会作，又会写，又会说笑，又怕你生气拉了你去，你又作什么来？"

刚才是醋瓶倒了，现在醋缸碎了。

不过这难不倒宝玉，别的不行，宝玉哄女孩绝对是天赋异禀。宝玉说：

> "你这么个明白人，难道连'亲不间疏，先不僭后'也不知道？我虽糊涂，却明白这两句话。头一件，咱们是姑舅姊妹，宝姐姐是两姨姊妹，论亲戚，他比你疏。第二件，你先来，咱们两个一

桌吃，一床睡，长的这么大了，他是才来的，岂有个为他疏你的？"

这一番有理有据的表态，黛玉听了，话头立刻就软了。黛玉说："我难道为叫你疏他？我成了个什么人了呢！我为的是我的心。"

说出问题的症结了——我没那么不懂事，我只是心里怕失去你。

宝玉说，我也是为我的心，"难道你就知你的心，不知我的心不成？"我心里也怕失去你。

这已经是二人最强烈、最明显的表白了。

所以，"林黛玉听了，低头一语不发"，她不是伶牙俐齿吗，为什么一语不发呢？因为明白了，证实了，石头落地了，原来是我过分了。

自己错了该怎么办呢？

（黛玉）半日说道："你只怨人行动嗔怪了你，你再不知道你自己恼人难受。就拿今日天气比，分明今儿冷的这样，你怎么倒反把个青肷披风脱了呢？"

哈哈，错了，也不能轻易认错，只能转移话题。

宝玉说，我原来穿着呢，见你生气，我一暴躁就脱了。黛玉就说："回来伤了风，又该饿着吵吃的了。"

从吃醋的问题，到心的问题，再到穿衣问题，矛盾化解了。黛玉一开心，空气中就充满了快活的氛围。

05

二人正说着，史湘云来了。请注意，同样是一开口，就写出人物性格。

这是史湘云第一次出场的第一句话，就在刚才，书里写了湘云说话的神态——"只见史湘云大笑大说的"。

怎么个大笑大说呢？我们往下看：

（湘云）笑道："爱哥哥，林姐姐，你们天天一处玩，我好容易来了，也不理我一理儿。"

没有拘束，没有客气，心里想什么，嘴上就说什么。这就是史湘云，大笑大说，大大方方，大大咧咧。

就像她的判词："英豪阔大宽宏量""霁月光风耀玉堂"。

史湘云说话有口音，咬舌，"二""爱"不分。黛玉就打趣她，你连个"二"哥哥都叫不出来，只叫"爱"哥哥，以后打牌玩棋，又该叫"幺爱三四五"了。宝玉说，你就学她吧，回头你也咬起来呢。湘云说，她就是"专挑人的不好"，又转头对黛玉说："我指出一个人来，你敢挑他，我就服你。"黛玉问是谁。湘云说，是宝姐姐，"我算不如你，他怎么不及你呢"。

黛玉听了，冷笑道："我当是谁，原来是她！我那里敢挑她呢！"宝玉一听，天哪，怎么又提这一壶了，赶紧岔开话题。

但史湘云还在"大笑大说"，我自然比不上你，"我只保佑着明儿得一个咬舌的林姐夫，时时刻刻你可听'爱''厄'去。阿弥陀佛，那才现在我眼里！"

说得众人哄堂大笑，湘云一转身跑了。

湘云的咬舌是可爱的"娇音"，黛玉的打趣是顽皮的"俏语"，这就是本回中的"林黛玉俏语谑娇音"。

06

本回结束了，我们聊几个问题。

第一，宝玉的主角身份。

如果问大家，谁是《红楼梦》的男主角？肯定异口同声，贾宝玉。但是如果再深一层，体现在什么地方？估计答案就五花八门了。

这一回，倒是弄懂这个问题的一个切口。

我们来看看这回里发生的事。先是李嬷嬷骂袭人，然后是袭人和晴雯拌嘴，晴雯和麝月拌嘴，这三件，发生在宝玉屋里。

在宝钗屋里，贾环因为莺儿拿他跟宝玉比而生气，又引得赵姨娘火冒三丈。

在贾母屋里，黛玉因吃宝钗、湘云的醋（主要是宝钗）而生气，引得宝玉用"千百样的款语温言才哄好"。

所有这些矛盾、冲突，都指向同一个人，贾宝玉。甚至在宝玉并不在场的"贾环耍赖"事件里，他依然是主角。

只有这样，宝玉在富贵场中、温柔乡里的经历，才能被石头记下来。也就是说，不管从故事本身看，还是从作者对全书结构、立意的构思看，宝玉都是主角。

第二，凤姐与宝玉的性别错位。

之前说过，作者塑造这两个人物，凤姐是女人当男人写，宝玉是男人当作女人写。这回里体现得非常明显。

凤姐解决问题，处理争端，是快刀斩乱麻，是男人思维。比如，对李嬷嬷这样的身份，凤姐是柔中带刚，软中带硬；对"长辈"赵姨娘则毫不客气，如同训斥奴才；但是对贾环，却又刚中带柔，强势的外表下，藏着识大体顾大局的善意，跟她协理宁国府是一样的。

而贾宝玉处理争端，是女性化的。

对奶娘李嬷嬷，他解释，忍让；对丫头之间、姐姐妹妹之间的斗嘴，他用"千百样的款语温言"；对贾环这样不讲道理的人，他居然讲起了道理，"是以贾环等都不怕他"。奇怪吧，庶出的弟弟居然不怕嫡出的兄长？为什么呢？因为宝玉女性化，没有威严，人畜无害。

第三，不要用俗套的眼光读《红楼》。

从上一回开始，书中的女孩们都渐渐大了。年龄一大，就有心事，有了心事，就有烦恼。于是，我们会看到女孩子之间的冲突明显了。

这几年我们看过太多的宫斗剧、职场剧、家庭伦理剧，好像每一群人都各怀鬼胎，好像每一句嬉笑怒骂都包藏目的。

读《红楼梦》不要这样。

我们得知道，书中的人物，这时也不过十二三岁到十五六岁，搁现在也就是中学生，小孩子。

用书里的话说，是"混沌世界，天真烂漫"的年纪。我们必须抱着宽容的心态去理解她们。书中的"众儿女"，其实就是我们的儿子女儿、姐姐妹妹，甚至，就是我们自己。

曹公或者说宝玉，对书中的女孩子们，其实抱着极大的包容，认为女儿是天地精华，生下来是一尘不染的，极清净。

可是一旦嫁了人，沾染了男人（指世俗社会）身上的俗气，光鲜的珍珠就变成死鱼眼珠了。所以，书里凡写女儿，极尽包容，甚至很多人不喜欢的袭人，作者也不吝笔墨写她的贤惠；而写赵姨娘、李嬷嬷，以及后面的一些管家婆子，那是毫不留情，辛辣无比，扒得精精光光。

借用鲁迅先生的意思。能在《红楼梦》里读到什么，取决于我们用什么眼光去读。过于苛刻，就看不见这些人身上的光辉；不够包容，就看不见每个人的不得已；你若人情练达，能看见高手过招；你若不喜俗务，会发现这也不是什么坏事。

第四，宝黛爱情正在升温。

从第三回黛玉进府，尽管初相见，似是故人来，二人一直是两小无猜，互有好感，但没有实质性进展。到上一回，宝玉、黛玉躺在一张床上，面对面，手抚脸，这是身体上的靠近。

到了这一回，二人就开始互诉心怀了——"我为的是我的心"，这是两颗心的靠近。

上一回，黛玉打趣宝玉，说，"真真你就是我命中的'天魔星'！"这一回，看黛玉"无理取闹"，宝玉款语温言的样子，我都想替宝玉对黛玉说一句：你也是我命中的天魔星。

不过，限于当时的礼教，以及黛玉的矜持、宝玉的疼惜，二人还没有捅破那层窗户纸。

这要到以后，经过漫长的相互试探、相互了解，化解一次又一次误会猜疑，他们才会做出更大胆的举动。

哪个女人不吃醋?

贤袭人娇嗔箴宝玉
俏平儿软语救贾琏

01

书接上回。

黛玉打趣湘云咬舌,湘云回敬黛玉将来嫁个咬舌的夫君,黛玉就追着湘云打闹。

宝玉赶紧拦住黛玉,说,饶她一回吧。黛玉说,我若饶了她,再不活着。湘云也赶紧求饶,好姐姐,饶我这回吧。

三人正打闹着,宝钗也来了,说,看在宝兄弟的面上,你俩都别闹了。黛玉说不行,你们都是一伙的,合伙戏弄我。宝玉说:"谁敢戏弄你!你不打趣他,他焉敢说你?"

这里能看出来,宝玉虽然最喜欢黛玉,但是也不能让他的史大妹妹受委屈。第十九回里，袭人已经告诉我们了，史湘云和黛玉一样，小时候曾在贾府长住，并且比黛玉进贾府更早，和宝玉也是一起玩到大的青梅竹马。

如果按照宝玉说的"先不僭后"，那史湘云岂不是更亲近？

四个人难分难解，幸好有人来请吃饭，才算消停下来。到了晚上，"湘云仍往黛玉房中安歇"。

睡觉之前，宝玉黏在黛玉房里，催了好几次才走。次日一早，天一亮，披着衣服、趿拉着鞋子就来了——多么喜欢两个妹妹。

进了屋，黛玉的丫鬟紫鹃、湘云的丫鬟翠缕都不在，黛玉、湘云两个还没起床。

> 那林黛玉严严密密裹着一幅杏子红绫被，安稳合目而睡。那史湘云却一把青丝拖于枕畔，被只齐胸，一弯雪白的膀子撂于被外，又带着两个金镯子。
>
> 宝玉见了，叹道："睡觉还是不老实！回来风吹了，又嚷肩窝疼了。"一面说，一面轻轻的替他盖上。

读《红楼》总是忍不住惊叹，曹公塑造人物的手法太厉害了，简直下笔有神助。

我们知道，写人物要么是写动作，写语言，要么是写心理。但《红楼梦》告诉我们，人物躺平了，没有一个动作，没有一句台词，照样可以塑造人物性格。比如这两个睡觉的姑娘。

黛玉的性格，是"小性儿"，是谨慎、敏感、矜持，缺乏安全感，所以她睡觉是裹得严严密密，睡姿是"安稳"；

史湘云呢，前面说她"大笑大说"，大嗓门大舌头，大大咧咧，她睡觉是头发也乱了，被子也蹬掉了，一个膀子裸露着，还差点走光，睡觉"不老实"。

再看宝玉。

第十九回来到黛玉屋里，黛玉正午睡，他便"将黛玉唤醒"，全无一丝邪念。现在也是，看到枕畔青丝，看到齐胸，看到雪白的膀子，他只是"轻轻的替她盖上"。真不敢想象，要是换作贾琏贾珍会怎样？

另外，在任何事情上，精准就是美感。好的文学，语言首先是精准的。我们看曹公的文字有多精准！

"睡觉还是不老实！"为什么用"还是"呢？如果是第一次见，那应该说"睡觉这么不老实"才对。用了"还是"，就说明宝玉之前见过湘云的睡姿。这就印证了前面说的，他们一同在贾母身边长大，那时候大家还是小孩子，这些妹妹都跟宝玉一起吃睡。现在长大了，渐懂人事，才分房睡觉。我们读《红楼》，往往惊叹于前后情节的一丝不差，原因就在这里，它的文字太精准了，经得起拿放大镜挑刺。

黛玉醒了，见是宝玉，就说，你这么早过来做什么？宝玉说，这还早呢？你起来瞧瞧。黛玉说，你先出去，让我们起来。宝玉赶紧退到外间，黛玉叫醒湘云，穿衣起床。

两个丫头紫鹃、翠缕已经打了水，服侍梳洗。湘云洗过脸，翠缕端起洗脸水就要去倒。

宝玉道："站着，我趁势洗了就完了，省得又过去费事。"说着便走过来，弯腰洗了两把。紫鹃递过香皂去，宝玉道："这盆里的就不少，不用搓了。"再洗了两把，便要手巾。翠缕道："还是这个毛病儿，多早晚才改。"

别人用过的洗脸水，他居然还要重复利用。这可不是什么节约用水哦，这是"行为偏僻"。要知道，上次也是在黛玉屋里，黛玉让他去外间拿个枕头，宝玉怎么说来着，"我不要，也不知是那个脏婆子的"。

现在怎么就不嫌弃湘云的洗脸水脏呢？

答案很明了，女儿是水做的骨肉，是天地精华，怎么会脏呢？而那些老婆子已经沾染男人（社会）的污浊气了。

再看翠缕的话，"还是这个毛病儿，多早晚才改"。她早在贾母身边服侍湘云的时候，就知道宝玉这个毛病了。

《红楼梦》太多的"不写之写"，就藏在这些不经意的对话里。

02

宝玉洗过脸，用青盐擦了牙，漱了口，见湘云已梳过了头，就嬉皮笑脸让湘云帮他梳头。

湘云说不行，宝玉说，你先前怎么替我梳呢？湘云说，我现在忘了怎么梳了。宝玉又死缠烂打，低声下气地央求，湘云没办法，只得答应。梳着梳着，发现宝玉头上原来的四颗珍珠只剩下三颗了，就问，怎么少了一颗？宝玉说丢了。史湘云虽是第一次亮相，但她的话告诉我们，其实她经常来贾府，对宝玉头上有几颗珍珠都很熟悉。

湘云说，那肯定是不小心掉外面，被人捡走了。

黛玉一旁盥手，冷笑道："也不知是真丢了，也不知是给了人镶什么戴去了！"

黛玉显然不信是丢了，我们读者也不会信，以宝二爷的风格，那颗珍珠十有八九是送人了。

果然，宝玉不敢答，见梳妆台上一堆化妆品，顺手就拿着玩，"不觉又顺手拈了胭脂，意欲要往口边送。史湘云伸出手，"啪"的一声打掉了——"这不长进的毛病儿，多早晚才改过！"

一语未了，袭人走了进来，见宝玉已经梳洗过了，便转身回去。刚到屋里，宝钗来找宝玉，袭人说，宝玉哪有在家的工夫？宝钗一听就知道宝玉在黛玉屋里。

又听袭人叹道："姊妹们和气，也有个分寸礼节，也没个黑家白日闹的！凭人怎么劝，都是耳旁风。"宝钗听了，心中暗忖道："倒别看错了这个丫头，听她说话，倒有些识见。"宝钗便在炕上坐了，慢慢的闲言中套问他年纪家乡等语，留神窥察，其

言语志量深可敬爱。

请注意，这是袭人第一次在外人跟前埋怨宝玉，并且直指宝玉没有"分寸礼节"，跟姊妹们瓜田李下。

这话说到宝钗心坎上了。

两个价值观相同的女人，终于对上了号，宝钗从此高看袭人。"套问""窥察"，都是宝姐姐的心机。

现在她只是来贾府做客，身份是宝玉的"宝姐姐"，没有任何资格"管教"宝玉，袭人的话让她看到了希望，找到了助手。

03

宝钗、袭人正在聊着，宝玉一进来，宝钗就出去了。很奇怪是不是？宝钗明明是来找宝玉的，宝玉来了，她却要走。

不仅我们读者不理解，宝玉也不理解："怎么宝姐姐和你说的这么热闹，见我进来就跑了？"

是呀，宝姐姐为什么跑了？

这个问题先放在这里，等会儿再说，先看接下来发生的事。

袭人没有正面回答，而是反问，你问我？我怎么知道你们的事？这回答得很巧妙，我一个丫头，怎么知道你们主子之间的事。

宝玉见袭人话头不对，脸色也不好，生气了。就笑着说，怎么生气了呢？袭人说，我哪儿敢生气呀！"只是从今以后别进这屋子了。横竖有人服侍你，再别来支使我。我仍旧还服侍老太太去。"说完倒炕上就睡。

宝玉正手足无措，麝月进来了。宝玉问，你袭人姐姐这是怎么了？麝月说，"我知道么？问你自己便明白了。"上回宝玉说麝月，"公然又是一个袭人"，看来一点不假，说话的腔调都一个模子。

宝玉见袭人、麝月都不理他，也回到自己床上躺下了。袭人见他睡了，拿着一个斗篷来替他盖上，谁知"忽"的一声，宝玉把斗篷掀到一边。袭人说，你也不用生气，我以后就做个哑巴，再不说你一声了，如何？

宝玉一听，更气了，说，我又怎么着你了？我一进来你就拉着脸，也不说为什么。现在又说我恼了，你要劝我可以，但是你也没劝我什么呀？

宝玉就是不知道袭人为什么生气。

袭人说，我为什么生气，"你心里还不明白，还等我说呢！"

俩人吵来吵去，不和好。宝玉吃过午饭回来，见袭人还在炕上躺着，麝月在旁边抹骨牌，知道她俩关系好，索性也不搭理麝月，径直走到自己屋里。看了会儿书，想喝茶，见屋里有两个小丫头。

其中一个大些儿的，"生得十分水秀"，宝玉就问她，叫什么名字。丫头说，叫蕙香。宝玉说，谁给你起的？蕙香说，我原来叫芸香，"是花大姐姐改了蕙香"。

宝玉正在生花袭人的气呢，就说：叫什么"蕙香"，我看叫"晦气"才对。又问她，姊妹几个？蕙香说，姊妹四个，我是老四。宝玉说，我看你就叫"四儿"吧，省得糟蹋了那些好名字，你们哪一个配这些花的名字——指桑骂槐，是说给袭人听的。

袭人和麝月在外间听到了，俩人抿嘴而笑。

一直到晚上，只有"四儿"一个人服侍宝玉，袭人、麝月等人都不搭理他。宝玉一人对孤灯，越想越没意思，就拿起《南华经》读了一段。

据说，庄子晚年曾在南华山隐居，后世尊称他"南华真人"，所以他的著作《庄子》，又叫《南华经》。

宝玉夜读《庄子》，读到《外篇·胠箧》这篇，有感而发，也续了一段小文。这个环节如果深究下去，会比较复杂，我大致说下我的理解。

胠（qū），是打开；箧（qiè），是箱子。合起来，就是撬开箱子，特指偷窃财物。

书里引用的《外篇·胠箧》这段文字，大意是说，断绝圣人，抛弃智慧，就没有大盗了；毁掉珠宝玉器，就没有小偷……以此类推，把炫人耳目、撩拨欲望的东西都去掉，国家才能民风淳朴，人才能返璞归真。

宝玉模仿的文字大意是：

毁灭袭人，驱散麝月，就没人劝导我了；毁掉宝钗的美貌和黛玉的灵性，消除掉人们的情意，天下女人也就不分美丑了。没有劝导，就没有争吵；没有美貌，就没有爱恋；没有灵性，就没有才情。

宝钗、黛玉、袭人、麝月，她们的美貌和才情都是大网、都是陷阱，是来迷惑我们的。

宝玉写完，搁笔就睡，一觉到天亮。醒来翻身，只见袭人和衣睡在旁边，宝玉便把昨天的事全忘了，赶紧推醒袭人，让她去好好睡。

袭人为什么跟宝玉怄气？原因很简单，就跟上次骗宝玉说要离开贾府一样，是为了规劝宝玉，不要整天跟姐姐妹妹混在一起，要注意点影响。但想到宝玉肯定不听劝，就想故伎重演，欲擒故纵，先装作生气，后用柔情，等宝玉求饶，再加以规劝。

没想到宝玉不按剧本来。

现在，宝玉不气了，又是替她解扣子，又是赔笑，你到底怎么了？袭人说，不怎么。你睡醒了，"你自过那边房里去梳洗，再迟了就赶不上"。

宝玉说，让我去哪儿？袭人说，你爱上哪儿上哪儿，从今起谁也别理谁。"横竖那边腻了过来，这边又有个什么'四儿''五儿'服侍，我们这起东西，可是白'玷辱了好名好姓'的。"

曹公文字之灵动，简直匪夷所思，并且处处有机关。

袭人这话，显然是针对宝玉对蕙香说的气话，因为"蕙香"是袭人取的名字。

但是袭人顺口又提到一个"五儿"，如果我们第一次读《红楼》，丝毫不会留意"五儿"，可是如果读完全书再回头看，那就太有意思了。因为后文里宝玉真的想要一个叫"五儿"的丫头，并引发一场震惊贾府的风波。当然这是后话。

且说现在。宝玉说，你今儿还记得呢？袭人说，一百年我都记得。哪像你呀，拿我的话全当耳旁风，"夜里说了，早起就忘了"。

我估计很多女性读者深有同感，跟男朋友或老公吵架，女人气了一夜，第二天还想理论，男人却一脸不解，早忘了，完全不知道女人气在哪里。于是，气上加气。

由此看出，古往今来，男人女人对生气的记忆力是不同的，男人记一夜，女人记一百年。不生气才怪。

见袭人娇嗔满面，宝玉拿起一根玉簪，"啪"的一声跌成两段，又要发誓了："我再不听你说，就同这个一样。"袭人慌了，赶紧软下来："大清早起，这是何苦来！听不听什么要紧，也值得这种样子。"

一根玉簪，就这样白白浪费了。

二人梳洗完毕，宝玉去了上房，黛玉来了。看见桌案上宝玉昨夜的大作，又气又笑，提起笔，也续了一首七绝。

无端弄笔是何人？作践南华《庄子因》。
不悔自己无见识，却将丑语怪他人！

《庄子因》是清初一部著名的注解《庄子》的书。黛玉的诗，就是跟帖斗嘴，大意是：

这是谁无所事事卖弄笔墨呀？看把《庄子因》糟蹋成什么样子了。

不悔过自己没见识，却写下一堆丑语，怪罪他人。

在黛玉面前舞文弄墨，宝玉还嫩了点。

04

聊完宝二爷和他的姊妹，再来聊琏二爷和他的妻妾。

这一天，凤姐的女儿巧姐儿病了，大夫诊过脉，说，"替夫人奶奶们道喜，姐儿发热是见喜了"。

所谓"见喜"，是指天花，当时人们谈天花色变，避讳直呼，就讨个彩头，说是见喜。

凤姐问，有救没有。大夫说："病虽险，却顺，倒还不妨。预备桑虫猪尾要紧。"

桑虫可能是蚕蛹，要蚕蛹和猪尾巴做什么？是用来吃，还是用来祭祀？我不知道。

王夫人、凤姐听了，赶紧忙活起来。

第一：打扫一间房，供奉痘疹娘娘。古人很有意思，任何地方，任何事情，都可以弄出一个专职神仙，痘疹娘娘就是管辖天花的，王夫人带着凤姐、平儿，天天烧香参拜。

第二：传令家人，不要煎炒食物。这倒是符合现代的清淡饮食原则。

第三：让贾琏出去住。古人认为，房事对女性神仙不敬。

第四：婆子丫鬟、上上下下穿赶制红衣，也是按喜事办。

准备好这一切，留下两名医生，十二天里，日夜诊断开药。

再说贾琏，搬到外书房隔离，书上写道：

> 那个贾琏，只离了凤姐便要寻事，独寝了两夜，便十分难熬，便暂将小厮们内有清俊的选来出火。

真是饥不择食。

巧了，荣国府有个厨子，名叫多官，为人懦弱无能，人送绰号"多浑虫"。多浑虫有个媳妇，二十来岁，生性轻浮，荣宁二府里的人"都得入手"。又因为她"美貌异常，轻浮无比"，所以也有个绰号，叫"多姑娘"。

贾琏早就见过多姑娘，垂涎已久，只是一直没机会得手。多姑娘见贾琏独自住在外书房，就整天来晃悠卖弄，干柴正好遇见烈火。

贾琏马上买通小厮，牵线撮合，"一说便成"。当天夜里，多混虫烂醉如泥，睡在炕上，贾琏便悄悄溜进来，多姑娘已恭候多时，"也不用情谈款叙，便宽衣动作起来"。

众所周知，《红楼梦》对《金瓶梅》有传承关系，"深得金瓶壶奥"。但曹公并没有照单全收，《金瓶》中过于赤裸的、缺乏美感的男女描写，《红楼》几乎全部舍弃。就这段而言，尽管是写丑事，却没一个丑字，不涉及任何身体部位。雅与俗，才是《红楼》和《金瓶》的分界线。

多姑娘说，你家女儿出天花，供着痘疹娘娘，你也该忌两日，别为我脏了身子。

多姑娘多虑了。贾琏就像贾母骂他的那样，脏的臭的，来者不拒。哪里还管脏不脏身子！哪里还管什么痘疹娘娘！

十二天后，巧姐天花居然好了。全家祭天祀祖，烧香还愿，贾琏也搬回自己院里。

顺便提一下，前八十回里巧姐的文字很少。事实上直到这回，巧姐都不算正式出场，连"巧姐"这个名字，都是以后刘姥姥给取的。

但是曹公就是有这个本事，能让各个人物的命运，在读者意想不到的地方，仍然有序推进。

第六回里，刘姥姥一进荣国府，周瑞家的领着她来到东边一间房里，"乃是贾琏的女儿大姐儿睡觉之所"，缘分天注定。这回里，巧姐出了天花，这在当时可是夺去了多少人的生命啊，而巧姐却"毒尽癍回"，好了。真是命硬。所谓大难不死，必有后福。巧姐以后得善终，此时已经在悄悄铺垫了。

言归正传。次日一早，凤姐出门去了，平儿给贾琏收拾衣服铺盖，却发现枕头套里掉出一缕头发。笑着问贾琏，这是什么？贾琏赶紧来夺,平儿拿着就跑,两人滚在炕上,闹成一团。平儿说,你个没良心的,我好心替你瞒着,你却骂我。贾琏赶紧赔笑,还给我吧。

正闹着,凤姐进来了,见贾琏在,就问平儿,琏二爷的东西都收回来了吗?平儿说,收了。凤姐说,少什么东西没有?平儿说,没少。凤姐说,不少就好,别多出东西吧?

凤姐太了解贾琏了。

但是还不够了解平儿,她以为平儿是她的人,但平儿其实是"双面间谍"。平儿、平儿,就是玩平衡的高手。

这次,她站在了贾琏这边,说,不少就万幸了,咋还会多出来呢?凤姐说,这半个月他难保干净,说不定有相好的留下东西,戒指、汗巾、香袋儿,或者头发、指甲啥的,都是东西,好好找找。

平儿说,奶奶放心,我也怕有这个,都搜过了,确实没有。不信的话,奶奶自己再搜一遍。

凤姐信了。又急着给王夫人送衣服样子,匆匆忙忙走了。

屋里又只剩下平儿和贾琏。平儿说,这事怎么谢我?贾琏高兴得抓耳挠腮,又是搂抱,又是心肝乱叫。平儿就说,反正我拿到你的把柄了,回头惹了我,就给你抖出来。贾琏说好好好,你收着吧。然后趁平儿不留神,一把抢过去了。

(贾琏)笑道:"你拿着终是祸患,不如我烧了他完事儿。"

平儿也娇嗔起来,说,你个没良心的,以后我再不替你撒谎了。贾琏见平儿娇俏动情,便搂着求欢。平儿一下子挣脱,跑出门了。

贾琏在屋里说,你个小淫妇,把我的火浪上来,自己却跑了。

平儿在窗外笑道:"我浪我的,谁叫你动火了?难道图你受用一回,叫他知道了,又不待见我。"

贾琏道:"你不用怕他。等我性子上来,把这醋罐打个稀烂,他才认得我呢!他防我像防贼似的,只许他同男人说话,不许我和女人说话;我和女人略近些,他就疑惑,他不论小叔子侄儿，大的小的，说说笑笑，就不怕我吃醋了。……"

在前面的章节里，我们讨论焦大醉骂，讨论凤姐有没有养小叔子。有读者认为凤姐确有作风问题，证据之一就有这次贾琏的话。

"小叔子"，宝玉在内；"侄儿"，贾蓉在内。那凤姐与小叔子、侄儿有没有瓜葛呢？

当然没有。

这段话非但不是凤姐作风不端的证据，恰恰相反，正说明凤姐的磊落，至少在男女问题上，凤姐是无可挑剔的。

那怎么解释贾琏的说法呢？

我觉得不外乎两个原因。第一，贾琏是小人之心，度君子之腹，自己好色成性，就认为别人也跟自己一样。

第二，或许贾琏自己都觉得这话说着心虚，能这么说，不过是理亏耍赖，嘴硬不服输。说白了，是对凤姐长期辖治的不满，而又无力反抗。

与其说贾琏在吃凤姐的男女之醋，不如说，是在吃凤姐的能力之醋、威望之醋、地位之醋。只是事关男人颜面，不可为外人道，只能拿男女之事做幌子。

这样的话，别说凤姐不服，就是刚刚帮助他的平儿也不服。

> 平儿说："他醋你使得，你醋他使不得。他原行的正走的正；你行动便有个坏心，连我也不放心，别说他了。"

若非要给凤姐挑出一点作风问题，那就是不遵守封建妇道，一个女人家，不老老实实关在家里，见那些男人做什么？

这是贾琏隐痛处，却是凤姐可敬处。

在父权时代，男人统治的世界里，凤姐不甘心做一个附属品。"行的正走的正"，是凤姐行走在男女边界的原则。

平儿一顿驳斥，贾琏无话可说，只能拿狠话回应：

> 贾琏道："你两个一口贼气。都是你们行的是，我凡行动都

存坏心，多早晚都死在我手里！"

正说着，凤姐走进院子，见平儿隔着窗在跟贾琏说话。凤姐说，不在屋里说话，隔着窗子什么意思？平儿说，屋里没一个人，我在他跟前干什么！凤姐笑道："正是没人才好呢。"意思是，这么好的机会，你还不快点把握？

平儿一听，却生气了，也不管凤姐，摔开帘子就进去了。凤姐跟进来说，这丫头疯了，这是要降伏我呀，"仔细你的皮要紧"。

贾琏见平儿居然给凤姐脸色，倒在炕上哈哈大笑。吵闹够了，贾琏要出去，凤姐叫住他，说，我有事跟你商量。

什么事呢？下回分解。

05

这一回的故事读完了，书却没有读完，事实上，我们的阅读才刚刚开始。

这一回故事简单，却相当重要，是我们了解八十回后遗失部分的重要章节。线索千头万绪，从何说起呢？

就从全书的结构说起吧，可以称之为——完美的对称。

先来看回目，"贤袭人娇嗔箴宝玉，俏平儿软语救贾琏"，看似写了两组人物，其实每组还隐藏着一个人物，薛宝钗和王熙凤。这两位算进去，正好是两个"一夫一妻一妾"的家庭。

宝二爷、琏二爷，是这两个组合的关键人物。

所以，引出我们的第一个话题，宝二爷和琏二爷的对照。

我们知道，第五回梦游太虚幻境是全书总纲。警幻仙姑说，世人好淫者分两种，一种是"意淫"，情痴情种的贾宝玉就是代表；一种是"皮肤滥淫"，贾琏是个中"翘楚"。

本回里，宝玉见湘云、黛玉睡觉，不生邪念，反来体贴。吃胭脂，弄妆奁；面对袭人的娇嗔，做小伏低，起誓讨好，都是"意淫"范畴。

警幻说，"意淫"可意会不可言传。而"皮肤滥淫"就直接多了，可意会，而不敢言传。女儿生着天花，家里供着娘娘，贾琏照样一天不闲。欲火烧起来，不管是女是男，不管人家男人在不在家，就像一头发情的牲口，"恨不能尽天下之美女供我片时之趣兴"。

但是，我们先不要急着骂贾琏，也不要急着点赞宝玉。警幻还说了，"好色即淫，知情更淫"，在更高的智慧层面上，宝玉、贾琏只是淫的不同而已，他们都会走向自己的迷津。

当他们走进迷津，要么"堕落其中"，再无翻身之日；要么"悬崖撒手"，逃离万千红尘。不管是哪一种，都会给他们的女人带来悲剧命运。

这就引出第二组人物，宝钗、袭人，以及凤姐、平儿。

宝玉淫于情，袭人的应对手段，是箴，是规劝。这一回虽然袭人是主角，宝钗戏份最少，甚至来找宝玉，一句话都没说就走了。

但我想说，此时无声胜有声。

现在，我们可以回答上文的问题了，宝姐姐本是来找宝玉的，为什么一句话不说就走了？

答案很简单。宝钗不是没说话，只是没跟宝玉说话。她现在只是个"宝姐姐"，只是亲戚。她想"箴宝玉"，却没有资格。

袭人那番话，让宝钗看到了希望。自己不能"箴"，可以借他人之口"箴"。

我们再回过头看那一段，当她意识到袭人有些见识，"便在炕上坐了，慢慢的闲言中套问他年纪家乡等语"。"坐了"，"慢慢"，这是一场不短的谈话。

谈了什么呢？难道只是调查一下户口？反正我不信。

起先我不敢妄加揣测，但是曹公不写之写的习惯给了我信心。

接着往下看。宝玉一进来，见宝钗却出去了。这不正常，跟往日的宝钗反差很大。所以宝玉也纳闷，怎么你们俩"说的这么热闹"，我一来就跑了？袭人怎么回答呢？更不正常——袭人不回答。问第一声不回答，问第二声，她说不知道。是不是也很奇怪？你刚刚跟宝姐姐说得这么热闹，怎么会不知道呢？

袭人在隐瞒。不是不知道，而是不想说。

到底聊的什么话题，让袭人不想说？我们看袭人的反应：

> （宝玉）见他脸上气色非往日可比，便笑道："怎么动了真气？"袭人冷笑道："我那里敢动气！只是从今以后别进这屋子了。横竖有人服侍你，再别来支使我。我仍旧还服侍老太太去。"一面说，一面便在炕上合眼倒下。

后来我们知道了，袭人这是"娇嗔"的前奏，撒着娇生气、嗔怒。

要知道，在这之前，袭人从来没有这样过，就像宝玉说，"气色非往日可比"。上一次半真半假说要离开贾府，也是情切切的解语花。怎么这次宝钗刚走，宝玉刚来，没有过渡，突然就生气了？还气到第二天？

我个人觉得，这肯定跟宝钗的谈话有关。宝姐姐一定给了袭人或明或暗的指点。"山中高士晶莹雪"，这个薛高人指点"笨笨的"袭人。

这一场看似是袭人的独筹行动，其实是宝钗和袭人联手完成的。

再看凤姐。

贾琏淫于肉，凤姐应对的手段，是严防死守。

巧姐天花痊愈，贾琏回到房里，凤姐第一件事就是搜查盘问。她有十足的聪明和丰富的经验。平儿打掩护，说东西不少。

> 凤姐道："不少就好，只是别多出来罢？"

这句话是不是很熟悉？没错，宝玉头上少了一颗珍珠，史湘云说肯定丢在外面被人捡走了。

> （黛玉）冷笑道："也不知是真丢了，也不知是给了人镶什么戴去了！"

宝玉因情而送人珍珠，贾琏因欲而收人青丝。

凤姐说完，贾琏脸都黄了。

黛玉说完，宝玉一句不答。

或许有人要问，最后宝玉的妻子不是薛宝钗吗？应该是宝钗和凤姐相对才是。这就是《红楼梦》的复杂所在。

宝玉虽然娶了宝钗，但宝玉其实有两个"妻子"，一个是实际意义上的婚姻妻子宝姐姐，一个是精神上的真爱林妹妹。连第五回里两个人的判词，都是放在一首诗里写的。黛玉死后，才成就了宝钗。

宝钗、袭人对宝玉的规劝，对应的正是凤姐对贾琏的严防。

这一回末尾有一联诗：

> 淑女从来多抱怨，娇妻自古便含酸。

不管是千金小姐如宝钗、凤姐、黛玉，还是身世卑贱的奴婢，如袭人、平儿，含酸抱怨，就是女人天性。

同样，两位贾府公子，"好色"也罢，"知情"也罢，都是男人天性。

完美的对称。

此外，我们要想知道八十回后曹公的原著，必须留意本回回首的脂评。这么大一段非常少见，其中有重要信息。

脂评说：

> 按此回之文固妙，然未见后之卅回，犹不见此之妙。

脂砚斋是看过全文的。卅是三十，就算是虚指，也说明《红楼梦》原本是一百一十回左右，并不是现在的一百二十回。而这一回的妙处，在于它是个超级伏笔，与后文遥遥呼应。

怎么呼应呢？脂砚斋接着说：

> 此日"娇嗔箴宝玉，软语救贾琏"，后日"薛宝钗借词含讽

谏，王熙凤知命强英雄"。今只从二婶说起，后则直指其主。

原著八十回后，有一回是专门写薛宝钗对宝玉的讽谏，王熙凤跟贾琏逞强。但是"今日之玉犹可箴，他日之玉已不可箴耶？今日之琏犹可救，他日之琏已不能救耶？"

意思是，日后宝钗嫁给宝玉，终于能正大光明地"箴宝玉"了，但是宝玉已经不听了。彼时贾府已败，黛玉已死，袭人已去，他又厌恶仕途经济，怎么会听宝钗不厌其烦地劝呢？于是，"纵然是齐眉举案，到底意难平"，出家去了。

这回里，贾琏抢过平儿手里多姑娘的头发，说，"你拿着终是祸患，不如我烧了他完事"。脂批说，又是伏笔，如果平儿拿着，反而没事。而贾琏自己拿着，并没有烧掉，日后将被凤姐发现，真成了"祸患"。

彼时的凤姐还想要强，逼英雄，管教贾琏，可是贾琏已经不怕她了。

大胆猜测一下，或许到时候平儿仍然想救贾琏，却发现贾琏已经不需要救了，他硬气了，忍无可忍了，能自救了，他要践行发过的狠誓——"把这醋罐打个稀烂"，"多早晚都死在我手里！"

到那时，可敬可怜的凤姐，就走到了"昏惨惨似灯将尽"的生命尾声。

从这回的袭人箴宝玉，到后面的宝钗不能谏宝玉；从这回的平儿救贾琏，到后面的凤姐无力劝贾琏。又是完美的对称。

百万言长篇小说，前后呼应如此之精密，简直匪夷所思。

本回还有一个问题待解：宝玉读《庄子》，续《庄子》，黛玉为庄子抱不平，这段庄子文字，到底是何用意？

咱们下回分解。

这个人悟了

听曲文宝玉悟禅机
制灯谜贾政悲谶语

01

上一回说到，贾琏要出门，凤姐叫住他，说有事商量。什么事呢？
新故事开始了。

凤姐说，二十一是薛妹妹的生日，怎么操办？贾琏说，你都办过那
么多大生日了，这会儿咋没了主意？

贾琏、凤姐两口子，是荣国府的大掌柜，大事小事都是他二人负
责，男主外，女主内。所谓"大生日"，是贾母和老爷太太们的生日，
都由凤姐操办。

但是这次不同。凤姐说，办大生日都有现成的规格，反而好办。可
是薛宝钗这次生日，"大又不是，小又不是"，不知道该咋办了。

贾琏说，去年不是给林妹妹办过吗？照样子办就行了。凤姐说，要是这么简单，我还问你干吗？是因为老太太提起这事，"薛大妹妹今年十五岁，虽不是整生日，也算得将笄之年"。

十五岁，搁现在还是未成年，在古时却是"将笄之年"，要盘发戴笄，意味着可以嫁人了。凤姐说的不大不小，就是这个意思。

贾琏一听，那就多添些东西，规格提高一些。凤姐说，要的就是你这句话，我就是打算这么办的，"我若私自添了东西，你又怪我不告诉明白你了"。

贾琏说，行了行了——

"这空头情我不领。你不盘察我就够了，我还怪你！"

这句看似日常的对话，其实有复杂而微妙的含义。

凤姐能力强，性格要强，跟贾琏其实一直在玩权力的游戏。她想大权独揽，但又碍于当时的伦理风气，有所顾忌。

所以我们会看到这对夫妻很有意思，都在偷，贾琏偷情偷腥，凤姐"偷钱偷权"。之前有协理宁国府，凤姐事后给贾琏解释，一个劲儿自谦，把自己说成迫不得已，是顾忌，是辩解。之后，我们还会看到凤姐更多地参与到"爷儿们"的事情中，跟贾琏明争暗夺。

凡涉及钱的、权力的，工程肥差、人事安排等等，凤姐都要参与，一步步蚕食贾琏的"男权"。

那什么事情凤姐会放权呢？

呵呵。比如，宝钗的生日要不要多添些东西？

说实话，我都有点同情琏二爷了，这不就是"空头情"吗？还让我领！

这就好比，一个男人事事都得听老婆的。突然一天早晨，老婆一本正经地说，有个事儿我得征求你的意见，你同意我才敢做，你不同意我不敢做。男人问啥事呀，老婆说，等会儿买豆浆要甜的还是咸的？

再说史湘云，在贾府住了几天，要回去。贾母说，等过了你宝姐姐的生日，听了戏再走吧。湘云继续住下，然后遣人回家，把自己做的针线活拿回来，送给宝钗做生日贺礼。

贾母一向喜欢宝钗"稳重和平"，又是在贾府过的第一个生日，"便自己蠲资二十两"，交给凤姐置办酒戏。

在第一回里，我们借鉴文学作品中的情节，介绍过当时白银的购买力。其实还有很多史料，可以作为印证。

瞿同祖先生在《清代地方政府》中记载，清朝的知县，任职地在省会的，年俸六十两银子，其余地方知县是四十五两。县衙里的皂吏、门子、捕快、仵作等普通岗位，平均年薪只有六两银子。

贾府给亲戚家的一个孩子过次生日，就花费二十两。用宁府唱戏那天街上老百姓的话说就是，"别人家断不能有的"。

即便这样，是不是就很有排场了呢？我们听听凤姐怎么说。接过银子，

> 凤姐凑趣笑道："一个老祖宗给孩子们作生日，不拘怎样，谁还敢争，又办什么酒戏。既高兴要热闹，就说不得自己花上几两。巴巴的找出这霉烂的二十两银子来作东道，这意思还叫我赔上。果然拿不出来也罢了，金的、银的、圆的、扁的，压塌了箱子底，只是勒掯我们。举眼看看，谁不是儿女？难道将来只有宝兄弟顶了你老人家上五台山不成？那些梯己只留于他，我们如今虽不配使，也别苦了我们。这个够酒的？够戏的？"

读《红楼》一大乐趣，就是看凤姐的表演。有时看着看着，就被这个女人迷住了。就像贾瑞看风月宝鉴一样，我看见凤姐从书纸上跳出来，丹凤眼忽怒忽喜，吊梢眉忽高忽低，嬉笑怒骂，插科打诨，我们浑身是嘴都说不过她。

"上五台山"是指成佛登仙，古人避讳死亡的说法。

这一大段话是打趣贾母的，您老人家太小气了，就给二十两，这不是明摆着让我垫上嘛！你那金银珠宝都把箱底儿压塌了还不拿出来，逼着我们拿，您好意思吗？难道您百年之后，只有宝玉顶着您上五台山？您就是偏心。你说说，这二十两是够酒钱，还是够戏钱？

这真是，凤姐开口，鬼神闭嘴。

果然贾母也招架不住了，说，我也算能说会道的人，怎么就"说不过这猴儿"。你婆婆都不敢跟我强嘴，"你和我喇喇的"。这里明显是方言口语，似乎有点东北味儿。

你看，贾母是真的"说不过"了，都拿出长辈身份了。

可是凤姐见招拆招。

> 凤姐笑道："我婆婆也是一样的疼宝玉，我也没处去诉冤，倒说我强嘴。"

凤姐的婆婆是谁呀？邢夫人。邢夫人疼不疼宝玉，谁也不知道。真疼还是假疼，更不知道。但至少可以肯定一点，邢夫人再疼宝玉，也不可能像贾母"一样的疼宝玉"。

凤姐在说谎。

给自己喊冤是其次，给邢夫人叫好才是关键。

你祭出我婆婆，我就把我婆婆也拿下。拿下我婆婆，就拿下了我婆婆的婆婆。

现在，邢夫人和贾母"一样的疼宝玉"了，岂不皆大欢喜。

于是，"满屋里都笑起来"。

于是，"又引着贾母笑了一回，贾母十分喜悦"。

这就是著名语言艺术家王熙凤女士的风采。贾母钱也出了，小气之名也担了，小辈的忤逆也承受了，居然还"十分喜悦"。

上哪儿说理去！

02

晚上，太太夫人们、姊姊妹妹们欢聚一堂，商量宝钗生日。贾母问宝钗，爱听什么戏呀？爱吃什么东西呀？宝钗知道贾母爱热闹，爱吃"甜烂之食"，总是挑贾母喜欢的说。"贾母更加欢悦"。

"甜烂之食"，甜口、软糯，或许是长三角饮食口味。曹家及其亲戚故旧把持江宁、苏州和杭州织造，伴随整个康熙一朝，一直到雍正初年，长达半个世纪，家中老一辈人可能是江南口味。

> 至二十一日，就贾母内院中搭了家常小巧戏台，定了一班新出小戏，昆弋两腔皆有。就在贾母上房排了几席家宴酒席，并无一个外客，只有薛姨妈、史湘云、宝钗是客，余者皆是自己人。

《红楼梦》有史书的质感，却比史书有更细的肌理，是我们了解当时生活的一个窗口。

前面元妃省亲时，我们知道贾府有一个戏班。但这是给宝钗过生日，是晚辈，又是亲戚，没必要动用家里的大戏台。这场活动仅限于贾母内院。

昆是昆曲，雅致婉转；弋是弋阳腔，热闹接地气。雅俗兼备，考虑周到。康雍乾三朝，京剧还没有诞生，在皇宫里轮番上演的就是昆、弋两腔。可见贾府的审美，深受皇家影响。

在当时，戏班第一大功能是娱乐，但同时又是身份的象征，只有富人才请得起戏班来家里，更富的豪门，像贾府这样的，则会养戏班。慢慢到后来，戏班就成了一种炫富手段，看谁家班子大，谁家养了名角。

民国时期为推动白话文运动，有段时间，北京大学在全国搜集白话文学史料，"戏文小说"最多的地方，除了江南，就是山西和安徽，这两个省份，恰恰是晋商和徽商所在地。

戏曲发达的地方，一定是富裕的地方。

言归正传。这天一早，宝玉来找黛玉，见黛玉歪在炕上。宝玉说，快起来吃饭去，戏要开演了，"你爱看那一出？我好点"。时刻想着林妹妹。

但是林妹妹时刻都在吃醋。黛玉冷笑道："你既这样说，你就特叫一班戏来，拣我爱的唱给我看。这会子犯不上踮着人借光儿问我。"宝玉说这有什么难的，明儿就这么办，也让她们借咱们的光儿。

吃了饭,开始看戏。贾母让宝钗先点,宝钗推让一番,最后点了一出《西游记》。这是热闹戏,"贾母自是欢喜"。

轮到凤姐,也点了一出热闹戏,《刘二当衣》,"贾母果真更又喜欢"。然后轮到黛玉,黛玉也推让,让王夫人薛姨妈这些长辈先点,贾母开玩笑说,今儿这戏是给咱们唱的,别管她们,我请的戏,摆点酒,难道为她们不成?白吃白听已经够便宜她们了,还让她们点呢!说得满座大笑。

要特别注意的是,凤姐点戏那句下面,有两句批语:

"凤姐点戏,脂砚执笔事,今知者寥寥,宁不悲夫?"

后来,批语又说:

"前批书'知者寥寥',今丁亥夏只剩朽物一枚,宁不痛乎!"

《红楼梦》中批语的重要性就不多说了。但是这两条特别神奇。试想一下,历来批书者和书中人,是完全不沾边的,毛宗岗评《三国演义》,金圣叹评《水浒》等等,很难想象书中人和批书人有什么瓜葛。这不是关公战秦琼嘛。

脂砚斋居然和王熙凤有瓜葛了。这场家宴,脂砚居然也在场。凤姐点戏时,担当书记员的就是脂砚斋。太神奇了。

第一条说,知道这事儿的人很少,悲从中来。到了丁亥(1767年)夏天,第二条说知道的人更少了,知交零落,批书人也成了"朽物一枚",孤独终老,更是悲凉。

要知道,这只不过是个很普通的日常场景,居然在两个年份里点评两次。字里行间,尽是对往昔的追忆。

所以红学界一直有个超级问题,脂砚斋是谁?跟曹雪芹什么关系?

这条批语如此奇特,周汝昌老先生甚至认为脂砚斋就是史湘云,依据很多,其中一点是,这场家宴是在贾母内宅,女人媳妇之间的小型派对,现场不可能有成年男人。脂砚斋必然是女性。

而宝钗、黛玉皆早亡，现场跟曹雪芹关系密切、年龄相仿，且能读书识字的人，只有史湘云。

当然，这个观点也争议不断，估计永远不会有定论。

《红楼》处处有谜团，也处处有惊喜。

03

戏唱了一圈，到上酒席时，贾母又让宝钗点。宝钗就点了一出《鲁智深醉闹五台山》。

不知道大家还记不记得，第十九回里宁国府唱大戏，什么《孙行者大闹天宫》《黄伯央大摆阴魂阵》《姜子牙斩将封神》等等，都是锣鼓喧天的热闹戏。书上写道：

> 宝玉见繁华热闹到如此不堪的田地，只略坐了一坐，便走开各处闲耍。

宝玉不喜欢热闹戏。

现在，宝钗居然点了《鲁智深醉闹五台山》，还是热闹戏。宝玉就说，怎么只点这些戏？宝钗说，看来几年的戏你都白听了，不懂这出戏的好，"排场又好，词藻更妙"。

宝玉说，我就怕这些热闹。

宝钗说，要说这出戏热闹，看来你真不懂戏。这出戏是一套北《点绛唇》，韵律铿锵，尤其是其中一段《寄生草》的唱词，非常妙，"你何曾知道！"

宝玉来了兴趣，说，好姐姐，念给我听听。宝钗就念了起来。唱词如下：

> 漫揾英雄泪，相离处士家。谢慈悲剃度在莲台下。没缘法转眼分离乍。赤条条来去无牵挂。那里讨烟蓑雨笠卷单行？一任俺芒鞋破钵随缘化！

这是清朝人邱园，根据《水浒传》改编的戏本唱词。鲁达三拳打死镇关西，亡命天涯，经处士（赵员外）介绍，到五台山剃度出家。后因醉酒闹事犯戒，为寺规所不容。鲁智深依依不舍，向师父智真长老告别。

这首《寄生草》，就是鲁智深当时的唱词。大意是：我胡乱擦掉眼泪，离开赵员外家。谢佛祖慈悲，让我在此剃度容身。可惜我缘法未到，一转眼又要离开。我这一生赤条条来，赤条条去，无牵无挂。可是前路茫茫，哪里才是我的栖身之处呢？

《水浒传》写到这里，像是鲁达的命运过山车，逃亡，容身，再逃亡。刚刚还在喝大酒，吃狗肉，砸凉亭，破山门，打得僧众屁滚尿流，弄得佛门不清不净，甚至，打碎怒目金刚，砸烂庄严宝相。真是痛快之极，热闹之极！可是下一步，便要黯然离去了。

这段《水浒》故事，我之所以说这么细，是想让大家记住，此中大有深意。我们后文开聊。

《鲁智深醉闹五台山》这段戏还有个别名，叫《山门》。宝钗念完，宝玉非常高兴，连连称赞，"又赞宝钗无书不知"。

当着女朋友的面，夸另外的女孩，这是大忌。

于是，林妹妹扔过来一个醋药包：

> "安静看戏罢，还没唱《山门》，你倒《妆疯》了。"

哈哈。《妆疯》也是一出戏。把两个戏名用得如此巧妙，如此天衣无缝，这斗嘴功夫，果然是林氏风格。

谈起林氏风格，就要说到一个重要问题了。宝钗、袭人、黛玉、晴雯，这四个人都是对照着写的。

第八回里，李嬷嬷吃了宝玉留给晴雯的豆腐皮包子，晴雯"不顾大局"，都告诉了宝玉。脂批写道："余谓'晴有林风，袭乃钗副'，真真不错。"

意思是，晴雯有林黛玉的影子，袭人是宝钗的"副本"。

宝钗和袭人性格接近，价值观一致，还都是姐姐；

黛玉和晴雯非常类似，区别只在主仆身份，都是妹妹。

上面黛玉戗宝玉这句，如果你够敏锐，就会发现这是第二十回的重现。那次宝玉在给麝月梳头，晴雯进来说：

> "哦，交杯盏还没吃，倒上头了！"

对比一下黛玉说宝玉的话，"还没唱《山门》，你倒《妆疯》了"。这聪明劲儿，这酸味儿，是不是同一款！

记住这个原则，围绕着宝玉的这四个女孩，她们之间的冲突矛盾，以及每个人会说什么话，以什么口气说，就很容易弄懂了。

包括后来，王夫人为什么会喜欢袭人，为什么会撵走晴雯，那么她对黛玉的态度，我们也能猜出八九分了。

04

大家吃酒听戏，欢乐了一天。小戏子当中有个小旦和小丑，贾母特别喜欢，一问年纪，小旦才十一岁，小丑才九岁，"大家叹息一回"。贾母又令人拿来肉食果品，还有两串钱，赏给这俩苦命孩子。

凤姐眼尖，忽然指着那个小旦说，这孩子扮上妆倒像一个人，你们看不出来？宝钗看出来了，不说；宝玉也看出来，不敢说。

> **史湘云接着笑道："倒像林妹妹的模样儿。"** 宝玉听了，忙把湘云瞅了一眼，使个眼色。

湘云是个心直口快的人，这句话本来没什么。但是，因为说的是林妹妹，这就惹下事儿了。

到了晚间，湘云气呼呼的，让丫头翠缕收拾包裹。翠缕说，慌什么，等走的那天再收拾不迟。湘云说，"明儿一早就走。在这里作什么？看人家的鼻子眼睛，什么意思！"

宝玉赶紧来解释，说，好妹妹，你错怪我了，"林妹妹是个多心的人"，别人都不说，就你说了，我怕你得罪她，才给你使的眼色。

湘云摔手道："你那花言巧语别哄我。我也原不如你林妹妹，别人说他，拿他取笑都使得，只我说了就有不是。我原不配说他。他是小姐主子，我是奴才丫头，得罪了他，使不得！"

宝玉哄女孩最后一招，基本就是发毒誓。但湘云不吃这一套，说，大正月里，少胡说——

"这些没要紧的恶誓、散话、歪话，说给那些小性儿、行动爱恼的人、会辖治你的人听去！别叫我啐你。"

湘云摔手去睡觉了。这里有个细节，湘云这次来，都是跟黛玉一起睡的。今天俩人闹矛盾，就"一径至贾母里间"去睡了。

宝玉又来到黛玉房间，还没进门，就被黛玉推出来了。黛玉在屋里，宝玉在屋外，就这样僵持着。"那宝玉只是呆呆的站在那里。"——写到这里，请允许我心疼宝玉一秒钟。

半天开了门，宝玉进来，说，凡事都有个缘故，你说出来，到底为啥生气？黛玉冷笑道，还问我为啥？我是给你们取笑的么？"拿我比戏子取笑。"宝玉说，我没有笑，为啥也恼我？

黛玉道："你还要比？你还要笑？你不比不笑，比人比了笑了的还利害呢！"宝玉听说，无可分辨，不则一声。

我想来想去，换作哪个男人听了，都只能"无可分辨"。

黛玉接着说，好，你没笑，还可原谅。那你为什么和云儿使眼色？"这安的是什么心？""他原是公侯的小姐，我原是贫民的丫头。"还说我"小性儿、行动爱恼"！

宝玉一听，这是跟湘云说的话，全被黛玉听见了。得了，越描越黑，本来想居中调和的，这下不但没调和好，"反已落了两处的贬谤"。

这夹板气受的。再心疼宝玉一秒钟。

05

《红楼梦》读到这里就会发现，宝玉这个温柔富贵乡里的公子哥，主要的烦恼，就是身边这一群姐姐妹妹带来的，上一回跟袭人闹别扭，这一回居中调解黛玉和湘云的矛盾，无功而返。

宝玉忽然想到《南华经》里的两句话：

> "巧者劳而智者忧，无能者无所求，饱食而遨游，泛若不系之舟"
>
> "山木自寇，源泉自盗。"

这一回谈到《庄子》较多，有点艰涩深奥，但要理解《红楼梦》，又不得不说。所以这里我先大概翻译一下引文的意思，后面再展开。

《南华经》这两句的含义。第一句中的"无能者"，我见过两种解释，一种是无能力者，一种是庄子推崇的悟透了道，从而"无为者"，两种都解释得通。

这句大意是：善于技巧的人，难免身体劳苦；智慧的人，必然多忧虑。只有无为者无欲无求，所以他们就能吃饱了就四处遨游，像摆脱束缚的船一样，无拘无束，逍遥自在。

第二句是说，山中的树木被砍伐，甘泉被盗走，不能怪别人去砍去盗，那是因为山木有用，能建房子，能卖钱，人们才去砍伐；泉水因为太甘甜，人们才去盗取——咱们先别急着跟庄子辩解，这不在本书话题之内。通过《庄子》来理解《红楼梦》、理解宝玉才是关键。

宝玉想到这两句，被击中了。因为他想到了自身。眼下不过湘云和黛玉两个人，自己尚无法招架，将来怎么办？等他走出贾府，走向社会，可是要面对形形色色的人的。

宝玉有了深深的挫败感。

于是，"自己转身回房来"，黛玉知他"赌气去了，一言也不曾发"。

我们想想，宝玉什么时候有过这种行为？连黛玉生气都不管了，懒得哄了。宝玉的内心，正在遭受剧烈冲击。

袭人走来，想分散他的注意力，说，宝姑娘肯定会还席的，还有好几天戏看。我们看宝玉的话：

> "他还不还，管谁什么相干！"

袭人又说，大正月的，娘儿们姊妹们都很高兴，你这叫什么事。再看宝玉的回答：

> "他们娘儿们姊妹们欢喜不欢喜，也与我无干。"

袭人又说，大家都相互担待一些，"岂不大家彼此有趣？"宝玉说：

> "什么是'大家彼此'！他们有'大家彼此'，我是'赤条条来去无牵挂'。"

湘云、黛玉的气，庄子的文，鲁智深的唱词，这三样在宝玉的脑子里电光石火，有感而发，写了一首偈语：

> 你证我证，心证意证。
> 是无有证，斯可云证。
> 无可云证，是立足境。

"证"是佛家用语：可以作动词，印证、验证；也可以作名词，指彻悟之后的真理，或正果。

这段偈语融合了佛、道两家的思想，鄙人学力浅薄，只能结合书中情节大致解释一下，不代表标准答案。

个人认为，这是宝玉主要写给黛玉的，大意是：

我们一直想从对方身上印证彼此的情感。你印证，我印证，用心印证，用意印证，无休无止地印证。

殊不知，只有无须印证之时，才是上乘之证。

到了无可印证的时候，才算有了安身立足之境。

宝玉写完，担心别人看不懂，又填了一首《寄生草》附在后面，才满意地去睡了。

宝玉放下了（尽管是暂时的），黛玉的气也消了，来找宝玉。袭人把宝玉写的东西拿给黛玉看。黛玉看了，说，这是他闹着玩的，没关系。拿着宝玉的大作，又回到房里"与湘云同看"——湘云、黛玉又和好了。

第二天又拿给宝钗看，通过宝钗的视角，我们又看到了宝玉写的《寄生草》：

> 无我原非你，从他不解伊。肆行无碍凭来去。茫茫着甚悲愁喜，纷纷说甚亲疏密。从前碌碌却因何，到如今回头试想真无趣！

还是化用的《庄子》，主要还是写给黛玉的。

这首词最难懂的是第一句，"无我原非你"，根据蔡义江老师的解释，是指宝黛"互为依存，不分彼此"。我赞同这个观点，但是仍觉得过于深奥，想来想去，还是想解释得更通俗一些。

"无我原非你"，我理解的是，因为我是我，所以你才是你。同样，因为你是你，我才是我。

有点玄乎是不是？别急。我们用小说《小王子》里的一个观点来做个比喻就明白了。

在这本简短却深刻的小说里，狐狸（智慧的象征）告诉小王子一个关于情感的真理，叫作"创造关系"，俗称"驯化"。

狐狸对小王子说，我不能跟你玩，因为我们没有彼此驯化，对我来说，你和其他千千万万的男孩没有区别；对你来说，我和其他千千万万的狐狸也没有区别。但是，如果我们彼此驯化，那我们在对方心里，就是唯一的，绝无仅有的。

小王子来地球之前，曾在他的孤独星球上照顾过一支玫瑰，来到地球，发现这里随便一个花园里，就有5000支玫瑰。这时他是失落的，他觉得他那一朵玫瑰一点也不独特。

当他知道"驯化"的道理后，他突然明白了，他那支略显任性的、不完美的玫瑰，原来是独一无二的。他就对花园里那5000支玫瑰说，你们都很美丽，但是我那支玫瑰比你们全部加起来还要重要，因为我给她浇过水，给她盖过玻璃罩，为她挡过风……"她是我的玫瑰"，而你们不是。

正是因为彼此"驯化"过，小王子眼中的那朵玫瑰，才是绝无仅有的；那朵玫瑰眼中的小王子，也是独一无二的。彼此驯化的过程，就是一个彼此塑造的过程。

这就是"无我原非你"。

巧合的是，小王子在他的星球上，也扮演着神瑛侍者的角色，也给他的绛珠仙草（玫瑰）浇水、遮风、灭虫。而那支带刺的玫瑰，也同样娇嗔任性，不好伺候。

现在，我们可以正式解释宝玉的偈语了。大意是：

> 你我互为依存，难分彼此，他人不理解，就随他去吧。
>
> 往日我行我素、任意施为多好。
>
> 人生茫茫，何必纠缠于悲愁欢喜，又说什么亲疏远近！（指第二十回哄黛玉说的"亲不间疏，先不僭后"）
>
> 忙忙碌碌，浑浑噩噩到底是为什么？如今想想，都是虚空无意义。

解剖完宝玉的内心，我们看宝钗和黛玉的反应。

看完这首偈语，宝钗笑道：

> "这个人悟了。都是我的不是，都是我昨儿一支曲子惹出来的。这些道书禅机最能移性。明儿认真说起这些疯话来，存了这

个意思……我成了个罪魁了。"说着，便撕了个粉碎，递与丫头们说："快烧了罢。"

黛玉说，等我问他，"包管叫他收了这个痴心邪话"。

黛玉、宝钗和史湘云，三个姐妹来到宝玉屋里。黛玉问宝玉，至贵者是宝，至坚者是玉，你贵在哪里？又坚在哪里？

宝玉答不上来。三个女孩很高兴，说，就你这样愚钝，还参禅呢？快拉倒吧！

黛玉又说，你那偈语最后一句"无可云证，是立足境"，好倒是好，但境界不高，还差一口气，我帮你再续上一句，念道：

　　　　"无立足境，是方干净。"

连立足之地都没了，那才叫干净。

请留意黛玉这次不经意的举动，它以后将导致严重后果。文末再表。

黛玉续完，宝钗说："实在这方悟彻。"这才算彻悟了。于是，宝钗顺着黛玉的话题，又讲了一个故事。前文是庄子，是道，现在轮到佛了。

佛教自传入中国以来，本来是一脉相传，初唐开始分支，变成南禅宗和北禅宗。宝钗要讲的，就是这一佛教历史上的关键瞬间。

初唐时期，佛教五祖弘忍行将老去，选拔接班人，看哪个弟子悟性高，就传授衣钵。选拔规则很简单，所有弟子都可以参与，每人写一首偈语，看谁的偈语好。

他的掌门大弟子名叫神秀，很有威望，也有悟性，没多久就交卷了，那首偈语是：

　　　　身是菩提树，心如明镜台，
　　　　时时勤拂拭，莫使有尘埃。

卷子一公布，众弟子啧啧称赞，大师兄厉害！好诗！好偈！

寺中厨房里，有个低级小僧，名叫惠能。他其实是个杂役，职位叫火头僧，每天就是劈柴烧火，舂米淘米，连掌勺都轮不到他。

但是今天，听到师兄神秀的偈语，他放下手里的活儿，出来了，也念了一首偈语：

> 菩提本无树，明镜亦非台，
> 本来无一物，何处染尘埃？

境界原地拔高。

顺便提一句，金庸塑造了一个扫地僧角色，或许就是受此启发。

五祖弘忍深感欣慰，便将衣钵传给惠能。惠能就成了六祖，南下自立门户，开创了南禅宗。

宝钗说完，黛玉对宝玉说，连我们两个知道的事，你还不知道呢，还参什么禅？悟什么道？

宝玉一想，确实，"原来他们比我的知觉在先，尚未解悟，我如今何必自寻苦恼"。尴尬一笑，说我闹着玩的，没参禅。四人相视一笑，重归于好。

06

忽然有人来报，说娘娘从宫里差人送来一个灯谜，让大家去猜，猜完也说个灯谜，送回宫让娘娘猜。这是元春跟家里的兄弟姐妹过节同乐呢。

到了贾母屋里，灯谜已经摆好。宝钗一看，当即就猜到了，可是"只说难猜，故意寻思"——多么懂人情世故。

宝玉、黛玉、湘云、探春，还有贾环、贾兰都猜了，写了谜底，然后各自也说了谜语。让太监送回宫里。

到了晚上，太监又到贾府传话，娘娘制的灯谜，就迎春和贾环猜错了，其他人全部猜对。所以大家都得了小礼物，独迎春、贾环没有。

贾母见元妃兴致高昂，也在家里玩灯谜游戏，围屏灯支起来，香茶果品端上来，奖品准备好，准备和孩子们热闹过节。连平时不出门的贾兰也来了。

贾政下了朝，见贾母高兴，大过节的，也准备了礼物来参加。

要是在平时，宝玉遇到这种场合，一定是高谈阔论，撒着欢儿玩，但是今天贾政在，放不开。

非但宝玉放不开，连无话不说的湘云也"缄口禁言"，宝钗、黛玉以及迎、探、惜三处就更不用说了。总之贾政在，晚辈们就别扭。就像一些单位的团建一样，大领导一来，气氛就冷了，就严肃了。

贾母真的是隔代亲，疼孙子，一看这架势，"酒过三巡，便撵贾政去歇息"。

在此之前，书里的贾政都是板着脸的。到这里，作者让我们看到贾政的另一面。他向老母亲撒起娇来，说，我都备好彩礼酒席了，特来入会的，"何疼孙子孙女之心，便不略赐与儿子半点？"

原来贾政也是儿子，是儿子就能在母亲面前撒娇。

贾母笑道，你在这，孩子们就拘束。这样，你既然想猜谜，我说个谜你猜，猜不着是要罚的。贾政继续配合，说那是自然，不过要是猜着了，也要领赏哟。

贾母先说了一个谜，贾政一听就知道，却故意猜错，拿出礼物受罚。轮到他说谜，见母亲猜不着，就故意告诉宝玉，让宝玉告诉老太太。贾母作弊猜着了，贾政又送上礼物受罚。总之，就是一个劲儿地哄老母亲开心。

贾母果然开心，又让贾政猜围屏上的灯谜，那都是贾府姑娘们写的。

我们看第一个灯谜：

> 能使妖魔胆尽摧，身如束帛气如雷。
> 一声震得人方恐，回首相看已化灰。

贾政一猜就猜着了，说是炮竹。

这是元春的灯谜。元春不在，由宝玉代答，说猜对了。

贾政继续看第二个灯谜：

> 天运人功理不穷，有功无运也难逢。
>
> 因何镇日纷纷乱，只为阴阳数不同。

这是迎春出的灯谜。贾政说是算盘，迎春说是。

第三个灯谜是探春出的：

> 阶下儿童仰面时，清明妆点最堪宜。
>
> 游丝一断浑无力，莫向东风怨别离。

贾政说是风筝，探春答是。

第四个轮到惜春，她的灯谜是：

> 前身色相总无成，不听菱歌听佛经。
>
> 莫道此生沉黑海，性中自有大光明。

谜底是佛前海灯。就是寺庙佛像前那盏大灯，加很多油，常年不灭，所以也叫长明灯。既是照明灯，也是佛家供器。"菱歌"是南方民间女孩采菱时唱的民歌，曲调热情明快，歌词大多是男女爱情。惜春不喜菱歌，喜欢佛经。

贾政猜完谜，总觉得有重重的不祥之兆。

> 贾政心内沉思道："娘娘所作爆竹，此乃一响而散之物。迎春所作算盘，是打动乱如麻。探春所作风筝，乃飘飘浮荡之物。惜春所作海灯，一发清净孤独。今乃上元佳节，如何皆作此不详之物为戏耶？"

贾政继续看，最后一个灯谜是薛宝钗的：

> 朝罢谁携两袖烟，琴边衾里总无缘。
>
> 晓筹不用鸡人报，五夜无烦侍女添。

焦首朝朝还暮暮，煎心日日复年年。

光阴荏苒须当惜，风雨阴晴任变迁。

这首七律的谜底是更香。

古人没有表，就发明了很多计时工具，更香是其中一种。在这里，更香隐喻着宝钗的命运。

古代宫里都有上等熏香，官员上朝时满身香气，下了朝，香气慢慢就散了。这首诗大意是：

朝罢之后，她（它）的香气就散了，白天的琴边，夜里的枕畔，都与她无缘。

她勤勤恳恳，报晓不用鸡人（宫里的时辰官），添香不用侍女。

她日日焦首，从早到晚；她心内熬煎，年复一年。

可是时间它匆匆流去，风雨阴晴只能由它变迁。

在此之前，书里对宝钗的命运只是大概定个调。"金簪雪里埋"，是有才不得其用；"到底意难平"，是有夫不得其心。

这首诗说得更详细了。我们不妨据此猜测一下。

宝钗嫁给宝玉后，只有短暂的快乐，但是很快希望落空。宝玉白天不理她，夜里也不跟她共寝。宝玉出家后，她就开始了孤独凄冷的"守寡"生活，夜夜无眠，焦头煎心，抱着无限的愁恨，熬尽了青春年华。

从这点讲，宝钗还不如李纨呢。李纨好歹还有个儿子，有个盼头，有个伴儿，宝钗什么都没有。李纨是守寡，宝钗是守活寡。

当然，此刻的贾政不可能想到这些，他只是觉得，"更香"本身倒没什么问题，只是一个刚满十五岁的小女孩写这样的诗句，不是什么好兆头，"皆非永远福寿之辈"。

想到这里，猜谜饮酒的心情顿时没了，精神萎靡，贾母以为他累了，就劝他去休息。

贾政"回至房中只是思索，翻来覆去竟难成寐，不由伤悲感慨"。

这个一贯喜欢清谈、淡泊名利的老父亲，居然失眠了，伤悲了。

年轻时读《红楼》，只觉得贾政特别烦人，迂腐顽固，不像个人，倒像根木头。现在我也当了父亲，再读这段，突然发现贾政的慈爱。他心疼每一个孩子。

贾政是个什么人？到这里很清楚了，前文在元妃面前那段话表明，他是个忠臣；精心准备让母亲开心，他是个孝子；疼爱每个孩子，他是个慈父。

忠臣、孝子、慈父。

贾政是封建伦理秩序里一个代表人物。

只是这样的人，往往也不招晚辈的待见。

这不，贾政一走，宴会上就充满了快活的空气。

"早见宝玉跑至围屏灯前，指手画脚……如同开了锁的猴子一般。"宝钗也说话了，凤姐也从里间跑出来，依旧伶牙俐齿打趣宝玉。大家一直玩到四更天才结束。

07

这回的故事讲完了。

如果你只是想大致浏览一下书中情节，可以不看下文，没什么影响。如果想深读《红楼》，不妨读下去。

就情节而言，这一回非常简单，宝玉听到曲文，领悟了禅机。贾政猜到灯谜，悟到了不详的谶语。

但是其中蕴含的思想，有必要展开一下。

先从简单的说起。周汝昌说，《红楼梦》一书的章法结构，就是对称学，人物是成对的，情节是成对的，叙事安排也是前后呼应。这眼光很独到。

在这一回，单是回目，就是鲜明的对称。这一传统显然不是曹公独创，从中国的古诗词、对联、阴阳学说等等，可以说，对称就是中国人审美的底层逻辑，我们的全部审美，就建立在这种对称关系上。

这回的两个主角，一个是父，一个是子；一个听曲文，一个猜灯谜；一个悟禅机，一个悲谶语。荣国府两代主人，在同一天嗅到了虚空的、不祥的征兆。

而这一天是什么日子呢？元宵节里。

第一回告诉我们，甄士隐的一生，就是贾宝玉一生的隐喻和预演。故事越发展，脉络越清晰。还记得甄士隐抱着女儿在街上遇到的那个和尚吗？和尚念了一首诗，其实也是谶语，后两句是：

> 好防佳节元宵后，便是烟消火灭时。

不知又过了多久，书上写道：

> 真是闲处光阴易过，倏忽又是元宵佳节矣。

不详的谶语要成真了。

先是女儿丢失，随后家产烧个精光，最后投靠岳父，历尽世态炎凉之后，终于再见到跛足道人时，甄士隐骤然顿悟。一曲《好了歌》，跟着道人出家去了。

而贾府的故事，现在已经按照甄士隐的剧本，演到元宵佳节了。妃也封了，大观园也建了，省亲盛事也办了。真是烈火烹油，鲜花着锦，说不尽的富贵风流。

但是接下来，就慢慢开始"烟消火灭"了。到第五十三、五十四回的元宵节，画风急转，好比一件华丽的袍子掀开，露出里面的败絮。

这种繁华落幕前的气息，通常不易察觉。鲁迅在《中国小说史略》里说："悲凉之雾，遍被华林。然呼吸而领会者，独宝玉而已。"就是这个意思。

但这回我们发现，"领会者"其实还有贾政，只是他的悟性不及宝玉而已。

最后，咱们来聊一个有趣的问题：宝玉听《寄生草》而悟禅机，到底有什么深意？

如果我说，贾宝玉和鲁智深这两个人物非常相像，各位会不会感到惊讶？别急，咱们来找找这其中的"禅机"。

《水浒》有两条线，明线是朝廷腐败奸臣当道，英雄们逼上梁山，举起替天行道的大旗，对抗朝廷，而后又接受招安建功立业。

其实它的暗线更值得玩味，那就是每个英雄并不像表面上那样光鲜，那样纯粹，他们也都是凡人，充斥这样那样的欲念。

所以英雄们的结局是注定了的，死的死，残的残，走的走，一百单八个兄弟鲜有善终。

但作者并没有把他们的命运之门全部堵死，仍留了一道窄门。这道门上写着两个字："放下"。

放下什么呢？功名利禄，升官晋爵，世俗的一切虚妄。

《水浒》里也出现了两个点化者，负责点化好汉们"放下"。一个是五台山的智真长老，一个罗真人。

也是一僧一道。

难道是巧合吗？我们往下看。

开篇第三回，就是鲁智深打死郑屠，然后亡命天涯，逃到五台山。这时候他还叫鲁达。一个"达"字，是仕途通达的"达"，也是达人达己的达，鲁达身上，有世俗的痕迹，也有天生的佛性。

于是，五台山智真长老出手了，为他剃度，让他六根清净，最重要的是给他取名"智深"。

"智深"二字是佛性，冠上一个"鲁"字，就是他的本性了。

鲁智深虽出了家，但一点没有开悟，大口喝酒，大块吃肉，打骂僧众，一句一个"秃驴"，神挡杀神，佛挡杀佛。谁劝都不听。

这叫什么?

这叫"行为偏僻性乖张,那管世人诽谤!"这叫"毁僧谤道"!

还认为是巧合吗?

没关系,我们接着看。

所有人都认为鲁智深简直是佛门败类,修十辈子都成不了佛。只有一个人看好他,这就是智真长老。

智真不是普通方丈,是独具慧眼、法眼的高僧,他当然知道鲁智深身上的顽劣鲁莽,但同时也看到他身上的佛性、慧根。

那是一个浑金璞玉,天生一片赤子心的人。世人蝇营狗苟追逐的名利权势,在他面前一文不值。

所以智真长老总是护犊子,对鲁智深一再包庇偏袒。直到他醉打山门,大闹佛寺,砸碎金刚佛像,智真长老才不得已让他下山。

临行前,鲁智深问:

"师父教弟子那里去安身立命?……"

是呀,天下之大,竟容不下一颗赤子之心。"那里讨烟蓑雨笠卷单行? 一任俺芒鞋破钵随缘化!"

英雄末路,令人悲伤。

智真长老也没好办法,就指了一条不是明路的明路,开封相国寺。

此后的故事大家都很熟悉。鲁智深几经辗转上了梁山,招安后跟随宋江北上征辽,大展神威。在凯旋回朝的路上,鲁智深又来到了宿命之地——"山门"。

《水浒》故事到这里,已是第九十回。

鲁智深和宋江一行,到五台山找智真长老求问"前程"。

智真长老对鲁智深说,此去与你虔诚永别,"正果将临",给你四句偈语,让你终身受用,偈曰:

逢夏而擒,遇蜡而执。听潮而圆,见信而寂。

此后鲁智深又跟随宋江南征方腊,斩杀夏侯成,活捉方腊,立下第一大功。该班师回朝、论功封赏、加官赐爵了，鲁智深却不愿回东京了。

这些身外之物，他本来就不放在眼里。

他留在了杭州六和寺出家。

宋江说，你已经立下如此大功，到了京师，想做官给你官，不愁光宗耀祖，封妻荫子；想出家就给你找个宝刹，掌管一方净地。

鲁智深说：

> "洒家心已成灰，不愿为官，只图寻个净了（liǎo）去处，安身立命足矣。"

这句话非常关键，请留意每个字。

在《水浒》里，是对离开五台山那次的呼应。当时他说，让弟子去哪里安身立命？现在他知道了，一切"随缘化"，缘化就在安营扎寨的六和寺。

而放到《红楼》故事，放在宝玉身上，也是严丝合缝。

什么叫"心已成灰"呢？

这个说法源自庄子《齐物论》，后来简化成"形如槁木，心如死灰"，其实本意并没有这么消极，而是一个悟道的境界，心境淡泊，万境归空，不为外物干扰心境。

后来儒释道三教合一，互相渗透，逐渐成为古代中国人的哲学。可以说，中国好的古典小说，几乎全受此影响，包括《三国演义》《水浒传》《西游记》。

《红楼梦》更是。

到明清时，庄子说的"心已成灰"，早已不分佛家道家了。

《红楼》第五回，宝玉梦游太虚幻境，沉迷酒色歌舞，最后来到一个虎狼成群、大河阻路的地方，"深有万丈，遥亘千里"，无船无桥，怎么才能过去呢？

警幻仙子说了："只有一个木筏，乃木居士掌舵，灰侍者撑篙，不受金银之谢，但遇有缘者渡之。"

"木居士"，"灰侍者"，是不是觉得这两个名字很奇怪？没错，就是"形如槁木""心如死灰"的两个神仙。意思是，要想悟道解脱，要想自渡，走出迷津，只有形同槁木，心如死灰。

到了第十九回，宝玉对袭人说："只求你们同看着我，守着我，等我有一日化成了飞灰，——飞灰还不好，灰还有形有迹，还有知识。——等我化成一股轻烟，风一吹便散了的时候……那时凭我去，我也凭你们爱那里去就去了。"

又是飞灰。宝玉有慧根。

那什么叫"寻个净了去处，安身立命"呢？

这回里，宝玉说，"无可云证，是立足境"，什么都不要印证了，万境归空了，才算有了立足之境。

黛玉给他补充，"无立足境，是方干净"，连立足之境都没了，才算真正的干净。

宝玉听到鲁智深的唱词《寄生草》，先是"称赏不已"，跟湘云、黛玉生完气后，再次想起"赤条条来去无牵挂"，已是"谈及此句，不觉泪下""不禁大哭起来"。

为什么哭呢？开始领悟到禅机了。朦朦胧胧看到了世事真相，隐隐约约看到了自己的命运。

看到没有？

贾宝玉这个"天下古今第一淫人"，"毁僧谤道"的"孽根祸胎"，居然天生有慧根。

正如鲁智深这个杀人放火、毁寺砸庙、酒肉穿肠的"花和尚"，居然也天生慧根。

这还是巧合吗？

我甚至在想，原著最后，宝玉彻悟前夕，是不是也会对宝钗等人说：我心已成灰，不愿做官，只图寻个净了去处，安身立命足矣。

到这里，或许有人会想，你是不是过度解读了？说不定这一切就是巧合呢?

不着急,继续往下看。

前面说了,《水浒》一书在快意恩仇的表象下,还有一条暗线,写的是众生皆痴,世人皆愚,有鲜明的佛道思想。前半场烈火烹油,大杀四方,后面兄弟零落,无尽悲凉。前面是喜剧,后面是悲剧。

智真长老和罗真人,这一僧一道,也扮演着《红楼梦》里一僧一道的角色,点化众生,接引世人。

智真长老给鲁智深的偈语,后八个字是"听潮而圆,见信而寂"。后来中秋之夜,鲁智深在六和寺听见钱塘江潮,当即顿悟,坦然圆寂。

临死前,这个鲁莽的汉子居然提笔挥墨,题词一首:

平生不修善果,只爱杀人放火。忽地顿开金枷,这里扯断玉锁。

咦!钱塘江上潮信来,今日方知我是我。

砸开金枷,扯断玉锁,方知我是我。明心见性,五蕴皆空,看到了本我。

鲁智深的"金枷玉锁",要是宝玉同学见了,一定会高兴得原地飞起——"这两个物件我曾见过"。

就在昨天,他还要"戕宝钗之仙姿,灰黛玉之灵窍"呢!这不是砸开金枷、扯断玉锁是什么!

不仅要开金枷、断玉锁,他还要"焚花散麝"——把花袭人、麝月也通通丢掉。

很显然,命运答应了他的请求。故事最后,"玉带林中挂,金簪雪里埋",彩云易散,公子无缘,落了片白茫茫大地真干净。

顺便插一句,《红楼》处处有伏线,这些密密麻麻令人目不暇接的线索,到最后都会收拢一处,如百川归海。比如这次宝玉悟禅机。

是谁启发他悟禅机呢?没错,是薛宝钗。

正是宝钗说出《寄生草》的妙处,让宝玉隐约嗅到"赤条条来去无牵挂"的归宿。宝钗还说,都是我的不是,"我成了个罪魁了"。

在这件事上，她确实"有罪"。这个"山中高士晶莹雪"，还真无意中做了一回指点愚迷的高人。

而在第十八回结尾，宝钗帮宝玉将"绿玉"改成"绿蜡"，宝玉说："从此后我只叫你师父，再不叫姐姐了。"这一回看来，宝钗真的是师父了。

黛玉也痴。此时她还很有自信——"等我问他……包管叫他收了这个痴心邪话。"宝玉收了吗？没有，她那些小聪明、小机智，在大彻大悟面前丝毫没有用，宝玉铁了心去执行这些"痴心邪念"，正是因为黛玉。

完美的草蛇灰线，完美的因果关系。

当然这都是后话。现在的宝玉，刚悟出一点禅机，冒出一丝苗头，就被"金枷玉锁"给摁灭了。

再回到《水浒》。

鲁智深为什么会在钱塘江畔顿悟？

这就要说到佛教的另一个概念，叫作"迷津"。迷妄之境，迷失自我之境。鲁智深出场即杀郑屠，而后从关西渭州，一路厮杀，河南、河北、山东、塞北，再从塞北杀到江南。在街上杀，在酒店杀，在山林里杀，甚至在寺庙道观里杀，那一根原本是佛家弟子参禅用的禅杖上，不知沾染了多少人的鲜血。

直到杀了夏侯成，生擒方腊，孽缘也足够了。在钱塘江畔，禅机告诉他，不能再杀了，更不能贪恋富贵去京师，那些荣华都是无数冤魂换来的。

钱塘江，就是他的迷津。

要么在这里顿悟，圆寂，这样你的诸多善行，就圆满了；你的诸多恶行，也就寂灭了。要是执迷不悟回东京，便是万丈悬崖。

鲁智深顿悟了，不回东京，散掉朝廷赏赐的金银，在大潮来临之夜，安详圆寂。

用《红楼梦》的一句话说，这就是"悬崖撒手"。

根据批书人透露，原著八十回后专有一回写"贾宝玉悬崖撒手"。悬崖撒手不是说松开手掉下悬崖，而是当一个人被欲念诱惑，即将掉下悬崖时忽然顿悟，放下欲念，照见本我，退步抽身。含义类似放下屠刀，立地成佛。

鲁智深、贾宝玉，这两个原本不沾边的人物，本质上竟如此相像。这还能说是巧合吗？

《红楼梦》开头就告诉我们，书中人物鲜有善终者，惨死的，下狱的，守寡的，沦落风尘的，亡命天涯的。不是小忧伤小别离，而是大悲剧，空寂到令人心死如灰的大悲剧。

《水浒》写人物悲剧，比《红楼》少了一些慈悲，多了一些冷酷，对那些走在悬崖边上而不知撒手的人，作者下笔更狠。

电视剧里唱道："该出手时就出手"。其实只说了半部水浒，它还有另一半，叫作"该放手时得放手"。

就在那次五台山之行，智真长老也送给宋江四句偈语：

> 当风雁影翻，东阙不团圆。
> 只眼功劳足，双林福寿全。

下了五台山，宋江班师回朝，路过第一个地方，就叫"双林渡"，是个渡口。

这是宋江的迷津。

刚到双林渡，就看见浪子燕青在射天上的大雁，已经射掉十几只了。宋江由雁阵想到梁山兄弟，说大雁是礼义之鸟，仁义礼智信俱备，射之不忍。

《水浒》读到这里，气氛是突然一转。刚刚还在大杀四方各展绝技，把辽国打得屁滚尿流，现在却冷冷清清。"正值暮冬，景物凄凉"，雁阵悲鸣。明明是回京领赏的凯旋之师，却毫无一丝喜气。

智真长老的偈语里，"东阙"是指东京朝廷。大意是，雁阵遭射是不祥之兆。回东京之日，就是兄弟星散之时。眼下你轻轻松松取得天大功劳，也该悬崖撒手了。就此放手，可得福寿双全。

宋江不能说毫无悟性，只是不多，或者说，太痴迷建功立业光宗耀祖那些东西。前有公孙胜的师父罗真人，这次又有智真长老，一僧一道轮流点化，他都没有撒手。

凡没有撒手的，大多没有好下场。擒获方腊，宋江班师回朝，一百单八将只剩二十七人。最后二十七人也死个差不多了。

得善终者，是懂得悬崖撒手的人。除鲁智深外，公孙胜征辽后立刻归隐，回到罗真人身边，朱武、樊瑞随后也拜入门下。武松也在六和寺出家，"后至八十善终"。神行太保戴宗辞了官，到泰安州岳庙出家，后"大笑而终"。燕青浪迹天涯，潇洒自在。还有放弃官爵去打鱼的、种田的，也得善终。

但是要论慧根，整个《水浒》里，还得数鲁智深。

鲁智深的迷津在钱塘江，宝玉的迷津在哪里？他又是怎样悬崖撒手的？怎样砸开金玉枷锁顿悟的？给他指点迷津的又是谁？这永远是个谜了。

但是我们可以回答前面的问题了。

书里为什么让"鲁智深"来点化宝玉？

因为他俩都是一样的人呀。一样的赤子之心，一样的行为偏僻性乖张，一样的不被世俗理解，一样的看似毁僧谤道却天生佛家本相……

顺便说一句，渡过迷津从而脱胎换骨的情节，《西游记》中也有。西游最后，师徒四人来到灵山脚下，遇到一条"这般宽阔、这般汹涌、又不见舟楫"的大河阻路。此处也是个渡口，名叫"凌云渡"。唐僧达到彼岸，终于脱去凡胎，功成行满。迷津（渡口），是一个人脱胎换骨的分界点。

09

对不起，这个话题太有趣了，我还没说完。

第十七回最后，我说大观园和梁山泊具有某种联系，没有展开。展开之后，会发现它们是中国古典文学这条线上的两个节点，就像一条长河中的两个湖泊。

两本书似乎都在说，外面的世界肮脏险恶，配不上你们这样的好汉，这样的清白女儿。

所以，宝玉生怕女孩们离开，就像鲁智深极力反对招安。

宿命般的悲剧就在这里，大观园也好，梁山泊也好，再坚固的高墙，再浩渺的烟波，都不能永远遗世独立。

《红楼》最后，潇湘馆由曾经的"凤尾森森，龙吟细细"，变成"落叶萧萧，寒烟漠漠"，女儿们早已花落水流红，全到太虚幻境销号了。

正如《水浒》最后，"天罡尽已归天界，地煞还应入地中"。

既然明知梁山泊要散，大观园要废，作者为什么还要搭建它呢？

这就是两千多年来中国文人的挣扎，每当朝代昏暗，礼坏乐崩，不得志的文人们只能从内心找慰藉。

从庄子他老人家开始，整天抨击官场，对那些追求仕途经济者各种开嘴炮。光骂是叫不醒世人的，于是转向自己内心的修为，平等意识，自由精神，淡泊无为，追求本我等等。

这些思想反映到现实生活中，熔儒、释、道于一炉，也形成了隐士文化。不做官不当差，不同流合污，然后就《逍遥游》了。

于是，两千年来，中国文人形成了一个庞大的派系，可以叫作"无为派"，不管是主动无为，还是被动无为。

庄子的头号大粉丝，就是陶渊明。《桃花源记》其实是一篇园林建筑概念稿，早就设计好了雏形。装修成糙汉风格，就是梁山泊；装成女孩风格，就是大观园。

庄子思想延绵两千年，徒子徒孙遍布各朝各代，且都是标杆级的存在，嵇康、李白、苏东坡们耀眼的光芒，有一半是反射了庄子的余光。

鲁迅说："我们虽挂孔子的门徒招牌，却是庄生的私淑弟子。"

曹雪芹要是看到这句话，一定会觉得"披阅十载"也值了。曹公对庄子衣钵的承继，可以说贯穿《红楼》全书。只是他化用极为巧妙，掰开了，揉碎了，熔化了，浑然天成，不易察觉。

这次宝玉"悟禅机"，鲁智深的曲文更像是一个契机，庄子文其实更重要，在前它是铺垫，在后又做印证。宝玉之悟，是释、道共同的作用。他应该讨厌孔孟。

可以说，宝玉不喜圣贤书，不喜封建礼教，厌恶仕途经济，说傻话呆话痴话，这些"行为偏僻性乖张"，都是在向遥远的庄子致敬。庄子说，宰相之位是"腐烂的死老鼠"。宝玉说，当官的都是"禄蠹"，吃俸禄的虫子。

曹雪芹中年落魄，过着"举家食粥酒常赊"的日子，礼部侍郎董邦达邀请他到皇家画苑任职，曹雪芹拒绝了。贾宝玉身体里，装着曹公的灵魂。

另外我们不要忽略了宝钗和黛玉，看到宝玉写的《寄生草》，又看那偈语，宝钗就说，"这个人悟了"。而黛玉悟性更高，她直接重现了六祖慧能的高光时刻，让宝玉的偈语达到彻悟的境界。

还有妙玉，这是一个有深度洁癖的人，包括文字洁癖，到第六十三回我们就会看到，她说，"古人中自汉晋五代唐宋以来皆无好诗"，这眼光该有多高啊！但她又说："文是庄子的好。"

让一个什么都看不顺眼的道姑，说庄子最好，曹公这是有多爱庄子！

再往大了说，红楼一梦，何尝不是庄子的蝴蝶之梦？庄子在问，我是谁？我是梦到化蝶的庄子，还是梦到变成庄子的蝴蝶？宝玉也当有此问，我是神瑛侍者梦中变成了贾宝玉，还是贾宝玉梦中化成的神瑛侍者？

小说最后，或许会有个更高的主宰之神对他们当头棒喝。她/他对通灵宝玉说，别痴心妄想了，你就是一块没用的破石头，让你去温柔富贵乡受享一回，你还当真了！

唉，世事一场大梦，人生几度秋凉。

在后文里，我们还能经常见到庄子的身影，以后再说。

最后，用诗佛王维的诗收尾吧。

前面那个写"本来无一物，何处染尘埃"的六祖慧能，接过师父的衣钵南下，开创了大名鼎鼎的南禅宗。多年以后，他的衣钵又传给一个名叫神会的弟子，这就是后来的禅宗七祖。

神会禅师北上，与王维一见如故，大谈佛法，亦师亦友。王维为早已圆寂的慧能禅师，写下《六祖能禅师碑铭》。

后来安史之乱爆发，遍地狼烟，盛世不再。这个当过公卿座上宾，也当过叛军阶下囚的王摩诘居士，已然垂垂老矣。他已经很少写诗了。

在为数不多的诗文里，有这样一首：

> 宿昔朱颜成暮齿，须臾白发变垂髫。
> 一生几许伤心事，不向空门何处销？

桃花林下读禁书

西厢记妙词通戏语
牡丹亭艳曲警芳心

01

书接前回。

元春自省亲以后，将当日姐妹们写的诗，在大观园里勒石纪念，"为千古风流雅事"。这事又让贾府男人们好一阵忙活，贾政主持，贾珍带着贾蓉、贾蔷、贾菖、贾菱等人监工。

现在中国农村好多地方，还保持着这种协作习惯，家族里有事，派个长辈主管，指挥子侄们忙活。

元妃省亲时，大观园里准备了十二个小沙弥和十二个小道士，现在暂时不用了，得搬出大观园。玉皇庙和达摩庵是不是大观园里的建筑，似乎存在争议，我们暂时不管。

但细微处能看出当时的排场，皇家花钱那真是如流水呀。

另外，曹公似乎对数字"十二"特别情有独钟，金陵十二钗，太虚幻境十二个舞女，演奏十二支仙曲。宝钗配制冷香丸的四种花各需十二两，四种水各十二钱，周瑞家的送的宫花是十二支，大观园小戏子是十二个，现在小沙弥和小道士还是各十二个。

按脂批说法，"凡用'十二'字样，皆照应十二钗"。

回到本回。贾政正打算把这二十四个小僧道遣散，贾芹的母亲周氏来求凤姐，想给儿子谋个差事。凤姐答应下来，去找王夫人说，这些小沙弥、小道士别送走，以备万一娘娘来了要用——

> "依我的主意，不如将他们竟送到咱们家庙里铁槛寺去，月间不过派一个人拿几两银子去买柴米就完了。"

王夫人和贾政略一商量，就这么办。

凤姐这边，两口子正在吃饭，外边喊贾琏，凤姐大致猜到是贾政有请，就对贾琏"如此这般教了一套话"。从后文看，凤姐是让贾琏去说服贾政，让贾芹管理那二十四个小僧道。

贾琏没把握，也不情愿，就说，有本事你自己去说。

贾琏为什么这么说呢？因为他也有自己的人选——"西廊下五嫂子的儿子芸儿来求了我两三遭，要个事情管管。我依了，叫他等着。好容易出来这件事，你又夺了去"。

凤姐说，放心吧，回头园子里的绿化工程，我保管让芸儿管。贾琏说，这还差不多。"只是昨儿晚上，我不过是要改个样儿，你就扭手扭脚的。"凤姐一笑，朝贾琏啐了一口。这是小两口调情呢。

写得真好。贾琏、凤姐是两口子，要是没一点夫妻气氛，就太沉闷。气氛过了，显俗。只这一句对话，就把贾琏的"雅兴"，凤姐不为人知的私密，都写出来了。这也侧面印证我们之前的观点，凤姐不大可能"养小叔子"。

贾琏见到贾政，果然是说小僧道的事。

贾琏便依了凤姐的主意，说道："如今看来，芹儿倒大大的出息了，这件事竟交与他去管办。横竖照在里头的规例，每月叫芹儿支领就是了。"

贾政一听有理，当即同意。

凤姐又作情央贾琏先支三个月的供给，叫他写了领字，贾琏批票画了押，登时发了对牌出去。银库上按数发出三个月的供给来，白花花二三百两。

现实生活中，历史上，许多重大改变都不是一夜之间发生的。"春江水暖鸭先知"，水温一点点改变，虽不易察觉，但它正在酝酿翻天覆地的巨变，等发现的时候已无力回天。

后世许多读者都在讨论贾府衰败的原因，有政治因素，有违法因素，这都对。但我们别忘了，经济原因才是最重要的。历史上，雍正可以找出曹家一百个不是，但最终抄家的理由，还是江南织造局的巨额亏空。

书中前文里，我们见识了秦可卿丧事、元妃省亲，都是大开销，极尽铺张。还有很多小开销，同样令人触目惊心。

比如这里。这二十四个小僧道可不可以遣散呢？当然可以。但凤姐贾琏对贾政夫妇说，若遣散了，日后再用麻烦。其实所谓的"麻烦"微不足道，秦可卿丧礼上请几百个僧道都是随叫随到，有什么麻烦？说到底还是不理家务，钱花惯了，排场讲惯了。创造开销项目，才能安插人。

最可恨的是凤姐。先忽悠王夫人，说这二十四个小僧道，每月只需要"几两银子"，等批准后，居然变成每月一百两了。前面说每月一领，现在是一下子领三个月。

我们不妨站在贾政的视角上想象一下，多年以后，面对亏空荡尽的家底，如果提起这档子事，这个一家之主肯定会纳闷，那每月才几个钱！账上怎么就空了呢？

这一件事在外人看来，是贾琏操办的。其实凤姐早已夺权，只是夺得悄无声息。那些看似是男人们当家的大事，往往都是女人们在枕边决定的。不过，诸如此类的事，不仅埋下贾府衰败的隐患，还是日后贾琏跟凤姐秋后算账的伏笔。

再看贾芹。领到钱后——

> 贾芹随手拈一块，撂与掌平的人，叫他们"吃茶罢"。

一个"随手"，一个"撂"，多么传神！这个原本没落窘迫、要上贾府讨生活的旁支子弟，一旦得了钱，原地就挥霍起来，一秒钟都等不及。

反正不是自己辛苦挣的钱。

贾芹得了肥差，雇头大叫驴骑上，又雇了几辆车，把那二十四个小和尚小道士送到铁槛寺去了。

02

我们一提起《红楼》人物，自然而然会想到大观园，以为这些女儿很早就住了进去。事实上，故事到这一回，宝玉和他的姊妹们才正式住进大观园。

这天，元春在宫中忽然想起，她省亲之后，贾政肯定会把园子封锁起来，时间久了，园子势必冷清。索性，让宝玉和众姊妹住进去。于是派太监夏守忠到荣府传谕。

宝玉听说能搬进园子，正在高兴，丫鬟来报，说"老爷叫宝玉"。宝玉听了，"好似打了个焦雷"，不敢过去，贾母一通安慰，宝玉才极不情愿地来见贾政。

贾政和王夫人正在屋里说话，金钏、彩云、彩霞、绣鸾、绣凤一群丫鬟在门外候着。见宝玉来了——

金钏一把拉住宝玉，悄悄的笑道："我这嘴上是才擦的香浸胭脂，你这会子可吃不吃了？"

《红楼》惜字如金，每一个字都值得我们重视。这里我们要留意金钏的这个行为，她的死亡悲剧已经埋下伏线了。

我第一次读《红楼》，看到这里只觉得金钏轻浮，后来慢慢年长，在读过无数次之后，居然发现是我轻率了。金钏这个行为，反成一派天真，日后被王夫人羞辱而跳井自杀，也正是因为她内心干净，不堪受辱。

不妨细想，如果她真的工于心计，勾引宝玉，怎么会在众目睽睽之下？宝玉爱吃胭脂是贾府人人都知道的，从金钏的话里不难猜测，宝玉之前肯定吃过她嘴上的胭脂。"你这会子可吃不吃了？"更多的是对宝玉的奚落——这会子老爷喊你训话，你肯定怕得要死，"好似打了个焦雷"，还敢吃人家嘴上的胭脂吗？

彩云的话印证了这一点。彩云一把推开金钏，说人家正心里不自在呢，你还奚落他！

宝玉一言不发往屋里走，"赵姨娘打起帘子，宝玉躬身进去"。贾政和王夫人正在对坐在炕上说话，迎春、探春、惜春、贾环都在。

发现没有？屋里面，是主子一家在商量事。屋外面，是一群丫鬟下人回避等候。连接内外的是赵姨娘。

这正是姨娘身份的日常体现，她是"半个主子"。在奴才面前，她可以勉强充当一下主子。在真正的主子面前，她还是奴才。所以宝玉进门，赵姨娘要负责掀帘子。探春和贾环是她的儿女，却可以坐着。古代的等级制度，远比我们想象中森严。

宝玉进来。贾政见宝玉"神采飘逸，秀色夺人"，再看贾环，"人物委琐，举止荒疏"。又想起死去的大儿子贾珠，体谅王夫人只剩下宝玉一个儿子，自己也须发斑白，"把素日嫌恶处分宝玉之心不觉减了八九"。

贾政一向是严父面孔，但内心是个慈父。从上次大观园题对开始，贾政其实已经发现儿子的"歪才"，正经文章不行，诗词歌赋倒也拿得出手，关键是一表人才，看着舒服。

贾政又借元春的话教育宝玉，你天天在外闲逛，荒废学业，得管管你。现在让你和姐妹们搬进大观园，是叫你用功读书，"再如不守分安常，你可仔细！"再瞎胡闹，小心你的皮。

这番话肯定也是贾政的心里话，但是他偏偏说是"娘娘吩咐"的。为什么呢？因为君权在上，父权在下，换句话说，一个皇妃姐姐的话肯定比一个父亲的话有分量。

宝玉连连答应。

说完正事，该唠家常了。

王夫人抚摸着宝玉，问，药都吃完了？宝玉说，还有一丸。王夫人说，明儿再去拿十丸，每日睡前，"叫袭人服侍你吃了再睡"。宝玉说："袭人天天晚上想着，打发我吃。"

母子俩说者无心，老父亲听者有意。

贾政一听，不对劲了，问，"袭人是何人？"王夫人答，是个丫头。贾政又问，丫头嘛叫什么名字不行，"是谁这样刁钻，起这样的名字？"王夫人听着话头不对，赶紧替宝玉打掩护，"是老太太起的"。

贾政一听，更不对劲："老太太如何知道这话，一定是宝玉。"宝玉见瞒不过了，只得硬着头皮承认："因素日读诗，曾记古人有一句诗，'花气袭人知昼暖'，因这个丫头姓花，便随口起了这个名字。"

这句是出自陆游的诗。第一回里，脂砚斋说，"余谓雪芹撰此书，中亦有传诗之意。"书中引用、化用、原创的诗不可胜数，甚至全书排篇布局和写作手法，都是诗歌式的审美。读《红楼》，文学素养越深，能发现的趣味也就越多。所以它百读不厌，常读常新。

王夫人以为贾政又要开训，赶忙说宝玉，回去改了吧，别让老爷生气。贾政却一反常态，慈祥多了，说不用改，"只是可见宝玉不务正，专在这些秾词艳赋上作工夫"。断喝一声，畜生，还不出去！宝玉退出来，向金钏笑着伸伸舌头，一溜烟跑了。

回到贾母屋里，黛玉也在，宝玉问，你想住哪个院子？

（黛玉）便笑道："我心里想着潇湘馆好，爱那几竿竹子隐着一道曲栏，比别处更觉幽静。"宝玉听了拍手笑道："正和我的主意一样，我也要叫你住这里呢。我就住怡红院，咱们两个又近，又都清幽。"

这两句对话，不能当作泛泛之笔。第十七回里贾政带着宝玉和一众清客逛大观园，来到当时尚未命名的潇湘馆，那里虽无雕梁画栋，只是"小小二三间房舍"，却有"千百竿翠竹"，竹林下有一尺宽清溪穿过，甚是清幽。

宝玉无意间给这里题匾"有凤来仪"四字，一是符合元妃身份，恰恰也暗合林黛玉的形象。《庄子·秋水》里写凤鸟高洁，"非练实不食，非醴泉不饮"，练实是竹子的果实。现在，元妃没有住成，潇湘妃子却搬了进来，这个有竹有泉的小院子，正是为"目下无尘"的黛玉量身定制的。

宝玉也想让黛玉住进这里，还多了一个理由，二人可以做邻居。所以在后文里，我们会看到二人经常串门。

二月二十二，乔迁吉日。冷清了一个多月的大观园再次喜庆起来，宝玉和他的姐妹们正式入住。宝玉住怡红院，黛玉住潇湘馆，宝钗搬进蘅芜苑，迎春是缀锦楼，探春是秋爽斋，惜春是蓼风轩，一派郊野田园气息的稻香村，自然属于守寡的李纨。

每人除了原有的奶娘亲随丫鬟之外，每一处另添老嬷嬷两名、丫鬟四个，还有专管收拾打扫的下人若干名。

大观园从此热闹起来。

03

宝玉住进大观园，好比开了锁的猴子。贾政让他好好习学功课的教导，他早就抛在了九霄云外，每天都是和姊妹丫头们混在一起，琴棋书画、拆字猜枚、描鸾刺凤，除了正务啥都没落下。

这自由自在、富贵闲人的生活，宝玉都写在他的四首即事诗里。什么"枕上轻寒窗外雨，眼前春色梦中人"，什么"水亭处处齐纨动，帘卷朱楼罢晚妆"，还有什么"女儿翠袖诗怀冷，公子金貂酒力轻"等等，好一派贵公子的惬意生活。

如果当时也有网络，宝玉一定会成为凡尔赛话题的主角。

这些诗流传出去，一些势利之辈就看到了机会，抄录出来，写成扇面，题在墙上，甚至托人求字求诗。

这一天，宝玉忽然不自在起来，这也不好，那也不好，一肚子烦闷。茗烟见了，就想帮主子寻开心。

怎么寻呢？

很简单，投其所好。宝玉常年困在豪门深宅里，除了科举的书，其他闲书一律禁止。茗烟就找来外头的一些小说，武则天、杨贵妃外传之类。宝玉一看，"便如得了珍宝"，粗俗露骨的放在外面书房，稍微有点文采的，带进园子，藏在床顶，偷偷拿出来看。

这天早饭后，宝玉拿着一本《会真记》，坐在沁芳闸桥边桃树下一块石头上，读了起来。

正读到"落红成阵"，一阵风吹过，吹落桃花，"落的满身满书满地皆是"。宝玉抖落花瓣，又怕脚踩践踏，只得用衣服一兜，撒到池子里。

忽然背后有人说话，林黛玉来了。黛玉小姐担着花锄，锄上挂着花囊，手持花帚。花锄、花囊、花帚，可见黛玉侍弄花草不是一时兴起，而是日常习惯。宝玉一看有全套工具，说来的好，把这些花扫扫扔到水里去。

我们看看黛玉如何回答。

> 林黛玉道："撂在水里不好。你看这里的水干净，只一流出
> 去，有人家的地方脏的臭的混倒，仍旧把花糟蹋了。那畸角上我
> 有一个花冢，如今把他扫了，装在这绢袋里，拿土埋上，日久不
> 过随土化了，岂不干净。"

这就是文学史上耳熟能详的"黛玉葬花"。

文学史上总有一些名场面，既写事，也写人。诸葛亮草船借箭，写智谋；林教头风雪山神庙，写林冲的隐忍与爆发；三打白骨精，写孙行者的机智与能耐。

但是"黛玉葬花"写的是什么？却没有那么明显。表面上看，诸葛亮、林冲、孙悟空这些人物离我们更远，要我说，他们都不及林黛玉离我们远。

我们可以很容易跟孔明共情、跟林冲共情，甚至跟神通广大完全虚构的孙大圣共情，但却很难跟林黛玉共情。

今天以常人眼光来看，花落了，扫到垃圾堆里就是了，何必葬呢？葬就算了，又是花锄、花囊、花帚，又是花冢，给残花专门弄个坟墓，有这个必要吗？

这还罢了，直接埋进去不行吗？干吗还要装进绢袋里再埋？

这就是《红楼梦》的伟大之处。它塑造的看似是普通人物，其实也不普通，痴就痴到极致，呆就呆到极致。

在林黛玉、贾宝玉眼里，这些残花败枝都有生命的，开是新生，落是死亡。所以残花也应该体面地死去，有尊严地安葬。他们能在一朵花的生死轮回里，看到自己的命运，从而自伤自怜自哀。

古代诗人里，要说共情能力首推杜甫，"感时花溅泪，恨别鸟惊心"，花本不会流泪，鸟也不在乎人类是否国破家亡，是诗人自己的共情，看到了花溅泪，鸟惊心。

黛玉葬花，葬的是自己孤苦的命运，易逝的青春。

脂砚斋在这里批道："写黛玉又胜宝玉十倍痴情。"宝玉不忍鲜花败落，不忍践踏，而黛玉更甚。

黛玉还说，倒在水里不好，因为水迟早会流出去，被外面"脏的臭的"糟蹋。这恰恰是《红楼》众女儿的归宿。花可以埋，人却注定要离开大观园。这些天真烂漫的女儿，也终将会被那个"脏的臭的"世界所糟蹋。

当然这是后话，故事继续。

宝玉听黛玉这么说，得意忘了形，说待我放下书，来帮你收拾。黛玉问，什么书？宝玉撒谎说："不过是《中庸》《大学》。"黛玉一听就知道他撒谎，你别弄鬼了，赶紧拿给我看看。宝玉说，好妹妹，我不怕你看，只是你看了别叫人知道。

> 林黛玉把花具且都放下，接书来瞧，从头看去，越看越爱看，不到一顿饭工夫，将十六出俱已看完，自觉词藻警人，余香满口。虽看完了书，却只管出神，心内还默默记诵。

能让黛玉如此入迷，《会真记》是本什么书呢？

《会真记》又叫《莺莺传》，最早的故事版本，出自唐朝的那个大情种元稹，就是写"曾经沧海难为水，除却巫山不是云"的家伙。

在唐朝版本里，落魄的张姓书生，遇见没落的贵族小姐崔莺莺，上演了一段违背礼教、私下幽会，最后始乱终弃的爱情故事。

或许在漫长的封建时代，这个故事太过于违背社会价值观，一再被改编，再创作，直到王实甫出现。这个伟大的戏剧家也看上了《莺莺传》，于是大刀阔斧地改编，成了千古绝调《西厢记》。

整个明清两朝，《西厢记》热度不减，但凡识字读书的人家，几乎都藏着一本。

但在主流社会，《西厢记》依然过于超前，清朝时期，它因有伤风化、有违礼教，被当作海淫之作，一直被列为禁书。大家私下津津乐道，也能搬上戏台，却绝不允许子女去读。

在《西厢记》里，张生和崔莺莺冲破种种阻碍，不顾门第，无心功名，一心只为伟大而纯洁的爱情，最终郎才女貌，花好月圆。

可以说，宝玉用一本禁书，为黛玉打开了一个新世界。在这个世界里，清规戒律是可以打破的，封建礼教是可以逾越的，父母之命媒妁之言是可以不顾的，这个世界只有一个振聋发聩的主题：

愿普天下有情的都成了眷属。

女主崔莺莺还对即将赴京赶考的张生说："但得一个并头莲，煞强如状元及第。"

这样纯粹、自由的超前思想，怎会不让宝黛入迷？

看完书，宝玉问黛玉，书好不好？黛玉说，果然有趣。宝玉又笑道："我就是个'多愁多病身'，你就是那'倾国倾城貌'。"黛玉听了，面红耳赤，微腮带怒，又生气了："你这该死的胡说！好好的把这淫词艳曲弄了来，还学了这些混话来欺负我。我告诉舅舅、舅母去。"红着眼圈转身就走。

宝玉赶紧拦住，又开始道歉求饶，好妹妹，是我错了，我要有心欺负你，就让我掉进池子里，教癞头鼋吃了我，变个大王八，等你日后做了一品夫人，病老归西的时候，我往你坟上替你驮一辈子的碑去。

有一说一，要说哄女孩子的本事，宝玉同学绝对是天赋异禀。第九回里，贾政说宝玉，天天都念了些什么乱七八糟的书，"倒念了些流言混语在肚子里，学了些精致的淘气"。

宝玉哄女孩，靠的就是"精致的淘气"，说话总是意料之外，还能逻辑自洽，常有化愤怒为喜感之奇效。老父亲不喜欢，姐妹们却毫无免疫力——"说的林黛玉嗤的一声笑了"。

黛玉说，看把你吓的！"呸，原来是苗而不秀，是个银样镴枪头。"

"苗而不秀"是说种子长出了苗，但不结穗；银样镴枪头，是说锡做的枪头，看上去寒光闪闪，却一点不锋利。总而言之，说宝玉中看不中用。

有趣的是，这两句也出自《西厢记》，是女主崔莺莺对张生的调侃。

宝玉抓住机会反击，你说我看了淫词艳曲，你不是也用得挺熟吗！俩人说说笑笑，把花埋了。这时袭人来找宝玉，说大老爷（贾赦）病了，姑娘们都去请安，老太太也叫你去，宝玉跟着去了。

04

剩下林黛玉一个人，正要回房，刚走到梨香院墙角上，就听到墙内传来歌声笛韵。那是十二个小戏子在排练戏文。

起初黛玉并不在意，她不爱听戏，只顾往前走，一不留心，耳朵里飘来两句戏文：

原来姹紫嫣红开遍，似这般都付与断井颓垣……

这是汤显祖《牡丹亭》里的经典唱词。

黛玉听了，只觉得"感慨缠绵"，不由得停住脚步，侧耳细听，那戏文又唱道：

良辰美景奈何天，赏心乐事谁家院……

越听越激动，越听越入迷，心里想到，原来这戏文上也有好文章，可知世人只知看戏，图个热闹，"未必能领略这其中的趣味"。胡思乱想了一会儿，继续听戏：

则为你如花美眷，似水流年……

黛玉听了这两句，"不觉心动神摇"，又听到"你在幽闺自怜"等句，"亦发如醉如痴，站立不住……"

一时间，刚才读的《西厢记》，现在听的《牡丹亭》，以及从前看的诗文，"水流花谢两无情""流水落花春去也，天上人间"等等句子，排山倒海一般，涌进黛玉小姐那颗敏感多愁，而又青春躁动的心里。

这一回的回目叫，"西厢记妙词通戏语，牡丹亭艳曲警芳心"，宝黛共读西厢，宝玉把张生对崔莺莺说的情话说给黛玉。黛玉听了《牡丹亭》，又与戏中女主杜丽娘产生了共情。《牡丹亭》当时也是禁书，因为它歌颂的主角杜丽娘，是一个大胆反抗封建礼教的女孩。

有趣的是，杜丽娘的人格觉醒，也是来自一篇爱情诗歌。这位官宦之家的大小姐，被父母或者说被礼教困在深宅大院，不能外出，不能见外人。却不防家里聘请的老学究，让她读到了《诗经》中"关雎"——"关关雎鸠，在河之洲。窈窕淑女，君子好逑"，热烈的爱情表达，激活了杜丽娘礼教禁锢下的灵魂。她走出屋宇，走到春光明媚的园林，看到一个全新的世界，"不到园林，怎知春色如许"。

在园林那座牡丹亭里，杜丽娘睡着了，进入她的春梦。在梦里，她遇到书生柳梦梅，二人一见钟情，柳梦梅抱着杜丽娘，在牡丹亭畔，芍药栏边，共度云雨之欢。

林黛玉听到的唱词，其实都是杜丽娘的内心独白，她看到大好春光，想到自己的花样年华，难道只能白白虚度，付与这断井颓垣？

《诗经·关雎》警醒了杜丽娘的芳心，杜丽娘也警醒了林黛玉的芳心。

在《牡丹亭》的故事里，杜丽娘由生到死，又死而复生，冲破重重阻碍，才得到自己的爱情。由此推测，《红楼》八十回后的故事，黛玉和宝玉的爱情，也必然面临重重阻碍，远比续书描写的要惊心动魄。

当然这是后话。此时的黛玉芳心已动。那些令人心动神摇的戏文，像磁铁一样吸引着她，警悟着她。

她无暇多想，只能任那颗青春躁动的心牵引着，如痴如醉，欲泣欲诉，无限思绪潮涌而来。

正是回末诗说的：

妆晨绣夜心无矣，对月临风恨有之。

高冷的林黛玉小姐，已经陷入爱河不能自拔了。

05

本回故事到这里就结束了，我们留意两个问题。

第一，《红楼》叙事用的是复调叙事手法。

如果我们把上一回（第二十二回）与本回对照着看，会发现这两回特别像。上一回，"听曲文宝玉悟禅机，制灯谜贾政悲谶语"，宝玉听《鲁智深醉闹五台山》，被其中的《寄生草》一段吸引，在鲁智深身上找到共情，隐隐约约悟到禅机，朦朦胧胧看到自己的命运。

这回里，林黛玉则通过《西厢记》和《牡丹亭》，激发少女怀春的萌芽，同时也埋下反抗的种子。两回文字，其实是一组复调。

第二，悲剧的伏线。

宝玉是悟，黛玉是警，二人都聪慧灵秀，拥有远超常人的警悟力。不同的是，宝玉一步步靠近的是禅机，而黛玉一步步深陷的是情爱。宝玉终会放手，黛玉会拼命抓住一切。这都是命啊。

作者似乎觉得这还不够，怕我们读者不能"警悟"，又穿插一个贾政悲谶语，从全局视角告诉我们，"悲凉之雾"迟早会笼罩这里。

所以，众儿女刚进大观园，作者安排的第一件事，就是"黛玉葬花"。葬花的意象特别清晰，那就是"水流花谢两无情""流水落花春去也"。花是女儿，花是青春，花是良辰美景，是世间一切美好。

它终将凋落。

中国古代文人，似乎看多了改朝换代、国破家亡的故事，普遍有浓厚的悲观情绪。所以在他们笔下，常有今昔对照、悲喜呼应的文字，令人无限感慨。

安史之乱后，杜甫在《忆昔》写道："洛阳宫殿烧焚尽，宗庙新除狐兔穴"，哪有一点盛唐气象？

杜牧怀古，"旧时王谢堂前燕，飞入寻常百姓家"，哪还有一丝望族痕迹？姹紫嫣红，最终都会付与那断井颓垣。

大观园的命运，也将跟随着贾府败落，奇花异草、雕梁画栋化作一片残垣断壁。潇湘馆从"凤尾森森，龙吟细细"，变成"落叶萧萧，寒烟漠漠"。美人化白骨，公子徒悲伤。

这种悲凉的基调，贯穿《红楼梦》全书，字里行间，作者一直不断在重复、在渲染，我们后文还会经常提到。

最后，我们用李白的一首怀古神作收尾吧，写的是盛世之后的长安。

忆秦娥

箫声咽，秦娥梦断秦楼月。

秦楼月，年年柳色，灞陵伤别。

乐游原上清秋节，咸阳古道音尘绝。

音尘绝，西风残照，汉家陵阙。

一字一句
读红楼

第二十四回

逐利者亦有义，重色者亦有情

醉金刚轻财尚义侠
痴女儿遗帕惹相思

01

　　上回说到，林黛玉在梨香院墙外听到《牡丹亭》，正在如醉如痴。冷不防有人从背后拍了一下，回头一看，却是香菱。

　　香菱说，你一个人在这做什么？黛玉说，你个傻丫头，吓我一跳，你这是去哪儿了？香菱说，我来找我们姑娘，没找到。你家紫鹃也找你呢，说是琏二奶奶送了茶叶给你。走吧，回家里坐。二人回到潇湘馆，唠了一会儿家常。

　　这个环节看似可有可无，其实也是一个伏笔，她俩关系逐渐亲密，为日后香菱跟黛玉学诗做铺垫。

再说宝玉这边。上一回二人刚葬了花，袭人叫走了宝玉。现在，宝玉跟着袭人回到怡红院，果然看见鸳鸯。咱们说过，见到某个丫鬟，就等于她的主子来传话了。鸳鸯是贾母的贴身丫鬟，见宝玉回来，就说，老太太等你呢，叫你去那边给大老爷请安，快换衣服吧。

袭人去里间取衣服，宝玉脱了鞋，坐在床沿上等着，身边只剩下鸳鸯。

　　宝玉便把脸凑在他脖项上，闻那香油气，不住用手摩挲，其白腻不在袭人之下，便猴上身去涎皮笑道："好姐姐，把你嘴上的胭脂赏我吃了罢。"

本性难移呀。

鸳鸯已经见怪不怪，对袭人说，快出来瞧瞧，你跟他一辈子，也不劝劝？袭人抱着衣服出来，说宝玉，左劝也不改，右劝也不改，你再这么着，这个地方可就难住了。

三人说着，来见贾母，然后备马，去给贾赦请安。在黛玉进府那回，我们说过贾府之大。作者可不是随便一写就忘了，而是时时刻刻记着。这不，宝玉去给贾赦请安，两个院子一墙之隔，却还要骑马，既写出贵公子的娇贵，同时也说明贾府之大。

刚要上马，只见贾琏已经请安回来了，正在下马。旁边还转出一个人来，见了宝玉，上来请安。

宝玉见了，想不起是哪一房的，也不知道人家名字。贾琏就说，你发什么呆呀，连他也不认识了？"他是后廊上住的五嫂子的儿子芸儿。"

宝玉赶紧说，是了，是了。又问贾芸来做什么。贾芸说，来找二叔说句话。他是来找贾琏的。

宝玉打趣说，你倒越发出挑了，像我的儿子。贾琏说，你真不害臊，人家比你还大四五岁呢，就成了你儿子了？宝玉问贾芸，多大了？贾芸说，十八岁。

宝玉刚不是说他像自己的儿子吗？贾芸顺着杆就往上爬，对宝玉说，俗语说了，"'摇车里的爷爷，拄拐的孙孙'，虽然岁数大，山高高不过太阳。只从我父亲没了，这几年也无人照管教导。如若宝叔不嫌侄儿愚笨，认作儿子，就是我的造化了"。

这话一半是玩笑，一半是认真，认不认儿子不重要，关键是轻轻松松就巴结上宝玉了。

贾琏也半真半假说宝玉，听见了吧，认儿子可不是那么简单的。言下之意，认了儿子，就得担起做"父亲"的责任，得帮衬他。

宝玉当然不会真要认儿子，对贾芸说，我这会有事，改天你闲了，来找我玩。说着，往贾赦院里去了。

各位，这是贾芸第一次亮相。在全本书里，贾芸是个小人物。但演艺圈有句话，只有小演员，没有小角色。小人物写好了，故事照样精彩。

我们提起《红楼梦》，首先想到的是宝黛钗的爱情，好像这就是一个爱情故事，其实不是，爱情只是其中一条线，曹公要写的还是世态，还是人情。这不是一部爱情小说，而是一部世情小说。爱情只是世情中的一种。

我们即将通过贾芸这个小角色，看到精彩的人情世故。

有人或许注意到了，就在刚刚，贾芸出场，通过宝玉的眼睛，我们看到了贾芸的外貌，书上是这么写的：

> 宝玉看时，只见这人容长脸，长挑身材，年纪只好十八九岁，生得着实斯文清秀，倒也十分面善……

《红楼梦》有个规律，不管人物大小，一旦花笔墨写了外貌，就是告诉我们，这个人物很重要。

先说外貌。这不是泛泛之笔，最起码，它有两个作用。

第一，宝玉是典型的"外貌协会"会员，是颜控，不管亲疏，无论贵贱，只要这个人容貌姣好，就会不自觉地亲近。而高挑、清秀、面善的贾芸，起码不会令人疏远。所以宝玉开起了自家人的玩笑，还邀请他到园子里玩。要知道，这可是一般外男不可能有的待遇。

第二点作用，我们等会儿再说。

02

宝玉见了贾赦，传达老太太的问候，又请了安。

一番礼节性的寒暄客套，宝玉来见邢夫人，又是一番请安、让座、看茶。正说话间，只见贾琮来问宝玉好。邢夫人道："那里找的活猴儿去！你那奶妈子死绝了，也不收拾收拾你，弄的黑眉乌嘴的，那里像大家子念书的孩子！"

《红楼梦》里有一些身份不明的人物，贾琮就是一个。根据考证，他应该是贾赦的小妾所生，身份等同贾环。贾琮在前八十回基本没有故事，我们把他当作路人甲就行了。

妾室生的孩子，通常没什么地位，受气包的料，看邢夫人这通骂就知道了。

随后，贾环、贾兰两个也来请安了。邢夫人拉着宝玉，同坐一个坐褥，"百般摩挲抚弄"。贾环看了，心里酸溜溜的，给贾兰使了个眼色，起身告辞。宝玉站起来，也要一块回去。

> 邢夫人笑道："你且坐着，我还和你说话呢。"宝玉只得坐了。邢夫人向他两个道："你们回去，各人替我问你们各人的母亲好。你们姑娘、姐姐、妹妹都在这里呢，闹得我头晕，今儿不留你们吃饭了。"贾环等答应着，便出来回家去了。

看出区别了吗？

对宝玉，是"笑道"，不让走。转身对贾环，就不笑了，撵他走。按照当时大族规矩，晚辈来探望生病的长辈，是要留饭的，起码做做样子也得挽留。但邢夫人不留贾环。

她真的是怕闹头晕吗？我们接着看。

宝玉道："大娘方才说有话说，不知是什么话？"邢夫人笑道："那里有什么话，不过是叫你等着，同你姊妹们吃了饭去。还有一个好玩的东西给你带回去玩。"

不是不留吃饭，是不留贾环吃饭。不是怕闹得头晕，是看见贾环头晕。

饭也准备了，礼物也准备了，"调开桌椅，罗列杯盘"，只是没有贾环的份。可能有人要问，邢夫人是不是也不待见贾兰？这个不能肯定，因为贾兰还是个小孩子，跟宝玉和这些姐妹玩不到一块儿。

嫉妒是最坏也是最让人无奈的一种人格，你毫无一丝伤害人的想法，但是你的得宠，你的优秀，你过得比他好，就已经伤害到他了。

同为荣府公子，同是贾政的儿子，宝玉一次次的得宠，已经在贾环心里埋下仇恨的种子，很快他就将实施报复。

暂时放下宝玉，再说贾芸。
贾芸来找贾琏没别的，就是想要个差事。

贾琏告诉他："前儿倒是有一件事情出来，偏生你婶子再三求了我，给了贾芹了。他许了我，说明儿园里还有几处要栽花木的地方，等这个工程出来，一定给你就是了。"

我一再提及，读《红楼》不仅考验理解力，还考验记忆力。记不住前面发生的事，就读不懂后面的事。
贾琏说的"一件差事"是什么差事呢？
就是上一回里掌管二十四个小僧道的事。上回贾琏对凤姐说，芸儿已经求了他"两三遭"，都答应他了，但迟迟没有落实。眼看有门了，却被凤姐安排的贾芹截胡了。为弥补贾琏的权利旁落，凤姐答应贾琏，回头园子里的绿化工程交给贾芸。
贾琏、凤姐的这些私房话，贾芸当然不知道。但他瞬间嗅出了一丝不安。那就是他们到底谁当家？琏二叔明明答应的事，却被贾芹夺走了。真的是婶子再三求叔叔才这样的吗？

拜错了佛，可是办不成事的。

这个家是叔叔当，还是婶婶当？他已经做出判断了，于是快速改变策略。

我们看贾芸的反应：

> 贾芸听了，半晌说道："既是这样，我就等着罢。叔叔也不必先在婶子跟前提我今儿来打听的话，到跟前再说不迟。"

这"半晌"时间，是贾芸在心里的权衡。让叔叔不要给婶子说，是权衡的结果。他意识到，这事要稳妥，还得找凤姐。

贾琏这个喜欢用下半身思考的家伙，显然不明白贾芸这"半晌"里的想法，就说，我提她做什么，我哪有工夫说这些事，明儿五更天我出去办事，后天晚上你来找我。

只有两天时间。

在这两天时间里，贾芸开始了新的计划。

> 贾芸出了荣国府回家，一路思量，想出一个主意来，便一径往他母舅卜世仁家来。

多么急切，又多么敏捷果断。

到舅舅家做什么呢？

原来，卜世仁是开香料铺的，贾芸想找舅舅，赊四两冰片、四两麝香。我们看卜世仁怎么说。

> 卜世仁冷笑道："再休提赊欠一事。前儿也是我们铺子里一个伙计，替他的亲戚赊了几两银子的货，至今总未还上。因此我们大家赔上，立了合同，再不许替亲友赊欠……"

说完自己的难处，又说贾芸的不是，你哪有什么正经事，不过是赊了又出去胡闹，你也老大不小了，到底得找个正经事，赚几个钱，吃穿不愁，我看着也高兴。

贾芸说，舅舅说得倒好，难道忘了？我父亲死后，家里"还是有一亩地两间房子，如今在我手里花了不成？"巧妇难为无米之炊，一点本钱没有，叫我怎么办？得亏是我，换了别人，"死皮赖脸三日两头儿来缠着舅舅，要三升米二升豆子的，舅舅也就没法呢"。

几句话，把卜世仁的黑历史揭开了。贾芸父亲死时，他还太小，父亲留下的那点可怜的田亩房子都被舅舅私吞了。所以贾芸才有底气说那样的话——我真要是死皮赖脸来打秋风，你还真没办法。

卜世仁理亏，话头软了下来。"我的儿，舅舅要有，还不是该的。"我是真没有。你好歹到你大房里求求爷们儿，求求管事的，也弄个事儿管管。"前日我出城去，撞见了你们三房里的老四，骑着大叫驴，带着五辆车，有四五十和尚道士，往家庙去了。"

三房里的老四，正是贾芹。那二十四个小僧道，到卜世仁嘴里，变成了四五十个，夸大别人的能耐，也贬损了外甥无能。

贾芸实在听不下去，起身告辞。卜世仁说，这么急着走干吗，"吃了饭再去罢"。一句未完，舅母说话了，骂卜世仁："你又糊涂了。说着没有米，这里买了半斤面来下给你吃，这会子还装胖呢。留下外甥挨饿不成？"

卜世仁说，再买半斤面就行了。舅母便喊她家女儿，银姐儿，你去对门王奶奶家，借二三十个钱来，明儿就还她。

这一场妇唱夫随的双簧，贾芸再也听不下去了，早走得无影无踪。

窘迫的贾芸，在舅舅家不但没赊到东西，连顿饭都没混上。

《红楼梦》对人物的褒贬，很少会发生歧义。按现在的观念，舅舅不想赊给你东西，可不可以呢？当然可以。但我们不能这么"公正"地理解，一定要放在当时的背景里读。

在当时，一个孩子的成长和命运要靠父亲。没有父亲，要靠兄长。兄长也没有，就不可避免地要去麻烦舅舅。舅舅若不想帮忙，也可以理解，但是不能欺负人家孤儿寡母，那可是你的妹妹呀。

卜世仁谐音"不是人"，曹公的用意再清楚不过，你妹妹死了男人，外甥孤苦伶仃，孤儿寡母就剩下那可怜的一亩田两间房，还被你霸占了。这会儿外甥来赊点东西都不肯，一顿饭都不舍得，既不仁，也不是人。

离开舅家，贾芸一肚子气，只顾低头走路，不小心一头撞在一个醉汉身上。那醉汉骂道，你娘的！眼瞎了，竟敢撞我。一把抓住贾芸，抡拳就要打。

贾芸一看，巧了，这醉汉不是别人，原来是自己的邻居，名叫倪二。

倪二是个泼皮无赖，放高利贷为生，平时混迹赌场，醉酒打架。今天刚刚去收了利息，喝醉了回家。平时豪横惯了，见有人撞到他，正要动手。贾芸忙说，老二住手，是我。倪二见是贾芸，趔趔着笑了，问贾芸干什么去。

贾芸本来不想告诉倪二，倪二说不妨不妨，有啥事说出来，我替你出气。贾芸就把去舅舅家借钱一事说了。

倪二说，那是你舅舅，我也不能怎么着，罢了，"我这里现有几两银子，你若用什么，只管拿去买办"。我虽是放高利贷的，但是不能收你的利息，也不用写借据，你要看得起我，这钱拿着。要是怕跌了身份，各自走开。说着，从褡裢里掏出一包银子。

贾芸想，这倪二虽是个泼皮无赖，但也是分人的，还颇有些"义侠之名"，今天要是不领他的情，有伤情面，不如就借一回，大不了加倍奉还。

拿定主意，贾芸说，老二，你果然是个好汉，我怎敢不领情，等我回家写个借据给你。倪二说，既然说"相与交结"，我怎么会赚你的利钱！喏，"这是十五两三钱有零的银子"，你拿去，借据啥的不要提了。

贾芸一面笑，一面接过银子。倪二说，我还有点事，不回家了，你正好帮我给家里带个信，叫他们不要等我，要是有急事，"叫我们女儿明儿一早到马贩子王短腿家来找我"。说完，摇摇晃晃走了。

贾芸还疑虑未消，总怕倪二以后找麻烦，就找一家钱铺，把银子一称，足足"十五两三钱四分二厘"。倪二并未说谎。

贾芸略放宽心，回到家，没有对母亲说在舅舅家的遭遇，吃了晚饭，收拾睡下。次日一早，拿着那些银子，买了麝香、冰片，便往荣国府来。

打听贾琏出了门，贾芸便往后面来，到了贾琏院门口，正好遇见周瑞家的在喝止小厮们扫地，说先别扫了，二奶奶出来了。贾芸忙问，二婶婶要去哪儿？周瑞家的说，老太太叫她，想必是裁什么尺头。也就是裁衣服。

正说着，只见凤姐前呼后拥走出来。贾芸满脸堆笑，上来请安。凤姐呢，"连正眼也不看，仍往前走着"。嘴里问贾芸母亲好——怎么也不来我这里逛逛？

贾芸说，时常挂记着婶婶，想来的，只是身体不好，没来。凤姐说，你就撒谎吧，我不提起来，你也不说她想我了。

> 贾芸笑道："侄儿不怕雷打了，就敢在长辈前撒谎。昨儿晚上还提起婶子来，说婶子身子生的单弱，事情又多，亏婶子好大精神，竟料理的周周全全；要是差一点儿的，早累的不知怎么样呢！"

这真是棋逢对手。

贾芸是不是撒谎呢？当然是。前面明确写了，昨晚他回到家，怕母亲伤心，找舅舅借钱的事一字未提。吃了饭，收拾歇息，"一宿无话"。哪来的母亲夸婶婶？

但是撒不撒谎不重要，凤姐爱听才重要。

> 凤姐听了满脸是笑，不由的便止了步……

笑了，停下来了。这就可以说正事了。

但是今天的正事不是差事，而是让凤姐开心。于是，贾芸说，我有个开香铺的朋友，身上捐了个通判，谁知让他去云南上任，连家眷一起去。这一走，香铺就开不成了。账目该清的清，货物该处理的处理，他就送了我一些冰片、麝香。我和母亲商量了，这么贵重的东西卖也不好卖。送人吧，也没人配用这些东西。"因此我就想起婶子来。"往年就见婶婶大包银子地买，更别说今年，贵妃在宫里，就是眼下端阳节，这些香料价钱都翻了十倍。想来想去，"只孝顺婶子一个人才合式，方不算遭塌这东西"。

贾芸一番话，可以看作送礼操作指南，里面学问大着呢。

首先得看准对方的需求。凤姐这样的人，就很不好送礼。人家什么没见过，日常所用，样样不差，贸然去送，不是送得多余，就是送得没特色。

那凤姐爱什么呢？爱财。那直接送银子成吗？更不行。就算那十几两银子都送给她，凤姐也不会放在眼里。要送就送她特别需要，又不好弄到的东西，比如冰片、麝香。

但是你要说是自己花钱买的，那味道全变了，会让对方有心理负担，甚至不自觉地警惕起来。只有你送得轻松，对方收得才轻松。所以贾芸说这是朋友送的。

> 凤姐正是要办端阳的节礼，采买香料药饵的时节，忽见贾芸如此一来，听这一番话，心下又是得意又是欢喜，便命丰儿："接过芸哥儿的来，送了家去，交给平儿。"

得意的是有人吹捧，欢喜的是有人孝敬。

就在刚才，凤姐连正眼也不看贾芸；现在，她就要夸贾芸了。

凤姐说，"怪道你叔叔常提你，说你说话儿也明白，心里有见识。"这话是真是假，我们不知道，至少没听贾琏说过。

不过这依旧不重要。

重要的是贾芸听了高兴。故意问道，原来叔叔也曾提我的？凤姐见话赶话，正准备把让他管事的话告诉他，脑子里却又闪过一个顾虑——这刚收了礼物，就让人家管事，好像我见不得东西似的。罢了，改天再告诉他。

时机未到，二人都没提真正的正事。

04

以上是早上发生的事。别了凤姐，贾芸回家吃了饭，立刻又折回荣国府。这一回，他是来找宝玉的。

宝玉住在大观园，但贾芸是外男，没有允许，不准擅自进入。于是他来到贾母住处的书房里。贾芸很聪明，给凤姐送礼这事，看似临时起意，但对凤姐在什么时候要做什么事，喜欢听什么不喜欢听什么，以及什么时候去找她合适，早就清清楚楚。

对宝玉也是。

为什么到贾母这边等呢？因为宝玉一天中哪里都可以不去，唯独不能不来见贾母，早晚各一次的请安，宝玉一定不会缺席。

来到书房，茗烟、锄药两个正在下象棋，引泉、扫花、挑云、伴鹤四五个，在房檐下掏鸟窝。贾芸一声吆喝，小厮们都散了。贾芸问茗烟，宝二爷没下来？茗烟说，没有。二爷有什么话，我去哨探哨探。

顺便提一句，《红楼》里有很多二爷，贾琏是二爷，宝玉是二爷，贾芸也是二爷，只要在家里排行老二，都可以叫二爷。刚才的倪二，去要账的时候，估计也没少当二爷。

茗烟出去了，书房只剩贾芸一个人，忽听门外有个"娇声嫩语"的声音，叫了一声"哥哥"。

> 贾芸往外瞧时，看是一个十六七岁的丫头，生的倒也细巧干净。

那个丫头见了贾芸，慌忙躲开。正好茗烟回来了，对那个丫头说：

"好姑娘，你进去带个信儿，就说廊上的二爷来了。"那丫头见是本家爷们儿，也不紧张了，"下死眼把贾芸钉了两眼"。这是看上贾芸了。

贾芸忙对茗烟说，什么廊上廊下的，就说芸儿就是了。这是说给那丫头的——我叫贾芸。

那丫头说，二爷还是回去吧，明儿再来。宝玉今儿没睡午觉，晚饭肯定吃得早，这样晚上也不回来了，别等了，我晚上把话给你带到。贾芸越听越喜欢那丫头，但毕竟是宝玉房里的人，不方便问名字，就说明儿再来。临走前，又把那丫头瞅了一眼。

第二天一早，贾芸又来了。先遇到凤姐。凤姐坐着车正要出门，掀开车帘笑道：芸儿，你竟敢在我跟前弄鬼，怪道你送东西给我，原来是有事求我。"昨儿你叔叔才告诉我说你求他。"

贾芸赶紧解释，婶婶可别再提了，我后悔死了。早知这样，我一开始就应该求婶婶。"谁承望叔叔竟不能的。"凤姐说，原来你叔叔没给你办成，你才来求的我。贾芸一听慌了，说婶婶辜负了我的孝心，我并没有这个意思。若有这个意思，我昨天干吗不求婶婶呢？现在既然婶婶知道了，那就帮帮我吧。

> 凤姐冷笑道："你们要拣远路儿走，叫我也难说。早告诉我一声儿，有什么不成的，多大点子事，耽误到这会子。那园子里还要种树种花，我只想不出一个人来，你早来不早完了。"

这就是凤姐，一如既往地逞强，一如既往地爱慕虚荣。

为了长自己的志气，不惜灭贾琏的威风。不妨想想，贾芸能得这个差事，还不是贾琏向凤姐要求的。凤姐说"耽误到这会子"，到底是谁耽误呢？人家贾琏早就答应了，是你凤姐截胡的。现在，这个锅都甩给了贾琏。

一看事要成了。贾芸立刻就说，既然这样，"婶子明儿就派我罢"。凤姐说，这个差事还不够好，"等明年正月里烟火灯烛那个大宗儿下来，再派你罢"。凤姐为什么说这句话，我们不得而知，或许还有别人求她。

但贾芸可不想等到明年，他最善于抓住机会，到嘴的鸭子，绝不会让它飞了。贾芸说："好婶子，先把这个派了我罢。果然这个办的好，再派我那个。"这回答多么到位，多么在理。不跟凤姐讨论这个差事好还是不好，得到它才是关键。

一般来说，小说写到这里，凤姐的对话就简单了，随便说几句"那给你罢""可要好好干"之类就行。可是我们看凤姐怎么说。

凤姐笑道："你倒会拉长线儿。罢了，要不是你叔叔说，我不管你的事。"

奇不奇怪？贾琏的功劳又补上了。刚才口口声声说你不应该先找叔叔，应该先找我，现在怎么又成叔叔的功劳呢？

答案或许很简单。

凤姐这个女强人，也会给自家男人一个台阶。反正自己的威信已经树立，日后贾芸这样的本家破落户要来贾府求差事，要找谁，已毫无悬念。而呆萌的花花公子琏二爷还不知道，整个贾姓一族里，婶婶的影响力早就甩过叔叔一条宁荣街了。

差事既定。凤姐说，我吃过午饭就过来，你午后来领银子，后天就进去种树。

05

贾芸喜不自禁，连家都没回，直接去找宝玉。不巧宝玉去北静王府里做客还没回。贾芸一直坐到晌午，直等到凤姐回来。

贾芸写了领票，交给彩明。协理宁国府那回说过，彩明是凤姐的"书记员"和"秘书"，钱物的支取、报销等事务，都经彩明之手向凤姐汇报。

彩明拿着领票，交给凤姐。凤姐批了款项和施工时间，连同对牌，一起交给贾芸。

贾芸接了，看那批上银数批了二百两，心中喜不自禁，翻身走到银库上，交与收牌票的，领了银子。

次日一早，贾芸把欠倪二的钱还了，又拿出五十两去买树。贾芸能从这二百两里捞多少油水，书里没说，但肯定不会少。至少，再不用去看舅舅脸色了。

再说宝玉这边。晚上从北静王府里回来，吃过饭，想要洗澡，秋纹、碧痕去抬水了，"袭人因被薛宝钗烦了去打结子"，其他丫鬟，有的生病休息，有的请假回家，有的去别处玩了。反正只要宝玉不在，怡红院就进入放假模式。

袭人去帮薛宝钗打结子这事，看似平平一句，但如果细想就会惊讶于曹公这支笔，太可怕了。这么多人物，这么烦琐的事，人物与人物之间又有复杂而微妙的关系，而曹公竟一点都没忘。还记得吗？第二十一回里，袭人因规劝宝玉，令宝钗刮目相看，二人从那时开始密切起来了。

到这一回，原本没有交集的两个人，只用一句话，就把另一条线给织上了。

故事继续。

屋里没有一个丫鬟，而宝玉正好想喝茶，叫了几声，出来两三个老嬷嬷。宝玉说算了，不用你们了。然后自己拿了碗去茶壶里倒茶。

刚要倒，背后却有人说话，二爷当心烫手，让我倒吧。

宝玉吓了一跳，说，你刚才在哪里？那丫头一边倒茶一边说，在后院子里，从后门进来的。

宝玉一面吃茶，一面仔细打量那丫头：穿着几件半新不旧的衣裳，倒是一头黑鬓鬓的头发，挽着个鬓，容长脸面，细巧身材，却十分俏丽干净。

宝玉说，你也是我屋里的人么？我怎么不认得？那丫头说，递茶递水，拿东拿西，这些眼前儿活我没做过。宝玉问，你为什么不做呢？那丫头说："这话我也难说。只是有一句话回二爷：昨儿有个什么芸儿来找二爷。我想二爷不得空儿，便叫焙茗（茗烟）回他，叫他今日早起来，不想二爷又往北府里去了。"

来看那丫头的话。

"这话我也难说"，什么话难说呢？是她为什么不做递茶递水眼前儿的事。不是不想做，而是没机会做。在宝玉跟前伏侍，轻松、体面、干净，还能跟宝玉建立友情。可是这个丫头被排挤了，只能在后院做粗活脏活累活。

本来这是一次很好的"申诉"机会，她可以趁众人不在，在宝玉面前给自己争取。但是她打住了，不说自己的委屈，而是替贾芸传了话。

不争取，不抱怨，众丫鬟就能放过她吗？

不能。

那丫头刚说完，"只见秋纹、碧痕嘻嘻哈哈的说笑着进来"，这两位是去抬水了。那丫头见了，"便忙迎去接"。你看她多有眼色。

但是在秋纹、碧痕眼里，这不是有眼色，而是有心机。

二人看时，不是别人，原来是小红。

至此，从昨天在书房遇到贾芸，到今晚给宝玉倒茶，替贾芸带话，我们终于知道了这个丫头的名字，名叫小红。

见是小红，秋纹、碧痕将水放下，"忙进房来东瞧西望"，确定只有她一个人和宝玉在房里，"便心中大不自在"。等给宝玉安排好洗澡，二人才又到小红的房里，开始了审问。

二人问，你刚才在宝玉屋里说了什么？小红答，"我何曾在屋里的？"——我原本不在屋里。我的手帕丢了，我去后头找手帕，不想正遇到二爷要茶，叫了半天没人应，我就进去倒了茶，两位姐姐就回来了。

秋纹听了，兜脸啐了一口，骂道："没脸的下流东西！正经

叫你催水去，你说有事故，倒叫我们去，你可等着做这个巧宗儿……你也拿镜子照照，配递茶递水不配！"

俩人你一句我一句，对小红展开了职场霸凌。

正骂着，有个老嬷嬷来传凤姐的话，"明日有人带花儿匠来种树，叫你们严紧些，衣服裙子别混晒混晾的。那土山上一溜都拦着帷幔呢，可别混跑"。

古时的男女大防有多严，看这段就知道了。大观园平时不允许外男进入，所以花匠们来了，得用帷幔隔离起来，女孩们不要乱跑，不要乱晒衣服。总之，要跟男性彻底隔绝。

殊不知，正是这条防范男女接触的消息，给小红带来了接触男性的机会。

秋纹问那婆子，明儿不知道是谁监工？婆子说："说什么后廊上的芸哥儿。"

秋纹、碧痕不知就里，小红听了，心里却明白。这位芸哥，就是昨天在书房见到的那个他。

小红姓林，原名叫林红玉。因为"玉"字犯了主子宝玉、黛玉的讳，就把她的"玉"拿掉，都叫她小红。

小红是典型的家生子，父母都在贾府掌管各处房田事务。起初，众人要搬进大观园，先把丫鬟奴才们安排到各处，这小红就被安排到了怡红院。

> 这红玉虽然是个不谙事的丫头，却因他原有三分容貌，心内着实妄想痴心的向上攀高，每每的要在宝玉面前现弄现弄。

这就是《红楼梦》，没有全黑的人物，也没有纯白的人物，只有灰色的人物。

当我们想给一个人贴好人标签的时候，曹公告诉你，且慢。当我们想痛骂一个人的时候，曹公又制止了——你再好好想想。

小红有强烈的上进心，奈何怀才不遇，受尽辱骂欺负。今天原本是个进入"递茶递水"小组的机会，却被秋纹、碧痕一通羞辱，"心内早灰了一半"。

不过，人生一世，福祸相依。上升通道堵死了，爱情的春天却要来了。听说贾芸明天要来，"不觉心中一动"。

"心中一动"，是什么心，又是怎么动呢？

是春心，是躁动。

到了夜里，小红辗转反侧，相思难耐。忽听窗外有个男人声音：红玉，你的手帕我拾到了。小红出来一看，不是别人，正是贾芸。

小红不禁粉面含羞：二爷在哪里捡到的？贾芸说，你过来，我告诉你。一把拉住小红。小红急转身往回跑，不料被门槛绊倒。

欲知后事如何，且听下回分解。

06

故事讲完了。为了不破坏故事的连贯性，需要展开的东西，我们单独说。在这一回里，我们至少有两大发现。

第一，"特犯不犯"的写法

稍微具备写作常识的人都知道，一本小说里，人物与人物，情节与情节，最好不要有相似之处，相似意味着重复，重复是大忌。这就叫作"犯"。

而《红楼梦》故意反其道而行之，经常有相似的人，相似的情节，相似的对话，比如黛玉和晴雯，比如宝钗和袭人。

但曹公就是有这个本事，能把原本"相犯"的东西写得同中有异，异中有同，让人读来不觉得"犯冲"。这样的笔法全书到处都是。我们以本回为例来剖析一二。

还记得前面贾芸出场时，我们留下的第二个问题吗？我让大家留意贾芸的长相。

通过宝玉之眼，贾芸的长相是"容长脸""长挑身材""斯文清秀"。这样的长相，加上面善，很讨宝玉喜欢。这是第一层作用。

第二层作用是跟小红做对比。

在贾芸眼里，我们来看小红的长相：十六七岁，"细巧干净"。在宝玉眼里，作者第二次写小红的长相：乌黑的头发，"容长脸面""细巧身材"，"十分俏丽干净"。

发现了吧。贾芸和林红玉是同一款长相，有相同的气质，长脸，干净，清秀，身材高挑。用我们现在的话说，很有夫妻相。

再看两人的性格，都是底层，都有强烈的上升意愿，都是聪明灵慧善于争取机会，都是心思敏捷能说会道——小红的高光时刻还在后头，本回只是牛刀小试。

那么问题来了。一般来说，要想写出好故事，一组夫妻人物的设定应该是相互冲突的，比如贾琏和凤姐，一个耿直笨拙的好色之徒，一个聪明绝顶的醋坛子，两人在一起，想不出事儿都难。

比如宝玉和宝钗的价值观冲突，宝玉和黛玉的性格冲突。再比如，贾珍的荒唐下流和尤氏的懦弱保守，照样能写出对抗。反之，贾政和王夫人这样的夫妻，就沉闷无聊极了，啥事都不会发生，还怎么写小说。

这样看来，贾芸和小红岂不是违背了这个原则？

但是在故事里，我们又完全看不出它的重复和"犯"，他们完全是两个人，这就叫"特犯不犯"。

根据脂批，小说最后，贾芸和小红有情人终成眷属。贾府败落，世态炎凉，这对小夫妻却反过来成为凤姐和宝玉的贵人。这两人在原著八十回后，应该还有重头戏，可惜我们看不到了。

《红楼梦》对一般小角色，很少做外貌上的描写，像小红这样，通过贾芸和宝玉的眼睛重复描写她的外貌，更是少见。加上她的名字又跟林黛玉一字之差。凡此种种都提醒我们，要留意这个丫头。

第二点，《红楼梦》的写实艺术。

我们已经多次聊过《红楼梦》的真实感，原本不该再谈，可是它总能不断给你惊喜，是个深不见底的宝藏。

《红楼梦》写真实的人，真实的事，这是两百多年来公认的，它的魅力也正在这里。在这一回里，我们不妨再深入一下。

本回回目里有两个人，轻财尚义的醉金刚倪二，痴情相思的林红玉。

倪二是个泼皮无赖，放高利贷为生，谁得罪他，就要"人离家散"。这样的人，作者居然叫他"义侠"。他帮助了贾芸不假，可也仅仅是不收利息，钱还是要还的，作者居然说他"轻财"。

这跟传统文化中"轻财尚义"的概念不太一样。

要是施耐庵看了《红楼梦》，肯定要跟曹公打嘴仗的。在《水浒传》里，鲁智深、武松、宋江、晁盖这些人，一出手就是几十两银子相送——兄弟只管拿去，不拿便是不给我面子。别说利息了，谁要说还得让人家还，都不好意思跟兄弟们打招呼。

但常识和人生经验告诉我们，现实不是这样的。换句话说，《水浒》是传奇，是演义，离生活更远。《红楼梦》才是真实的生活。

在曹公眼里，一个放高利贷的，肯救人之急，爽快借钱，还不赚利息，就是轻财，就是尚义。

不仅如此。对女性的观点也完全不同。《水浒》对女性的轻蔑是公认的，书里的女性角色，都是为了体现男人或正直或勇武或正经的工具。书里一再强调，好色的不是英雄，真的好汉，绝不会多看女人一眼。

至少在当时，小红这样的女孩，见了陌生男子不仅不躲开，还拿眼死盯着人家，处处留心男人行踪，肯定是下流淫荡不正经的。

但是在《红楼梦》里，小红就变成了"痴女儿"，这些不检点的行为，丝毫不影响她聪慧伶俐能言善道的优点，作者是肯定她的。

个人认为，《水浒》《三国》《西游》虽然跟《红楼》并列，似乎是一个梯队，其实差距很大。好比一个年级的前四名出来了，乍一听，好像四个人旗鼓相当，其实人家第一名的分数比第二名高出一大截。

读《红楼》如同照镜子，在贾芸身上、小红身上、邢夫人身上，甚至贾环身上，都能看到我们自己的影子。

"世事洞明皆学问，人情练达即文章。"《红楼梦》对此似乎没有褒贬，或者说既有褒也有贬，厌恶者有之，比如宝玉；谙熟者有之，比如凤姐。作者似乎隐身了，化身神明，冷眼旁观。

这一回里，全是利益博弈，全是人情世故。

贾芸"背叛"叔叔投靠凤姐，凤姐轻描淡写夺权贾琏；贾芸与舅舅脆弱的亲情，舅母的势利寡情；邢夫人对宝玉、贾环的区别对待，贾环的嫉妒怀恨；小红有攀高心计，众丫鬟有严防死守。

唯一单纯的人，似乎只有倪二这个泼皮无赖。

这真是：

多见满嘴仁义者蝇营逐利，

少有逐利为生者轻财尚义。

图书在版编目（CIP）数据

一字一句读红楼 / 少年怒马著 . -- 长沙：湖南文艺出版社，2024.8

ISBN 978-7-5726-1843-7

Ⅰ . ①一⋯ Ⅱ . ①少⋯ Ⅲ . ①《红楼梦》研究 Ⅳ . ① I207.411

中国国家版本馆 CIP 数据核字（2024）第 088295 号

上架建议：文学·畅销

YI ZI YI JU DU HONGLOU
一字一句读红楼

著　　者：	少年怒马
出 版 人：	陈新文
责任编辑：	匡杨乐
监　　制：	于向勇
策划编辑：	楚　静
营销编辑：	陈睿文　黄璐璐　时宇飞　邱　天
封面设计：	利　锐
版式设计：	李　洁
内文排版：	谢　彬
封面主图：	蓝雯轩
书名题字：	郑秋琳
出　　版：	湖南文艺出版社 （长沙市雨花区东二环一段 508 号　邮编：410014）
网　　址：	www.hnwy.net
印　　刷：	三河市天润建兴印务有限公司
经　　销：	新华书店
开　　本：	875 mm×1230 mm　1/32
字　　数：	450 千字
印　　张：	14.5
版　　次：	2024 年 8 月第 1 版
印　　次：	2024 年 8 月第 1 次印刷
书　　号：	ISBN 978-7-5726-1843-7
定　　价：	62.80 元

若有质量问题，请致电质量监督电话：010-59096394
团购电话：010-59320018